OBRAS DO AUTOR PUBLICADAS PELA EDITORA RECORD

1356
Azincourt
O condenado
Stonehenge
O forte
Tolos e mortais

Trilogia *As Crônicas de Artur*

O rei do inverno
O inimigo de Deus
Excalibur

Trilogia *A Busca do Graal*

O arqueiro
O andarilho
O herege

Série *As Aventuras de um Soldado nas Guerras Napoleônicas*

O tigre de Sharpe (Índia, 1799)
O triunfo de Sharpe (Índia, setembro de 1803)
A fortaleza de Sharpe (Índia, dezembro de 1803)
Sharpe em Trafalgar (Espanha, 1805)
A presa de Sharpe (Dinamarca, 1807)
Os fuzileiros de Sharpe (Espanha, janeiro de 1809)
A devastação de Sharpe (Portugal, maio de 1809)
A águia de Sharpe (Espanha, julho de 1809)
O ouro de Sharpe (Portugal, agosto de 1810)
A fuga de Sharpe (Portugal, setembro de 1810)
A fúria de Sharpe (Espanha, março de 1811)
A batalha de Sharpe (Espanha, maio de 1811)
A companhia de Sharpe (janeiro a abril de 1812)

Série *Crônicas Saxônicas*

O último reino
O cavaleiro da morte
Os senhores do norte
A canção da espada
Terra em chamas
Morte dos reis
O guerreiro pagão
O trono vazio
Guerreiros da tempestade
O Portador do Fogo

Série *As Crônicas de Starbuck*

Rebelde
Traidor
Inimigo

A GUERRA DO LOBO
BERNARD CORNWELL

Tradução de
Alves Calado

1ª edição

EDITORA RECORD
RIO DE JANEIRO • SÃO PAULO
2019

CIP-BRASIL. CATALOGAÇÃO NA PUBLICAÇÃO
SINDICATO NACIONAL DOS EDITORES DE LIVROS, RJ

C835g   Cornwell, Bernard, 1944-
        A guerra do lobo / Bernard Cornwell; tradução de Alves Calado. –
        1ª ed. – Rio de Janeiro: Record, 2019.

                                        (Crônicas saxônicas; 11)

        Tradução de: War of the Wolf
        Sequência de: O portador do fogo
        ISBN 978-85-01-11735-9

        1. Grã-Bretanha – História – Ficção. 2. Ficção inglesa.
        I. Calado, Alves. II. Título. III. Série.

                                        CDD: 813
        19-57413   CDU:82-3(410)

Meri Gleice Rodrigues de Souza – Bibliotecária CRB-7/6439

TÍTULO ORIGINAL:
WAR OF THE WOLF

Copyright © Bernard Cornwell, 2018

Texto revisado segundo o novo Acordo Ortográfico da Língua Portuguesa.

Todos os direitos reservados. Proibida a reprodução, no todo ou em parte, através de quaisquer meios. Os direitos morais do autor foram assegurados.

Direitos exclusivos de publicação em língua portuguesa somente para o Brasil adquiridos pela
EDITORA RECORD LTDA.
Rua Argentina, 171 – Rio de Janeiro, RJ – 20921-380 – Tel.: (21) 2585-2000, que se reserva a propriedade literária desta tradução.

Impresso no Brasil

ISBN 978-85-01-11735-9

Seja um leitor preferencial Record.
Cadastre-se no site www.record.com.br e receba informações sobre nossos lançamentos e nossas promoções.

Atendimento e venda direta ao leitor:
sac@record.com.br ou (21) 2585-2002.

A guerra do lobo
é dedicado à memória de
Toby Eady,
meu agente e amigo querido.
1941-2017

NOTA DE TRADUÇÃO

Como em toda a série, mantive a grafia original de muitas palavras e até deixei de traduzir algumas, porque o autor as usa intencionalmente num sentido arcaico, como Yule (que hoje em dia indica as festas natalinas, mas originalmente, e no livro, é um ritual pagão) ou burh (burgo). Várias foram explicadas nos volumes anteriores. Além disso mantive, como no original, algumas denominações sociais, como "earl" (atualmente traduzido como "conde", mas o próprio autor o especifica como um título dinamarquês — mais tarde equiparado ao de conde, usado na Europa continental), "thegn", "reeve", "ealdorman" e outros, que são explicados na série de livros. Por outro lado, traduzi "lord" sempre como "senhor", jamais como "lorde", que remete à monarquia inglesa posterior e não à estrutura medieval. "Hall" foi traduzido ora como "castelo", ora como "salão", já que a maioria dos castelos da época não passava de um enorme salão de madeira coberto de palha, com uma plataforma elevada onde o senhor se sentava com seus auxiliares mais importantes, e o chão de terra era simplesmente forrado de juncos. "Britain" foi traduzido como "Britânia" (opção igualmente aceita, embora pouco usada) para não confundir com a "Bretanha", no norte da França (Brittany), mesmo recurso usado na tradução da série *As Crônicas de Artur*, do mesmo autor.

SUMÁRIO

MAPA 11

TOPÔNIMOS 13

PRIMEIRA PARTE 15
As terras selvagens

SEGUNDA PARTE 169
O Festival de Eostre

TERCEIRA PARTE 263
A Fortaleza das Águias

NOTA HISTÓRICA 375

MAPA

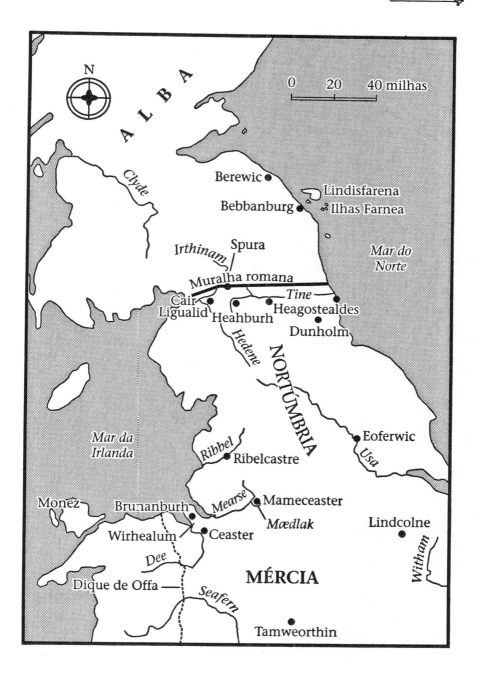

TOPÔNIMOS

A GRAFIA DOS TOPÔNIMOS na Inglaterra anglo-saxã nos séculos IX e X era incerta, sem nenhuma consistência ou concordância, nem mesmo quanto ao nome em si. Com isso, Londres era grafado como Lundonia, Lundenberg, Lundenne, Lundene, Lundenwic, Lundenceaster e Lundres. Sem dúvida alguns leitores preferirão outras versões dos nomes listados a seguir, mas em geral empreguei a grafia utilizada no *Oxford Dictionary of English Place-Names* ou no *Cambridge Dictionary of English Place-Names* para os anos mais próximos ou contidos no reinado de Alfredo, de 871 a 899 d.C., mas nem mesmo essa solução é à prova de erro. A ilha de Hayling, em 956, era grafada tanto como Heilincigae quanto como Hæglingaiggæ. E eu próprio não fui consistente; preferi a grafia moderna Nortúmbria a Norðhymbralond para evitar a sugestão de que as fronteiras do antigo reino coincidiam com as do condado moderno. De modo que a lista, como as grafias em si, é resultado de um capricho.

BEBBANBURG	Bamburgh, Northumberland
BEREWIC	Berwick-upon-Tweed, Northumberland
BRUNANBURH	Bromborough, Cheshire
CAIR LIGUALID	Carlisle, Cúmbria
CEASTER	Chester, Cheshire
CENT	Kent
CONTWARABURG	Canterbury, Kent
DUNHOLM	Durham, Condado de Durham
DYFLIN	Dublin, Eire

EOFERWIC	York, Yorkshire (nome saxão)
FAGRANFORDA	Fairford, Gloucestershire
ILHAS FARNEA	Ilhas Farne, Northumberland
GLEAWECESTRE	Gloucester, Gloucestershire
HEAGOSTEALDES	Hexham, Northumberland
HEAHBURH	Castelo Whitley, Alston, Cúmbria (nome fictício)
HEDENE	Rio Eden, Cúmbria
HUNTANDUN	Huntington, Cambridgeshire
HWITE	Whitchurch, Shropshire
IRTHINAM	Rio Irthing
JORVIK	York, Yorkshire (nome dinamarquês/norueguês)
LINDCOLNE	Lincoln, Lincolnshire
LINDISFARENA	Lindsfarne (ilha Santa), Northumberland
LUNDENE	Londres
MÆDLAK	Rio Medlock, Lancashire
MÆRSE	Rio Mersey
MAMECEASTER	Manchester
MONEZ	Anglesey, Gales
RIBBEL	Rio Ribble, Lancashire
RIBELCASTRE	Ribchester, Lancashire
SNÆLAND	Islândia
SPURA	Forte romano de Birdoswald, Cúmbria (nome fictício)
SUMORSÆTE	Somerset
TAMWEORTHIN	Tamworth, Staffordshire
TEMES	Rio Tâmisa
TINE	Rio Tyne
USA	Rio Ouse, Yorkshire
WEVERE	Rio Weaver, Cheshire
WILTUNSCIR	Wiltshire
WINTANCEASTER	Winchester, Hampshire
WIRHEALUM	O Wirral, Cheshire

A guerra do lobo

PRIMEIRA PARTE

As terras selvagens

UM

EU NÃO FUI ao enterro de Æthelflaed.

Ela foi enterrada em Gleawecestre, no mesmo jazigo do marido, que ela odiava.

Seu irmão, o rei Eduardo de Wessex, conduziu a cerimônia. Depois de os ritos terminarem e de o cadáver de Æthelflaed ter sido enterrado, ele permaneceu em Gleawecestre. O estranho estandarte da sua irmã, com a imagem do ganso santo, foi retirado do alto do palácio e o dragão de Wessex, hasteado no lugar. A mensagem não poderia ser mais clara. A Mércia não existia mais. Em todas as terras britânicas ao sul da Nortúmbria e ao leste de Gales, só havia um reino e um rei. Eduardo me enviou uma convocação, exigindo que eu viajasse até Gleawecestre e jurasse lealdade em nome das terras que possuía no que antes era a Mércia. A convocação tinha seu nome seguido pelas palavras *Anglorum Saxonum Rex*. Rei dos anglos e dos saxões. Ignorei o documento.

Em menos de um ano, um segundo documento chegou até mim, este assinado e lacrado em Wintanceaster. Dizia que, pela graça de Deus, as terras da Mércia concedidas a mim por Æthelflaed estavam confiscadas para o bispado de Hereford, que, segundo me garantia o pergaminho, empregaria as tais terras na promoção da glória de Deus.

— O que significa que o bispo Wulfheard terá mais prata para gastar com suas prostitutas — eu disse a Eadith.

— Talvez você devesse ter ido a Gleawecestre — sugeriu ela.

— E jurar lealdade a Eduardo? — cuspi o nome. — Jamais. Eu não preciso de Wessex, e Wessex não precisa de mim.

— E o que você vai fazer em relação às propriedades?

— Nada.

O que eu poderia fazer? Entrar em guerra contra Wessex? Fiquei irritado que o bispo Wulfheard, um velho inimigo, tivesse tomado as terras, mas eu não precisava de terras na Mércia. Eu era dono de Bebbanburg. Era um senhor da Nortúmbria e possuía tudo o que queria.

— Por que deveria fazer alguma coisa? — resmunguei para Eadith. — Eu estou velho e não preciso de encrenca.

— Você não está velho — reagiu ela, com lealdade.

— Estou, sim — insisti. Eu tinha mais de 60 anos, era um ancião.

— Você não parece velho.

— Então Wulfheard pode trepar com as suas putas e me deixar morrer em paz. Não me importo se nunca mais voltar a ver Wessex ou a Mércia.

Entretanto, um ano depois eu estava na Mércia, montado em Tintreg, meu garanhão mais feroz, usando elmo e cota de malha e com Bafo de Serpente, minha espada, pendurada no quadril esquerdo. Rorik, meu serviçal, carregava o pesado escudo com borda de ferro, e atrás de nós havia noventa homens, todos armados e montados em cavalos de guerra.

— Santo Deus — disse Finan ao meu lado. Ele estava olhando para o inimigo no vale abaixo. — Quatrocentos dos cretinos? — Fez uma pausa. — No mínimo quatrocentos. Talvez quinhentos.

Não falei nada.

Era um fim de tarde de inverno e fazia um frio cortante. O bafo dos cavalos virava névoa em meio às árvores desfolhadas que coroavam a encosta suave de onde observávamos o inimigo. O sol baixava e estava escondido por nuvens, o que significava que nenhuma fagulha de luz traidora iria refletir nas nossas cotas de malha ou nas armas. À minha direita, a oeste, o rio Dee corria calmo e cinzento, alargando-se a caminho do mar. No terreno mais baixo, à nossa frente, estavam os inimigos e, para além deles, Ceaster.

— Quinhentos — decidiu Finan.

— Jamais pensei que veria esse lugar outra vez — falei. — Jamais quis vê-lo outra vez.

— Eles destruíram a ponte — avisou Finan, olhando mais para longe, ao sul.

— Você não faria o mesmo, no lugar deles?

O lugar era Ceaster, e nossos inimigos sitiavam a cidade. A maior parte desses inimigos se encontrava a leste dela, mas a fumaça das fogueiras de acampamento revelava que havia muitos outros ao norte. O rio Dee passava logo ao sul da muralha, depois virava para o norte em direção ao estuário que se alargava cada vez mais. Ao quebrar o vão central da antiga ponte romana, o inimigo tinha garantido que nenhum reforço pudesse vir do sul. Se a pequena guarnição da cidade quisesse abrir caminho para fora da armadilha, teria de vir para o norte ou para o leste, onde o inimigo era mais forte. E essa guarnição era pequena. Me disseram, ainda que isso não passasse de uma suposição, que menos de cem homens protegiam a cidade.

Finan devia estar pensando a mesma coisa.

— E quinhentos homens não conseguiram tomar a cidade? — questionou, com desprezo.

— Quase seiscentos? — sugeri calmamente.

Era difícil avaliar o inimigo porque muitas pessoas no acampamento dos sitiadores eram mulheres e crianças, mas achei a suposição de Finan modesta. Tintreg baixou a cabeça e resfolegou. Dei um tapinha no seu pescoço, depois toquei o punho de Bafo de Serpente, para dar sorte.

— Eu não ia querer atacar aquela muralha — falei.

A muralha de pedra de Ceaster fora construída pelos romanos, que fizeram um bom trabalho. E a pequena guarnição da cidade tinha um bom comando, pensei. Havia repelido os primeiros ataques, por isso os inimigos se instalaram na região, levando as pessoas de Ceaster a passar fome.

— E então, o que vamos fazer? — perguntou Finan.

— Bom, nós viemos de longe.

— E daí?

— E daí que é uma pena não lutar. — Olhei para a cidade. — Se o que nos disseram for verdade, os pobres coitados lá dentro já devem estar comendo ratos. E aquele pessoal lá? — Indiquei com a cabeça as fogueiras. — Eles estão com frio, eles estão entediados e estão aqui há muito tempo. Foram feridos quando atacaram a muralha, por isso agora estão só esperando.

As terras selvagens

Dava para ver as barricadas robustas que os atacantes haviam montado junto aos portões norte e leste de Ceaster. Essas barricadas deviam estar vigiadas pelas melhores tropas inimigas, postadas lá para impedir que a guarnição fizesse uma investida ou tentasse fugir.

— Eles estão com frio — repeti. — Estão entediados e são inúteis.

Finan sorriu.

— Inúteis?

— A maioria deles é do fyrd. — O fyrd é um exército montado com trabalhadores do campo, pastores, homens comuns. Podem ser corajosos, mas um guerreiro treinado, como os noventa que me seguiam, eram muito mais letais. — Inúteis e idiotas.

— Idiotas? — perguntou Berg, montado em seu garanhão ao meu lado.

— Não há nenhuma sentinela por aqui! Eles jamais deveriam ter nos deixado chegar tão perto. Não fazem ideia de que estamos aqui. E idiotice mata.

— Gosto de saber que eles são idiotas. — Berg era um norueguês, jovem e selvagem. Ele não tinha medo de nada, a não ser da desaprovação da sua jovem esposa saxã.

— Três horas para o pôr do sol? — sugeriu Finan.

— Não vamos desperdiçá-las.

Virei Tintreg, voltando pelo meio das árvores até a estrada que ia do vau do Mærse até Ceaster. A estrada trazia lembranças de quando cavalguei para enfrentar Ragnall e da morte de Haesten. E agora ela me levava para outra luta.

Mas não parecíamos nem um pouco ameaçadores enquanto descíamos a encosta longa e suave. Não nos apressamos. Íamos como homens que estivessem chegando ao fim de uma longa jornada, o que era verdade. Mantínhamos as espadas embainhadas e as lanças enfeixadas nos cavalos de carga conduzidos pelos serviçais. Os inimigos deviam ter nos visto assim que saímos da colina coberta de árvores, mas éramos poucos e eles eram muitos, e nossa aproximação a passo lento sugeria que chegávamos em paz. A muralha alta de pedra da cidade estava na sombra, mas dava para ver os estandartes pendurados nas ameias. Exibiam cruzes cristãs, e me lembrei do bispo Leofstan, um idiota santo e um homem bom, escolhido por Æthelflaed como bispo de Ceaster. Ela havia reforçado e guarnecido a cidade-fortaleza como um baluarte contra os noruegueses e os dinamarqueses que atravessavam o mar da Irlanda para caçar escravos nas terras saxãs.

Æthelflaed, filha de Alfredo e senhora da Mércia. Agora morta. Seu cadáver apodrecia num jazigo frio de pedra. Imaginei suas mãos mortas segurando um crucifixo na escuridão fétida da sepultura e me lembrei daquelas mãos arranhando as minhas costas enquanto ela se retorcia debaixo de mim.

— Que Deus me perdoe — dizia ela. — Não pare!

E agora ela havia me trazido de volta a Ceaster.

E Bafo de Serpente ia matar outra vez.

O irmão de Æthelflaed era o senhor de Wessex. Antes se contentara em deixar a irmã governar a Mércia, mas, depois da morte dela, enviou tropas saxãs ocidentais para o norte, atravessando o Temes. As tropas foram, disse ele, para prestar homenagem à sua irmã durante o velório, mas permaneceram lá para impor o domínio de Eduardo sobre o reino dela. Eduardo, *Anglorum Saxonum Rex*.

Os senhores mércios que dobraram o joelho foram recompensados, mas alguns, uns poucos, se ressentiam dos saxões ocidentais. A Mércia era uma terra orgulhosa. Houve um tempo em que o rei da Mércia era o senhor mais poderoso da Britânia, quando os reis de Wessex e da Ânglia Oriental e os chefes tribais de Gales lhe enviavam tributos, quando a Mércia era o maior de todos os reinos britânicos. Então os dinamarqueses chegaram, e a Mércia caiu. Foi Æthelflaed que revidou, que impeliu os pagãos para o norte e construiu os burhs que protegiam sua fronteira. Mas ela estava morta, apodrecendo, e agora eram as tropas do seu irmão que protegiam as muralhas dos burhs. E o rei de Wessex se dizia rei de todos os saxões e exigia prata para pagar às guarnições, tomava terras dos senhores ressentidos e as entregava aos seus próprios homens ou à igreja. Sempre à igreja, porque eram os padres que pregavam ao povo mércio dizendo que a vontade do deus pregado era que Eduardo de Wessex fosse o rei da sua terra. E que se opor ao rei era se opor ao seu deus.

Ainda assim o medo do deus pregado não impediu uma revolta, e assim a luta começou. Saxão contra saxão, cristão contra cristão, mércio contra mércio e mércio contra saxão ocidental. Os rebeldes lutavam sob a bandeira

As terras selvagens

de Æthelflaed, declarando ser a vontade dela que sua filha, Ælfwynn, a sucedesse. Ælfwynn, rainha da Mércia! Eu gostava de Ælfwynn, mas a garota seria tão capaz de comandar um reino quanto de cravar uma lança num javali investindo contra ela. Era volúvel, frívola, bonita e insignificante. Ao saber que sua sobrinha tinha sido nomeada para o trono, Eduardo tratou de trancafiá-la num convento junto com sua esposa desprezada, mas os rebeldes ainda ostentavam a bandeira da mãe dela e lutavam em seu nome.

Eram liderados por Cynlæf Haraldson, um guerreiro saxão ocidental que Æthelflaed quisera casar com Ælfwynn. A verdade, é claro, era que Cynlæf queria ser rei da Mércia. Ele era jovem, ele era bonito, ele era corajoso em batalha e, para mim, ele era um idiota. Sua ambição consistia em derrotar os saxões ocidentais, resgatar a noiva do convento e ser coroado.

Mas primeiro precisaria capturar Ceaster. E tinha fracassado.

— Parece que vamos ter neve — comentou Finan enquanto cavalgávamos para o sul, em direção à cidade.

— Já passou da época da neve — respondi cheio de confiança.

— Eu consigo sentir nos meus ossos. — Ele estremeceu. — Vai chegar ao anoitecer.

— Aposto dois xelins que não — zombei.

Ele deu uma risada.

— Deus, me mande mais idiotas com prata! Meus ossos nunca erram.

Finan era irlandês, meu segundo em comando e meu amigo mais próximo. Seu rosto, emoldurado no aço do elmo, parecia cheio de rugas e velho; sua barba estava grisalha. O meu também, acho. Fiquei observando enquanto ele afrouxava Ladra de Alma da bainha e olhava de relance para a fumaça das fogueiras à frente.

— Então, o que vamos fazer?

— Arrancar os desgraçados do lado leste da cidade — respondi.

— Tem muitos deles lá.

Eu supunha que quase dois terços dos inimigos estavam acampados no flanco leste de Ceaster. Lá as fogueiras eram densas, ardendo entre abrigos baixos feitos de galhos e terra. Ao sul dos abrigos toscos havia uma dúzia de tendas luxuosas, armadas perto das ruínas da antiga arena romana que, mesmo tendo sido usada como uma pedreira conveniente, ainda se erguia mais alta do que as tendas acima das quais pendiam dois estandartes imóveis no ar parado.

— Se Cynlæf ainda estiver aqui — sugeri —, ele deve estar numa daquelas tendas.

— Vamos torcer para que o filho da mãe esteja bêbado.

— Ou então está na arena — falei. A arena era construída junto à cidade. Era um enorme trambolho de pedra. Sob as arquibancadas havia salões parecidos com cavernas que, quando os explorei da última vez, eram o lar de cães selvagens. — Se ele tivesse algum tino, teria abandonado esse cerco — continuei. — Deixaria homens para manter a guarnição com fome e iria para o sul. É lá que a rebelião vai ser vencida ou derrotada, e não aqui.

— Ele tem algum tino?

— É imbecil feito um nabo — respondi, e comecei a rir. Um grupo de mulheres carregando lenha havia parado perto da estrada para se ajoelhar enquanto passávamos, e me olharam atônitas. Acenei para elas. — Vamos tornar algumas delas viúvas — falei, ainda rindo.

— E isso é engraçado?

Esporeei Tintreg, fazendo-o trotar.

— O engraçado é que somos dois velhos indo para a guerra.

— Você talvez seja — retrucou Finan, mordaz.

— Você tem a minha idade!

— Eu não sou avô!

— Pode ser. Você não sabe.

— Bastardos não contam.

— Contam, sim — insisti.

— Então você provavelmente já é bisavô.

Encarei-o com um olhar duro.

— Bastardos não contam — rosnei, fazendo-o rir, depois ele fez o sinal da cruz porque tínhamos chegado ao cemitério romano que se estendia dos dois lados da estrada.

As terras selvagens

Havia fantasmas ali, fantasmas perambulando entre as pedras cobertas de líquen, com suas inscrições quase apagadas que só os padres cristãos que entendiam latim eram capazes de ler. Anos antes, num ataque de fervor religioso, um padre começou a derrubar as pedras, declarando que eram abominações pagãs. No mesmo dia ele caiu morto, e desde então os cristãos toleravam as sepulturas que, pensei, deviam ser protegidas pelos deuses romanos. O bispo Leofstan riu quando lhe contei essa história e me garantiu que os romanos eram bons cristãos. "Foi o nosso deus, o único deus verdadeiro, que matou o padre", disse ele. Depois o próprio Leofstan morreu, tão de repente quanto o padre que odiava sepulturas. Wyrd bið ful aræd.

Agora meus homens estavam espalhados, não exatamente em fila, mas quase. Ninguém queria cavalgar perto da beira da estrada porque era onde os fantasmas se reuniam. A longa fileira de cavaleiros dispersos nos deixava vulneráveis, mas os inimigos pareciam estar alheios à nossa ameaça. Passamos por mais mulheres, todas curvadas sob grandes fardos de lenha que tinham cortado em bosques ao norte dos túmulos. Agora as primeiras fogueiras estavam próximas. A luz da tarde se esvaía, mas ainda faltava uma hora ou mais para o cair da noite. Dava para ver homens na muralha norte da cidade, eu conseguia ver suas lanças e sabia que deviam estar nos observando. Pensariam que éramos reforços para ajudar os sitiadores.

Contive Tintreg logo depois do antigo cemitério romano, para deixar que meus homens me alcançassem. A visão das sepulturas e o pensamento no bispo Leofstan me trouxeram lembranças.

— Você se lembra da Ratinha? — perguntei a Finan.

— Meu Deus! Como alguém poderia esquecê-la? — Ele abriu um sorriso largo. — O senhor...?

— Nunca. E você?

Ele balançou a cabeça.

— Seu filho deu umas belas montadas nela.

Eu havia deixado meu filho no comando das tropas que guarneciam Bebbanburg.

— Ele é um rapaz de sorte — falei. Ratinha, cujo nome verdadeiro era Sunngifu, era pequena feito um camundongo e casada com o bispo Leofs-

24

A guerra do lobo

tan. — Eu me pergunto por onde anda a Ratinha. — Eu continuava olhando para a muralha norte de Ceaster, tentando estimar quantos homens estariam montando guarda nas ameias. — Mais do que eu esperava.

— Mais?

— Homens na muralha — expliquei.

Dava para ver pelo menos quarenta homens na muralha, e eu sabia que devia haver um número equivalente na muralha leste, voltada para o grosso dos inimigos.

— Talvez eles tenham recebido reforços — sugeriu Finan.

— Ou o monge estava errado, o que não me surpreenderia.

Um monge havia chegado a Bebbanburg com notícias do cerco de Ceaster. Já sabíamos da rebelião dos mércios, é claro, e a considerávamos muito bem-vinda. Não era segredo que Eduardo, que agora se dizia rei dos anglos e dos saxões, queria invadir a Nortúmbria, fazendo com que esse título arrogante se tornasse verdade. Sigtryggr, meu genro e rei da Nortúmbria, estivera se preparando para essa invasão, também temendo-a. Depois chegaram as notícias de que a Mércia estava sendo devastada e que Eduardo, longe de nos invadir, lutava para manter suas novas terras. Nossa reação foi óbvia; não fazer nada! Deixar o reino de Eduardo se desfazer, porque cada guerreiro saxão que morresse na Mércia era um homem a menos para levar uma espada à Nortúmbria.

No entanto, lá estava eu, no fim de uma tarde de inverno sob um céu que escurecia, avançando para lutar na Mércia. Sigtryggr não ficou feliz, e sua esposa, minha filha, ficou ainda menos.

— Por quê? — perguntara ela.

— Eu fiz um juramento — eu respondera aos dois, e isso havia calado seus protestos.

Juramentos são sagrados. Violar um juramento é um convite à fúria dos deuses, e Sigtryggr concordou, relutante, em concordar que eu acabasse com o cerco de Ceaster. Não que ele pudesse fazer muita coisa para me impedir; eu era seu senhor mais poderoso, seu sogro e senhor de Bebbanburg. Na verdade, ele devia a mim seu reino, mas insistiu que eu levasse menos de cem guerreiros.

— Se levar mais — justificara —, os malditos escoceses vão atravessar a fronteira.

Concordei. Levei apenas noventa homens, e com esses noventa pretendia salvar o novo reino do rei Eduardo.

— O senhor acha que Eduardo vai ficar agradecido? — perguntara minha filha, tentando encontrar alguma boa notícia na minha decisão despropositada. Ela estava pensando que a gratidão de Eduardo poderia convencê-lo a abandonar os planos de invadir a Nortúmbria.

— Eduardo vai achar que eu sou um tolo.

— E é! — dissera Stiorra.

— Além disso, fiquei sabendo que ele está doente.

— Que bom — reagira ela, vingativa. — Talvez a nova mulher o tenha exaurido.

Eduardo não ficaria agradecido, pensei, independentemente do que acontecesse aqui. Os cascos dos nossos cavalos faziam muito barulho na estrada romana. Ainda cavalgávamos devagar, sem demonstrar ameaça. Passamos pela velha coluna de pedra desgastada que indicava que faltava um quilômetro e meio para Deva, o nome que os romanos deram a Ceaster. Nesse ponto estávamos em meio às choupanas e às fogueiras do acampamento, e as pessoas observavam a nossa passagem. Não demonstravam nenhum alarme, não havia sentinelas e ninguém nos interpelou.

— O que há de errado com eles? — rosnou Finan para mim.

— Eles acham que, se vier ajuda, será do leste, e não do norte. Por isso pensam que estamos do lado deles.

— Então são uns idiotas.

Finan estava certo, é claro. Cynlæf, se ainda comandasse aqui, deveria ter posto sentinelas em cada rota de aproximação para o acampamento dos sitiadores, mas as semanas longas e frias do cerco os tinham deixado preguiçosos e descuidados. Cynlæf só queria capturar Ceaster e se esquecera de vigiar a retaguarda.

Finan, que tinha olhos de falcão, encarava a muralha da cidade.

— Aquele monge só falou merda — disse, com desprezo. — Estou vendo cinquenta e oito homens na muralha norte!

O monge que havia levado até mim a notícia do cerco estivera certo de que a guarnição era perigosamente pequena.

26
A guerra do lobo

— Quão pequena? — eu perguntara a ele.

— Não mais de cem homens, senhor.

Eu o havia encarado com ceticismo.

— Como você sabe?

— O padre me contou, senhor — respondera, nervoso.

O monge, chamado irmão Osric, tinha dito que era de um mosteiro em Hwite, um lugar do qual eu nunca ouvira falar, mas que, segundo ele, ficava a poucas horas de caminhada ao sul de Ceaster. O irmão Osric dissera que um padre havia aparecido no seu mosteiro.

— Ele estava morrendo, senhor! Ele sentia dores nas tripas.

— E era o padre Swithred?

— Era, senhor.

Eu conhecia Swithred. Era um homem velho, um padre feroz e rude que não gostava de mim.

— E a guarnição o mandou para pedir ajuda?

— Sim, senhor.

— Eles não mandaram um guerreiro?

— Um padre pode ir aonde guerreiros não podem, senhor — explicara o irmão Osric. — O padre Swithred disse que saiu da cidade ao anoitecer e atravessou o acampamento dos sitiadores. Ninguém o interpelou, senhor. Depois ele caminhou para o sul até Hwite.

— Que foi onde ele adoeceu?

— Que foi onde ele estava morrendo quando eu saí, senhor. — O irmão Osric havia feito o sinal da cruz. — É a vontade de Deus.

— Seu deus tem vontades estranhas — eu havia vociferado.

— E o padre Swithred implorou ao meu abade que mandasse um de nós para procurá-lo, senhor — continuara o irmão Osric —, e fui eu o escolhido — concluíra debilmente. Ele estivera ajoelhado em súplica, e vi uma cicatriz vermelha horrível cruzando sua tonsura.

— O padre Swithred não gosta de mim e odeia todos os pagãos. Mesmo assim ele mandou me chamar?

A pergunta tinha deixado o irmão Osric desconfortável. Ele enrubescera, depois gaguejara:

As terras selvagens

— Ele... Ele...

— Ele me insultou — eu sugerira.

— Sim, senhor, insultou. — O monge parecera aliviado por eu ter antecipado uma resposta que ele relutava em dar em voz alta. — Mas também disse que o senhor atenderia ao apelo da guarnição.

— E o padre Swithred não levava uma carta? Um pedido de ajuda?

— Carregava, senhor, mas vomitou nela. — Osric fizera uma careta. — Foi horrível, senhor, um monte de sangue e bile.

— Como você ganhou essa cicatriz?

— Minha irmã bateu em mim, senhor. — Ele parecera surpreso com a pergunta. — Com uma foice, senhor.

— E quantos homens estão fazendo o cerco?

— O padre Swithred disse que eram centenas, senhor. — Eu me lembro de como o irmão Osric estava nervoso, mas atribuí isso ao medo de me conhecer, de conhecer um renomado pagão. Ele achou que eu teria chifres e um rabo bifurcado? — Pela graça de Deus, senhor, a guarnição conseguiu repelir um ataque, e rezo a Deus para que a cidade ainda não tenha caído. Eles imploram sua ajuda, senhor.

— Por que Eduardo não ajudou?

— Ele tem outros inimigos, senhor. Está lutando contra eles no sul da Mércia. — O monge levantara os olhos, suplicando. — Por favor, senhor! A guarnição não vai resistir por muito tempo!

Mas havia resistido, e tínhamos chegado. A essa altura havíamos saído da estrada, e nossos cavalos seguiam lentamente pelo acampamento dos sitiadores. Os mais sortudos encontraram abrigo nas construções das fazendas erguidas pelos romanos. Os romanos eram bons em construir com pedra, embora os longos anos tenham destruído os telhados, que agora eram montes desorganizados de palha sobre traves, mas a maioria das pessoas estava em abrigos rústicos. Mulheres alimentavam as fogueiras com a lenha recém-coletada, preparando-se para cozinhar a refeição da noite. Não pareciam ter curiosidade com relação a nós. Viam minha cota de malha e o elmo com crista de prata, viam os ornamentos de prata nos arreios de Tintreg, por isso achavam que eu era um senhor e se ajoelhavam em obediência à minha passagem. Mas ninguém ousava perguntar quem éramos.

28

A guerra do lobo

Parei num espaço aberto a nordeste da cidade. Olhei em volta, intrigado porque via poucos cavalos. Os sitiadores deviam ter cavalos. Eu tinha planejado espantar os animais, para impedir que os homens os usassem para fugir, e capturá-los, abatendo os custos dessa jornada no inverno, mas não vi mais de uns dez. Se não havia cavalos, tínhamos uma vantagem, por isso virei Tintreg e voltei por entre os meus homens até chegar aos animais de carga.

— Soltem as lanças — ordenei aos rapazes.

Havia oito fardos pesados amarrados com cordas de couro. Cada lança tinha cerca de dois metros de comprimento, com cabo de freixo e lâmina de aço afiada. Esperei até os fardos serem desamarrados e cada um dos meus homens pegar uma arma. A maioria deles também carregava um escudo, mas uns poucos preferiam cavalgar sem as tábuas pesadas de salgueiro. Os inimigos nos deixaram chegar ao centro do seu acampamento e deviam ter visto meus homens pegando as lanças, mas ainda assim não fizeram nada além de olhar para nós com uma expressão entediada. Esperei que os rapazes enrolassem as cordas de couro e depois voltassem a montar nas selas.

— Vão para o leste — gritei para os serviçais. — Esperem nos campos até serem chamados. Você não, Rorik.

Rorik era meu serviçal, um bom garoto. Era norueguês. Eu havia matado seu pai, capturado o garoto e agora o tratava como filho, assim como Ragnar, o Dinamarquês, tinha me tratado depois de suas forças matarem meu pai em batalha.

— Eu não, senhor?

— Você vem comigo, e esteja com a trombeta a postos. Fique atrás de mim! E você não precisa dessa lança.

Ele colocou a lança fora do meu alcance.

— É de reserva, para o senhor — argumentou. Estava mentindo, é claro. Mal podia esperar para usar a arma.

— Não seja morto, seu idiota — rosnei para ele, depois esperei até os garotos e os cavalos de carga estarem em segurança fora da borda do acampamento. — Vocês sabem o que fazer — gritei para meus homens. — Então façam!

E começou.

As terras selvagens

* * *

Nos espalhamos numa linha e esporeamos os cavalos.

A fumaça das fogueiras era acre. Um cachorro latiu, uma criança chorou. Três corvos voaram para o leste, as asas escuras contra as nuvens cinzentas, e eu me perguntei se isso seria um presságio. Esporeei os flancos de Tintreg, e ele disparou. Finan estava à minha direita, Berg à esquerda. Eu sabia que os dois estavam me protegendo e me ressenti disso. Eu podia estar velho, mas não fraco. Baixei a ponta da lança, cutuquei Tintreg com um joelho, me inclinei na sela e deixei a ponta da lança cravar no ombro de um homem. Senti a lâmina atingir osso, diminuí o impulso e ele se virou com os olhos repletos de dor e perplexidade. Eu não tentara matá-lo, apenas aterrorizá-lo. Passei por ele, senti a lança se soltar do ombro, levantei-a e vi o pânico começar.

Imagine que você está com frio, entediado e faminto. Talvez fraco por causa de uma doença, porque o acampamento fedia a merda. Seus comandantes só lhe dizem mentiras. Se eles têm alguma ideia de como acabar com o cerco, além de simplesmente esperar, não revelaram. E o frio continua, dia após dia, um frio de rachar os ossos, e nunca há lenha suficiente, apesar de as mulheres irem catar todo dia. Dizem que o inimigo está passando fome, mas você também está. Chove. Alguns homens escapam, tentando voltar para casa com a mulher e os filhos, mas os guerreiros de verdade, as tropas domésticas que controlam as grandes barricadas próximas aos portões da cidade, patrulham a estrada para o leste. Se encontram algum fugitivo, ele é arrastado de volta e, se tiver sorte, é chicoteado até sangrar. Sua mulher, se for jovem, desaparece nas tendas onde vivem os guerreiros treinados. Você só consegue pensar em casa, e ainda que a casa seja pobre e seu trabalho nos campos seja árduo, é melhor do que essa fome e esse frio sem fim. Prometeram vitória e você recebeu miséria.

Então, num fim de tarde com nuvens baixas, enquanto o sol mergulha no oeste, chegam os cavaleiros. Você vê grandes montarias carregando homens com cota de malha, uma lança comprida e uma espada afiada, homens com elmo e uma cabeça de lobo no escudo. Os homens estão gritando com você, o som dos cascos enormes soa alto na lama do acampamento, seus filhos gritam e suas mulheres se encolhem. E o que mais reluz na tarde de inverno não são

30

A guerra do lobo

as lâminas, nem mesmo a prata da crista dos elmos ou o ouro pendurado no pescoço dos agressores, e sim o sangue. Sangue reluzente, sangue repentino. Não era de espantar que entrassem em pânico.

Nós os conduzimos feito ovelhas. Eu tinha dito aos meus homens que poupassem as mulheres e as crianças, até mesmo a maioria dos homens, porque não queria que meus cavaleiros parassem. Queria ver os inimigos correndo e mantê-los correndo. Se parássemos para matar, daríamos tempo para esses inimigos encontrarem suas armas, pegar os escudos e montar alguma defesa. Era melhor galopar através das choupanas e afastar os inimigos dos escudos empilhados, das foices e dos machados. A ordem era atacar e seguir em frente, atacar e seguir em frente. Tínhamos vindo para trazer o caos, não a morte, pelo menos por enquanto. A morte viria depois.

E assim conduzimos os grandes cavalos pelo acampamento, os cascos levantando torrões de lama, as lanças afiadas. Se um homem resistisse, morria. Se corresse, nós o fazíamos correr mais rápido. Vi Folcbald, um frísio enorme, cravar a lança num pedaço de lenha em chamas numa fogueira e jogá-lo em cima de um abrigo, então outros dos meus homens o copiaram.

— Senhor! — gritou Finan. — Senhor!

Me virei e vi que ele estava apontando para o sul, onde homens corriam das tendas para a barricada precária diante do portão leste da cidade. Aqueles eram os guerreiros de verdade, as tropas domésticas.

— Rorik! — berrei. — Rorik!

— Senhor! — Ele estava a vinte passos de mim, virando o cavalo, pronto para perseguir três homens que usavam justilhos de couro e portavam machados.

— Toque a trombeta!

Ele esporeou o cavalo para vir até mim, contendo a montaria enquanto tentava ajeitar a lança e pegar a trombeta pendurada às costas por uma corda comprida. Um dos três homens, vendo as costas de Rorik viradas, correu para ele com um machado erguido. Abri a boca para alertá-lo, mas Finan tinha visto o sujeito, virado o cavalo e esporeado o animal. O homem tentou fugir para longe, Ladra de Alma reluziu, a lâmina refletindo as chamas de uma fogueira, e a cabeça do sujeito que portava o machado rolou para longe. O corpo deslizou no chão, mas a cabeça quicou uma vez, depois caiu na fogueira

As terras selvagens

onde a gordura que o homem havia esfregado no cabelo para limpar as mãos se incendiou com uma chama súbita e intensa.

— Nada mau para um avô — falei.

— Bastardos não contam, senhor — gritou Finan em resposta.

Rorik tocou a trombeta, tocou de novo e continuou tocando. E o som, pesaroso, insistente e alto, atraiu meus cavaleiros, voltando a reuni-los.

— Agora! Sigam-me! — gritei.

Tínhamos ferido a besta, agora precisávamos decapitá-la.

A maioria das pessoas fugindo do nosso ataque devastador tinha ido para o sul, na direção das grandes tendas que sem dúvida abrigavam os guerreiros treinados de Cynlæf. Foi para lá que cavalgamos, agora juntos, joelho com joelho, lanças abaixadas. A linha de cavaleiros só se dividia para evitar as fogueiras que lançavam fagulhas na escuridão que se aproximava. Depois, enquanto partíamos para um amplo espaço aberto entre os abrigos miseráveis e as tendas, aceleramos o passo. Mais homens apareceram entre as tendas, um deles carregando um estandarte que se abriu enquanto ele corria para a barricada destinada a impedir que os defensores saíssem pelo portão leste da cidade. A barricada era uma coisa grosseira, feita com carroças viradas e até um arado de disco, mas mesmo assim era um obstáculo formidável. Vi que o porta-estandarte estava segurando a bandeira de Æthelflaed, o ganso absurdo segurando uma cruz e uma espada.

Devo ter rido, porque Finan gritou para mim acima do som dos cascos na relva.

— Qual é a graça?

— Isso é loucura! — Eu estava me referindo a combater homens que lutavam sob um estandarte que eu havia protegido durante toda a minha vida adulta.

— É mesmo loucura! Lutar pelo rei Eduardo!

— O destino é estranho — comentei.

— Será que ele vai ficar agradecido? — Finan fez a mesma pergunta que minha filha havia feito.

— Aquela família nunca ficou agradecida. A não ser Æthelflaed.

— Talvez Eduardo leve o senhor para a cama dele, então — disse Finan, com alegria.

E então não houve mais tempo para conversa porque eu vi o porta-estandarte se virar de repente. Em vez de correr para a barricada, ele ia para o sul, na direção da arena, seguido pela maior parte dos guerreiros domésticos, o que me pareceu estranho. Seu número era equivalente ao nosso, ou chegava bem perto. Eles poderiam ter formado uma parede de escudos, usando a barricada para proteger a retaguarda, e nós teríamos dificuldade para derrotá-los. Cavalos não atacavam um obstáculo como uma parede de escudos bem-formada. Nossos garanhões iriam se desviar para longe, em vez de se chocar contra as tábuas. Com isso, seríamos obrigados a apear, fazer nossa própria parede e lutar, escudo contra escudo. E os sitiadores ao norte da fortaleza, os homens que ainda não tínhamos atacado, poderiam investir contra nossa retaguarda. Mas, em vez disso, os inimigos correram, liderados pelo porta-estandarte.

E então entendi.

Era a arena romana.

Eu tinha ficado intrigado com a falta de cavalos, e agora percebia que as montarias dos sitiadores deviam estar na arena, e não num dos pastos com cercas frágeis a leste. A construção enorme ficava junto ao canto sudeste da cidade, perto do rio, e era um grande círculo de pedras dentro do qual arquibancadas cercavam um espaço aberto onde os romanos assistiam a espetáculos violentos com guerreiros e animais medonhos. O espaço central da arena, cercado por um muro de pedras, era um local seguro, até mesmo ideal, para os cavalos. Nós estivéramos cavalgando para as tendas, pensando em encurralar os líderes rebeldes, mas agora eu gritava para os meus homens irem para a grande arena de pedra.

Quando eu era criança, os romanos me deixavam intrigado. O padre Beocca, que fora meu tutor e deveria me transformar num bom cristãozinho, louvava Roma por ser o lar do Santo Padre, o papa. Os romanos, dizia ele, trouxeram o evangelho para a Britânia, e Constantino, o primeiro cristão a comandar Roma, havia se declarado imperador em nossa própria Nortúmbria. Nada disso me fazia ficar inclinado a gostar de Roma ou dos romanos, mas

33

As terras selvagens

isso mudou quando eu tinha 7 ou 8 anos e Beocca havia entrado comigo na arena de Eoferwic. Eu havia encarado maravilhado as fileiras de assentos de pedra que se erguiam por todo lado, até a muralha externa, onde homens usavam martelos e pés de cabra para soltar os blocos de alvenaria que seriam usados para fazer novas construções na cidade cada vez maior. A hera se arrastava pelas arquibancadas, mudas brotavam de rachaduras na pedra, e a arena propriamente dita estava coberta de grama.

— Esse espaço — dissera o padre Beocca em voz baixa — é sagrado.

— Porque Jesus esteve aqui? — lembro-me de ter perguntado.

O padre Beocca me dera um cascudo.

— Não seja idiota, garoto. Nosso senhor nunca saiu da terra santa.

— Achei que o senhor tivesse dito que ele foi para o Egito uma vez.

Ele batera em mim outra vez, para encobrir o embaraço de ser corrigido. Beocca não era um mau sujeito; na verdade, eu o adorava, mesmo gostando tanto de zombar dele. E era fácil zombar do padre Beocca, porque ele era feio e aleijado. Isso era maldade, mas eu era uma criança, e crianças são bichos cruéis. Com o tempo reconheci a honestidade e a força de Beocca. E o rei Alfredo, que não era nenhum tolo, o valorizava tremendamente.

— Não, garoto — continuara Beocca naquele dia em Eoferwic. — Este lugar é sagrado porque cristãos sofreram aqui por sua fé.

Eu sentira o cheiro de uma boa história.

— Sofreram, padre? — eu perguntara, sério.

— Eles foram mortos de maneiras horríveis, horríveis!

— Como, padre? — eu insistira, disfarçando o entusiasmo.

— Alguns foram comidos por feras selvagens, alguns foram crucificados como nosso Senhor, outros foram queimados. Mulheres, homens, até crianças. Seus gritos santificam este espaço. — Ele havia feito o sinal da cruz. — Os romanos eram cruéis, até que viram a luz de Cristo.

— E depois eles pararam de ser cruéis, padre?

— Eles se tornaram cristãos — respondera ele evasivamente.

— Foi por isso que eles perderam suas terras?

Beocca me dera outro cascudo, mas não com força nem raiva; no entanto, havia plantado uma semente em mim. Os romanos! Na infância era a força

A guerra do lobo

deles que me impressionava. Eles tinham vindo de tão longe e, ainda assim, conquistaram nossa terra. Na época ela não era nossa, mas ainda assim era uma terra distante. Eles eram vencedores e guerreiros, eram heróis para uma criança, e o desdém de Beocca só os tornava mais heroicos para mim. Naquela época, antes da morte do meu pai e antes de Ragnar, o Dinamarquês, me adotar, eu achava que era cristão. Mas nunca tive a fantasia de ser um herói cristão enfrentando uma fera selvagem na decadente arena de Eoferwic. Em vez disso, sonhava em lutar naquela arena e me via colocando o pé no peito ensanguentado de um guerreiro caído, enquanto milhares de pessoas gritavam e aplaudiam. Eu era uma criança.

Agora, velho e de barba grisalha, ainda admiro os romanos. Como poderia não admirar? Não éramos capazes de construir uma arena, nem de erguer muralhas como as que cercavam Ceaster. Nossas estradas eram trilhas lamacentas, as deles eram ladeadas por pedras e retas feito lanças. Eles construíam templos de mármore, nós fazíamos igrejas de toras de madeira. Nossos pisos eram de terra batida e juncos, os deles eram maravilhas de ladrilhos intricados. Eles adornaram a terra com maravilhas, e nós, que tínhamos tomado a terra, só podíamos olhar essas maravilhas se deteriorar ou repará-las com barro e palha. Certo, eles eram cruéis, mas nós também somos. A vida é cruel.

De repente, notei berros vindo das ameias. Olhei para a direita e vi guerreiros com elmos correndo no topo da muralha. Eles nos acompanhavam da melhor forma possível e nos instigavam a avançar. Os gritos pareciam ser de mulheres, mas eu só via homens lá, um deles balançando uma lança acima da cabeça como se nos encorajasse a matar. Ergui a lança para ele, e o homem respondeu dando pulos. Ele tinha fitas brancas e vermelhas presas no alto do elmo. Gritou alguma coisa para mim, mas estava longe demais e não pude captar suas palavras, apenas sentir que ele estava comemorando.

Não era de espantar que a guarnição estivesse feliz. Seu inimigo havia entrado em colapso e o cerco tinha sido interrompido, ainda que a maior parte das tropas de Cynlæf continuasse no acampamento. Mas essas tropas não demonstravam a menor vontade de lutar. Tinham fugido ou se escondido nos abrigos. Só as tropas domésticas se opunham a nós, e agora estavam correndo para a segurança duvidosa da velha arena. Nós alcançamos alguns retardatários e cravamos lanças nas costas deles enquanto corriam aos tropeços para o sul, ao passo que outros, mais sensatos, jogavam as armas no chão e se ajoelhavam numa rendição abjeta. Agora a luz se esvaía. A pedra avermelhada da arena refletia as chamas das fogueiras mais próximas, fazendo com que a alvenaria parecesse ter sido lavada em sangue. Contive Tintreg perto da entrada da arena enquanto meus homens, rindo e empolgados, continham os cavalos em volta.

— Só existe essa entrada? — perguntou Finan.

— Pelo que lembro, sim, mas mande meia dúzia de homens dar a volta na arena, para garantir.

A única entrada era um túnel em arco que passava por baixo das arquibancadas até chegar à arena propriamente dita, e à luz fraca do dia era possível ver homens empurrando uma carroça para criar uma barricada na outra ponta do túnel. Eles nos olhavam com temor, mas não fiz menção de atacá-los. Eram idiotas e, como idiotas, estavam condenados.

Condenados porque tinham se colocado numa armadilha. Era verdade que havia outras entradas para a arena, mas essas, espaçadas regularmente ao redor de toda a construção, só levavam à arquibancada, e não ao espaço de luta no centro da arena. Os homens de Cynlæf mantiveram os cavalos na arena, o que fazia sentido; entretanto, no desespero de escapar, fugiram para os cavalos, e assim se viram cercados por pedras, com apenas uma saída, e meus homens vigiavam esse túnel.

Vidarr Leifson, um dos meus guerreiros noruegueses, tinha conduzido cavaleiros ao redor de toda a construção e voltou para confirmar que só havia uma entrada para a arena de combate.

— E o que vamos fazer, senhor? — perguntou ele, virando-se na sela para perscrutar o interior do túnel. Sua respiração formava uma névoa no ar frio do fim da tarde.

— Vamos deixá-los apodrecer.

— Eles podem subir para a arquibancada? — perguntou Berg.

— Provavelmente.

Havia um muro pouco mais alto que um homem que impedia as feras selvagens de subir e destroçar os espectadores, de modo que nosso inimigo poderia ir para as arquibancadas e tentar escapar por uma das escadas, mas isso implicava abandonar seus preciosos cavalos. E assim que saíssem da arena ainda precisariam lutar para passar pelos meus homens.

— Bloqueiem todas as entradas — ordenei — e acendam fogueiras no fim de cada escada.

As barricadas atrapalhariam qualquer tentativa de fuga por parte dos homens de Cynlæf, e as fogueiras aqueceriam minhas sentinelas.

— Onde a gente vai arranjar lenha? — perguntou Godric. Ele era jovem, um saxão, e já foi meu serviçal.

— A barricada, seu idiota — avisou Finan, apontando para a muralha improvisada pelos sitiadores, que protegia a estrada que levava ao portão leste.

E nesse momento, enquanto a luz do dia escorria para o oeste, vi homens vindo da cidade. O portão leste tinha sido aberto, e doze cavaleiros passavam pelo espaço estreito entre o fosso da cidade e a barricada abandonada.

— Montem as barreiras! — ordenei aos meus homens, depois virei um cansado Tintreg e o esporeei para ir ao encontro dos homens que tínhamos salvado.

Nós os encontramos ao lado do profundo fosso da cidade. Esperei lá, observando os cavaleiros que se aproximavam. Eram comandados por um rapaz alto, vestindo cota de malha e usando um belo elmo decorado com ouro, que reluzia vermelho por causa das fogueiras distantes. As placas laterais do elmo estavam abertas, revelando que ele tinha passado a ter barba desde a última vez que o vira, e a barba, preta e curta, o fazia parecer mais velho. Eu sabia que ele estava com 25 ou 26 anos, não conseguia lembrar exatamente quando havia nascido, mas agora era um homem em seu auge, belo e confiante. Além disso, era um cristão fervoroso, apesar de todos os meus esforços para convencê-lo do contrário, e uma grande cruz de ouro pendia em seu peito, balançando sobre os elos brilhantes da cota de malha. Havia mais ouro na boca da bainha da espada, nos arreios do cavalo e na borda do broche que prendia sua capa escura, e um aro fino de ouro circulava o elmo. Ele puxou as rédeas perto o bastante para estender a mão e dar um tapinha no pescoço de Tintreg, e vi que ele usava dois anéis de ouro por cima do couro preto e fino das luvas. Sorriu.

— O senhor é a última pessoa que eu esperava — comentou.

As terras selvagens

E eu xinguei. Era um bom palavrão, curto e brutal.

— Esse é o modo correto — perguntou ele, em tom afável — de saudar um príncipe?

— Eu devo dois xelins a Finan — expliquei.

Porque tinha começado a nevar.

É um dos privilégios da idade ficar num salão aquecido pelo fogo enquanto na noite a neve cai e as sentinelas tremem de frio, alertas para inimigos tentando escapar de uma armadilha que eles mesmos criaram. No entanto, eu não tinha certeza de quem estava preso numa armadilha, nem de quem controlava a armadilha.

— Eu não mandei o padre Swithred pedir ajuda — avisou Æthelstan. — O seu monge mentiu. E o padre Swithred está bem de saúde, graças a Deus.

O príncipe Æthelstan era o filho mais velho do rei Eduardo. Sua mãe era uma garota bonita de Cent, filha de um bispo, e a pobre coitada havia morrido no parto, quando deu à luz também a irmã de Æthelstan, Eadgyth. Depois da morte da garota bonita, Eduardo se casou com uma jovem saxã ocidental e teve outro filho, o que tornou Æthelstan uma inconveniência. Ele era o filho mais velho do rei, o ætheling, mas tinha um meio-irmão mais novo cuja mãe vingativa queria vê-lo morto porque Æthelstan estava entre o filho dela e o trono de Wessex. Assim, ela e seus apoiadores espalharam o boato de que Æthelstan era bastardo porque Eduardo jamais se casara com a garota bonita de Cent. Ele havia de fato se casado com ela, porém em segredo, porque seu pai não tinha lhe dado permissão. E ao longo dos anos o boato foi sendo incrementado, de modo que agora diziam que a mãe de Æthelstan era filha de um pastor, uma prostituta de origem inferior, e que nenhum príncipe se casaria com uma jovem dessas. As pessoas acreditavam no boato porque a verdade é sempre frágil diante de uma mentira fervorosa.

— É verdade! — disse Æthelstan, agora. — Não precisávamos de ajuda, eu não pedi nenhuma.

Por um momento me limitei a encará-lo. Eu amava Æthelstan como um filho. Durante anos o protegera, lutara por ele, ensinara-o a ser um guerreiro.

A guerra do lobo

Quando o irmão Osric dissera que ele estava sob cerco e com dificuldades, eu partira para resgatá-lo. Não importava que salvar Æthelstan fosse contra os interesses da Nortúmbria. Eu havia jurado protegê-lo, e lá estava eu, no grande salão romano onde ele tinha acabado de dizer que jamais pedira minha ajuda.

— Você não mandou o padre Swithred? — perguntei.

Um pedaço de lenha rachou no fogo e lançou uma fagulha reluzente nos juncos. Apaguei-a com o pé.

— É claro que não! Ele está aqui. — Æthelstan apontou para o outro lado do salão, onde o padre alto e severo me olhava com suspeitas. — Eu pedi ao arcebispo Athelm que o nomeasse bispo de Ceaster.

— E não o mandou para fora da cidade?

— É claro que não! Eu não precisava disso.

Olhei para Finan, que deu de ombros. O vento tinha ficado mais forte, levando a fumaça de volta para o interior do grande salão que fizera parte da casa do comandante romano. O teto era feito de traves fortes de madeira cobertas com telhas, muitas das quais ainda existiam, embora em algum momento um saxão tivesse aberto um buraco nas telhas para deixar a fumaça sair. Agora o vento frio soprava a fumaça de volta, fazendo-a girar em torno das vigas enegrecidas. Flocos de neve entravam pelo buraco, alguns poucos chegavam a durar o suficiente para morrer na mesa onde comíamos.

— Então você nunca procurou a minha ajuda? — perguntei de novo.

— Quantas vezes eu terei de dizer? — Ele empurrou a garrafa de vinho para mim. — E, além do mais, se eu precisasse de ajuda, por que chamaria o senhor quando as forças do meu pai estão mais próximas? O senhor não me ajudaria mesmo!

Resmunguei diante desse comentário.

— Por que eu não ajudaria você? Eu fiz um juramento de protegê-lo.

— Mas a Mércia em dificuldades é bom para a Nortúmbria, certo?

Assenti com relutância.

— É.

— Porque se nós, os mércios, lutarmos uns contra os outros, não poderemos lutar contra vocês.

— O senhor quer lutar contra nós, senhor príncipe? — perguntou Finan.

Æthelstan sorriu.

— Claro que quero. A Nortúmbria é governada por um pagão, por um norueguês...

— Pelo meu genro — interrompi severamente.

— ... e é o destino dos saxões — Æthelstan ignorou minhas palavras — ser um só povo, sob um rei e um Deus.

— O seu deus — vociferei.

— Não existe nenhum outro — disse ele num tom gentil.

Tudo que ele dizia fazia sentido, exceto o absurdo sobre um deus, e esse bom senso implicava que eu tinha sido atraído para atravessar a Britânia sem um bom propósito.

— Eu devia ter deixado você aqui para apodrecer — rosnei.

— Mas não deixou.

— O seu avô sempre dizia que eu era um tolo.

— Meu avô estava certo com relação a muitas coisas. — Æthelstan sorriu. Seu avô era o rei Alfredo.

Me levantei e fui até a porta do salão. Abri-a e fiquei encarando o brilho das fogueiras acima da muralha leste. Boa parte dessa luz vinha do acampamento onde os homens de Cynlæf se abrigavam da nevasca que vinha do norte. Braseiros ardiam no alto da muralha, onde lanceiros cobertos por capas vigiavam o inimigo encolhido de medo. A luz mais forte, proveniente de duas tochas do lado de fora da grande porta dupla do salão, mostrava a neve recém-caída se acumulando nas paredes da casa.

Então o irmão Osric havia mentido. Nós o trouxéramos para o sul, mas me cansei das suas reclamações intermináveis sobre o frio e as feridas causadas pela sela, por isso permiti que ele se separasse de nós em Mameceaster, onde, segundo ele, a igreja lhe ofereceria abrigo. Eu devia ter matado o filho da mãe. Tremi, de repente sentindo o frio da noite.

— Rorik! — gritei para dentro do salão. — Traga minha capa!

O irmão Osric havia mentido. O monge me dissera que Æthelstan tinha menos de cem guerreiros, mas na verdade ele tinha o dobro disso, o que ainda era uma guarnição muito pequena para um lugar do tamanho de Ceaster, porém suficiente para repelir os ataques débeis feitos por Cynlæf. O irmão

Osric tinha dito que a guarnição passava fome, mas na verdade os armazéns ainda tinham metade da colheita do ano anterior. Uma mentira havia me trazido a Ceaster. Mas por quê?

— Sua capa, senhor — disse uma voz zombeteira.

Eu me virei e vi que o próprio príncipe Æthelstan havia trazido a pesada vestimenta de pele. Ele também estava usando uma capa. Assentiu com a cabeça para uma das sentinelas fechar a porta do salão atrás de nós, depois parou ao meu lado, observando a neve cair leve e implacável.

— Eu não mandei chamá-lo — disse, pondo a pele pesada nos meus ombros —, mas obrigado por ter vindo.

— Então quem mandou o monge?

— Talvez ninguém.

— Ninguém?

Æthelstan deu de ombros.

— Talvez o monge soubesse do cerco e quisesse buscar ajuda, mas sabia que o senhor desconfiaria dele, por isso inventou a história do padre Swithred.

Balancei a cabeça.

— Ele não era tão esperto assim. E estava apavorado.

— O senhor apavora muitos cristãos — disse Æthelstan com indiferença.

Observei a neve dando a volta no canto da casa do outro lado.

— Eu deveria ir para Hwite.

— Hwite? Por quê?

— Porque o monge veio do mosteiro de lá.

— Não existe mosteiro em Hwite. Eu gostaria de construir um, mas... — A voz de Æthelstan ficou no ar.

— O cretino mentiu — falei, com sede de vingança. — Eu devia saber!

— Saber? Como?

— Ele disse que o padre Swithred caminhou daqui para o sul. Como ele poderia ter feito isso? A ponte estava quebrada. E por que mandar Swithred? Você mandaria um homem mais novo.

Æthelstan estremeceu.

— Por que o monge mentiria? Talvez ele só quisesse buscar ajuda.

— Buscar ajuda — falei, com desprezo. — Não, o desgraçado queria me tirar de Bebbanburg.

41

As terras selvagens

— Então alguém pode atacar a fortaleza?

— Não. Bebbanburg não vai cair. — Eu havia deixado meu filho no comando e ele tinha o dobro de guerreiros necessários para sustentar aquela fortaleza desolada e intimidadora.

— Então alguém quer afastá-lo de Bebbanburg — concluiu Æthelstan com firmeza. — Porque enquanto o senhor estiver em Bebbanburg ninguém pode alcançá-lo, mas agora? Agora podem.

— Então por que deixar que eu viesse até aqui? Se quisessem me matar, por que esperar até eu estar entre amigos?

— Não sei — disse ele, e eu também não sabia.

O monge havia mentido, mas eu não conseguia imaginar o motivo. Era uma armadilha, claro, mas quem a montara e por que fizera disso um mistério? Æthelstan bateu com os pés no chão, depois fez um gesto me chamando para acompanhá-lo até o outro lado da rua, e nossos passos deixaram as primeiras marcas na neve recém-caída.

— Mesmo assim — continuou —, estou feliz pelo senhor ter vindo.

— Eu não precisava vir.

— Não estávamos correndo perigo real. E meu pai mandaria ajuda na primavera.

— Mandaria?

Ele ignorou a descrença violenta que havia na minha voz.

— Tudo mudou em Wessex — disse em tom afável.

— A nova mulher? — perguntei causticamente, me referindo à nova esposa do rei Eduardo.

— Que é sobrinha da minha mãe.

Disso eu não sabia. O que eu sabia era que o rei Eduardo havia descartado a segunda esposa e casado com uma garota mais nova, de Cent. Agora a esposa mais velha estava num convento. Eduardo afirmava ser um bom cristão, e os cristãos dizem que o casamento é para a vida inteira, mas sem dúvida um farto pagamento em ouro ou terras reais convenceria a igreja de que sua doutrina estava errada, e o rei poderia descartar uma mulher e se casar com outra.

— Então agora você está sendo visto com aprovação, senhor príncipe? É o herdeiro outra vez?

A guerra do lobo

Ele meneou a cabeça. Nossos passos chiavam na neve. Ele estava me conduzindo por um beco que nos levaria ao portão leste. Dois dos seus guardas nos seguiam, mas não perto o suficiente para escutar a conversa.

— Dizem que meu pai ainda gosta de Ælfweard.

— Seu rival — falei com amargura. Eu desprezava Ælfweard, o segundo filho de Eduardo, que era um merda de fuinha petulante.

— Meu meio-irmão — corrigiu Æthelstan, reprovando meu tom —, que eu amo.

— Ama?

Por um momento ele não respondeu. Estávamos subindo a escada romana da muralha leste, onde braseiros aqueciam as sentinelas. Paramos no topo, encarando o acampamento do inimigo derrotado.

— Você ama mesmo aquele bostinha?

— Devemos amar uns aos outros.

— Ælfweard é desprezível.

— Ele pode ser um bom rei — declarou Æthelstan baixinho.

— E eu vou ser o próximo arcebispo de Contwaraburg.

— Isso seria interessante — comentou Æthelstan, divertindo-se. Eu sabia que ele desprezava Ælfweard tanto quanto eu, mas dizia o que era seu dever familiar. — A mãe de Ælfweard deixou de ser vista com aprovação, mas a família dela ainda é rica, ainda é forte, e jurou lealdade à nova esposa.

— É mesmo?

— O tio de Ælfweard é o novo ealdorman. Ele ficou do lado de Eduardo e não fez nada para ajudar a irmã.

— O tio de Ælfweard — intervim com selvageria — seria capaz de prostituir a própria mãe para tornar Ælfweard rei.

— Provavelmente — concordou Æthelstan, sem raiva.

Estremeci, e não era por causa do frio. Estremeci porque senti uma armadilha naquelas palavras. Ainda não fazia ideia do motivo para ser atraído para o outro lado da Britânia, mas suspeitava de que sabia quem tinha montado a armadilha.

— Eu sou um velho idiota — falei.

— E o sol vai nascer amanhã.

As terras selvagens

— Senhor príncipe! Senhor príncipe! — interrompeu-nos uma voz agitada.

Um guerreiro pequeno corria pelo topo da muralha, vindo ao nosso encontro; era um guerreiro pequeno feito uma criança, mas vestindo cota de malha, carregando uma lança e usando um elmo decorado com fitas vermelhas e brancas.

— Irmã Sunngifu — disse Æthelstan com carinho enquanto a pequena figura se ajoelhava na frente dele. Ele encostou a mão enluvada no elmo da jovem, e ela sorriu para Æthelstan, com expressão de adoração. — Este é o senhor Uhtred de Bebbanburg — disse, me apresentando. — E a irmã Sunngifu — agora ele falava comigo — reuniu um grupo de cinquenta mulheres que montam guarda na muralha para dar aos meus guerreiros a chance de descansar e enganar o inimigo com relação aos nossos números. O ardil funcionou bem!

Sunngifu olhou para mim e deu um sorriso deslumbrante.

— Eu conheço o senhor Uhtred, senhor príncipe.

— Claro que conhece — disse ele. — Agora eu me lembro, você me contou.

Sunngifu sorria como se tivesse esperado a vida inteira para me encontrar. Vi que ela estava usando um hábito cinza de freira por baixo da cota de malha e da capa pesada. Baixei a mão e ergui gentilmente o elmo enfeitado de fitas, apenas o suficiente para ver sua testa, e ali estava a marquinha de nascença, avermelhada, em formato de maçã. O único defeito numa das mulheres mais lindas que já vi. Ela me encarava com diversão no olhar.

— É bom ver o senhor de novo — disse com humildade.

— Olá, Ratinha — falei.

A pequena guerreira era Ratinha, Sunngifu, irmã Gômer, viúva de um bispo, prostituta e encrenqueira.

E que se dane a armadilha! De repente eu me sentia feliz por estar em Ceaster.

DOIS

— ENTÃO O SENHOR se lembra da irmã Sunngifu? — perguntou Æthelstan. Tínhamos descido da muralha e estávamos saindo da cidade pelo portão leste, indo inspecionar as sentinelas que vigiavam o inimigo encurralado na arena. Estava frio, a neve deixava o chão traiçoeiro, e Æthelstan devia se sentir tentado a ficar no calor do salão, mas estava fazendo o que sabia que devia ser feito — compartilhava o desconforto dos seus homens.

— É difícil esquecer Sunngifu — respondi.

Agora uma dúzia de guardas de Æthelstan nos seguia. A menos de quinhentos metros havia centenas de inimigos derrotados, embora eu não esperasse encrenca por parte deles. Eles foram intimidados e agora se abrigavam em suas choupanas improvisadas esperando para ver o que a manhã traria.

— Fico surpreso por ela ter se tornado uma freira.

— Ela não é freira — corrigiu Æthelstan. — É uma noviça, quando não está fingindo ser um soldado.

— Sempre achei que ela iria se casar outra vez — continuei.

— Não se ela for chamada ao serviço de Deus.

Eu ri disso.

— A beleza dela seria desperdiçada com o seu deus.

— A beleza — disse ele rigidamente — é a armadilha do diabo.

As fogueiras que tínhamos colocado em volta da arena iluminavam seu rosto. Æthelstan estava tenso, quase com raiva. Ele havia me perguntado sobre Sunngifu, mas agora estava claro que se sentia desconfortável falando dela.

— E como vai Frigga? — perguntei maliciosamente. Frigga era uma jovem que eu tinha capturado perto de Ceaster alguns anos antes e dado a Æthelstan. — Pelo que me lembro, ela é linda, eu quase fiquei com ela.

— O senhor é casado — censurou ele.

— Você não é — retruquei. — E já passou da hora de estar.

— Haverá tempo para o casamento — disse Æthelstan, com desdém. — E Frigga se casou com um dos meus homens. Agora ela é cristã.

Pobrezinha, pensei.

— Mas você deveria se casar. Pode treinar com Sunngifu — provoquei. — Ela claramente adora você.

Æthelstan parou e me olhou, irritado.

— Isso é inapropriado! — Ele fez o sinal da cruz. — Com a irmã Sunngifu? A viúva do bispo Leofstan? Jamais! Ela é uma mulher bastante devota.

Por deus em seu céu sem graça, pensei enquanto caminhávamos. Então Æthelstan não conhecia a verdadeira história dela?

Nunca vou entender os cristãos. Consigo entender sua insistência em que o deus pregado ressuscitou dos mortos, andou sobre a água e curou doenças, porque todos os deuses podem fazer essas coisas. Não, são as outras crenças que me deixam atônito. Sunngifu tinha sido casada com o bispo Leofstan, um homem bom. Eu gostava dele. Ele era um tolo, claro, mas um tolo santo, e me lembro de ele dizer que um dos profetas do seu deus tinha se casado com uma prostituta chamada Gômer. Agora não lembro por que esse profeta se casou com uma prostituta, tudo está explicado no livro santo cristão. Mas me lembro de que não foi só porque ele queria fornicar com ela, tinha algo a ver com a religião, e o bispo Leofstan, que às vezes tinha o cérebro de uma mosca, decidiu fazer o mesmo. Tirou Sunngifu de algum bordel na Mércia e a tornou sua esposa. Ele me garantiu solenemente que sua Gômer, como insistia em chamá-la, tinha tomado jeito, fora batizada e era uma santa viva. No entanto, quando ele não estava olhando, Sunngifu se esfregava nos meus homens feito um esquilo ensandecido. Jamais contei a Leofstan, mas eu havia tentado expulsar Sunngifu de Ceaster para acabar com os ferimentos frequentes causados pelas brigas entre os meus homens disputando seus favores. Eu tinha fracassado e ali estava ela, até onde eu sabia, ainda fornicando alegremente.

46

A guerra do lobo

Caminhávamos para a arena iluminada pelas fogueiras com a neve girando à nossa volta.

— Você sabe que antes de Sunngifu se casar com o bispo ela era... — comecei.

— Basta! — interrompeu Æthelstan. Ele havia parado de novo e agora me olhava com ferocidade. — Se vai me dizer que a irmã Sunngifu era uma meretriz antes de se casar, eu sei! O que o senhor não entende é que ela viu o pecado da sua vida e se arrependeu! Ela é uma prova viva da redenção. Uma testemunha do perdão que apenas Jesus pode oferecer! Está me dizendo que isso é mentira?

Hesitei, depois decidi que era melhor deixar que ele acreditasse no que quisesse.

— É claro que não, senhor príncipe.

— Eu sofri durante toda a vida com fofocas maliciosas — disse ele com raiva, gesticulando para que eu continuasse andando. — E odeio isso. Eu conheço mulheres criadas na fé, mulheres devotas, mulheres cheias de boas obras, que são menos santas que Sunngifu! Ela é uma boa mulher, uma inspiração para todos nós! E merece uma recompensa celestial pelo que realizou aqui. Ela cuida dos feridos e conforta os aflitos.

Quase perguntei como ela administrava esse conforto, mas consegui conter minha língua. Não há como discutir com a devoção de Æthelstan, e o vi ficar cada vez mais devoto no correr dos anos. Eu tinha feito o máximo para convencê-lo de que os deuses antigos eram melhores, mas não consegui, e agora ele estava ficando cada vez mais parecido com o avô, o rei Alfredo. Æthelstan havia herdado a inteligência de Alfredo e seu amor pela igreja, mas acrescentou a isso a habilidade de um guerreiro. Æthelstan era, para resumir, formidável, e de repente percebi que, se tivesse acabado de encontrá-lo pela primeira vez, em vez de conhecê-lo desde a infância, provavelmente não gostaria dele. E, se esse jovem se tornasse rei, pensei, o sonho de Alfredo, de um único reino saxão sob um rei cristão, poderia muito bem se tornar realidade. De fato, isso provavelmente se tornaria realidade, o que significava que esse rapaz, que eu considerava um filho, era o inimigo da Nortúmbria. Meu inimigo.

— Por que eu sempre acabo lutando pelo lado errado? — perguntei.

As terras selvagens

Æthelstan deu uma risada, depois me surpreendeu dando um tapinha no meu ombro, talvez arrependido do tom raivoso que usara pouco antes.

— Porque no fundo o senhor é saxão. E porque, como já concordamos, o senhor é um tolo. Mas é um tolo que jamais será meu inimigo.

— Não? — perguntei em tom de ameaça.

— Não se depender de mim! — Ele continuou a passos largos para a entrada da arena, onde havia alguns dos meus homens perto da grande fogueira que ardia na passagem em arco. — Cynlæf continua aí dentro? — gritou.

Berg era a sentinela mais próxima, e me olhou como se perguntasse se deveria responder. Assenti.

— Ninguém saiu da arena, senhor — avisou ele.

— E temos certeza de que Cynlæf está aqui? — perguntei.

— Nós o vimos dois dias atrás — disse Æthelstan. Ele sorriu para Berg. — Imagino que vocês estejam sofrendo com o frio.

— Eu sou norueguês, senhor, o frio não me incomoda.

Æthelstan riu desse comentário.

— Mesmo assim vou mandar homens para render vocês. E amanhã? — Æthelstan fez uma pausa, distraído por Berg, que olhava para além dele.

— Amanhã vamos matá-los, senhor? — indagou Berg, ainda olhando para o norte, por cima do ombro de Æthelstan.

— Ah, vamos — respondeu Æthelstan baixinho. — Sem dúvida vamos matá-los. — Depois se virou para ver o que havia atraído a atenção de Berg. — E talvez devêssemos começar agora — acrescentou num tom penetrante.

Também me virei e vi doze homens se aproximando. Onze eram guerreiros, todos com cota de malha, capa, barba e elmo, e três carregavam um escudo com uma criatura pintada que supus ser um dragão. As espadas estavam embainhadas. A luz das fogueiras se refletia em ouro no pescoço de um homem e brilhava prateada numa cruz usada por um padre que os acompanhava. Os guerreiros pararam a cerca de vinte metros, mas o padre continuou andando até estar a dois passos de Æthelstan, então se ajoelhou.

— Senhor príncipe.

— De pé, de pé! Não espero que padres se ajoelhem diante de mim! Você representa Deus. Eu deveria me ajoelhar diante de você.

— Earsling — falei, porém baixo demais para Æthelstan ouvir.

48

A guerra do lobo

O padre se levantou. Ficou com duas crostas de neve presas ao manto preto, na altura dos joelhos. Tremia. E, para minha surpresa, e mais ainda para a perplexidade do padre, Æthelstan se adiantou e pôs sua capa grossa sobre os ombros do sujeito.

— O que o traz aqui, padre? — perguntou ele. — E quem é você?

— Sou o padre Bledod. — Era um homem magricela de cabelo preto e escorrido, sem chapéu, com barba hirsuta e olhos amedrontados. Ele mexeu, inquieto, na cruz de prata. — Obrigado pela capa, senhor.

— Você é galês?

— Sim, senhor. — O padre Bledod fez um gesto desajeitado para seus companheiros. — Aquele é Gruffudd de Gwent. Ele deseja falar com o senhor.

— Comigo?

— O senhor é o príncipe Æthelstan?

Æthelstan sorriu.

— Sou.

— Gruffudd de Gwent gostaria de voltar para casa, senhor — explicou o padre.

— Estou surpreso — disse Æthelstan num tom conciliador — por Gruffudd de Gwent ter pensado em sair de casa, para começo de conversa. Ou será que veio à Mércia desfrutar do clima?

O padre, que parecia ser o único galês capaz de falar a língua saxã, não teve o que responder. Ele se limitou a franzir a testa, enquanto os onze guerreiros nos olhavam numa beligerância muda.

— Por que ele veio? — perguntou Æthelstan.

O padre fez um gesto de impotência com a mão esquerda, depois ficou sem graça.

— Nós fomos pagos para vir, senhor — admitiu ele.

Pude ver que essa resposta deixou Æthelstan com raiva. Para os galeses ele sem dúvida parecia calmo, mas eu sentia sua fúria ao saber que a rebelião de Cynlæf havia contratado tropas galesas. Sempre houve inimizade entre a Mércia e Gales. Ambos faziam investidas um contra o outro, mas a Mércia, com seus campos férteis e pomares fartos, tinha mais a perder. O primeiro guerreiro que eu matei numa parede de escudos foi um galês que tinha vindo à Mércia roubar gado ou mulheres. Naquele dia matei quatro homens. Eu não

49

As terras selvagens

tinha cota de malha nem elmo, só um escudo emprestado e minhas duas espadas, e aquele foi o primeiro dia em que experimentei o júbilo da batalha. Nossa pequena força de mércios era comandada por Tatwine, um guerreiro monstruoso. E, quando a batalha terminou, quando a ponte onde havíamos lutado estava escorregadia de sangue, ele me elogiou.

— Deus me ama — eu me lembro de ele ter dito, espantado. — Mas você é selvagem.

Eu era um garoto, inexperiente e pouco treinado, e achei que aquilo fosse um elogio.

Æthelstan controlou a raiva.

— Você diz que Gruffudd vem de Gwent — disse, olhando para o homem que exibia o brilho de ouro no pescoço. — Mas diga, padre, Arthfael não é o rei de Gwent?

— É, senhor príncipe.

— E o rei Arthfael achou bom mandar homens para lutar contra o meu pai, o rei Eduardo?

O padre Bledod ainda parecia sem graça.

— O ouro foi pago a Gruffudd, senhor.

Essa resposta era evasiva, e Æthelstan sabia disso. Fez uma pausa, olhando para os guerreiros parados na neve.

— E quem é Gruffudd de Gwent?

— É parente de Arthfael — admitiu o padre.

— Parente?

— Irmão da mãe dele, senhor príncipe.

Æthelstan refletiu por um momento. Não devia ser uma surpresa a existência de tropas galesas no cerco. Os galeses e os mércios eram e sempre foram inimigos. O rei Offa, que governara a Mércia nos dias de grandeza, havia construído um muro e um fosso para marcar a fronteira e tinha jurado matar qualquer galês que ousasse cruzá-los, mas é claro que ousaram; na verdade, os galeses pareceram considerar a barreira um desafio. A rebelião mércia era uma oportunidade para os galeses enfraquecerem seu inimigo tradicional. Eles seriam idiotas se não tirassem proveito dos problemas dos saxões, e o reino de Gwent, que ficava do outro lado do fosso de Offa, devia ter espe-

A guerra do lobo

ranças de ganhar terras caso a rebelião de Cynlæf tivesse sucesso. A morte de alguns guerreiros era um preço pequeno a pagar se os galeses ganhassem boas terras agrícolas dos saxões. E estava claro que o rei Arthfael tinha feito essa barganha com Cynlæf. O padre Bledod fizera o máximo para absolver o rei de Gwent, e Æthelstan não o pressionou.

— Me diga — perguntou em vez disso. — Quantos homens Gruffudd de Gwent trouxe para Ceaster?

— Setenta e quatro, senhor.

— Então diga a Gruffudd de Gwent — e, a cada vez que repetia o nome, Æthelstan o infundia com mais desprezo — que ele e seus setenta e quatro homens estão livres para atravessar o rio e ir para casa. Não vou impedi-los.

E essa, achei, era a decisão correta. Não havia sentido em arranjar briga com uma força derrotada. Se Æthelstan tivesse optado por matar Gruffudd e seus galeses, o que era seu direito, a notícia do massacre se espalharia pelos reinos galeses e provocaria retaliação. Era melhor provocar a gratidão deixando que Gruffudd e seus homens rastejassem de volta para suas choupanas.

— Mas eles não podem viajar com nada além daquilo que trouxeram. Se roubarem uma cabra sequer eu matarei todos!

O padre Bledod não demonstrou preocupação com a ameaça. Devia tê-la esperado, e sabia tão bem quanto Æthelstan que era uma formalidade. Æthelstan só queria que os estrangeiros fossem embora da Mércia.

— Suas cabras estão em segurança, senhor — disse o padre, sendo engraçadinho —, mas o filho de Gruffudd não.

— O que tem o filho dele?

O padre apontou para a arena.

— Ele está lá dentro, senhor.

Æthelstan se virou e olhou para a arena, com suas paredes vermelho-sangue por causa do fogo e meio obscurecida pela neve.

— É minha intenção matar todos os homens que estiverem lá dentro.

O padre fez o sinal da cruz.

— Cadwallon ap Gruffudd é um refém, senhor.

— Refém! — Æthelstan não conseguiu esconder a surpresa. — Está me dizendo que Cynlæf não confia em Gruffudd de Gwent?

O padre não respondeu, mas não era preciso. Estava claro que o filho de Gruffudd tinha sido tomado como refém como garantia de que os guerreiros galeses não abandonariam a causa de Cynlæf. E isso, pensei, significava que Gruffudd devia ter dado motivo para Cynlæf duvidar da lealdade dos galeses.

— Quantos dos seus setenta e quatro homens ainda vivem, padre? — perguntei.

Æthelstan pareceu incomodado com minha intervenção, mas não disse nada.

— Sessenta e três, senhor — respondeu o padre.

— Vocês perderam onze homens atacando as muralhas?

— Sim, senhor. — O padre Bledod fez uma pausa. — Colocamos escadas no portão norte, senhor, tomamos a torre. — Ele estava falando de um dos dois bastiões que flanqueavam o portão romano. — Expulsamos os *sais* do topo da muralha, senhor.

Ele estava orgulhoso do feito dos homens de Gruffudd, e tinha todo o direito de estar.

— E vocês foram expulsos do portão — observou Æthelstan, baixinho.

— Pelo senhor, senhor príncipe — disse o padre. — Nós tomamos a torre, mas não pudemos mantê-la.

— E quantos *sais* — usei a palavra de Bledod para os saxões — morreram com vocês no portão?

— Nós contamos dez corpos, senhor.

— Não — retruquei. — Eu quero saber quantos homens de Cynlæf morreram com vocês.

— Nenhum, senhor. — O padre Bledod não conseguiu esconder o desprezo. — Nenhum.

Agora Æthelstan entendia minhas perguntas. Cynlæf havia deixado os galeses irem à frente no ataque e não fizera nada para ajudá-los. Os galeses lutaram e os saxões os abandonaram à própria sorte, e essa experiência fez com que Gruffudd e seus homens ficassem amargurados. Eles poderiam ter resistido à nossa chegada no dia anterior, mas optaram por não lutar porque tinham perdido a fé em Cynlæf e na sua causa. Æthelstan olhou para os guerreiros enfileirados atrás do padre e perguntou:

— O que Gruffudd pode me dar em troca da vida do filho dele?

52

A guerra do lobo

O padre se virou e falou com o homem baixo e de peito largo que usava a corrente de ouro no pescoço. Gruffudd de Gwent tinha rosto carrancudo, barba grisalha e emaranhada e um olho cego, o direito, branco feito a neve que caía. Uma cicatriz na bochecha mostrava onde a lâmina havia tirado a visão daquele olho. Ele falava em sua própria língua, é claro, mas eu conseguia ouvir a amargura nas palavras. Por fim, o padre Bledod se virou de novo para Æthelstan.

— O que o senhor príncipe deseja de Gruffudd?

— Eu quero ouvir o que ele tem a oferecer — respondeu Æthelstan. — O que vale o filho dele? Prata? Ouro? Cavalos?

Houve outra breve troca de palavras na língua galesa.

— Ele não oferecerá ouro, senhor — respondeu o padre —, mas pagará com o nome do homem que o contratou.

Æthelstan riu.

— Cynlæf o contratou! — disse. — Eu já sei disso! Você está desperdiçando meu tempo, padre.

— Não é Cynlæf. — O próprio Gruffudd respondeu num inglês hesitante.

— É claro que não foi Cynlæf — reagiu Æthelstan com escárnio. — Ele mandaria outra pessoa para subornar vocês. O diabo tem homens maus para fazer suas obras.

— Não é Cynlæf — repetiu Gruffudd, depois acrescentou alguma coisa em sua própria língua.

— Não foi Cynlæf — traduziu o padre Bledod. — Cynlæf não sabia nada da nossa vinda até chegarmos aqui.

Æthelstan não disse nada durante um tempo, depois estendeu a mão e gentilmente tirou a capa dos ombros do padre Bledod.

— Diga a Gruffudd de Gwent que vou poupar a vida do filho dele e que ele poderá partir amanhã ao meio-dia. Em troca do filho, ele me dará o nome do meu inimigo e a corrente de ouro que está em seu pescoço.

O padre Bledod traduziu a exigência, e Gruffudd assentiu com relutância.

— Está combinado, senhor príncipe — disse Bledod.

— E a corrente — prosseguiu Æthelstan — será dada à igreja.

— Earsling — falei outra vez, ainda baixo demais para os ouvidos de Æthelstan.

As terras selvagens

— E Gruffudd de Gwent — continuou Æthelstan — concordará em impedir que seus homens saqueiem a Mércia durante um ano inteiro. — Isso também foi acordado, mas eu suspeitei que era uma exigência sem sentido. Æthelstan poderia ter exigido que não chovesse durante um ano inteiro, e seria o mesmo que esperar que os galeses parassem com os roubos. — Vamos nos encontrar de novo amanhã — encerrou Æthelstan.

— Amanhã, *edling* — disse Gruffudd. — Amanhã.

Em seguida se afastou, acompanhado pelos seus homens e pelo padre Bledod. A nevasca estava mais forte, os flocos giravam à luz das fogueiras.

— Às vezes acho difícil lembrar que os galeses são cristãos — comentou Æthelstan, observando-os se afastar.

Sorri diante disso.

— Existe um rei em Dyfed chamado Hywel. Você ia gostar dele.

— Já ouvi falar.

— Ele é um homem bom — falei calorosamente, e me surpreendi com isso.

— E é cristão! — Æthelstan zombava de mim.

— Eu disse que ele era bom, e não perfeito.

Æthelstan fez o sinal da cruz, dizendo:

— Amanhã todos deveremos ser bons e poupar a vida de um galês.

E descobrir o nome de um inimigo. Eu estava bastante confiante de que já sabia qual era, mas não podia ter certeza absoluta, apesar de ter certeza de que um dia precisaria matá-lo. Assim um galês devia viver para que um saxão pudesse morrer.

Edling, um título galês, o mesmo que o nosso ætheling, e significa o filho do rei que seria o próximo rei. Gruffudd de Gwent, que eu presumia que fosse algum tipo de chefe tribal, talvez até mesmo um rei menor, tinha usado o título para lisonjear Æthelstan, porque ninguém sabia quem iria suceder ao rei Eduardo. Æthelstan era o filho mais velho, embora os boatos maliciosos disseminados pela igreja insistissem que ele era bastardo, e quase todos os ealdormen de Wessex apoiavam Ælfweard, o segundo filho de Eduardo, que era indubitavelmente legítimo.

— Deveriam me tornar rei de Wessex — falei a Æthelstan no dia seguinte. Ele pareceu chocado. Talvez não estivesse totalmente desperto e achasse que tinha ouvido mal.

— O senhor!

— Eu.

— Pelo amor de Deus, por quê?

— Só acho que o homem mais bonito do reino deveria ser rei.

Então ele entendeu que eu estava brincando, mas não se sentia com clima para dar risadas. Æthelstan só resmungou e instigou o cavalo. Ele comandava sessenta dos seus guerreiros e eu levava todos os meus que já não estivessem guardando a arena onde o padre Bledod nos esperava. Eu tinha dito ao padre galês que se juntasse a nós.

— De que outro modo saberemos quem é o garoto de Gruffudd? — eu explicara.

À nossa esquerda muitos dos homens derrotados de Cynlæf já caminhavam para o leste com as mulheres e os filhos. Eu tinha mandado Finan com vinte homens espalhar a notícia de que eles deveriam ir embora ou então enfrentar meus guerreiros, e a pequena força de Finan não recebeu oposição. A rebelião, pelo menos naquela parte da Mércia, havia ruído sem luta.

— O padre Swithred — comentou Æthelstan enquanto observava os homens se afastarem — achava que deveríamos matar um homem em cada dez. Ele disse que era o método romano.

— Por que você não faz isso?

— O senhor acha que eu deveria?

— Não — respondi com firmeza. — Eu acho que você deveria deixá-los ir. A maioria deles não é de guerreiros. São pessoas comuns que cuidam dos campos, criam gado, abrem valas e plantam os pomares. São carpinteiros e pisoeiros, trabalham com couro e aram a terra. Vieram para cá porque receberam ordens, mas assim que retornarem para casa vão voltar a trabalhar. Seu pai precisa deles. A Mércia não tem utilidade se estiver faminta e pobre.

— Não tem utilidade se estiver rebelde.

— Você venceu, e a maioria desses homens não saberia distinguir uma rebelião de um peido molhado. Eles foram trazidos para cá. Então deixe que voltem para casa.

As terras selvagens

— Talvez meu pai discorde.

Zombei dessa declaração.

— Então por que seu pai não mandou reforços?

— Ele está doente. — Æthelstan fez o sinal da cruz.

Deixei Tintreg se desviar de um cadáver insepulto, um dos guerreiros de Cynlæf que tínhamos matado no dia anterior. A neve havia se assentado sobre o corpo, formando uma mortalha macia.

— O que há de errado com o rei?

— Tribulações — respondeu Æthelstan secamente.

— E como se cura isso?

Ele cavalgou alguns passos em silêncio.

— Ninguém sabe o que o aflige — disse por fim. — Ele engordou e está com pouco fôlego. Mas tem dias em que parece se recuperar, graças a Deus. Ainda é capaz de cavalgar, mas ele só gosta mesmo é de caçar, e ainda consegue governar.

— O problema parece ser uma espada velha numa bainha nova.

— Como assim?

— Parece que a nova esposa o está exaurindo.

Æthelstan pareceu contrariado, mas não discutiu. Em vez disso olhou para o céu, que tinha ficado límpido durante a noite. Um sol forte se refletia na neve. Ela iria derreter rápido, pensei, tão rápido quanto o cerco havia terminado.

— Acho que ele está esperando que o tempo melhore — continuou Æthelstan. — O que significa que talvez venha logo. E não vai ficar feliz ao saber que os rebeldes estão indo embora sem punição.

— Então puna os líderes.

Os líderes da rebelião, pelo menos no norte da Mércia, tinham se encurralado na arena.

— É o que pretendo fazer.

— Então seu pai vai ficar feliz.

Em seguida, instiguei Tintreg até a entrada da arena, onde Finan esperava.

— Algum problema? — gritei para ele.

Finan havia rendido Berg no meio da noite, levando guerreiros descansados para montar guarda. Æthelstan também tinha mandado uns vinte homens e, como Finan, todos pareciam com frio e cansados.

Finan cuspiu, evidentemente um gesto de desprezo para com os homens encurralados na arena.

— Eles fizeram um esforço débil para sair. Nem passaram pela própria barricada. Agora querem se render.

— Quais são os termos? — perguntou Æthelstan. Ele tinha ouvido Finan e avançado com seu cavalo.

— Exílio — respondeu Finan num tom lacônico.

— Exílio? — perguntou Æthelstan bruscamente.

Finan deu de ombros, sabendo qual seria a resposta do príncipe.

— Eles estão dispostos a abrir mão de suas terras e ir para o exílio, senhor príncipe.

— Exílio! — exclamou Æthelstan. — Diga que minha resposta é não. Eles podem se entregar à minha justiça; caso contrário, que lutem.

— Exile-os para a Nortúmbria — sugeri maliciosamente. — Nós precisamos de guerreiros. — Eu queria dizer que precisávamos de guerreiros para resistir à invasão inevitável que engoliria a Nortúmbria quando os problemas com os mércios chegassem ao fim.

Æthelstan me ignorou.

— Como você está falando com eles? — perguntou a Finan. — Só está gritando da entrada?

— Não, o senhor pode entrar, senhor príncipe.

Finan apontou para a escada mais próxima, que levava à arquibancada. Aparentemente às primeiras luzes do dia Finan ordenara que a barricada que estava lá fosse retirada e levara uns vinte homens até os assentos da arena, de onde podiam olhar para o inimigo encurralado.

— Quantos estão lá? — perguntou Æthelstan.

— Contei oitenta e dois, senhor príncipe. — Finan se adiantou para segurar as rédeas do cavalo de Æthelstan. — Pode haver alguns que não vimos, dentro da construção. E algumas pessoas que vimos são serviçais, claro. Algumas mulheres também.

— São todos rebeldes — vociferou Æthelstan. Então ele apeou e caminhou em direção à escada, seguido pelos seus homens.

Finan olhou para mim, que ainda estava montado em Tintreg.

As terras selvagens

— O que ele quer fazer?

— Matar todos.

— Mas vai deixar os galeses viverem?

— Um inimigo de cada vez.

Finan se virou para olhar para Æthelstan e todos os seus guerreiros subindo pela escada mais próxima.

— Ele mudou, não foi?

— Mudou?

— Ficou severo. Ele costumava rir um bocado, lembra?

— Ele era um garoto. E eu tentei ensiná-lo a ser rei.

— Ensinou bem, senhor.

— Bem demais — falei baixinho, porque Æthelstan tinha ficado parecido com o avô, e Alfredo nunca foi meu amigo.

Eu pensava em Æthelstan como um filho. Eu o tinha protegido durante a infância, o tinha treinado como guerreiro, mas nos últimos anos ele havia endurecido, e agora acreditava que seu destino levava a um trono apesar de todos os obstáculos que homens ambiciosos colocariam no caminho. E, quando fosse rei, pensei, ele levaria espadas e lanças até a Nortúmbria, seria o nosso conquistador, exigiria que eu lhe prestasse homenagens e exigiria minha obediência.

— Se eu tivesse algum tino, ficaria do lado de Cynlæf — falei a Finan enquanto apeava.

Ele riu.

— Não é tarde demais.

— Wyrd bið ful aræd — falei, e é verdade. O destino é inexorável. O destino é tudo. Nós fazemos juramentos, escolhas, mas o destino toma as decisões por nós.

Æthelstan era meu inimigo, mas eu tinha jurado protegê-lo.

Então eu disse a Finan que ele devia ficar fora da arena, disse o que ele devia fazer ali, depois segui meu inimigo escada acima.

— Vocês vão largar as armas — gritou Æthelstan aos homens na arena — e vão se ajoelhar!

Ele havia tirado o elmo de modo que os homens encurralados não tivessem dificuldade para reconhecê-lo. Em geral seu cabelo escuro era cortado muito curto, mas tinha crescido durante o cerco, e o vento frio da manhã o levantava e agitava sua capa azul-escura em volta da sua figura usando cota de malha. Estava no centro de uma linha de guerreiros, todos implacáveis, cobertos por cota de malha e elmo, todos com um escudo pintado com o símbolo de Æthelstan: um dragão segurando um relâmpago. Atrás deles, de pé num banco de pedra coberto de neve, o padre Swithred segurava uma cruz de madeira acima da cabeça.

— Qual é o nosso destino? — gritou um homem na arena.

Æthelstan não respondeu. Apenas encarou o sujeito.

Um segundo homem se adiantou e se ajoelhou.

— Qual é o nosso destino, senhor príncipe? — perguntou ele.

— Minha justiça.

Essa resposta foi dada numa voz fria como os corpos amortalhados de neve pelos quais tínhamos passado a caminho da arena.

Silêncio. Devia haver uma centena de cavalos na arena. Uns vinte foram arreados, talvez em preparação para uma investida desesperada pelo túnel de entrada. E, na frente deles, encolhidos feito os cavalos, estavam os homens de Cynlæf. Æthelflaed havia gostado dele e o escolhera como marido da sua filha, mas, se existisse um lugar como o céu cristão e ela estivesse olhando para baixo, aprovaria a lúgubre decisão de Æthelstan de matar Cynlæf.

— Sua justiça, senhor príncipe? — perguntou com humildade o homem ajoelhado que tivera o bom senso de usar o título de Æthelstan.

— Que é a mesma justiça do meu pai — respondeu Æthelstan duramente.

— Senhor príncipe — chamei baixinho. Eu estava apenas dois passos atrás dele, mas Æthelstan me ignorou. — Senhor príncipe — repeti mais alto.

— Silêncio, senhor Uhtred — disse Æthelstan sem se virar. Também falou baixo, mas com um traço de raiva por eu ter ousado intervir.

Eu queria lhe dizer que ele deveria oferecer misericórdia. Não a todos, é claro, e certamente não a Cynlæf. Afinal de contas, eles eram rebeldes, mas, se disser a quase cem homens que eles vão enfrentar uma justiça rigorosa, terá quase cem homens desesperados que vão preferir lutar a se render. Porém, se alguns achassem que sobreviveriam, esses homens refreariam os outros, e nenhum dos nossos homens precisaria morrer. Mas parecia que Æthelstan não tinha interesse em misericórdia. Isso era uma rebelião, e rebeliões destroem reinos, por isso devem ser completamente destruídas.

O padre Bledod tinha se juntado a mim e agora puxava nervoso a manga da minha cota de malha.

— O filho de Gruffudd, Cadwallon, senhor, é o rapaz alto, sem barba. O da capa parda. — Ele apontou.

— Quieto — rosnou Æthelstan.

Puxei o padre galês para longe de Æthelstan, levando-o pela fileira mais baixa da arquibancada até estarmos distantes o bastante para não sermos ouvidos.

— Metade deles está com capa parda — falei.

— O rapaz de cabelo ruivo, senhor.

Ele apontou, e eu vi um rapaz de cabelo ruivo escuro e longo, preso na nuca. Usava cota de malha, mas não tinha espada, sugerindo que era de fato um refém, mas qualquer valor que ele possuísse como refém havia desaparecido há muito.

Apenas um homem do bando de Cynlæf tinha se ajoelhado, e só o havia feito porque entendera que Æthelstan não falaria se não fosse demonstrado respeito. O homem olhou em volta, hesitante, e, vendo os companheiros ainda de pé, começou a se levantar.

— Eu mandei se ajoelhar! — gritou Æthelstan com rispidez.

A resposta veio de um homem alto, de pé ao lado de Cynlæf. Ele tirou outros homens do caminho, gritou uma provocação e atirou uma lança contra Æthelstan. Foi um bom lançamento. A lança voou reta e rápida, mas Æthelstan teve tempo para avaliar a trajetória e simplesmente deu um passo à esquerda, e a lança se chocou inofensivamente nas pedras aos pés do padre Swithred. E então Cynlæf e seus companheiros imediatos começaram a saltar sobre as selas. Mais lanças foram atiradas, mas agora Æthelstan e seus homens estavam agachados atrás dos escudos. Eu só havia trazido dois homens comigo, Oswi e Folcbald — o primeiro era saxão, ágil e rápido feito uma serpente; o segundo, um frísio do tamanho de um boi. Os dois ergueram os escudos e o padre Bledod e eu nos agachamos com eles. Ouvi uma ponta de lança atingir uma tábua de salgueiro, outra lança voou acima da minha cabeça, depois espiei entre os escudos e vi Cynlæf e uns dez homens esporeando as montarias e seguindo para a entrada do túnel. A barricada improvisada tinha sido colocada de lado, e o caminho para fora parecia livre porque eu tinha dito para Finan esconder seus homens dos dois lados da entrada, fazendo Cynlæf acreditar que havia um modo de fugir.

O restante dos homens de Cynlæf começou a seguir seu líder para o túnel, mas parou de repente, e eu soube que Finan tinha formado sua parede de escudos diante da entrada da arena no momento em que ouviu a agitação. Ela devia ter dois escudos de altura, eriçada de lanças, e nenhum cavalo iria atacá-la. Alguns homens de Cynlæf recuavam para o espaço aberto da arena, onde uns poucos se ajoelharam, rendendo-se, enquanto um punhado de teimosos atirava as últimas lanças contra Æthelstan e seus homens.

— Para baixo! — gritou Æthelstan para seus guerreiros, e ele e seus homens pularam na arena.

— Peguem o galês — ordenei a Oswi e Folcbald, e eles também saltaram.

Folcbald pousou desajeitadamente e saiu mancando enquanto seguia Oswi. Era uma longa queda, e eu fiquei satisfeito em continuar no alto observando o combate que prometia ser tão breve quanto brutal. O chão da arena já foi de areia fina, e agora era uma mistura imunda de areia, bosta de cavalo, lama e neve, e me perguntei quanto sangue o havia encharcado no decorrer dos anos. Agora tinha mais sangue. Os sessenta homens de Æthelstan formaram uma parede de escudos com duas fileiras de profundidade, e avançavam sobre os rebeldes em pânico. O próprio Æthelstan, ainda sem elmo, estava na fileira da frente, que chutou de lado os homens ajoelhados, poupando a vida deles por enquanto, e depois se chocou com a massa em pânico, comprimida junto à entrada. Os rebeldes não tiveram tempo de formar uma parede de escudos, e existem poucos massacres mais desiguais que um combate entre uma parede de escudos e uma turba desorganizada. Vi lanças dando estocadas, ouvi homens gritando, vi homens caindo. Havia mulheres no meio da confusão, e duas estavam agachadas perto da parede, cobrindo a cabeça com os braços. Outra mulher segurava uma criança junto ao peito.

As terras selvagens

Cavalos sem cavaleiros entraram em pânico e galoparam até o espaço aberto da arena, onde Oswi corria. Ele havia jogado o escudo de lado e carregava uma espada na mão direita. Usou a esquerda para segurar o braço de Cadwallon e puxá-lo para trás. Um homem quis impedi-lo, tentando cravar uma espada em sua barriga, mas poucos eram tão rápidos quanto Oswi. Ele largou o galês e se inclinou para o lado, de modo que a espada passou a um dedo da sua cintura, depois atacou. Atingiu o pulso do sujeito e trouxe a lâmina de volta. A espada do inimigo caiu. Oswi se curvou, pegou a arma do chão e a entregou a Cadwallon, depois deu uma estocada e rasgou o rosto do oponente. O sujeito se afastou cambaleando, com a mão meio decepada e o rosto jorrando sangue enquanto Oswi puxava Cadwallon de novo para trás. Agora Folcbald estava com eles. Seu tamanho e a ameaça do seu pesado escudo de guerra bastaram para deter qualquer outro adversário.

O inimigo estava derrotado. Os homens eram impelidos para trás, afastando-se do túnel de entrada, o que significava que Finan e seus homens avançavam. Mais e mais homens de Cynlæf se ajoelhavam ou então eram chutados de lado com ordens de esperar, desarmados, no centro da arena. Havia cadáveres amontoados no chão em número suficiente para conter o avanço de Æthelstan, e sua parede de escudos tinha parado perto da confusão de corpos. Um dos cavaleiros, vindo da entrada, virou seu garanhão e o esporeou para avançar sobre o próprio Æthelstan. O cavalo tropeçou num corpo e derrapou para o lado, e o cavaleiro desferiu um golpe com um machado de cabo longo que atingiu um escudo. Depois duas lanças foram cravadas no peito do garanhão, que relinchou e empinou, fazendo o cavaleiro cair para trás e ser trucidado por espadas e lanças. O cavalo caiu e continuou relinchando, os cascos se debatendo até que um guerreiro avançou e o silenciou com um golpe rápido de machado na cabeça.

— Você deve estar feliz, padre — falei ao padre Bledod, que tinha ficado comigo.

— Porque Cadwallon está em segurança? Sim.

— Não, porque saxões estão matando saxões.

Ele me encarou com surpresa, depois deu um sorriso largo e malicioso.

— Também me sinto grato por isso, senhor.

A guerra do lobo

— O primeiro homem que matei em batalha era galês — contei, arrancando o sorriso da sua cara. — E o segundo. E o terceiro. E o quarto.

— No entanto, o senhor matou mais saxões do que galeses — retrucou ele —, ou pelo menos foi o que ouvi dizer.

— Você ouviu certo.

Eu me sentei na arquibancada. Cadwallon, em segurança com Oswi e Folcbald, estava abaixo de nós, abrigado junto à parede interna da arena, enquanto os homens de Cynlæf se rendiam humildemente, deixando os guerreiros de Æthelstan tomar suas armas. O próprio Cynlæf ainda estava montado, ainda portava uma espada e um escudo. Seu cavalo estava perto da entrada, encurralado entre a parede de escudos de Finan e os homens de Æthelstan. O sol rompeu as nuvens de chumbo, lançando uma sombra longa no chão coberto de sangue.

— Me disseram que cristãos morreram aqui — eu disse a Bledod.

— Mortos pelos romanos, senhor?

— Foi o que me disseram.

— Mas no fim os romanos viraram cristãos, senhor, que Deus seja louvado.

Resmunguei diante desse comentário. Estava tentando imaginar como a arena havia sido antes que os pedreiros de Ceaster quebrassem as arquibancadas altas para pegar os blocos de construção. A borda superior da arena estava serrilhada feito uma cordilheira.

— Nós destruímos, não é? — falei.

— Destruir, senhor?

— Eu queimei metade dessa cidade uma vez. — Eu me lembrava das chamas se espalhando pelos telhados, da fumaça densa. Até hoje as paredes de alvenaria das ruas têm manchas pretas. — Imagine como era essa cidade quando os romanos estavam aqui.

O padre Bledod não disse nada. Estava observando Cynlæf, que tinha sido impelido até o centro da arena, onde agora estava cercado por um círculo de lanceiros, alguns deles de Finan e outros de Æthelstan. O chefe dos rebeldes virou seu cavalo como se procurasse uma saída. A anca do animal tinha uma marca, um C e um H. Cynlæf Haraldson.

— Construções com paredes brancas e telhados vermelhos — falei. — Estátuas e mármore. Eu gostaria de ter visto.

As terras selvagens

— Roma também devia ser uma maravilha.

— Ouvi dizer que agora está em ruínas.

— Tudo passa, senhor.

Cynlæf esporeou o cavalo para um dos lados do círculo, mas as lanças compridas foram erguidas, os escudos se chocaram ao fechar ainda mais a parede, e Cynlæf se afastou. Segurava uma espada desembainhada. A bainha no quadril esquerdo era envolvida por couro vermelho cravejado com pequenas placas de ouro. A bainha e a espada foram um presente de Æthelflaed, última governante da Mércia independente, e logo, pensei, pertenceriam a Æthelstan, que sem dúvida iria dá-las à igreja.

— Tudo passa — concordei. — Olhe a cidade agora. Nada além de palha e vime, terra e esterco. Duvido que ela fedesse feito uma fossa quando os romanos estavam aqui.

Uma ordem de Æthelstan fez com que o círculo de homens desse um passo à frente. O círculo encolheu. Cynlæf continuou virando seu cavalo, ainda procurando uma rota de fuga que não existia.

— Os romanos, senhor... — começou Bledod, e hesitou.

— Os romanos o quê? — questionei.

Outra ordem e o círculo encolheu de novo. Lanças foram apontadas para o homem e seu cavalo com a marca na anca. Agora uns vinte guerreiros de Æthelstan vigiavam os prisioneiros, arrebanhando-os para um lado da arena enquanto os mortos formavam uma linha de maré de cadáveres cobertos de sangue perto da entrada.

— Os romanos deviam ter ficado na Britânia, senhor — comentou o padre Bledod.

— Por quê?

Ele hesitou, depois deu seu sorriso largo e malicioso outra vez.

— Porque quando eles foram embora, senhor, vieram os *sais*.

— Nós viemos, viemos sim. — Nós éramos os *sais*, os saxões. A Britânia nunca fora o nosso lar, assim como não era o lar dos romanos. Eles a tomaram, partiram, e nós viemos e a tomamos. — E vocês nos odeiam.

— É verdade, senhor. — Bledod ainda sorria, e eu decidi que gostava dele.

— Mas vocês lutaram contra os romanos, não foi? Vocês não os odiavam?

A guerra do lobo

— Nós odiamos todo mundo que rouba nossa terra, senhor, mas os romanos nos deram o cristianismo.

— E essa foi uma boa troca?

Ele deu uma risada.

— Eles foram embora! Devolveram a nossa terra. Assim, graças aos romanos, tivemos nossa terra e tivemos a fé verdadeira.

— Então nós viemos.

— Então vocês vieram. Mas talvez partam também, não é?

Foi minha vez de rir.

— Acho que não, padre. Sinto muito.

Cynlæf virava seu cavalo de um lado para o outro, sem dúvida temendo um ataque vindo por trás. Seu escudo era caiado de branco, sem nenhum símbolo. O elmo tinha entalhes de prata que brilhavam ao sol invernal. Ele usava o cabelo comprido como os dinamarqueses, descendo pelas costas. Æthelstan gritou mais uma vez, e mais uma vez o círculo de lanceiros se fechou, com homens saindo da primeira fila enquanto as armas e os escudos se apertavam sobre Cynlæf.

— E o que vai acontecer agora, senhor? — perguntou Bledod.

— Acontecer?

— Conosco, senhor. Com os homens do rei Gruffudd.

— Rei Gruffudd? — perguntei, achando divertido.

Era provável que o reino dele fosse do tamanho de uma aldeia, um pedaço de terra miserável com cabras, ovelhas e montes de esterco. Havia tantos reis em Gales quanto moscas num cachorro, embora Hywel de Dyfed, que eu conhecia e de quem gostava, estivesse engolindo esses reinos pequenos para formar um maior. Assim como Wessex estava engolindo a Mércia e um dia engoliria a Nortúmbria.

— Então ele é um rei?

— O pai foi, antes dele — respondeu Bledod, como se isso justificasse o título.

— Achei que Arthfael fosse rei de Gwent.

— E é, senhor. Gruffudd é rei vassalo de Arthfael.

— Quantos reis existem em Gwent? — perguntei, achando aquilo engraçado.

— É um mistério, senhor, como a trindade.

De repente, Cynlæf esporeou o cavalo e golpeou com a espada. Tinha pouco espaço para se mover, mas sem dúvida esperava abrir caminho no círculo de homens. Devia saber, porém, que não havia esperança. A espada atingiu um escudo, e de repente os homens avançaram por todos os lados. Cynlæf tentou puxar a espada de volta, mas um guerreiro de Æthelstan saltou e segurou seu braço. Outro pegou as rédeas do cavalo e um terceiro agarrou seu cabelo comprido e o puxou para trás. Ele caiu, o cavalo empinou e relinchou, então os homens recuaram, e vi Cynlæf sendo colocado de pé. Estava vivo. Por enquanto.

— O seu rei Gruffudd pode ir embora com o filho — avisei a Bledod. — Mas só depois de contar quem subornou vocês. Não que ele precise contar. Eu já sei.

— O senhor ainda acha que foi Cynlæf?

— Foi Æthelhelm, o Jovem. O ealdorman Æthelhelm.

Que me odiava e odiava Æthelstan.

Æthelhelm, o Velho, estava morto. Tinha morrido prisioneiro em Bebbanburg. Isso fora inconveniente porque sua libertação dependia do pagamento de um resgate pela sua família. A primeira parte desse resgate, todo em moedas de ouro, havia chegado, mas Æthelhelm contraiu uma febre e morreu antes da entrega do segundo pagamento.

Sua família me acusou de matá-lo, o que era absurdo. Por que matar um homem que me traria ouro? Eu ficaria feliz em matá-lo depois do pagamento do resgate, não antes.

Æthelhelm havia sido o homem mais rico do reino de Wessex, mais até do que o rei Eduardo, com quem Æthelhelm casara sua filha. Esse casamento deixou Æthelhelm tão influente quanto rico, e também significou que seu neto, Ælfweard, poderia se tornar rei depois de Eduardo. O rival de Ælfweard, claro, era Æthelstan. Por isso não era surpresa que Æthelhelm fizesse todo o possível para destruir o rival do neto. E, como eu era protetor de Æthelstan, também me tornei inimigo dele. Æthelhelm lutou contra mim, perdeu, tornou-se meu prisioneiro e morreu. Nós mandamos seu corpo para casa num caixão, e me disseram que, quando o cadáver chegou a Wiltunscir, estava inchado de gás e vazando um líquido imundo, além de feder terrivelmente.

Houve uma época em que eu gostava de Æthelhelm. Ele havia sido gentil, até mesmo generoso, e fomos amigos até que sua filha mais velha se casou com um rei e gerou um filho. Agora o filho mais velho de Æthelhelm, também chamado Æthelhelm, também era meu inimigo. Tinha sucedido o pai como ealdorman de Wiltunscir e acreditava, erroneamente, que eu havia assassinado seu progenitor. Eu tinha recebido ouro da sua família e isso era motivo suficiente para ele me odiar. Além disso, eu protegia Æthelstan. Apesar de o rei Eduardo ter afastado a segunda esposa e tomado uma mulher mais nova, Æthelhelm, o Jovem, ainda o apoiava porque esperava ver o sobrinho se tornar o próximo rei. Mas esse apoio só era dado enquanto Ælfweard, sobrinho de Æthelhelm, fosse o príncipe herdeiro. Se Ælfweard se tornasse rei, Æthelhelm, o Jovem, continuaria sendo o nobre mais poderoso de Wessex. Mas, se Æthelstan se tornasse rei, Æthelhelm e sua família poderiam esperar uma vingança real, a perda das suas propriedades e até mesmo um exílio forçado. E essa perspectiva era motivo mais que suficiente para subornar um chefe tribal galês e fazê-lo levar seus guerreiros com fama de selvagens até Ceaster. Se Æthelstan morresse, Ælfweard não teria rival e a família de Æthelhelm comandaria Wessex.

Assim, Æthelhelm, o Jovem, tinha motivos para desejar a morte de Æthelstan. Mas, se é que isso era possível, ele me odiava ainda mais. E eu não duvidava que buscaria minha morte com o mesmo ímpeto com que desejava a de Æthelstan. E não era só a morte do seu pai que havia provocado esse ódio, e sim o destino da sua irmã mais nova, Ælswyth.

Ælswyth havia sido capturada junto com o pai e, depois da morte dele, optou por permanecer em Bebbanburg em vez de voltar para a família, em Wessex.

— Você não pode ficar — eu dissera a ela.

— Por que não, senhor?

Eu a havia chamado e ela ficara diante de mim, tão jovem, tão pálida, tão vulnerável, tão linda.

As terras selvagens

— Você não pode ficar — eu falara com aspereza — porque eu tinha um acordo com a sua família. Você seria devolvida quando o resgate fosse pago.

— Mas o resgate não foi pago, senhor.

— Seu pai está morto — eu insistira, e havia me perguntado por que ela estaria demonstrando tão pouco pesar —, por isso não haverá mais resgate. Você deve ir para casa, como combinado.

— E o seu neto também deve ir, senhor? — perguntara ela, com inocência.

Eu franzira a testa, sem entender. Meus únicos netos, os dois filhos da minha filha, estavam em Eoferwic. Então eu entendera, e simplesmente ficara encarando-a.

— Você está grávida? — eu perguntara por fim.

E Ælswyth dera um sorriso muito doce.

— Sim, senhor.

— Diga ao meu filho que eu vou matá-lo.

— Sim, senhor.

— Mas primeiro se case com ele.

— Sim, senhor.

E eles se casaram, e com o tempo uma criança nasceu, um menino, e, como é costume na nossa família, ele foi chamado de Uhtred. Æthelhelm, o Jovem, imediatamente espalhou um novo boato, de que tínhamos estuprado Ælswyth e depois a obrigado a se casar. Ele me chamou de Uhtred, o Sequestrador, e sem dúvida acreditaram nisso em Wessex, onde os homens estavam sempre dispostos a acreditar em mentiras sobre Uhtred, o Pagão. Eu acreditava que as convocações de Eduardo para que eu viajasse a Gleawecestre e prestasse tributo pelas minhas terras na Mércia eram uma tentativa de me colocar ao alcance da vingança de Æthelhelm. Mas por que me atrair até Ceaster, atravessando a Britânia? Ele devia saber que eu ia trazer guerreiros, e tudo que obteria era a união das minhas forças com os homens de Æthelstan, o que tornava muito mais difícil a tarefa de matar qualquer um de nós.

Eu não tinha dúvida de que Æthelhelm, o Jovem, havia cometido traição ao contratar tropas galesas para matar o rival do seu sobrinho. Mas não fazia sentido ele persuadir o monge a me contar as mentiras que me trouxeram a Ceaster.

Abaixo de nós, no chão da arena, o primeiro prisioneiro morreu. Um golpe de espada, uma cabeça decepada e sangue. Muito sangue. A vingança de Æthelstan havia começado.

Nem todos os prisioneiros morreram. Æthelstan demonstrou algum bom senso. Matou os homens que julgava serem mais próximos de Cynlæf, mas poupou os mais jovens. Trinta e três morreram, todos a golpes de espada, e eu me lembrei do dia em que entreguei minha espada a Æthelstan e disse para ele matar um homem.

Æthelstan era um menino cuja voz ainda não havia mudado, mas eu o estava treinando para ser rei. Tinha capturado Eardwulf, também um rebelde. Isso havia acontecido não muito longe de Ceaster, ao lado de uma vala. Eu tinha dado uma surra em Eardwulf, de modo que ele estava meio atordoado na água imunda.

— Seja rápido, garoto — eu dissera a Æthelstan.

Ele não tinha matado antes, mas um garoto precisa aprender essa habilidade, e um garoto que fosse ser rei precisava aprender a tirar uma vida.

Pensei naquele dia enquanto via os homens de Cynlæf morrer. Todos tiveram a cota de malha retirada, além de qualquer objeto de valor. Eles tremiam enquanto, um a um, eram levados para a morte. Æthelstan também deve ter se lembrado daquele dia distante, porque usou os guerreiros mais jovens como carrascos, sem dúvida querendo que eles aprendessem a lição que ele aprendera ao lado daquela vala: é difícil matar um homem. Matar um homem desamparado com uma espada exige determinação. Olha-se nos olhos dele, vê-se o medo, sente-se o cheiro do medo. E o pescoço é um negócio forte. Poucos dos trinta e três tiveram mortes limpas. Alguns foram retalhados até a morte, e a antiga arena tinha um cheiro que devia ser igual a quando os romanos ocupavam as arquibancadas e aplaudiam os homens que lutavam na areia abaixo; um fedor de sangue, merda e mijo.

Æthelstan havia matado Eardwulf bem rápido. Ele não tentou decapitar o rebelde com repetidos golpes. Em vez disso, usou Bafo de Serpente para cortar a garganta do sujeito, e eu vi a vala ficar vermelha. E Eardwulf era irmão de Eadith, e agora Eadith é minha esposa.

Cynlæf foi o último a morrer. Achei que Æthelstan mataria pessoalmente o líder rebelde, mas em vez disso ele chamou seu serviçal, um garoto que se tornaria um guerreiro quando crescesse, e lhe deu a espada. As mãos de Cynlæf estavam amarradas e ele foi obrigado a se ajoelhar.

— Faça o serviço, garoto — ordenou Æthelstan, e vi o jovem fechar os olhos ao brandir a espada.

Ele atingiu a cabeça de Cynlæf com o fio da espada, derrubando-o de lado e tirando sangue, mas Cynlæf mal foi ferido. Sua orelha esquerda foi rasgada, mas o golpe do garoto não tinha força. Um padre (sempre havia padres com Æthelstan) levantou a voz entoando uma oração.

— Golpeie de novo, garoto — disse Æthelstan.

— E mantenha os olhos abertos! — gritei.

Foram necessários sete golpes para matar Cynlæf. Os homens que Æthelstan havia poupado fariam novos juramentos a um novo senhor. Seriam homens de Æthelstan.

Assim a rebelião foi derrotada, pelo menos nessa parte da Mércia. Os membros do fyrd, arrancados dos campos e dos rebanhos, voltaram para casa deixando apenas neve derretida, as cinzas das fogueiras e os galeses de Gruffudd, que esperavam perto das tendas de Cynlæf.

— Ele diz que é rei — avisei a Æthelstan enquanto caminhávamos na direção das tendas.

— A realeza vem de Deus — retrucou ele. Fiquei surpreso com essa resposta. Eu só estava tentando diverti-lo, mas Æthelstan estava soturno depois da matança. — Ele deveria ter dito que era rei ontem à noite — continuou, com desaprovação no tom de voz.

— Ele estava sendo humilde e queria um favor. Além do mais, ele provavelmente é rei de três montes de esterco, uma vala e uma estrumeira. Nada mais.

— Mesmo assim eu lhe devo respeito. Ele é um rei cristão.

— Ele é um chefe tribal galês imundo que se diz rei até alguém com dois montes de esterco a mais do que ele aparecer e cortar sua cabeça. E ele cortaria a sua cabeça também, se pudesse. Não se pode confiar num galês.

— Eu não disse que confiava nele, só que o respeito. Deus concede a realeza aos homens, até mesmo em Gales. — E, para meu horror, Æthelstan parou a alguns passos de Gruffudd e baixou a cabeça. — Senhor rei.

A guerra do lobo

Gruffudd apreciou o gesto e sorriu. Também viu seu filho, que ainda era vigiado por Folcbald e Oswi. Disse algo em galês que nenhum de nós entendeu.

— Gruffudd de Gwent pede ao senhor que liberte o filho dele, senhor príncipe — traduziu o padre Bledod.

— Ele concordou em primeiro nos dar um nome — rebateu Æthelstan —, e sua corrente, e a promessa de que manterá a paz durante um ano.

Gruffudd deve ter entendido as palavras, porque logo tirou a corrente de ouro do pescoço e a entregou a Bledod, que, por sua vez, a entregou a Æthelstan, que logo a entregou ao padre Swithred. Então Gruffudd começou a contar uma história que o padre Bledod se esforçou para explicar ao mesmo tempo que era contada. Era uma história longa, mas o fundamental era que um padre havia chegado da Mércia para falar com o rei Arthfael de Gwent e que um acordo tinha sido feito, ouro tinha sido entregue, e Arthfael havia convocado seu parente, Gruffudd, e ordenado que ele levasse seus melhores guerreiros para Ceaster, ao norte.

— O rei — interrompeu Æthelstan em certo momento — está dizendo que o padre veio da Mércia?

Isso provocou uma discussão apressada em galês.

— O padre nos ofereceu ouro — disse o padre Bledod a Æthelstan. — Ouro bom! Suficiente para encher um elmo, senhor príncipe, e para ganhá-lo nós simplesmente precisávamos vir para cá e lutar.

— Eu perguntei se o padre era da Mércia — insistiu Æthelstan.

— Ele era dos *sais* — respondeu Bledod.

— Então poderia ser saxão ocidental? — indaguei.

— Poderia, senhor — disse Bledod, o que não ajudava muito.

— E o nome do padre? — exigiu Æthelstan.

— Stigand, senhor.

Æthelstan se virou e olhou para mim, mas eu balancei a cabeça. Nunca tinha ouvido falar de um padre chamado Stigand.

— Mas duvido que o padre tenha usado seu nome verdadeiro — falei.

— Então nunca saberemos — completou Æthelstan, desanimado.

Gruffudd ainda estava falando, agora com indignação. O padre Bledod ouviu, depois ficou sem graça.

As terras selvagens

— O padre Stigand está morto, senhor príncipe.

— Morto! — exclamou Æthelstan.

— Ele sofreu uma emboscada enquanto ia de Gwent para casa, senhor príncipe. O rei Gruffudd diz que não é culpado. Por que ele mataria um homem que poderia trazer mais ouro dos *sais*?

— De fato, por quê? — perguntou Æthelstan.

Será que ele tinha esperado ouvir o nome do inimigo? Seria ingenuidade. Æthelstan sabia tanto quanto eu que o provável culpado era Æthelhelm, o Jovem, que não era um idiota e teria o cuidado de esconder a traição de contratar homens para lutar contra seu próprio rei. Assim, o homem que havia negociado com Arthfael de Gwent estava morto, e os mortos levam seus segredos para o túmulo.

— Senhor príncipe — perguntou Bledod, nervoso —, e o filho do rei?

— Diga ao rei Gruffudd de Gwent que ele pode ter seu filho.

— Obrigado... — começou Bledod.

— E diga a ele — interrompeu Æthelstan — que, se ele lutar outra vez por homens que se rebelem contra o trono do meu pai, eu vou levar um exército até Gwent, e vou devastar Gwent e transformá-la numa terra de morte.

— Eu direi, senhor príncipe — disse Bledod, mas nenhum de nós que ouvíamos acreditou sequer por um instante que a ameaça seria traduzida.

— Então vão — ordenou Æthelstan.

Os galeses foram embora. Agora o sol estava mais alto, derretendo a neve, embora ainda fizesse frio. Vinha um vento forte do leste, que levantava os estandartes pendurados nas muralhas de Ceaster. Eu tinha atravessado a Britânia para salvar um homem que não precisava ser salvo. Havia sido enganado. Mas por quem? E por quê?

Eu tinha outro inimigo, um inimigo secreto, e havia dançado conforme a música dele. Wyrd bið ful aræd.

A guerra do lobo

TRÊS

O DIA SEGUINTE AMANHECEU claro e frio, o céu pálido por causa da fumaça das fogueiras em que os homens de Æthelstan queimavam os restos do acampamento de Cynlæf. Finan e eu, montados em cavalos capturados dos rebeldes, percorríamos lentamente a destruição.

— Quando vamos embora? — quis saber Finan.

— Assim que pudermos.

— Seria bom os cavalos descansarem.

— Talvez amanhã, então.

— Tão cedo?

— Estou preocupado com Bebbanburg — confessei. — Por que outro motivo alguém me faria atravessar toda a Britânia?

— Bebbanburg está em segurança — insistiu Finan. — Eu ainda acho que foi Æthelhelm quem enganou o senhor.

— Esperando que eu fosse morto aqui?

— Por que outro motivo? Ele não pode matá-lo enquanto o senhor estiver dentro de Bebbanburg, por isso precisa arrumar um jeito de tirá-lo de dentro das muralhas.

— Eu passo tempo suficiente com Stiorra e os filhos dela — comentei.

Minha filha, rainha da Nortúmbria, vivia no enorme palácio de Eoferwic, que era uma mistura da grandeza romana com sólidas paredes de madeira.

— Ele não pode pegá-lo em Eoferwic, também. Ele queria o senhor fora da Nortúmbria.

— Talvez você esteja certo — falei sem estar convencido.

— Eu sempre estou certo. Sou da Irlanda. Estava certo com relação à neve, não estava? E ainda estou esperando os dois xelins.

— Você é cristão. A paciência é uma das suas virtudes.

— Então eu devo ser um santo vivo. — Ele olhou para além de mim. — E, por falar em santos...

Me virei na sela e vi o padre Swithred se aproximando. O sacerdote estava montado num belo garanhão cinzento que ele conduzia bem, acalmando o animal quando este se agitou depois de um homem jogar uma braçada de palha suja numa fogueira. A fumaça subiu e fagulhas voaram. O padre Swithred atravessou a fumaça e conteve o garanhão perto de nós.

— O príncipe — falou de repente — solicita sua companhia hoje.

— Solicita ou exige? — perguntei.

— É a mesma coisa — respondeu Swithred, e virou o cavalo, sinalizando para o seguirmos.

Fiquei onde estava e estendi a mão para conter Finan.

— Me diga uma coisa — gritei para Swithred. — Você é saxão ocidental?

— O senhor sabe que sou — respondeu ele, então se virou cheio de suspeita.

— Você dá ordens aos ealdormen saxões ocidentais?

Ele pareceu ficar com raiva, mas teve o bom senso de contê-la.

— O príncipe solicita sua companhia — Swithred fez uma pausa —, senhor.

— Na cidade?

— Ele está esperando junto ao portão norte — respondeu secamente. — Vamos para Brunanburh.

Esporeei meu cavalo para ficar ao lado da montaria do padre.

— Eu me lembro do dia em que o conheci, padre — falei. — E o príncipe Æthelstan disse que não confiava em você.

Ele pareceu atônito com isso.

— Não consigo acreditar... — começou a protestar.

— Por que eu mentiria? — interrompi.

— Eu sou leal ao príncipe — declarou ele enfaticamente.

— Você foi escolhido pelo pai dele, e não por ele.

— E isso importa? — Deliberadamente, não respondi, apenas esperei até que ele acrescentou, relutante: — Senhor.

A guerra do lobo

— Os padres escrevem cartas e leem cartas. O príncipe Æthelstan acreditava que você tinha sido imposto a ele para passar informações ao pai dele.

— E fui mesmo — admitiu Swithred —, e direi ao senhor exatamente o que informo ao rei. Eu digo que o filho mais velho dele não é bastardo, que é um bom servo de Cristo e que é leal ao pai, e que ele reza pelo pai. Por que o senhor acha que o pai dele lhe confia o comando de Ceaster? — O padre falava de modo passional.

— Você conhece um monge chamado irmão Osric? — perguntei de repente.

Swithred me lançou um olhar de pena. Ele sabia que eu havia tentado encurralá-lo.

— Não, senhor — respondeu, dando um sabor azedo à última palavra.

Tentei fazer outra pergunta:

— Então Æthelstan deve ser o próximo rei de Wessex?

— Essa decisão não cabe a mim. Deus escolhe os reis.

— E os ealdormen ricos ajudam seu deus a fazer a escolha?

Ele sabia que eu estava falando de Æthelhelm, o Jovem. Me ocorrera que Swithred podia estar enviando mensagens para Æthelhelm. Eu não tinha dúvida de que o ealdorman queria notícias de Æthelstan e provavelmente havia ao menos um seguidor jurado em algum lugar de Ceaster. Fiquei tentado a pensar que era Swithred, porque aquele padre sério e careca sentia tanta aversão por mim, mas suas palavras seguintes me surpreenderam.

— Acredito que o senhor Æthelhelm tenha convencido o rei a dar este comando ao príncipe.

— Por quê?

— Para que ele fracassasse, é claro. O príncipe tem três burhs para comandar, Ceaster, Brunanburh e Mameceaster, e não dispõe de homens suficientes para guarnecer adequadamente sequer um deles. Ele precisa enfrentar os rebeldes, além de milhares de noruegueses estabelecidos ao norte daqui. Santo Deus! Ele tem até mesmo noruegueses assentados nesta península!

Não consegui esconder minha perplexidade.

— Aqui? Em Wirhealum?

Swithred deu de ombros.

As terras selvagens

— O senhor sabe o que está acontecendo neste litoral? Os irlandeses derrotaram os noruegueses assentados, expulsaram muitos deles, que vieram para cá. — Ele apontou para o norte. — Para além de Brunanburh? Deve ter uns quinhentos noruegueses estabelecidos lá, e mais ainda ao norte do Mærse! E mais milhares ao norte do Ribbel.

— Milhares? — Claro que eu tinha ouvido histórias sobre noruegueses fugindo da Irlanda, mas achava que a maioria tivesse encontrado refúgio nas ilhas do litoral escocês ou nos vales ermos de Cumbraland. — O príncipe está permitindo que seus inimigos se assentem em terras mércias? Inimigos pagãos?

— Não temos muita escolha — respondeu Swithred, com a voz calma. — O rei Eduardo conquistou a Ânglia Oriental, agora ele é rei da Mércia e precisa de todas as tropas para acabar com o descontentamento e guarnecer os novos burhs que está construindo. Ele não tem homens para lutar contra todos os inimigos, e esses noruegueses são numerosos demais. Além disso, são homens derrotados. Foram derrotados pelos irlandeses, perderam boa parte da riqueza e muitos dos guerreiros, e anseiam pela paz. Por isso se submeteram a nós.

— Por enquanto — falei com amargura na voz. — Algum deles se juntou a Cynlæf?

— Nenhum. Ingilmundr poderia ter conduzido seus homens contra nós ou poderia ter atacado Brunanburh. Ele não fez nem uma coisa nem outra. Em vez disso, manteve seus homens em casa.

— Ingilmundr?

— Um norueguês — explicou Swithred em tom casual. — Ele é o chefe que controla terras para além de Brunanburh.

Achei difícil acreditar que invasores noruegueses tivessem tido permissão de se estabelecer tão perto de Brunanburh e Ceaster. A ambição do rei Eduardo — a mesma do seu pai, o rei Alfredo — era expulsar os estrangeiros pagãos do território saxão; no entanto, eles estavam às portas de Ceaster. Eu supunha que desde a morte de Æthelflaed não houvera um governo estável na Mércia. A rebelião de Cynlæf era prova disso, e os noruegueses estavam prontos para se aproveitar da fraqueza dos saxões.

— Ingilmundr — falei com violência —, quem quer que ele seja, pode não ter marchado para atacar vocês, mas poderia ter vindo ajudá-los.

— O príncipe mandou avisar que ele não deveria fazer isso. Não precisávamos de ajuda e sem dúvidas não precisávamos da ajuda de pagãos.

— Nem da minha?

O padre se virou para mim com uma expressão feroz.

— Se um pagão vence as nossas batalhas — disse veementemente —, isso sugere que os deuses pagãos devem ter algum poder! Precisamos de fé! Precisamos lutar na crença de que Cristo é suficiente!

Eu não tinha o que acrescentar a isso. Os homens que lutavam por mim adoravam uma dezena de deuses e deusas, dentre eles o cristão, mas, se um homem acredita no absurdo de que só existe um deus, não há sentido em argumentar, porque seria como discutir um arco-íris com um cego.

Tínhamos cavalgado até o norte da cidade, onde Æthelstan e vinte cavaleiros armados nos esperavam. Æthelstan me cumprimentou, animado.

— O sol está brilhando, os rebeldes se foram e Deus é bom!

— E os rebeldes não atacaram Brunanburh?

— Pelo que sabemos, não. É isso que vamos descobrir.

Desde que me lembro, Ceaster era o burh mais ao norte na Mércia, mas Æthelflaed havia construído Brunanburh apenas alguns quilômetros a noroeste para vigiar o rio Mærse. Brunanburh era um forte com muro de troncos de árvore, perto o suficiente do rio para proteger um cais de madeira onde podiam ser mantidos navios de guerra. O objetivo do forte era impedir que os noruegueses subissem remando pelo Mærse, mas, se Swithred estivesse certo, todas as terras para além de Brunanburh, entre o Dee e o Mærse, estavam ocupadas por noruegueses pagãos.

— Me fale de Ingilmundr — exigi a Æthelstan enquanto cavalgávamos.

Eu tinha feito a pergunta num tom truculento, mas Æthelstan respondeu com entusiasmo:

— Eu gosto dele!

— De um pagão?

Ele riu.

— Eu gosto do senhor também. Às vezes.

Æthelstan esporeou o cavalo para sair da estrada, então pegou uma trilha que passava ao lado do cemitério romano. Olhou de relance para as sepulturas desgastadas pelo tempo e fez o sinal da cruz.

As terras selvagens

— O pai de Ingilmundr tinha terras na Irlanda. Ele e seus homens foram derrotados e forçados a ir para o mar. O pai morreu, mas Ingilmundr conseguiu trazer metade do exército, junto com as famílias. Hoje de manhã mandei uma mensagem pedindo a ele que se encontrasse conosco em Brunanburh porque quero que o senhor o conheça. O senhor também vai gostar dele!

— Provavelmente vou. Ele é norueguês e pagão. Mas isso o torna seu inimigo, e ele é um inimigo que mora na sua terra.

— E nos paga tributo. E o tributo enfraquece o pagador e reconhece sua subserviência.

— A longo prazo é mais barato simplesmente matar os cretinos.

— Ingilmundr jurou pelos seus deuses viver em paz conosco — continuou Æthelstan, ignorando meu comentário.

Então me aproveitei das suas palavras.

— Então você confia nos deuses dele? Aceita que eles são verdadeiros?

— São verdadeiros para Ingilmundr, imagino — respondeu Æthelstan calmamente. — Por que obrigá-lo a fazer um juramento por um deus em que ele não acredita? É o mesmo que pedir que o juramento seja violado.

Resmunguei. Ele estava certo, é claro.

— Mas sem dúvida parte do acordo — falei, com desprezo — é que Ingilmundr aceite seus malditos missionários.

— Os malditos missionários são de fato parte do acordo — confirmou ele, com paciência. — Nós insistimos nisso com cada norueguês que se estabelece ao sul do Ribbel. É por isso que meu pai colocou um burh em Mameceaster.

— Para proteger os missionários? — perguntei, atônito.

— Para proteger qualquer um que aceite a soberania da Mércia — retrucou ele, ainda paciente — e castigar qualquer um que viole nossa lei. Os guerreiros protegem nossas terras e os monges e padres levam os ensinamentos sobre Deus e sobre a lei de Deus. Estou construindo um convento lá.

— Isso vai aterrorizar os noruegueses — falei com amargura.

— Vai ajudar a levar a caridade cristã a uma terra perturbada — retorquiu Æthelstan.

A tia dele, a senhora Æthelflaed, sempre afirmou que o rio Ribbel era a fronteira norte da Mércia, mas na verdade a terra entre o Mærse e o Ribbel

A guerra do lobo

era selvagem e praticamente sem lei, o litoral havia sido ocupado durante um longo tempo por dinamarqueses que com frequência invadiam as terras agrícolas férteis em torno de Ceaster. Eu já avancei para o norte com muitos grupos de guerreiros como vingança por esses ataques, e certa vez levei meus homens até Mameceaster, um antigo forte romano numa colina de arenito ao lado do rio Mædlak. O rei Eduardo havia reforçado aquelas muralhas antigas e colocado uma guarnição no forte de Mameceaster. E assim, refleti, a fronteira da Mércia se esgueirava cada vez mais para o norte. Ceaster tinha sido o burh mais ao norte, depois Brunanburh, e agora era Mameceaster. E esse novo burh em sua colina de arenito estava perigosamente perto da minha terra natal, a Nortúmbria.

— O senhor já esteve em Mameceaster? — perguntou Æthelstan.

— Estive lá há menos de uma semana — respondi, pesaroso. — O maldito monge que mentiu para mim ficou em Mameceaster.

— O senhor veio por esse caminho?

— Porque eu achei que a guarnição teria notícias suas, mas os desgraçados não quiseram falar comigo, nem nos deixaram passar pelo portão. Deixaram o maldito monge entrar, mas nós não.

Æthelstan riu.

— Era Treddian.

— Treddian?

— Um saxão ocidental. Ele é o comandante lá. Ele sabia que era o senhor?

— Claro que sabia.

Æthelstan deu de ombros.

— O senhor é pagão e nortumbriano, e isso o torna inimigo. Treddian provavelmente achou que o senhor estava planejando matar a guarnição dele. Ele é um homem cauteloso. Cauteloso demais, motivo pelo qual vou substituí-lo.

— Cauteloso demais?

— Não se defende um burh ficando nas muralhas. Tudo ao norte de Mameceaster é território pagão, e eles fazem investidas constantemente. Treddian só fica olhando! Ele não faz nada! Eu quero um homem que castigue os pagãos.

— Invadindo a Nortúmbria? — perguntei amargamente.

As terras selvagens

— Sigtryggr é rei daquela terra apenas no nome — retrucou Æthelstan enfaticamente. Ele viu que eu me encolhi diante da verdade desconfortável e continuou argumentando: — Ele tem algum burh a oeste das colinas?

— Não — admiti.

— Ele envia homens para castigar os malfeitores?

— Quando pode.

— Ou seja, nunca — disse Æthelstan com desprezo. — Se os pagãos da Nortúmbria atacam a Mércia nós devemos castigá-los. A Inglaterra será uma terra regida pela lei. Pela lei cristã.

— Ingilmundr aceita a sua lei? — perguntei, incerto.

— Aceita. Ele se submeteu e submeteu seu povo à minha justiça.

Æthelstan se esquivou para passar por baixo de um galho quebrado de amieiro. Cavalgávamos por um cinturão estreito de um bosque que tinha sido pilhado pelos sitiadores em busca de lenha, e as árvores exibiam as cicatrizes dos machados. Para além da floresta dava para ver os juncos nas margens do calmo e cinzento Mærse.

— Ele também recebeu bem nossos missionários.

— Claro que recebeu.

Æthelstan riu, seu bom humor restaurado.

— Nós não lutamos contra os noruegueses porque eles são recém-chegados — explicou. — Nós também já fomos recém-chegados! Nem lutamos com eles porque são pagãos.

— Todos nós já fomos pagãos um dia.

— Fomos, de fato. Não, nós lutamos para trazê-los para a nossa lei. Um reino, um rei, uma lei! Se eles violarem a lei, devemos impô-la, mas se eles a seguirem? Então devemos viver em paz com eles.

— Mesmo se forem pagãos?

— Ao obedecer à lei eles vão enxergar a verdade dos mandamentos de Cristo.

Me perguntei se era por isso que Æthelstan exigira minha companhia; seria para pregar as virtudes da justiça cristã? Ou para conhecer Ingilmundr, por quem ele claramente estava impressionado? Durante um tempo, enquanto cavalgávamos pela margem sul do Mærse, ele falou dos seus planos para reforçar Mameceaster. E depois, impaciente, esporeou o cavalo a meio galope, me deixando para trás. À minha direita se estendiam baixios de lama e juncos, a água mais além estava quase parada, agitada apenas ocasionalmente por um sopro de vento. À medida que nos aproximávamos do burh, vi que a bandeira de Æthelstan continuava pendurada, e dois navios baixos e esguios estavam amarrados em segurança no cais. Parecia que os homens de Cynlæf não tinham feito nenhuma tentativa de capturar Brunanburh que, por acaso, estava guarnecida por meros trinta homens que abriram o portão para nos receber.

Ao passar pelo portão, vi que Æthelstan havia apeado e estava indo até um rapaz alto que se ajoelhou quando ele se aproximou. Æthelstan o levantou, segurou o braço direito do sujeito com as duas mãos e se virou para mim.

— O senhor precisa conhecer Ingilmundr — exclamou, animado.

Então esse era o chefe tribal norueguês que tivera permissão de se estabelecer tão perto de Ceaster. Era jovem, espantosamente jovem, e impressionantemente bonito, de nariz reto e cabelos compridos que ele usava presos numa tira de couro e chegavam quase até a cintura.

— Pedi a Ingilmundr que nos recebesse aqui — disse-me Æthelstan — para que pudéssemos agradecer a ele.

— Agradecer pelo quê? — perguntei assim que apeei.

— Por não se juntar à rebelião, é claro!

Ingilmundr esperou enquanto um dos homens de Æthelstan traduzia as palavras, depois pegou com um companheiro uma caixa simples, de madeira.

— É um presente para comemorar sua vitória — explicou ele. — Não é muito, senhor príncipe, mas é boa parte de tudo que possuímos. — Ele se ajoelhou outra vez e pôs a caixa aos pés de Æthelstan. — Ficamos felizes, senhor príncipe, porque seus inimigos foram derrotados.

— Sem sua ajuda — acrescentei, sem conseguir me conter, enquanto Æthelstan ouvia a tradução.

— Os fortes não precisam da ajuda dos fracos — retrucou Ingilmundr. Ele voltou o olhar para mim enquanto falava, e fiquei pasmo com a intensidade dos seus olhos azuis.

Ele estava sorrindo, sendo humilde, mas com olhos cautelosos. Viera com apenas quatro companheiros e, como eles, usava calças simples, uma camisa

As terras selvagens

de lã e um casaco de pele de ovelha. Sem armadura, sem armas. Os únicos adornos eram dois amuletos pendurados no pescoço. Um, esculpido em osso, era o martelo de Tor, e o outro era uma cruz de prata cravejada de azeviche negro. Eu nunca tinha visto ninguém com os dois símbolos ao mesmo tempo.

Æthelstan fez o norueguês se levantar de novo.

— Você deve perdoar o senhor Uhtred — disse. — Ele vê inimigos em toda parte.

— O senhor é o senhor Uhtred! — disse Ingilmundr, e havia certa surpresa com um tom lisonjeiro e até de espanto em sua voz. Ele baixou a cabeça para mim. — É uma honra, senhor.

Æthelstan fez um gesto e um serviçal avançou e abriu a caixa de madeira que, pelo que vi, estava cheia de lascas de prata. Os fragmentos reluzentes foram cortados de torques e broches, fivelas e braceletes, na maioria partidos em pedaços pequenos que eram usados no lugar de moedas. Os mercadores pesavam as lascas de prata para descobrir o valor, e o presente de Ingilmundr não era irrisório, pensei de má vontade.

— Você é generoso — comentou Æthelstan.

— Somos pobres, senhor príncipe — respondeu Ingilmundr —, mas nossa gratidão exige que ofereçamos um presente, ainda que pequeno.

E em suas propriedades, pensei, sem dúvida ele estava acumulando ouro e prata. Por que Æthelstan não via isso? Talvez visse, mas suas devotas esperanças de converter os pagãos excediam as suspeitas.

— Dentro de uma hora — disse ele a Ingilmundr — teremos um serviço de agradecimento no salão. Espero que você possa comparecer e que ouça as palavras que o padre Swithred irá pregar. Nessas palavras está a vida eterna!

— Ouviremos com atenção, senhor príncipe — respondeu Ingilmundr, sério, e eu senti vontade de gargalhar.

Ele estava dizendo tudo que Æthelstan queria ouvir. E, mesmo estando claro que Æthelstan gostava do jovem norueguês, estava igualmente claro que ele não via a malícia por trás do rosto bonito de Ingilmundr. Via humildade, que os cristãos, de forma ridícula, consideram uma virtude.

O humilde Ingilmundr me procurou depois do sermão interminável de Swithred, ao qual eu não tinha assistido. Eu estava no cais de Brunanburh,

82

A guerra do lobo

observando indolentemente o casco de um navio e sonhando que estava no mar a favor do vento e com uma espada à cintura, quando ouvi passos nas tábuas de madeira, me virei e vi o norueguês. Ele estava sozinho. Parou ao meu lado e por um momento não disse nada. Era tão alto quanto eu. Nós dois olhamos para o navio atracado e, depois de um longo tempo, Ingilmundr rompeu o silêncio.

— Os navios saxões são pesados demais.

— Pesados e lentos demais.

— Meu pai já teve um navio frísio. Era uma beleza.

— Você deveria convencer seu amigo Æthelstan a lhe dar navios — falei. — Então você poderia voltar para casa.

Ele sorriu, apesar do meu tom ríspido.

— Eu tenho navios, senhor, mas onde fica minha casa? Eu achava que era na Irlanda.

— Então volte para lá.

Ele me olhou por um bom tempo, como se avaliasse até que ponto ia minha hostilidade.

— O senhor acha que não quero voltar? Eu voltaria amanhã, mas a Irlanda está amaldiçoada. Eles não são homens, são demônios.

— Mataram o seu pai?

Ele assentiu.

— Romperam a parede de escudos dele.

— Mas você trouxe homens que estiveram na batalha?

— Cento e sessenta e três homens com suas famílias. Nove navios.

Ele parecia se orgulhar disso, e deveria se sentir assim mesmo. Se retirar de uma derrota é uma das coisas mais difíceis de se fazer numa guerra; no entanto, se o que Ingilmundr tinha dito fosse verdade, ele lutara até chegar ao litoral da Irlanda. Dava para imaginar o horror daquele dia; uma parede de escudos rompida, os berros dos guerreiros ensandecidos trucidando os inimigos e os cavaleiros com as lanças afiadas, perseguindo a toda a velocidade.

— Você fez bem — falei, e olhei para seus dois amuletos. — Para qual deus você reza?

Ele riu da minha pergunta.

83

As terras selvagens

— Tor, é claro.

— Contudo você usa uma cruz.

Ele segurou o pesado ornamento de prata.

— Foi um presente do meu amigo Æthelstan. Seria rude escondê-lo.

— Seu amigo Æthelstan — falei, dando um tom de zombaria à palavra "amigo" — gostaria que você fosse batizado.

— Gostaria, sim.

— E você mantém as esperanças dele?

— Mantenho? — Ingilmundr parecia achar graça nas minhas perguntas. — Talvez o deus dele seja mais poderoso que o nosso. O senhor se importa com o deus que eu cultuo, senhor Uhtred?

— Gosto de conhecer meus inimigos.

Ele sorriu.

— Eu não sou seu inimigo, senhor Uhtred.

— Então é o quê? Um fiel seguidor do príncipe Æthelstan, sob juramento? Um norueguês assentado fingindo se interessar pelo deus saxão?

— Agora somos humildes fazendeiros. Fazendeiros, pastores e pescadores.

— E eu sou um humilde pastor de cabras — retruquei.

Ele riu outra vez.

— Um pastor de cabras que vence batalhas.

— Verdade.

— Então vamos garantir que estejamos sempre do mesmo lado — disse ele baixinho. Em seguida, olhou para a cruz que encimava a proa do navio mais próximo. — Eu não fui o único homem expulso da Irlanda — acrescentou, e alguma coisa em seu tom me fez prestar atenção. — Anluf ainda está lá, mas por quanto tempo?

— Anluf?

— É o maior chefe tribal dos noruegueses da Irlanda, e tem fortalezas bastante sólidas. Até os demônios acham que aquelas muralhas são mortais. Anluf considerava meu pai um rival e se recusou a nos ajudar, mas não foi por isso que perdemos. Meu pai perdeu a batalha — ele olhou por cima do plácido Mærse enquanto falava — porque o irmão dele e os homens do irmão dele se retiraram antes da batalha. Suspeito que ele tenha sido subornado com ouro irlandês.

84

A guerra do lobo

— O seu tio.

— Ele se chama Sköll. Sköll Grimmarson. Já ouviu falar dele?

— Não.

— Vai ouvir. Ele é ambicioso. E tem um feiticeiro temível. — Ingilmundr fez uma pausa para tocar o martelo de osso. — E ele e o mago estão no seu reino.

— Na Nortúmbria?

— Na Nortúmbria, sim. Ele desembarcou ao norte daqui, bem ao norte. Para além do próximo rio. Como ele se chama, mesmo?

— Ribbel.

— Para além do rio Ribbel, onde reuniu homens. Veja bem, Sköll sonha em ser chamado de rei Sköll.

— Rei de quê? — perguntei com escárnio.

— Da Nortúmbria, é claro. E seria adequado, não é? A Nortúmbria, um reino do norte para um rei norueguês. — Ele me olhou com seus olhos azul-gelo, e me lembro de ter pensado que Ingilmundr era um dos homens mais perigosos que eu já havia conhecido. — Para se tornar rei, claro — continuou ele em tom despreocupado —, ele precisa primeiro derrotar Sigtryggr, não é?

— É.

— E ele sabe que o sogro de Sigtryggr é o famoso senhor Uhtred. Quem não sabe? Se eu fosse Sköll Grimmarson, iria querer o senhor Uhtred longe de casa, caso eu planejasse atravessar as colinas.

Então era por isso que ele havia me procurado. Ingilmundr sabia que eu tinha sido atraído para o outro lado da Britânia e estava dizendo que seu tio, que ele claramente odiava, havia tramado esse ardil.

— E como Sköll faria isso? — perguntei.

Ele se virou e voltou a encarar o rio.

— Meu tio recrutou homens que se estabeleceram ao sul do Ribbel, e me disseram que aquele lugar é território mércio.

— É, sim.

— E meu amigo Æthelstan insiste que esses homens devem pagar tributos e aceitar seus missionários.

Percebi que ele estava se referindo ao monge. O irmão Osric. O homem que tinha me levado numa dança louca através das colinas. O homem que

As terras selvagens

havia mentido para mim. E Ingilmundr estava me dizendo que seu tio, Sköll Grimmarson, tinha mandado o monge em sua incumbência traiçoeira.

— Como você sabe disso tudo?

— Mesmo nós, simples fazendeiros, gostamos de saber o que acontece no mundo.

— E até mesmo um simples fazendeiro gostaria que eu me vingasse de quem traiu o pai dele?

— Meus mestres cristãos dizem que a vingança é algo indigno.

— Os seus mestres cristãos só falam merda — retruquei violentamente.

Ele se limitou a sorrir.

— Quase me esqueci de dizer ao senhor — continuou calmamente — que o príncipe Æthelstan pediu que se juntasse a ele. Eu me ofereci para trazer a mensagem. Vamos voltar, senhor?

Essa foi a primeira vez em que vi Ingilmundr. Com o tempo, iria reencontrá-lo, embora nesses encontros posteriores ele reluzisse em cota de malha, estivesse coberto de ouro e carregasse uma espada chamada Trinchadora de Ossos, temida por todo o norte da Britânia. Mas naquele dia, perto do Mærse, ele me fez um favor. O favor, é claro, era do seu interesse. Queria se vingar do tio e ainda não estava forte o bastante para se vingar ele próprio, mas chegaria o dia em que estaria forte. Forte, mortal e esperto. Æthelstan tinha dito que eu gostaria dele, e gostei, mas também temi.

Æthelstan havia solicitado que eu o acompanhasse a Brunanburh, e eu tinha achado que era apenas uma oportunidade para ele me falar das suas esperanças para a Mércia e para a Inglaterra, ou talvez para conhecer Ingilmundr, mas parecia haver outro motivo. Ele estava me esperando no portão do forte e, quando chegamos, me chamou para caminhar um pouco para o leste. Ingilmundr nos deixou a sós. Quatro guardas nos seguiram, mas estavam longe o bastante para não nos ouvir. Senti que Æthelstan estava nervoso. Ele falou do tempo, dos planos de reconstruir a ponte de Ceaster, das esperanças para um bom plantio de primavera, de tudo menos do propósito do nosso encontro.

A guerra do lobo

— O que você achou de Ingilmundr? — perguntou depois de termos exaurido as perspectivas da colheita.

— Ele é esperto.

— Só esperto?

— Presunçoso, suspeito e perigoso.

Æthelstan pareceu chocado com a resposta.

— Eu o considero um amigo — disse severamente. — E esperava que você também considerasse.

— Por quê?

— Ele é a prova de que podemos viver juntos em paz.

— Ele ainda usa o martelo de Tor.

— O senhor também! Mas ele está aprendendo! Está ansioso pela verdade. E tem inimigos entre os outros noruegueses, e isso poderia fazer dele nosso amigo, um bom amigo.

— Você mandou missionários para ele? — perguntei.

— Dois padres, sim. Eles me dizem que Ingilmundr é sério na busca pela verdade.

— Eu quero saber dos seus outros missionários — continuei. — Os que você mandou para os noruegueses que se estabeleceram ao sul do Ribbel.

Æthelstan deu de ombros.

— Mandamos seis, acho. São irmãos.

— Quer dizer, monges? Monges negros?

— São beneditinos, sim.

— E um deles tem uma cicatriz na tonsura?

— Tem! — Æthelstan parou e olhou para mim, intrigado, mas não lhe dei nenhuma explicação a respeito da minha pergunta. — O irmão Beadwulf tem uma cicatriz assim. Ele falou que teve uma briga com a irmã quando era criança e gosta de dizer que ela fez nele a primeira tonsura.

— Ela devia ter cortado a garganta dele — falei. — Porque eu vou rasgar a barriga dele da virilha até o esterno.

— Que Deus perdoe o senhor! — Æthelstan pareceu horrorizado. — O senhor já é chamado de matador de padres!

As terras selvagens

— Podem me chamar de matador de monges também, porque o seu irmão Beadwulf é o meu irmão Osric.

Æthelstan hesitou.

— O senhor não tem como ter certeza — disse num tom de dúvida.

Ignorei suas palavras.

— Para onde você mandou o irmão Beadwulf ou seja lá como ele se chama?

— Para um homem chamado Arnborg.

— Arnborg?

— Um chefe tribal norueguês que antigamente possuía terras em Monez. Ele foi expulso pelos galeses e se estabeleceu no litoral ao norte daqui. Comanda uns cem homens. Eu duvido que tenha mais de cem.

— Onde, no norte?

— Ele chegou ao Ribbel com três navios e encontrou terra na margem sul. Jurou manter a paz e nos pagar tributo. — Æthelstan pareceu apreensivo. — O monge é um homem alto? Tem cabelo escuro?

— E com uma cicatriz que parecia que alguém tinha aberto sua cabeça de uma orelha à outra. Eu gostaria que tivessem feito isso.

— Parece o irmão Beadwulf — admitiu Æthelstan, infeliz.

— E eu vou encontrá-lo.

— Se for o irmão Beadwulf — Æthelstan recuperou a postura —, talvez ele só quisesse ajudar, não é? Talvez quisesse que o cerco chegasse ao fim.

— E para isso ele mentiu sobre o próprio nome? Mentiu sobre de onde vinha?

Æthelstan franziu a testa.

— Se o irmão Beadwulf pecou, ele deve sofrer a justiça da Mércia.

— Pecou! — exclamei, zombando da palavra.

— Ele é um mércio — insistiu Æthelstan —, e, enquanto ele estiver em solo mércio, eu proíbo o senhor de lhe fazer mal. Ele pode estar em falta, mas é um homem de Deus, e, portanto, está sob minha proteção.

— Então proteja-o — falei com violência — de mim.

Diante disso, Æthelstan pareceu ficar ofendido, mas se conteve.

— O senhor pode entregá-lo a mim, para ser julgado.

— Eu sou capaz, senhor príncipe — falei, ainda com selvageria —, de oferecer a minha própria justiça.

88

A guerra do lobo

— Não dentro da Mércia! — reagiu ele incisivamente. — Aqui o senhor está sob a autoridade do meu pai — ele hesitou, depois acrescentou — e da minha.

— Minha autoridade — vociferei — é isso! — Bati no punho de Bafo de Serpente. — E com essa autoridade, senhor príncipe, eu vou encontrar o jarl Arnborg.

— E o irmão Beadwulf?

— É claro.

Ele se empertigou, me confrontando.

— E se o senhor matar outro homem de Deus — disse — irá se tornar meu inimigo.

Por um momento fiquei sem saber o que dizer, e ao mesmo tempo me senti tentado a lhe dizer que parasse de ser um pequeno *earsling* metido a besta. Eu o conhecia e o havia protegido desde que ele era criança, ele tinha sido como um filho para mim, mas nos últimos anos os padres se apossaram de Æthelstan. No entanto, o garoto que eu havia criado ainda estava ali, pensei, por isso contive a raiva.

— Você se esquece de que eu fiz um juramento à senhora Æthelflaed para protegê-lo, e vou cumprir com esse juramento.

— O que mais o senhor jurou a ela?

— Servi-la, e fiz isso.

— Fez — concordou ele. — O senhor a serviu bem, e ela o amou. — Ele se virou, olhando para os galhos baixos e desnudos de uma murta-do-pântano que crescia numa terra úmida ao lado de uma vala. — O senhor se lembra de como a senhora Æthelflaed gostava de murtas-do-pântano? Ela acreditava que as folhas afastam as moscas. — Æthelstan sorriu com a lembrança. — E o senhor se lembra desta vala?

— Sim. Você matou Eardwulf aqui.

— Matei. Eu era só um garoto. Depois disso tive pesadelos durante semanas. Tanto sangue! Até hoje, quando sinto cheiro de murta-do-pântano, penso em sangue numa vala. Por que o senhor fez com que eu o matasse?

— Porque um rei precisa aprender o preço da vida e da morte.

— E o senhor quer que eu seja rei, depois do meu pai?

As terras selvagens

— Não, senhor príncipe — respondi, surpreendendo-o. — Eu quero que Ælfweard seja rei porque ele é um merda de fuinha inútil, e, se ele invadir a Nortúmbria, eu vou estripá-lo. Mas se me perguntar quem deveria ser rei... Você, é claro.

— E o senhor jurou no passado me proteger — disse ele, baixinho.

— Jurei, à senhora Æthelflaed, e cumpri com esse juramento.

— Cumpriu mesmo — concordou. Ele estava olhando para a vala onde ainda havia algumas películas de gelo. — Eu quero o seu juramento, senhor Uhtred.

Então era por isso que ele havia me chamado! Não era de espantar que estivesse nervoso. Æthelstan virou a cabeça para me olhar, e vi a determinação no seu rosto. Ele havia crescido. Não era mais um garoto, nem mesmo um rapaz. Tinha ficado severo e inflexível como Alfredo, seu avô.

— Meu juramento? — perguntei, porque não sabia o que dizer.

— Eu quero o mesmo juramento que o senhor fez à senhora Æthelflaed — disse ele calmamente.

— Eu jurei servi-la.

— Eu sei.

Eu devia a Æthelstan. Ele estivera ao meu lado quando recapturamos Bebbanburg e havia lutado bem, mesmo que não precisasse estar naquela luta. Portanto, sim, eu devia a Æthelstan, mas será que ele sabia que estava pedindo o impossível? Nós vivemos por juramentos e podemos morrer por eles. Fazer um juramento é atrelar a vida a uma promessa, e violar um juramento é provocar o castigo dos deuses.

— Eu jurei lealdade ao rei Sigtryggr — falei —, e não posso violar esse juramento. Como posso servir a você e a ele?

— O senhor pode fazer um juramento de que jamais vai se opor a mim, jamais vai me impedir.

— E se você invadir a Nortúmbria?

— O senhor não lutará contra mim.

— E o meu juramento ao meu genro? — perguntei. — Se... — fiz uma pausa — Quando você invadir a Nortúmbria, meu juramento a Sigtryggr implica que devo me opor a você. Você iria querer que eu violasse esse juramento?

90

A guerra do lobo

— É um juramento pagão, portanto não significa nada.

— Como o que você recebeu de Ingilmundr? — perguntei, e ele não soube responder. — Meu juramento a Sigtryggr governa minha vida, senhor príncipe. — Falei seu título com condescendência. — Eu jurei à senhora Æthelflaed que iria protegê-lo, e farei isso. E se você lutar contra Sigtryggr cumprirei com esse juramento fazendo o máximo para capturar você em batalha e não matá--lo. — Balancei a cabeça. — Não, senhor príncipe. Eu não vou jurar servi-lo.

— Lamento muito.

— E agora, senhor príncipe, vou encontrar o irmão Osric. A não ser, é claro, que você opte por me impedir.

Ele meneou a cabeça.

— Eu não vou impedi-lo.

Observei-o se afastar. Eu estava com raiva por ele ter pedido meu juramento. Ele devia saber como eu reagiria, mas depois falei a mim mesmo que Æthelstan estava conhecendo a própria autoridade, que estava testando-a.

E eu ia perseguir Arnborg. Ingilmundr tinha me dito que seu tio, Sköll Grimmarson, havia recebido a aliança de noruegueses estabelecidos ao sul do Ribbel, e presumi que Arnborg fosse um deles. E Arnborg tinha abrigado o irmão Osric, o irmão Beadwulf, que havia mentido para mim. Eu queria saber por que, e suspeitava que o irmão Beadwulf, depois de nos deixar em Mameceaster, teria ido para a propriedade de Arnborg. Assim, para encontrar o monge, eu precisava ir para o norte.

Precisava entrar nas terras selvagens.

Não partimos de imediato. Não podíamos. Nossos cavalos precisavam de mais descanso, uns seis estavam mancos e um número ainda maior precisava de ferraduras novas. Por isso esperamos três dias, então partimos para o norte, embora a primeira parte da viagem nos tenha levado para o leste, em direção aos poços de salmoura que azedavam a terra em volta do rio Wevere. Grandes fogueiras ardiam onde os homens ferviam a salmoura em caldeirões de ferro e onde o sal formava montes parecidos com neve. Os romanos, é claro, tinham criado as salinas, ou pelo menos as haviam

As terras selvagens

expandido para que pudessem suprir toda a Britânia de sal. E para facilitar isso eles construíram uma estrada num aterro que atravessava as campinas inundadas, numa passagem elevada de cascalho.

Eu tinha batedores avançados, embora não fossem tão necessários na planície ampla através da qual a estrada corria feito uma lança. Eu não esperava encontrar nenhum problema, mas apenas um idiota viajaria pelas estradas da Britânia sem tomar precauções. Em alguns lugares passávamos por florestas densas, e era possível que homens desgarrados das forças de Cynlæf estivessem à procura de viajantes desarmados, mas nenhum homem faminto ou desesperado ousaria atacar meus guerreiros, que usavam malha e elmos e estavam armados com espadas.

Mas homens famintos e desesperados poderiam atacar nossos acompanhantes, que eram dezoito mulheres indo estabelecer o convento que Æthelstan queria em Mameceaster e doze mercadores que tinham ficado retidos em Ceaster por causa do cerco. Os mercadores, por sua vez, tinham serviçais que puxavam cavalos de carga levando produtos valiosos — couro curtido, utensílios de prata de Gleawecestre e pontas de lança de qualidade forjadas em Lundene. Um cavalo de carga levava o cadáver de um homem que tinha seguido Cynlæf. A cabeça estava enrolada separadamente em lona, e a cabeça e o corpo seriam pregados no portão principal de Mameceaster como aviso para quem tentasse se rebelar contra o rei Eduardo. Æthelstan, frio e distante depois da minha recusa em prestar juramento, havia pedido que eu protegesse os mercadores, os cavalos de carga, as freiras e o cadáver até Mameceaster.

— Eu não vou tão longe assim — eu havia falado.

— Você vai até o Ribbel — observara ele. — A rota mais fácil é passando por Mameceaster.

— Eu não quero que os noruegueses estabelecidos no Ribbel saibam que estou a caminho, o que significa que não posso usar as estradas.

As estradas romanas nos levariam a Mameceaster, e outra estrada deixava essa fortaleza e ia para o norte até Ribelcastre, um forte romano no Ribbel. Essas estradas facilitavam a viagem; as chances eram poucas de se perder nos trechos intermináveis de colinas cobertas de árvores e, pelo menos nos povoados maiores, havia celeiros onde dormir, ferreiros para ferrar os cavalos e tavernas acostumadas a alimentar viajantes. Mas Arnborg, que eu suspeitava que tivesse ocupado o velho forte romano em Ribelcastre, teria homens vigiando a estrada. Por isso eu planejava me aproximar dele pelo oeste, através de uma terra ocupada por noruegueses.

— As freiras precisam de proteção — protestara Æthelstan.

— Então as proteja — eu respondera. E assim vinte e dois lanceiros de Æthelstan viajavam para proteger os viajantes na última parte da jornada.

Sunngifu era uma das mulheres.

— O que eu não entendo — falei com ela — é por que vocês precisam de um convento em Mameceaster.

— As freiras são necessárias em todo lugar, senhor Uhtred.

— Mameceaster é um burh fronteiriço. Toda a terra ao redor é pagã, maligna e perigosa.

— Como o senhor?

Olhei para ela. Eu havia lhe oferecido um dos meus cavalos de reserva, mas ela recusara, argumentando que os discípulos de Jesus tinham caminhado por toda parte, por isso ela e as irmãs fariam o mesmo.

— Eu sou maligno? — perguntei.

Ela apenas sorriu. Sunngifu era incrivelmente linda mesmo usando um hábito cinza-escuro com um capelo cobrindo os cabelos inacreditavelmente claros.

— É melhor você esperar que eu seja maligno, porque isso vai mantê-la em segurança.

— Jesus me mantém em segurança, senhor.

— Jesus não vai adiantar nada se um bando de guerreiros dinamarqueses sair daquela floresta. — Indiquei com a cabeça um trecho de árvores desfolhadas a leste, e pensei na abadessa Hild, minha amiga, agora na distante Wintanceaster, que tinha sido estuprada repetidas vezes pelos dinamarqueses de Guthrum. — É um mundo cruel, Ratinha — falei, usando seu antigo apelido. — E você precisa torcer para que os guerreiros que a defendem sejam tão cruéis quanto seus inimigos.

— O senhor é cruel?

— Eu sou bom na guerra. E a guerra é cruel.

As terras selvagens

Ele olhou para a frente, onde cavalgavam os homens de Æthelstan.

— Eles vão ser o suficiente para nos proteger?

— Quantos outros viajantes você viu nessa estrada?

Íamos para o norte, chegando a colinas baixas e deixando para trás a planície ampla com seus rios preguiçosos.

— Não muitos.

— Apenas três, hoje. E por quê? Porque essa é uma região perigosa. É principalmente dinamarquesa, com apenas alguns saxões. Até Eduardo fazer o burh em Mameceaster o lugar era comandado por um dinamarquês, e isso tem apenas dois anos. Agora a região está sendo ocupada por noruegueses. Acho loucura mandar vocês para Mameceaster.

— Então por que o senhor não vai nos proteger ao longo de todo o caminho?

— Porque bastam vinte e dois guerreiros para manter vocês em segurança — falei num tom confiante. — E porque eu tenho negócios urgentes em outro lugar, e vai ser mais rápido para mim atravessar o campo em vez de seguir pela estrada.

Eu me sentia tentado a acompanhar as freiras até Mameceaster, mas a tentação era somente por causa de Ratinha. Fiquei pensando nela. Quando era casada com o bispo Leofstan, ela se prostituía com entusiasmo, mas Æthelstan tinha certeza de que ela era uma pecadora reformada. Talvez fosse, mas eu não queria perguntar.

— O que você vai fazer em Mameceaster? — perguntei em vez disso.

— Talvez eu faça meus votos.

— Por que ainda não fez?

— Eu não me sinto digna, senhor.

Lancei-lhe um olhar cético.

— O príncipe Æthelstan acha que você é a mulher mais santa que ele conhece.

— E o príncipe é um homem bom, senhor, um homem muito bom — comentou ela, sorrindo —, mas ele não conhece as mulheres muito bem.

Alguma coisa no seu tom de voz me fez olhar para ela de novo, mas seu rosto era todo inocência, por isso ignorei o comentário.

— Então o que você vai fazer em Mameceaster?

A guerra do lobo

— Rezar — respondeu, e eu fiz um som de escárnio. — E curar os doentes, senhor. — Ela me lançou seu olhar deslumbrante. — E qual é o seu negócio, senhor, que o faz me abandonar?

— Eu preciso matar um monge — falei. E, para minha surpresa, ela riu.

Nós os deixamos na manhã seguinte, quando viramos para o oeste e seguimos por colinas cobertas de árvores. Eu não havia sido sincero com Ratinha. Nossa rota mais rápida seria pelas convenientes estradas romanas, mas eu precisava me aproximar do assentamento de Arnborg sem ser visto, e isso implicava atravessar o campo, encontrar o caminho usando o instinto e o sol. Dobrei o número de batedores. Estávamos entrando numa terra em que os dinamarqueses receberam reforços de noruegueses recém-estabelecidos, em que poucos saxões sobreviviam, terras que foram reivindicadas pela Mércia, mas jamais ocupadas por tropas mércias. Mameceaster, o burh mais próximo, fora construído no interior dessa terra, um gesto de desafio por parte de Eduardo, que dizia ser rei de toda a região ao sul do burh, embora muitas pessoas dali sequer tivessem ouvido falar dele.

A terra era fértil, porém pouco povoada. Não havia vilarejos. No sul da Mércia e em Wessex, que supostamente eram um único reino, havia povoados com casas pequenas geralmente construídas em volta de uma igreja e sem uma paliçada defensiva, mas aqui as poucas moradias estavam quase todas atrás de muros resistentes feitos de troncos de árvore. Nós evitávamos esses assentamentos. Comíamos queijo duro, pão velho e arenque defumado que o administrador de Æthelstan nos dera. Levávamos sacos de forragem para os cavalos porque ainda faltavam semanas para o capim da primavera brotar. Dormíamos nas florestas, aquecidos por fogueiras. As pessoas veriam o fogo e se perguntariam quem os teria acendido, mas ainda estávamos muito ao sul do Ribbel, e eu duvidava que Arnborg fosse ouvir falar de nós. Homens deviam ter nos visto, ainda que nós não os víssemos, mas tudo que viam eram cerca de noventa cavaleiros armados com seus serviçais e montarias de reserva. Não exibíamos nenhum estandarte, e a cabeça de lobo nos escudos estava desbotada. Se alguém nos visse iria nos evitar porque, numa terra perigosa, nós éramos o perigo.

As terras selvagens

No dia seguinte, numa tarde fria, vimos o Ribbel. Era um dia feio, com um céu cinzento e um mar cinzento, e diante de nós se estendia o amplo estuário onde bancos de lama cinzentos eram cercados por pântanos intermináveis. Subia fumaça, naquele ar parado, de uma dúzia de assentamentos nas margens do estuário. Nenhum navio perturbava os canais do rio que atravessavam a lama, embora eu tenha visto uns vinte barcos de pesca encalhados acima da linha da maré alta. Agora estava quase na maré baixa, e alguns juncos, que demarcavam onde ficavam os canais, se projetavam da água, que passava pelas plantas rápida e sem ondas. A correnteza estava forte ali, e o rio corria para o mar.

— Vida boa — murmurou Finan, e ele estava certo.

Eu conseguia ver as armadilhas para peixes no emaranhado de canais; os bancos de lama e a água reluziam com os pássaros; aves marinhas e do litoral, cisnes e narcejas, maçaricos e batuíras, gansos e pilritos.

— Santo Deus — continuou Finan —, olha aqueles pássaros! A gente nunca passaria fome aqui!

— E também tem salmão bom — acrescentei.

Dudda, um comandante de navio que certa vez nos guiou numa travessia do mar da Irlanda, tinha me dito que o Ribbel era um rio maravilhoso para os salmões. Dudda era um bêbado, mas um bêbado que conhecia esse litoral, e com frequência me falava do seu sonho de se estabelecer junto ao estuário do Ribbel, e eu entendia por quê.

Agora eram os noruegueses que tinham se estabelecido ali. Eu duvidava que eles tivessem nos visto. Havíamos nos aproximado lentamente do rio, puxando os cavalos, só nos movendo quando os batedores sinalizavam. A maior parte dos meus homens e todos os nossos cavalos estavam numa campina pantanosa com poças geladas e juncos quebradiços, escondidos das terras junto ao rio por uma pequena elevação encimada por árvores e arbustos onde eu tinha postado uma dúzia de homens. Me juntei a eles, subindo vagarosa e silenciosamente a encosta baixa, sem querer causar uma revoada de pássaros. Quando cheguei ao topo, pude ver bem além do estuário. E vi assentamentos, muitos assentamentos. Assim que saíssemos da campina gélida seríamos vistos, e a notícia de estranhos armados se espalharia pelas terras junto ao rio. E Arnborg, onde quer que estivesse, seria alertado da nossa chegada.

A guerra do lobo

Eu estava olhando para a propriedade mais próxima, um salão maciço e um celeiro, cercados por uma paliçada recém-consertada. A palha numa das construções mais baixas era nova, e subia fumaça de um buraco no teto mais alto. Um menino e um cachorro conduziam ovelhas para o portão da propriedade, onde havia um homem com ar preguiçoso. O sujeito estava longe, mas Finan, que tinha uma vista melhor que a de qualquer pessoa que já conheci, disse que ele não usava cota de malha nem arma.

— Vamos até lá esta noite — avisei a Finan. — Você, eu, Berg e Kettil.

Não precisei explicar o que planejava. Finan assentiu.

— E o segundo grupo?

— Eadric pode escolher doze homens.

Finan olhou para o céu nublado.

— Não vai ter lua — alertou, o que significava que estaríamos encobertos pela escuridão total, podendo perder a direção e ficar desorientados na noite.

— Então vamos devagar e com cuidado.

Fiquei observando a última ovelha desaparecer na propriedade e vi o portão ser fechado. A madeira crua onde a paliçada fora consertada sugeria que o dono da propriedade tinha se dado ao trabalho e gastado dinheiro para manter o lar em segurança, mas o sujeito que vigiava o portão não parecera nem um pouco alerta. Meu pai sempre dizia que os muros não mantêm a gente em segurança, são os homens que guardam os muros que impedem que nossas mulheres sejam estupradas, que nossos filhos se tornem escravos e que nossos animais sejam mortos. Supus que quem quer que estivesse na propriedade só desejava se manter aquecido. Era uma tarde gelada de inverno, as ovelhas estavam em casa, e as pessoas sensatas iriam querer ficar perto das lareiras, seguras de que os lobos estavam trancados do lado de fora.

Esperamos até tarde naquela noite escura. Estava frio, e não ousávamos acender fogueiras. Tremíamos. As únicas luzes eram vislumbres de fogo num punhado de propriedades. A mais próxima não exibia nenhuma luz, a não ser, a princípio, um brilho fraco de fogo no buraco do teto do salão, e até mesmo isso enfraqueceu. E continuamos esperando, com frio demais para dormir.

— Logo vamos nos aquecer — murmurei para os homens perto de mim.

97

As terras selvagens

Eu tinha memorizado o aspecto do terreno. Sabia que precisávamos passar por um pasto irregular até encontrar uma vala, depois segui-la para noroeste até chegar a uma cerca viva malcuidada que nos levaria para o leste até a trilha onde tínhamos visto as ovelhas sendo conduzidas, e essa trilha nos levaria à propriedade mais próxima. E deveríamos nos tornar sceadugengan, os andarilhos das sombras, criaturas da noite.

Não é de espantar que os portões fossem fechados e as portas do salão trancadas com barras à noite, porque é na escuridão que os sceadugengan caminham. São transmorfos — goblins, elfos, fadas e anões. Podem optar pela aparência de animais, como lobos ou touros; eles vêm de Midgard para assombrar a terra e não são vivos nem mortos, são horrores das sombras.

E, depois de finalmente atravessarmos o pasto, pisando com cuidado na escuridão absoluta, pensei no antigo poema, a canção de Beowulf, que fora entoado no salão do meu pai e ainda era entoado no mesmo salão, agora meu.

— *Com on wanre niht. Scriðan sceadugenga; sceotend scoldon* — declamava o harpista, e nós estremecíamos ao pensar em ghouls se esgueirando da escuridão. "Na noite escura se esgueira o andarilho das sombras; guerreiro furtivo." E nós éramos os guerreiros furtivos.

Fiquei entoando a frase repetidamente na cabeça enquanto saíamos da floresta e caminhávamos para a vala.

— *Scriðan sceadugenga; sceotend scoldon, scriðan sceadugenga; sceotend scoldon.*

Repeti de novo e de novo em silêncio, um cântico irracional para afastar os demônios. A propriedade parecia muito mais distante do que eu tinha previsto, por isso comecei a temer que tivéssemos perdido a direção, mas por fim senti cheiro de madeira queimando, e Finan deve ter visto alguma luz fraca à esquerda, porque ele puxou minha capa.

— Por aqui — sussurrou.

Seguimos pela trilha. Agora não havia capim debaixo dos nossos pés, apenas a lama endurecida pelo gelo, cocô de ovelhas e esterco de cavalo, mas havia um brilho fraquíssimo de fogo surgindo através de um postigo do salão, que revelava uma fresta entre os troncos da paliçada. Nenhum cachorro latiu, ninguém nos interpelou com um grito quando finalmente chegamos à propriedade. O portão era ladeado por dois troncos altos onde estavam presas dobradiças de ferro. Não ouvimos nada além dos nossos passos, o sussurro de um vento fraco noturno, o uivo distante de uma raposa e uma coruja piando.

— Prontos? — murmurei para Berg e Kettil.

— Prontos — respondeu Berg.

Encostei as costas no portão e juntei as mãos, formando um apoio, então Berg, que era jovem e forte, pôs as mãos no meu ombro, um pé nas minhas mãos e se impulsionou para cima. Eu o empurrei enquanto ele subia. Houve um barulho de algo raspando quando Berg escanchou as pernas no alto do portão, e esperei os latidos dos cachorros enquanto Kettil tomava posição.

— Entrei! — avisou Berg baixinho.

Ele havia pulado para o outro lado do portão, e eu dei impulso para Kettil, que fez o mesmo. Achei que o barulho dos dois acordaria até os mortos, especialmente quando levantaram a grande trave que raspou nas braçadeiras. Ainda nada de latidos. As dobradiças rangeram enquanto Berg e Kettil abriam o portão.

— Chame Eadric — falei, e Finan deu um assobio curto e agudo.

Os homens de Eadric tinham nos seguido e agora se espalhavam por toda a propriedade, com a missão de garantir que ninguém conseguisse sair dali usando algum portão que não tivéssemos visto ou escalando como Berg e Kettil fizeram. O próprio Eadric, com dois homens, se juntou a nós enquanto Berg e Kettil escancaravam o grande portão.

— Foi fácil, senhor — comentou Kettil.

— Até agora.

Nesse momento os cachorros acordaram. Dois começaram a latir em algum lugar à minha esquerda, mas deviam estar presos, porque nenhum deles se aproximou. As ovelhas começaram a balir, o que só deixou os cachorros mais barulhentos ainda. Finan e eu tínhamos ido até a porta do salão e eu escutei movimento do outro lado, em seguida uma mulher gritou para os cachorros pararem com o barulho. Desembainhei Bafo de Serpente enquanto Finan tirava Ladra de Alma da bainha comprida. Eu achava que teríamos de arrombar a porta do salão, mas parecia que as pessoas do lado de dentro iam abri-la, porque ouvi a barra sendo erguida e um trinco de madeira correr.

As terras selvagens

A porta foi aberta, iluminando o pátio imediatamente. Dentro do salão um serviçal alimentava a lareira, e as chamas aumentaram. E nessa luz mais forte vi dois homens, ambos de cabeça descoberta e nenhum usando cota de malha. Parados com lanças compridas a dois passos da porta. Uma mulher, enrolada num cobertor, estava de pé entre eles.

E o que eles viram?

Eles viram um pesadelo. Viram guerreiros com espadas desembainhadas, guerreiros usando cota de malha, guerreiros com elmos adornados e com as placas laterais fechadas, guerreiros com capas, guerreiros da noite, andarilhos das sombras com lâminas nuas. Um dos homens ergueu a lança e eu a empurrei para o lado com Bafo de Serpente. O movimento dele tinha sido hesitante, o sujeito estava apavorado demais para atacar com alguma força, talvez nem quisesse me ameaçar, simplesmente havia levantado a arma sem pensar. Arfou quando a minha lâmina, mais pesada que a arma dele, arrancou a lança da sua mão. Ela retiniu no chão enquanto Finan e eu entrávamos no salão. Eadric e seus homens nos seguiram de perto.

— Largue essa lança! — vociferei para o segundo homem, e, como ele não obedeceu, Finan simplesmente arrancou a arma da sua mão.

— Quem são vocês? — perguntou a mulher.

Ela parecia se opor a nós mais que os dois homens, que recuaram para longe. Seu cabelo grisalho estava preso num coque na nuca, embaixo de uma touca de lã branca. Era alta, robusta, com rosto autoritário e olhos indignados. Segurou o cobertor grosso em volta dos ombros e me encarou com beligerância.

— Quem são vocês? — voltou a perguntar.

— Seus hóspedes — respondi, então passei por ela e fui até a lareira, onde a serviçal que estivera atiçando o fogo se encolheu. — Eadric!

— Senhor? — Eadric veio correndo, agradecido pelo pouco calor da lareira.

— Saxões! — cuspiu a mulher para mim.

Ignorei-a.

— Reviste a propriedade — pedi a Eadric. — Depois acenda uma fogueira no pátio e tente não queimar a paliçada.

A guerra do lobo

A claridade da fogueira seria um sinal para nossos homens que continuavam esperando na área pantanosa onde as poças estavam completamente congeladas. Eadric, um homem mais velho e confiável, era provavelmente o meu melhor batedor. Ele enrolou um bocado de junco seco em volta de um pedaço de madeira, se inclinou para acendê-lo e levou a tocha improvisada para a escuridão, seguido por dois dos seus homens.

— Kettil, Berg! Revistem o salão — ordenei. Havia uma plataforma elevada, e abaixo dela uma câmara separada. — Olhe ali dentro — eu disse a Berg, apontando para a porta do aposento, então embainhei Bafo de Serpente e voltei até a mulher. — Seu nome? — perguntei em dinamarquês, uma língua que a maioria dos noruegueses entendia.

— Meu nome não é para a ralé saxã — respondeu ela.

Olhei para os dois homens desarmados.

— Seus serviçais? — Ela não respondeu, mas não precisava. Era obviamente quem estava no comando daquela propriedade, e os dois pareciam ter tanto medo dela quanto de mim. — Eu vou cegar os dois — falei. — Um olho de cada vez, até você me dizer o seu nome.

Ela queria me desafiar, mas cedeu quando tirei uma faca do cinto e um dos serviçais choramingou.

— Fritha — disse, relutante.

— Viúva? Esposa? O quê?

— Eu sou casada com Hallbjorn — respondeu ela com orgulho. — E ele virá logo, com todos os seus homens.

— Estou morrendo de medo.

Os homens de Eadric estavam carregando lenha do salão para o pátio. Havia um pequeno perigo de alertar as propriedades mais próximas se acendêssemos uma fogueira grande ao ar livre, mas era um risco que eu estava disposto a correr. Mesmo se alguém visse as chamas, eu duvidava de que viessem investigar nessa noite escura e gelada, e eu precisava trazer meus homens e cavalos do frio para o calor e o abrigo.

Rindo animado, Berg empurrou duas criadas para dentro do salão.

— Ninguém mais aqui, senhor — avisou ele. — E só tem uma porta nos fundos.

As terras selvagens

— Trancada?

— Sim, senhor.

— Mantenha assim — falei, e apontei para as criadas. — Vocês duas. Encontrem comida e cerveja e tragam. Tudo! — Uma das jovens olhou de relance para Fritha, como se pedisse sua permissão. Eu simplesmente rosnei, dei um passo em sua direção e ela correu.

Fritha havia percebido o amuleto do martelo pendurado por cima da minha cota de malha. Viu o mesmo símbolo no pescoço de Berg, então deu uma olhada em Finan, que usava uma cruz. Ela ficou confusa, e percebi que ia falar alguma coisa, quando houve um grito repentino do lado de fora do salão, um ganido, depois um momento de silêncio antes da gargalhada dos homens. Fritha juntou as mãos com força.

Eadric veio do pátio, onde agora a fogueira estava acesa.

— Mais mulheres e crianças no salão menor, senhor — avisou ele. — Dois escravos no celeiro, dois cachorros, um rebanho de ovelhas sarnentas e só um cavalo.

— Traga todas as pessoas para cá — ordenei. — E que barulho foi aquele que escutamos agora há pouco?

Eadric deu de ombros.

— Foi lá fora, senhor.

A resposta à minha pergunta era um menino — não devia ter mais de 11 ou 12 anos —, que foi arrastado para dentro por um sorridente Folcbald, o frísio enorme.

— O pirralhinho pulou a paliçada, senhor — explicou Folcbald —, e estava fugindo.

— Não o machuque, senhor! — gritou Fritha. — Senhor, por favor!

Fui até ela e a encarei.

— Então eu não sou mais a ralé?

— Por favor, senhor.

— É seu filho? — supus, e ela fez que sim com a cabeça. — Seu único filho? — Ela assentiu outra vez. — O nome dele — ordenei.

— Jogrimmr — respondeu ela num sussurro. Havia lágrimas em seus olhos.

— Para onde você estava indo, Jogrimmr? — perguntei ao menino, embora continuasse encarando sua mãe.

102

A guerra do lobo

— Pedir ajuda — respondeu o garoto, e pude ouvir o desafio em sua voz infantil. Eu me virei e o vi me encarando com raiva. Folcbald assomava ao lado dele, sorrindo.

Olhei de novo para a mãe, mas continuei falando com o menino:

— E diga onde está o seu pai, Jogrimmr.

— Está vindo matar você.

— Muitos tentaram, garoto. Eu enchi os bancos do Valhala com homens que achavam que eu podia ser morto. Agora diga o que eu quero saber.

Teimoso, o menino continuou em silêncio, e foi sua mãe quem respondeu:

— Foi se juntar ao senhor dele.

— Arnborg? — perguntei.

— Arnborg.

— Arnborg é um grande senhor! — gritou o menino atrás de mim.

— Arnborg é um merda de sapo. E onde ele está?

Continuei olhando nos olhos de Fritha e percebi uma centelha de medo.

— Eu não vou dizer! — gritou Jogrimmr, ousado.

— Folcbald — falei, ainda olhando para Fritha —, como é que a gente mata menininhos hoje em dia?

Folcbald deve ter ficado confuso, porque não disse nada, mas Kettil, que revistava a plataforma do salão, tinha raciocínio rápido.

— O último a gente matou pregando a cabeça dele numa parede, senhor.

— Estou lembrado — falei, e sorri para Fritha. — Onde está Arnborg?

— Eles foram para o leste, senhor! — disse ela.

— O prego entrou rápido, estou certo, Kettil?

— Rápido demais, senhor — gritou ele. — O garoto morreu antes de poder contar qualquer coisa! O senhor disse que da próxima vez a gente devia cravar o prego mais devagar.

— E como a gente matou o outro garoto, antes desse?

— Ah, aquele gritou, senhor! — respondeu Kettil, animado. — Não foi ele que a gente queimou até a morte?

— Não — enfim Folcbald havia entendido o que estávamos fazendo —, a gente esfolou o desgraçadinho vivo. Foi o mais novo, antes dele, que a gente queimou. Lembra? Ele era um garotinho gordo e chiou, como se estivesse fritando. O cheiro foi igual ao de toucinho numa pedra quente.

As terras selvagens

—Arnborg foi para o leste! — disse Fritha, desesperada. — Eu não sei para onde!

Acreditei nela.

—Quando?

—Há duas semanas.

Ouvi o som de cascos no pátio iluminado pela fogueira e soube que o restante dos meus homens tinha trazido os cavalos em segurança à propriedade que agora era nossa. O salão começou a ficar apinhado conforme meus guerreiros entravam para aproveitar o calor e os homens, as mulheres e as crianças que tínhamos capturado eram trazidos para dentro.

—Quantos homens acompanharam seu marido? — perguntei a Fritha.

—Seis, senhor.

—E quantos estavam com Arnborg?

A mulher deu de ombros.

—Muitos, senhor.

Ela obviamente não sabia, mas mesmo assim pressionei:

—Muitos? Cem? Duzentos?

—Muitos, senhor!

—Para se juntar a Sköll?

Ela assentiu.

—Sim, senhor. Para se juntar a Sköll.

—Sköll é um grande rei! — gritou o filho dela, em tom de desafio. — É um guerreiro do lobo! Ele tem um feiticeiro que transforma homens em gelo!

Ignorei-o, considerando suas palavras bravata de criança. Continuei falando com Fritha:

—E Sköll, para onde ele foi?

—Para o leste, senhor — respondeu ela, impotente.

—E a que distância fica o salão de Arnborg?

—Perto, senhor.

—E quantos homens ele deixou lá?

Ela hesitou, depois me viu olhando de relance para seu filho.

—Talvez vinte, senhor.

Fechamos o portão, colocamos os cavalos no salão menor e nos celeiros, alimentamos a grande lareira, comemos a comida de Hallbjorn e alguns de nós dormiram, mas só depois de interrogarmos cada cativo e ficarmos sabendo que o salão de Arnborg era mesmo perto, ao lado do Ribbel, onde o rio se alargava em direção ao grande estuário. Fritha, temendo pela vida do filho, agora estava ansiosa para falar, e disse que devia ser menos de uma hora de caminhada.

— O senhor pode vê-lo do nosso telhado — disse.

— Ele deve ter deixado homens lá — observou Finan ao alvorecer.

— Mas para onde ele foi? Para onde Sköll foi?

— Para o leste — disse Finan, um comentário de nenhuma ajuda. — Pode ser apenas uma incursão para roubar gado. Uma incursão grande, não é?

— No inverno? Haveria pouco gado do lado de fora.

Nós matávamos nossos rebanhos conforme o outono se aproximava do fim e as garras do inverno esfriavam a terra, mantendo vivos apenas um número suficiente de animais para procriar no ano seguinte, e a maioria desses animais preciosos ficava dentro das paliçadas. Tive a sensação tenebrosa de que havia tomado a decisão errada, de que não deveria estar procurando o monge traiçoeiro, e sim correndo de volta para Bebbanburg. Mas Fritha dissera que os homens tinham partido duas semanas antes, o que significava que o que quer que tivessem ido fazer já estaria feito. E tínhamos chegado até aqui, portanto era melhor encontrar o monge com a cicatriz na tonsura. Se é que ele havia retornado para cá.

O que significava que precisávamos capturar o salão de Arnborg.

Na guerra nada é simples, embora o destino tivesse sido gentil conosco na noite em que tomamos a propriedade de Hallbjorn. Perdemos um cavalo que quebrou uma pata quando tropeçou numa vala. Mas, afora isso, o pior que sofremos foi o frio.

Não seria tão fácil atacar o salão de Arnborg. Mas pelo menos a captura da propriedade de Hallbjorn havia nos levado para mais perto do salão, e melhor ainda: não tínhamos sido descobertos. Estávamos em terras de Arnborg e

As terras selvagens

nenhum dos seus homens sabia disso. Porém, no momento em que saíssemos da propriedade, não poderíamos mais nos esconder, precisaríamos correr pelo terreno invernal para alcançar a paliçada antes que alguma notícia da nossa chegada alertasse os homens deixados para vigiar o salão. Tínhamos interrogado Fritha e seu pessoal e descobrimos que o salão era construído ao lado de um riacho afluente do Ribbel, que ele era cercado por celeiros e cabanas, que tinha uma paliçada resistente e que Arnborg havia deixado uma guarnição para proteger sua casa. Um serviçal, que tinha levado ovos para lá no dia anterior, concordou com Fritha. Ele disse que devia haver uns vinte homens.

— Ou talvez trinta, senhor.

— Talvez quarenta, talvez cinquenta — vociferou Finan enquanto esporeávamos nossas montarias no chão duro de inverno.

— Pelo menos ele não está no forte romano — falei.

Eu temera que Arnborg tivesse ocupado o velho forte que ficava mais no interior; entretanto, pelo que ouvimos, ele parecia gostar de ficar perto do estuário do Ribbel para que seus navios pudessem partir para o mar e capturar cargas opulentas.

Vinte homens não soavam como um inimigo temível, mas sua vantagem era que podiam se abrigar atrás da paliçada, e, mesmo que essa cerca de madeira não fosse tão formidável quanto as grandes fortificações de Bebbanburg, ainda seria um obstáculo intimidador, motivo pelo qual cavalgamos o mais rápido possível. Se os defensores soubessem que estávamos chegando, poderiam se preparar; no entanto, se surgíssemos súbita e inesperadamente, metade deles estaria dentro do salão, esquentando-se junto ao fogo. Seguimos por uma trilha que parecia ter sido bastante usada, fazendo curvas em volta dos numerosos canais do Ribbel. Atravessamos pântanos salgados e passamos por campos de juncos, e à nossa volta as aves piavam e saíam voando em grandes bandos. Seria impossível não ver aqueles milhares de asas brancas enchendo o céu, de modo que os homens de Arnborg saberiam que alguém estava se movendo na margem do estuário, mas por que suspeitariam de algum inimigo?

Os cascos dos nossos cavalos esmagavam o gelo fino onde a trilha vadeava um riacho raso. Bafo de Serpente quicava no meu quadril, e o escudo às minhas costas batia ritmadamente na minha espinha. Subimos uma encosta

A guerra do lobo

longa e baixa, encimada por um quebra-vento espesso formado por salgueiros e amieiros, nos abaixamos sob os galhos inferiores e partimos a meio galope sob o sol fraco outra vez. E lá estava a propriedade de Arnborg, como o pessoal de Fritha havia descrito.

Era um lugar inteligente para construir um salão. Um dos muitos afluentes do Ribbel fazia uma curva perto dele, e a água protegia dois lados da alta paliçada. Três navios estavam atracados no riacho, amarrados a um cais de madeira que ficava na face norte da propriedade de Arnborg, que se estendia pelo menos sessenta passos para o sul. Dentro da paliçada havia as coberturas de um salão e um agrupamento de outras construções — celeiros, estábulos e armazéns. O único portão que eu conseguia ver ficava na face sul e estava fechado. Uma bandeira pendia acima dele, mas no ar parado daquela manhã era impossível ver qualquer brasão ou símbolo no tecido. Devia ter uma plataforma de luta ao lado do portão, porque havia dois lanceiros lá, ambos por enquanto apenas olhando para nós boquiabertos. Acenei para eles na esperança de que o gesto os convencesse de que éramos amigos, mas vi um se virar e gritar para dentro da propriedade.

Havia dois modos de capturar uma propriedade murada. O primeiro, e mais fácil, era mostrar aos defensores o quanto eles estavam em desvantagem numérica e prometer que viveriam caso se rendessem. Geralmente funcionava, mas eu sabia que provavelmente precisaria lutar por esse salão. Arnborg era um guerreiro líder de guerreiros, e sabíamos que ele havia deixado uma guarnição para defender seu lar, e isso sugeria que aqueles homens iriam preferir lutar a trair a confiança do seu senhor. Por isso lutaríamos, mas, se precisávamos lutar, eu queria que fosse rápido.

— Berg! — gritei. — Você sabe o que fazer! Então faça!

Saí da trilha, me afastando da paliçada e guiando Tintreg para um campo arado que o fez avançar mais devagar. Finan e a maioria dos meus homens me seguiram, mas Berg levou onze dos meus guerreiros mais jovens e ágeis direto para o canto mais próximo da paliçada que, como o restante do muro no lado voltado para a terra, era protegido por um fosso inundado. Cresciam juncos no fosso, o que revelava que não era fundo. Na verdade, eu suspeitava que o fosso secava rápido na maré baixa. Um dos escravos da fazenda de

As terras selvagens

Hallbjorn tinha dito que o fosso chegava pouco acima da altura do joelho, e eu só podia torcer para que estivesse certo. O homem que gritara da plataforma de luta estava gritando outra vez, apontando para o canto onde o cavalo de Berg entrava no fosso. Então vi Berg apoiar uma das mãos na paliçada para se equilibrar enquanto ficava de pé na sela. Depois o vi erguer as mãos e segurar o alto do muro. Por um instante, ele ficou imóvel contra o céu de inverno, depois pulou por cima da paliçada. Imaginei que houvesse uma plataforma no canto, porque Berg pôde ficar de pé lá em cima, se inclinar e ajudar o homem seguinte. Os outros cavalos se apinharam no fosso e o processo pareceu demorar demais, porém enfim os doze conseguiram escalar de cima dos cavalos e pular da plataforma de luta para o chão do outro lado.

— O senhor se lembra de quando a gente conseguia fazer isso? — perguntou Finan. Ele havia refreado o cavalo para ficar ao meu lado.

Dei uma risada.

— Se fosse preciso, amigo, ainda poderíamos fazer.

— Aposto dois xelins que o senhor teria caído do cavalo — disse ele, e provavelmente estava certo.

A plataforma de luta não se estendia por toda a extensão do muro voltado para o sul, porque os dois lanceiros que estavam no portão desapareceram, em vez de correr para enfrentar os invasores. Ouvi um grito, o som de espadas, e conduzi Tintreg para o portão. O barulho vindo de dentro estava mais alto, o clangor e o raspar de lâmina com lâmina, um berro de raiva.

— Eu devia ter ido com eles — falei.

— O senhor ainda estaria tentando pular o muro — retrucou Finan. — Isso é um trabalho para jovens tolos, não para velhos como nós.

E meus guerreiros jovens, tolos e orgulhosos fizeram o que tínhamos exigido. Vi Godric surgir na plataforma de luta do portão, acenando para nós. Em seguida, o portão foi aberto, e eu esporeei Tintreg enquanto desembainhava Bafo de Serpente. Tínhamos surpreendido a guarnição e agora iríamos castigá-la por isso. Levei Tintreg do terreno arado de volta para a estrada, seus cascos retumbando na terra compacta da pequena trilha elevada que atravessava o fosso raso. Eu me abaixei sob a trave que encimava o portão e vi um grupo de homens correndo para a esquerda, decididos a

108

A guerra do lobo

atacar os jovens guerreiros de Berg que estavam de costas para a paliçada e lutavam contra um número equivalente de noruegueses com espadas. A maior parte dos noruegueses, entretanto, não usava cota de malha nem elmo. Então alguém gritou um desafio à minha direita. Virei Tintreg para o som e deparei com uma lança vindo na minha direção. Puxei Tintreg de volta para a esquerda, e a lança passou ao meu lado, tão perto que a lâmina cortou minha bota direita. Esporeei o cavalo na direção do guerreiro que a havia arremessado. Ele gritou outra vez, então percebi que era uma mulher. Usava um vestido de lã grosso coberto por uma capa escura de pele, e tinha um elmo com acabamento em prata sobre o cabelo preto. Ela estava gritando para que alguém lhe trouxesse outra lança, mas era tarde demais. Meus cavaleiros passavam aos montes pelo portão; eles baixaram as lanças e cavalgaram até os guerreiros que atacavam Berg. Vi uma lâmina cortar a espinha de alguém, vi o homem se curvar para trás feito um arco retesado, então os noruegueses começaram a largar as espadas e se ajoelhar em rendição. Havia pelo menos dois corpos caídos em poças de sangue, e um homem ferido rastejava para as cabanas com as tripas se arrastando na lama. Um cachorro uivou. A mulher continuou gritando, pedindo outra lança, por isso fui até ela e bati com o lado chato de Bafo de Serpente em seu elmo. Ela agarrou minha perna e tentou me arrancar da sela. Bati de novo, com muito mais força, ainda sem usar o fio da lâmina, e dessa vez ela cambaleou para trás, com o elmo torto e um emaranhado de cabelos pretos cobrindo o rosto furioso.

— Feche os portões! — gritei para Berg.

— Você perdeu alguém? — gritou Finan.

— Não! — Berg estava fechando o portão.

— Ótimo trabalho! — gritei, e tinha sido mesmo um ótimo trabalho.

Os rapazes haviam atravessado uma paliçada e lutado com defensores que, apesar de surpreendidos, eram muito mais numerosos e tinham reagido mais rápido do que esperávamos. Toquei o martelo pendurado no peito e agradeci em silêncio aos deuses pelo sucesso. E nesse momento fui atingido.

Fui atingido por um pensamento. De que, quando os deuses nos favorecem, vão nos castigar no momento seguinte.

As terras selvagens

E nesse instante de uma pequena vitória, sob um céu que clareava, veio a escuridão. O pensamento súbito foi tão afiado quanto Gungnir, a temível lança de Odin, e ele me disse que eu estava amaldiçoado. Não sou capaz de dizer como eu soube que estava amaldiçoado, mas sabia que estava. Sabia que os deuses estavam rindo de mim enquanto as três nornas, aquelas fiandeiras sem coração que ficam ao pé da Yggdrasil, se divertiam com os fios da minha vida. O sol brilhava, mas eu senti como se nuvens negras de tempestade amortalhassem o mundo. E simplesmente fiquei na sela, sem me mover, encarando cegamente as cabanas onde um grupo do povo de Arnborg olhava para nós, nervoso.

— Senhor? — Finan aproximou lentamente seu cavalo do meu. — Senhor! — repetiu ele, mais alto.

Ergui os olhos à procura de algum sinal, algum presságio dizendo que eu não estava amaldiçoado. Um pássaro voando revelaria a vontade dos deuses, pensei, mas nenhum pássaro apareceu. Naquele lugar repleto de aves, junto a um estuário repleto de aves, havia apenas o sol de inverno ardendo, o céu pálido e as nuvens altas e onduladas.

— Há uma maldição sobre mim — falei.

— Não, senhor. — Finan tocou a cruz em seu peito.

— É uma maldição. Devíamos ter ido para Bebbanburg, e não para cá.

— Não, senhor — repetiu Finan.

— Encontre o monge.

— Se ele estiver aqui.

— Encontre-o!

Mas de que adiantaria encontrar o irmão Beadwulf se eu estivesse amaldiçoado? Eu poderia lutar contra Arnborg, eu poderia lutar contra Sköll, eu poderia lutar contra Æthelstan, mas não poderia lutar contra os deuses. Eu estava amaldiçoado.

Wyrd bið ful aræd.

QUATRO

OS DEUSES NÃO são mais gentis conosco do que as crianças são com seus brinquedos. Estamos aqui para diverti-los, e às vezes eles se divertem sendo maus. Os cristãos, é claro, dizem que qualquer infortúnio é causado pelos nossos pecados, que o destino ruim é o modo de seu deus pregado nos castigar. E, se alguém comentar que os perversos prosperam, eles simplesmente dizem que é impossível conhecer os desígnios do seu deus. O que significa que eles não têm explicação. Eu não conseguia pensar em nada que tivesse feito para merecer o descontentamento dos deuses, mas não precisava tê-los ofendido. Eles estavam apenas se divertindo, brincando comigo como uma criança faz com um brinquedo, por isso apertei o amuleto do martelo na mão enluvada e rezei para estar errado. Talvez minha convicção de que estava amaldiçoado fosse falsa, mas não havia pássaros no céu de inverno, e esse presságio me dizia que eu era o joguete de deuses cruéis. Cruéis? Sim, claro, assim como as crianças são cruéis. Eu me lembro do padre Beocca se vangloriando quando um dia eu falei que nossos deuses são como crianças.

— Como um deus pode ser igual a uma criança? — perguntara ele.

— Os cristãos não dizem que devemos ser iguais a Jesus?

Ele franzira a testa, com a suspeita de que eu havia preparado uma armadilha, depois assentira, relutante.

— Devemos sim ser como Jesus.

— E quando eu era criança você não me contou que o seu deus pregado dizia que todos devemos ser como criancinhas?

Ele se limitara a me encarar, gaguejara um momento, em seguida dissera que estava esfriando. Sinto falta do padre Beocca. Ele não levaria a sério os meus temores de estar amaldiçoado, mas eu não conseguia ignorar a certeza de que meu destino era terrível. Tudo o que podia fazer agora era sobreviver, e o começo dessa sobrevivência era descobrir se o monge Beadwulf ainda estava no forte de Arnborg.

— Eerika — disse Finan atrás de mim. Eu me virei, confuso, e o vi segurando o braço da mulher furiosa que havia tentado me matar atirando uma lança. — Ela se chama Eerika — explicou. — E é esposa de Arnborg.

— Onde está Arnborg? — perguntei.

— Caçando você — respondeu ela.

— Me caçando onde?

— Onde quer que ele esteja.

— Eu posso fazer com que ela fale, senhor — sugeriu Eadric. Ele havia falado em inglês, para que Eerika não o entendesse, mas ela entendeu a expressão maligna no seu rosto.

— Não.

Apeei da sela de Tintreg e gritei para Rorik pegar o garanhão.

— Senhora — falei com Eerika —, ontem à noite nós tomamos a fazenda de Hallbjorn. A esposa dele também me desafiou. Onde a senhora acha que ela está agora? — Eerika não respondeu. Era uma mulher bonita, com cerca de 30 anos, olhos escuros e maçãs do rosto protuberantes. — A mulher de Hallbjorn vive. E o filho dela também. Não machucamos nenhum dos dois e deixei prata para pagar pela comida que comemos. Entendeu? — Ela continuou olhando para mim em silêncio. — Não quero machucá-la, mas preciso de respostas e garanto que vamos consegui-las de um jeito ou de outro. Acho que seria mais fácil a senhora simplesmente falar comigo. Então, onde está Arnborg?

— Ele foi para o leste — respondeu ela secamente.

— Onde?

— Para o leste.

— Com Sköll?

— Com o jarl Sköll, sim! E reze para jamais se encontrar com ele ou com o feiticeiro dele! — Ela tentou cuspir em mim, mas o cuspe foi curto. A men-

112

A guerra do lobo

ção ao famoso feiticeiro de Sköll me fez estremecer. Será que ele havia me amaldiçoado?

Fui até ela, ainda empunhando Bafo de Serpente desembainhada. Vi quando ela olhou para a espada, nervosa.

— O monge missionário, Beadwulf. Ele está aqui?

Ela fez uma cara de desprezo diante da pergunta.

— Foi para isso que você veio?

— O monge está aqui? — repeti com paciência.

— Pode ficar com ele — disse ela com escárnio, depois virou a cabeça para as construções atrás do grande salão. — Ele está na cabana dele, é claro.

— Qual cabana?

— A mais suja. A menor.

— Nós vamos embora logo — falei enquanto embainhava Bafo de Serpente, num movimento bem lento, para que ela percebesse. E, de fato, Eerika olhou para a espada enquanto eu a guardava. — E minha espada — continuei — não derramou sangue. Mas, se algum dos seus homens levantar a mão contra nós, o sangue dele será derramado. E, se você levantar a mão contra nós, seu sangue será derramado. — Assenti para Finan. — Solte-a.

E assim Finan, Berg e eu passamos pelo grande salão, por dois celeiros e por uma forja de ferreiro fedorenta e fomos até as cabanas menores, os lares dos guerreiros de Arnborg. A maioria desses guerreiros havia partido com seu senhor, para o leste, mas as mulheres continuavam ali, e me viram ir até a última cabana, uma pequena palhoça com fumaça saindo pelo buraco no teto. Próximo à porta havia uma pilha de armadilhas para peixes feitas de salgueiro recém-trançadas. Uma mulher carrancuda confirmou que era a casa do monge.

— Eles tinham uma casa maior — disse ela —, mas quando o outro monge morreu... — E deu de ombros.

— E o monge está aqui? — perguntei.

— Está.

A cabana não passava de uma cobertura feita de palha, paus trançados e barro seco. A entrada era tão baixa que seria preciso engatinhar para passar por ela. Assim, em vez disso, desembainhei Bafo de Serpente outra vez e

As terras selvagens

cravei a lâmina na palha coberta de musgo. Uma mulher gritou lá dentro, depois gritou de novo quando empurrei a palha para o lado, abrindo um buraco enorme no teto. Depois golpeei de novo, alargando o buraco até a porta baixa. Finan e Berg ajudaram, empurrando para o lado madeira e palha, e finalmente pudemos ver o interior da cabana.

Duas pessoas estavam sentadas do lado oposto a uma pequena lareira. Uma era uma garota apertando sua veste sobre os seios e nos encarando com olhos enormes e amedrontados. E, junto dela, igualmente aterrorizado e com um braço em volta dos ombros magros da jovem, estava um homem que a princípio não reconheci. Cheguei a achar que tinha invadido a cabana errada, porque o homem que protegia a garota não tinha tonsura. Na verdade, a cabeça dele era cheia de cabelo. Então ele olhou para mim, e o reconheci.

— Irmão Beadwulf — falei.

— Não. — Ele balançou a cabeça ensandecidamente. — Não!

— Ou seria irmão Osric? — perguntei.

— Não — gemeu ele. — Não!

— Sim — falei.

Entrei na cabana arruinada, me abaixei e agarrei o irmão Beadwulf pelo hábito preto. Ele gritou, a garota arfou, depois o arrastei para fora, puxando seu corpo por cima da lareira, o que o fez gritar de dor e colocou fogo no hábito de lã. Joguei-o no chão em meio aos destroços da cabana e fiquei olhando enquanto ele apagava as pequenas chamas.

— Irmão Beadwulf, precisamos conversar.

E conversamos.

Foi a garota, é claro. Seu nome era Wynflæd, e devia ter 13 ou 14 anos. Era uma escrava saxã, magra feito uma vara de salgueiro desfolhada. Tinha olhos grandes e tímidos, nariz pontudo, cabelo ruivo e dentes superiores proeminentes. Parecia um esquilo esfomeado, e o irmão Beadwulf estava apaixonado por ela. Ele havia feito voto de celibato, uma das coisas mais idiotas que os cristãos exigem dos seus monges, mas Wynflæd, com sua carinha de esquilo, se mostrara mais forte do que as promessas solenes de Beadwulf ao deus pregado.

— Eu me casei com ela, senhor — confessou ele, agachado aos meus pés.

— Então você não é mais monge?

— Não, senhor.

— Mas está vestido como monge — falei, indicando com a cabeça seu hábito chamuscado com o capelo preto e sujo e a corda na cintura.

Ele estremeceu, não sei se de medo ou de frio. Provavelmente das duas coisas.

— Eu não tenho outras roupas, senhor.

A garota com carinha de esquilo se esgueirou para fora das ruínas da cabana e se ajoelhou ao lado do amado. Baixou a cabeça, depois estendeu uma mão pequena e pálida, então Beadwulf a segurou. Os dois tremiam de medo.

— Olhe para mim, garota — ordenei, e os olhos tímidos, de um azul pálido, me encararam com medo. — Você é saxã?

— Mércia, senhor — respondeu numa voz que mal passava de um sussurro.

— Escrava?

— Sim, senhor.

Ela estava espantando pássaros de um campo recém-semeado quando os noruegueses a encontraram. Disse que isso havia acontecido um ano antes. Perguntei de onde vinha, e ela pareceu confusa.

— De casa, senhor — foi tudo o que disse. Ela começou a chorar, e Beadwulf passou o braço em volta dos seus ombros.

— Me dê um bom motivo para eu não arrancar a sua cabeça — falei.

— Eles iam matá-la, senhor.

— Wynflæd?

— Arnborg disse que iria matá-la se eu não fizesse o que ele queria. — Beadwulf baixou a cabeça e esperou. Eu não falei nada. — Disseram que iam afogá-la, senhor, assim como afogaram o irmão Edwin.

— O outro missionário?

— Sim, senhor.

— Você disse que eles o afogaram?

— O senhor pode vê-lo — disse Beadwulf com uma súbita energia, como se implorasse. Apontou para o norte. — Ele ainda está lá, senhor!

— Onde?

As terras selvagens

— Lá fora, senhor.

Ele havia apontado para um portão menor que, pelo que presumi, levava ao longo do cais onde os navios estavam atracados. Fiquei curioso.

— Mostre.

Berg abriu o portão e nós fomos para o cais de madeira. A maré estava baixa, e os três navios estavam encalhados na lama, com os cabos de amarração frouxos.

— Lá, senhor — avisou Beadwulf, apontando por cima do convés do navio mais próximo.

Vi que uma estaca grossa tinha sido cravada no banco de lama do outro lado do riacho. Havia um esqueleto lá, preso por cordas torcidas. O crânio tinha caído, as costelas estavam deformadas e a carne fora arrancada por bicos, muito tempo atrás.

— O que aconteceu?

— O jarl Arnborg o amarrou na maré baixa, senhor.

— Por quê?

— O jarl disse que nós não precisávamos pagar tributo à Mércia e que ele não precisava de missionários inúteis. Foi o que ele disse, senhor.

Isso fazia certo sentido. Com a rebelião mércia, Arnborg poderia ter ficado convencido de que os saxões estavam enfraquecidos, e ele deve ter achado que não precisava mais pagar tributos nem manter missionários cristãos. Assim, o irmão Edwin fora amarrado à estaca, e eu imaginei a maré forte vindo pelo riacho, inundando o banco de lama, subindo lentamente para a diversão dos noruegueses que observavam. O monge deve ter gritado, rezando para seu deus ou para os noruegueses o pouparem, o salvarem. E a maré forte continuou subindo, e ele deve ter se esforçado para se manter acima do nível da água, arfando por cada última respiração, e em seus ouvidos estariam as gargalhadas dos inimigos.

— Por que o jarl Arnborg não matou você também? — perguntei a Beadwulf.

Ele não respondeu, por isso agarrei seu hábito e o puxei para a beirada do cais, onde o fiz encarar a água com poucas ondas que tinha acabado de cobrir o leito lamacento do riacho.

— Por que — vociferei — o jarl Arnborg não matou você também?

Ele emitiu um som que ficava entre um gemido e um ganido, então o cutuquei como se fosse deixá-lo cair.

— Diga.

— Ele achou que eu poderia ser útil, senhor — sussurrou.

— Me contando mentiras.

— Sim, senhor. Eu sinto muito, senhor. Por favor, senhor.

Segurei-o acima da água rasa durante alguns segundos, depois o puxei de volta.

— Por quê? — perguntei.

Ele tremia tanto que parecia incapaz de responder, por isso o joguei com força na paliçada junto ao cais. Beadwulf escorregou pelas tábuas. Wynflæd fez menção de ir até ele, mas parou quando desembainhei Bafo de Serpente.

— Não! — gritou ela.

Ignorei-a, então encostei a ponta da espada no pescoço de Beadwulf.

— Por que Arnborg queria que eu fosse a Ceaster?

— Para que o senhor não estivesse em Jorvik.

Ele havia falado tão baixo que eu achei que tinha ouvido mal.

— Para eu não estar onde?

— Em Jorvik, senhor. Eoferwic.

Jorvik? Esse era o nome que os dinamarqueses e os noruegueses davam a Eoferwic. Encarei Beadwulf, intrigado.

— Por que eu estaria em Eoferwic? — indaguei, mais para mim mesmo do que para o sujeito miserável prostrado aos meus pés.

— O senhor esteve lá no natal — respondeu ele. — E todos sabem que o senhor... — Sua voz se esvaiu em silêncio.

— Sabem o quê? — perguntei, levantando a lâmina da espada para tocar a barba espetada no seu queixo.

— Que o senhor vai com frequência a Jorvik.

— Onde meu genro reina e minha filha mora. É claro que eu visito Eoferwic.

E de repente entendi. Talvez o frio tivesse embotado meu raciocínio, porque eu estivera encarando Beadwulf boquiaberto feito um idiota, sem que suas respostas fizessem sentido. Mas agora tudo fazia sentido, sentido demais.

— Você está dizendo que Sköll foi para Jorvik?

As terras selvagens

— Sim, senhor. — Sua voz saiu tão fraca que eu mal consegui escutar.

— Santo Deus — comentou Finan.

— Senhor, por favor? — Wynflæd chorava.

— Quieta, garota! — falei rispidamente. E puxei a espada de volta. — Quantos homens ele comanda?

— O jarl Arnborg levou sessenta e três, senhor.

— Eu não estou falando de Arnborg, seu idiota! Sköll!

— Eu não sei, senhor — respondeu Beadwulf.

Avancei com a espada, contendo-a quando a ponta comprimiu o pescoço dele.

— Quantos homens Sköll levou para Jorvik? — perguntei. Beadwulf tinha se mijado, e uma mancha amarela apareceu nas tábuas cobertas de gelo do cais. — Quantos? — perguntei outra vez, mantendo a lâmina em sua goela.

— Foram todos eles, senhor! — Beadwulf fez um gesto indicando todo o estuário frio.

— Todos?

— Os noruegueses, os dinamarqueses, todos, senhor. — Ele apontou para o norte outra vez. — Todos, senhor! Daqui até o Hedene!

A terra ao norte do Ribbel era chamada de Cumbraland, uma região selvagem. Supostamente fazia parte da Nortúmbria, mas Æthelstan estivera certo ao afirmar que Cumbraland era uma terra sem lei. Sigtryggr a reivindicava, mas não a controlava. Cumbraland era uma região selvagem, de montanhas e lagos, onde os mais fortes mandavam e os mais fracos eram escravizados. O rio Hedene fazia fronteira com as terras escocesas, e entre essa fronteira e o Ribbel havia dezenas de povoados dinamarqueses e noruegueses.

— Quantos foram para Eoferwic? — perguntei.

— Centenas, senhor!

— Quantas centenas?

— Três? Quatro? — Estava claro que Beadwulf não sabia. — Foram todos, senhor, todos! Eles acreditavam que ninguém estaria preparado para um ataque no inverno.

E isso era verdade, pensei. A temporada de luta começava na primavera, porque o inverno era a época em que as pessoas se encolhiam perto do fogo e suportavam o frio.

A guerra do lobo

— Então por que Sköll foi para Eoferwic?

Eu sabia qual era a resposta, mas queria que Beadwulf confirmasse. Beadwulf fez o sinal da cruz, nitidamente aterrorizado.

— Ele quer ser o rei da Nortúmbria, senhor. — O ex-monge ousou olhar para mim, com desespero no rosto. — E ele é terrível, senhor!

— Terrível?

— Senhor, ele tem um feiticeiro poderoso, e Sköll é um *úlfheðinn*.

Até esse momento a maldição era um temor vago, tão sem forma quanto as espirais de bafo de serpente na lâmina da minha espada, mas agora o medo se coagulou numa coisa dura, fria e aterrorizante como a própria espada.

Porque meu inimigo era um guerreiro-lobo e seria rei de toda a Nortúmbria. Eu estava amaldiçoado.

Eerika, a esposa de Arnborg, ria de nós.

— Os homens de Sköll são os *úlfhéðnar* — comentou ela —, e eles vão estraçalhar vocês. Vocês são ovelhas, e eles são lobos. As colinas ficarão encharcadas com seu sangue, selas serão feitas com sua pele, os porcos serão alimentados com sua carne! Eles são os *úlfhéðnar*! Você me ouviu, saxão? Eles são os *úlfhéðnar*!

Estávamos no salão de Arnborg, onde doze dos meus homens reviravam as roupas de cama e os baús de madeira à procura de saques. Eu não tinha pegado nada além de comida e cerveja na propriedade de Hallbjorn, e até isso paguei com lascas de prata, mas Eerika estava decidida a me desafiar, me insultar e me amedrontar, por isso permiti que meus homens saqueassem seus bens. Deixei que ela arengasse por enquanto; em vez de lidar com ela, me curvei perto de um dos fogões de chão e peguei um bolo de aveia. Dei uma mordida.

— Bom — falei.

— Que você se engasgue com isso — rosnou Eerika.

— Senhor! Olha!

Rorik, meu serviçal, tinha retirado a bandeira de cima do portão. Era um estandarte cinza-claro no qual estava bordado um machado preto. Ele o abriu e vi que era um trabalho bem-feito, costurado com cuidado nas longas noites de inverno, uma bela bandeira com borda de linho preto.

119

As terras selvagens

— Devo queimá-la senhor?

— Não! Guarde!

— Se você tirar uma coisa de mim — cuspiu Eerika —, sua morte será lenta. Seus gritos vão ecoar no submundo, sua alma vai se encontrar com o verme da morte e se retorcer numa agonia eterna.

Mordi outro pedaço do bolo de aveia.

— Seu marido é um *úlfheðinn?* — perguntei.

— Ele é um guerreiro-lobo, saxão. Ele se alimenta de fígado de saxões.

— E foi expulso da Irlanda — zombei. — Finan!

— Senhor?

Sorri para Eerika.

— Finan é da Irlanda — falei, depois me virei para ele. — Me diga, Finan, o que os irlandeses fazem com os *úlfhéðnar?*

Ele também sorriu.

— Nós os matamos, senhor, mas só depois de tamparmos os ouvidos com lã.

— E por que vocês fazem isso? — perguntei, voltando a encarar Eerika.

— Porque os gritos deles são como o choro dos bebês.

— E ninguém gosta desse som.

— Por isso nós tampamos os ouvidos, senhor. E quando todos os bebês *úlfhéðnar* estão mortos nós escravizamos as mulheres deles.

— O que você acha dessa aqui? — perguntei, apontando com o bolo para Eerika. — Velha demais para ser escrava?

— Ela pode cozinhar — respondeu ele, relutante.

Eerika se virou para Finan.

— Que você morra feito um rato — começou, e parou de repente porque eu tinha enfiado o restante do bolo de aveia na sua boca.

Mantive-o ali, esfarelando-o nos lábios fechados com teimosia.

— Há um mercado de escravos dois dias ao sul daqui — falei. — Se eu ouvir mais uma palavra sua vou levá-la até lá e vendê-la para algum mércio faminto. E não vai ser da sua comida que ele terá fome. Portanto, fica quieta, mulher.

Ela ficou quieta. Na verdade, eu a admirava. Era uma mulher orgulhosa, com olhos cheios de desafio, e tinha coragem de nos confrontar, mas eu

A guerra do lobo

havia percebido que suas palavras estavam amedrontando alguns dos meus homens.

— Berg! — gritei.

— Senhor? — Berg estava numa das altas plataformas de dormir, revirando pilhas de peles de ovelha.

— Você me disse uma vez que seu irmão é um *úlfheðinn*?

— Meus dois irmãos, senhor. — Berg era norueguês, um dos muitos que me seguiam. Eu o havia salvado da execução numa praia galesa, e desde então ele era leal a mim. — Eu também fui um *úlfheðinn*, senhor — disse com orgulho.

Em seguida, encostou um dedo na bochecha, onde havia tatuado uma cabeça de lobo. Aquela máscara de lobo era o meu símbolo, pintado nos escudos dos meus homens, mas as duas cabeças tatuadas no rosto de Berg mais pareciam um par de porcos apodrecendo.

— Então nos diga: o que é um *úlfheðinn*.

— É um guerreiro-lobo, senhor!

— Todos nós somos guerreiros-lobo. Nós levamos a cabeça do lobo nos escudos!

— Um guerreiro-lobo, senhor, recebe o espírito do lobo antes da batalha.

— Ele se torna um lobo?

— Sim, senhor! O guerreiro-lobo luta com a selvageria de um lobo porque se torna um lobo no espírito. Ele uiva feito um lobo, corre feito um lobo e mata feito um lobo.

— Mas nós, os homens, matamos os lobos — retruquei. Eu via que meus saxões, os poucos que estavam no salão, ouviam atentamente.

— Nós não matamos Fenrir, senhor — disse Berg. — E Fenrir é o lobo que vai matar Odin no caos final do Ragnarok.

Vi Eadric fazer o sinal da cruz.

— Então o guerreiro-lobo recebe o espírito de um lobo poderoso? — perguntei.

— Do mais poderoso, senhor! O que significa que um *úlfheðinn* luta com a fúria dos deuses no coração!

— E como é que nós, homens, derrotamos os *úlfhéðnar*? — perguntei, esperando que Berg fosse inteligente o bastante para entender por que eu fazia essas perguntas.

As terras selvagens

E era. Ele riu e jogou uma pele de lobo do alto da plataforma.

— Nós nos tornamos *úlfhéðnar* também, senhor! E o senhor já matou os *úlfhéðnar* numa batalha atrás da outra! O senhor é um guerreiro-lobo, senhor, talvez o maior de todos os guerreiros-lobo, e nós somos a sua matilha.

Eu havia matado vários *úlfhéðnar*. São homens que uivam feito lobos, enquanto outros guerreiros gritam insultos. Eles gostam de usar peles de lobo. Lutam feito loucos, mas loucos não lutam bem. São selvagens e parecem não se importar com o perigo, mas a habilidade da guerra começa com as horas, os dias, as semanas, os meses e os anos de prática; é a habilidade com a espada, com escudo e com lança, a aprendizagem interminável do ofício da matança. Já vi inimigos gritando feito animais selvagens, cuspindo enquanto atacam com os olhos vítreos, mas eles morriam do mesmo jeito que outros homens e com frequência eram os primeiros a morrer. Porém, ainda assim, os *úlfhéðnar* amedrontavam muitos guerreiros. Alguns homens diziam que os *úlfhéðnar* lutavam bêbados, embora isso valesse para todos os outros guerreiros. Mas Ragnar, que havia me adotado, dizia que os guerreiros-lobo bebiam o mijo de cavalos que tinham comido os cogumelos que dão sonhos estranhos aos homens, e talvez ele estivesse certo. Berg, sendo sensato, não havia mencionado nada disso. Ragnar temera os *úlfhéðnar*; dizia que eram mais fortes, mais rápidos e mais selvagens que outros guerreiros, e até os cristãos que diziam não acreditar em Odin, em Fenrir e no Ragnarok sentiam medo da loucura dos *úlfhéðnar*.

— Mas nós somos melhores que os *úlfhéðnar* — insisti. — Nós somos os lobos de Bebbanburg, e os *úlfhéðnar* nos temem! Ouviram? — gritei para todo o salão. — Eles nos temem! Por que outro motivo mandariam o monge mentir para nós? Os *úlfhéðnar* nos temem!

Tínhamos sido atraídos para o outro lado da Britânia. Havia nisso certo elogio, mas eu não estava com clima para apreciá-lo. Sköll Grimmarson levara um exército para o leste até Eoferwic, e o único motivo para isso era tomar o trono da Nortúmbria de Sigtryggr, meu genro. E Sköll havia tomado o cuidado de garantir que eu não estivesse perto do trono. Estava claro que os *úlfhéðnar* temiam os lobos de Bebbanburg.

A guerra do lobo

E, apesar de tudo que eu havia tentado dizer aos meus homens, eu temia os *úlfhéðnar*.

E agora precisávamos cavalgar para o leste, ao encontro deles.

Beadwulf e sua esquilinha cavalgavam conosco. Eu tinha pensado em matá-lo como vingança pela traição, mas a esquilinha havia implorado por sua vida. E Beadwulf, de joelhos, prometera me mostrar um grande tesouro se eu o poupasse.

— O que me impediria de matá-lo depois de pegar o tesouro? — eu perguntara.

— Nada, senhor.

— Então me mostre.

Ele então me levara ao que eu pensava ser um pequeno celeiro de grãos, uma cabana de madeira erguida sobre quatro pilares de pedra destinados a impedir que os roedores entrassem. Beadwulf havia destrancado a porta e entrara. Eu fora atrás e vira prateleiras escuras onde estavam guardados potes, cada um mais ou menos do tamanho da cabeça de um homem. Ele pegara um, colocara-o numa mesa e usara uma faquinha para cortar a cera que lacrava a tampa de madeira.

— Este é o único que resta, senhor — dissera enquanto soltava a tampa para depois me entregar o pote.

O pote guardava raízes de alguma planta cortadas e misturadas com uma grande quantidade de sementinhas marrons. Eu havia olhado para Beadwulf na meia claridade da cabana.

— Sementes e raízes?

— É o segredo dos *úlfhéðnar*, senhor.

Eu pegara um punhado e cheirara. Aquilo fedia

— O que é isso?

— Meimendro-negro, senhor.

Eu deixara as sementes e as raízes caírem de volta. Meimendro-negro era uma erva, e nós a temíamos porque podia envenenar porcos, e porcos eram valiosos.

123

As terras selvagens

— Os *úlfhéðnar* comem isso? — eu perguntara, duvidando dele.

Beadwulf meneara a cabeça.

— Eu macero a mistura, senhor — ele havia me mostrado um almofariz e um pilão na prateleira —, e faço um unguento com lanolina e a planta amassada.

— E Arnborg confiava em você?

— Eu fui herborista no mosteiro, senhor. Eu sei de coisas que o povo de Arnborg jamais descobriu. Quando a mulher dele estava doente, eu a curei com celidônia. Basta usar as raízes e é preciso dizer o *Pater Noster* dez vezes enquanto se mistura...

— Eu não quero saber de celidônia — eu havia vociferado. — Me fale do meimendro-negro.

— Eu fiz o unguento para o jarl Arnborg, e ficou melhor que a pasta que Snorri fez.

— Snorri?

— O feiticeiro de Sköll, senhor. Ele é um feiticeiro poderoso. — Beadwulf fizera o sinal da cruz ao dizer isso. — Mas usava as folhas e as pétalas da planta para fazer o unguento. As sementes e a raiz têm mais poder.

— Então você prepara um unguento?

— E os guerreiros passam na pele, senhor.

— E o que isso faz?

— Os homens acham que podem voar, senhor. Cambaleiam, uivam. Às vezes só caem no sono, mas na batalha isso os transforma em loucos.

Eu cheirara o pote de novo e quase vomitara.

— Você já experimentou?

— Sim, senhor.

— E?

— Achei ter visto Deus. Ele reluzia e tinha asas.

— Você viu Deus? Não viu Wynflæd?

Ele ficara ruborizado.

— Eu sou um pecador, senhor.

Eu devolvera o pote a ele.

— Então Arnborg levou sementes?

124

A guerra do lobo

— Ele levou quatro jarras do unguento preparado, senhor.

— Você tem lanolina?

— Sim, senhor.

— Faça um pote para mim — eu havia ordenado.

— Senhor? — começara ele, então havia esperado até que eu assentisse.

— Se eu ficar aqui, senhor, Eerika vai me matar. Vai pensar que eu trouxe o senhor para cá.

— Você me trouxe para cá. Mas, se está tão apavorado, vá embora. Vá para o sul. Leve a sua garota.

— Eles vão me seguir, senhor. Nos leve com o senhor. Eu sei tratar dos doentes. Por favor, senhor.

Eu tinha feito cara feia para Beadwulf.

— Como posso confiar em você?

— Eu pareço um homem que o ofenderia outra vez, senhor?

E isso, confesso, me fizera sorrir. Beadwulf estava completamente acovardado. Seria fácil matá-lo, até mesmo satisfatório, mas Wynflæd era tão patética, tão lívida e infantil que eu cedera.

— Faça o unguento do lobo, então você poderá viajar conosco.

Reviramos o salão em busca de roupas quentes, levamos todos os oito cavalos que ainda estavam nos estábulos de Arnborg, queimamos os três navios no cais, e sob o sol pálido da tarde fomos para o leste.

Finan esporeou seu cavalo até fazê-lo andar ao lado do meu.

— O senhor é um fracote — comentou.

— Sou?

Ele riu, se virou e indicou com a cabeça Beadwulf e Wynflæd, montados no mesmo cavalo, um grande capão cinzento e plácido que tínhamos pegado nos estábulos de Arnborg. A esquilinha estava na frente, envolvida pelos braços do monge.

— Eu senti pena dela — expliquei.

— Foi isso que eu quis dizer.

— Matá-lo seria fácil demais.

— E o que o senhor vai fazer com ele?

Dei de ombros.

As terras selvagens

— Vou deixar os dois irem embora, eu acho. Não me importa o que aconteça com eles. Me importo com Stiorra e os meus netos.

Stiorra era minha filha, e às vezes eu achava que ela deveria ser meu filho, porque era a mais forte de todos. Meu filho mais velho tinha a mesma força, mas se tornou cristão, ainda por cima padre, e isso fez com que não fosse mais meu filho. O segundo, chamado Uhtred como eu, era um bom guerreiro e um bom homem, mas não tinha a força de vontade de Stiorra. Ela havia se casado com Sigtryggr, que já fora meu inimigo, mas agora era meu genro e rei da Nortúmbria. Eles viviam com os dois filhos no antigo palácio romano de Eoferwic.

— As muralhas de Eoferwic são fortes — comentou Finan, lendo meus pensamentos.

— Mas para Sigtryggr e Stiorra os inimigos são os mércios. Não os pagãos. Se Sköll chegar às portas da cidade eles provavelmente vão convidá-lo a entrar.

— Não se ele estiver com um exército — replicou Finan, então olhou de relance para o sol poente. — Se eu conheço Sigtryggr, Sköll Grimmarson e seus homens já estão trucidados. — Ele viu que não tinha me convencido.

— Se duzentos ou trezentos guerreiros aparecessem no Portão dos Crânios em Bebbanburg, o senhor deixaria que eles entrassem?

— Claro que não.

— E o senhor acha que Sigtryggr deixaria?

Toquei o martelo pendurado no pescoço e rezei para ele estar certo.

Passamos aquela noite nas ruínas do forte romano em Ribelcastre, que antigamente protegia o vau onde a estrada que levava a Cair Ligualid, no norte, atravessava o Ribbel. Eu tinha chegado a pensar que alguns dos dinamarqueses ou dos noruegueses que fugiram para essa região selvagem teriam ocupado o forte, mas ele estava deserto, nada além de muros de terra que sofreram com a erosão e os cotocos podres de uma antiga paliçada.

— Eles têm medo deste lugar, senhor — disse Beadwulf. — Acreditam que é assombrado por fantasmas. — Ele fez o sinal da cruz.

— Então você ainda é cristão? — perguntei amargamente.

— Claro, senhor! — Ele franziu a testa, hesitante. — Só que a vida monástica... — E deu de ombros, evidentemente sem palavras.

126

A guerra do lobo

— Só deixa você fornicar com outros monges? — terminei para ele.

— Por favor, senhor! — protestou, ruborizando.

— E o que o seu abade vai fazer quando descobrir que você violou seus votos?

— Se ele me encontrar, senhor? Vai me dar uma surra.

— Só espero que Wynflæd valha a surra.

— Ah, vale, senhor! Vale!

Tínhamos vindo da casa de Arnborg atravessando uma boa região agrícola, mas vimos poucas pessoas, e as que víamos eram velhas, crianças ou mulheres. O que não era uma surpresa, já que a maioria dos homens com idade para lutar tinha acompanhado Sköll Grimmarson para o leste. As primeiras propriedades pelas quais passamos pertenciam a homens de Arnborg, que eu presumi que deviam estar em algum lugar perto de Eoferwic. Toquei o martelo de novo, rezando para eles não estarem na cidade, que ficava a uns três dias de viagem passando pelas charnecas altas.

Era uma noite fria. Cortamos madeira, principalmente amieiros e bétulas, e a usamos para fazer fogueiras, confiantes de que os guerreiros da região estavam longe. Tínhamos pegado todas as peles, todos os velocinos e até os trapos de lã do salão de Arnborg, qualquer coisa que nos mantivesse aquecidos. Coloquei sentinelas que olhavam para a noite reluzente com a geada sob um céu estrelado. As poucas nuvens altas se deixavam levar para o sul, e o dia seguinte prometia ser seco, frio e difícil.

Tínhamos dois jeitos de chegar a Eoferwic. A rota mais fácil, e mais longa, era seguir pela boa estrada romana para o sul até Mameceaster, depois pegar outra estrada romana que seguia para nordeste e levava diretamente à cidade de Sigtryggr. O caminho mais curto também era por estradas romanas, mas um dos escravos de Arnborg, um saxão carrancudo que havia transportado gado pelas charnecas, dissera que a estrada estava ruim.

— O senhor pode se perder lá — tinha me alertado. — Existem lugares em que a estrada sumiu. É difícil seguir por ela.

Mesmo assim eu estava decidido a usar a rota mais curta. Precisava chegar rápido a Eoferwic, precisava descobrir o que havia acontecido no leste da Nortúmbria. Talvez Sköll Grimmarson não tivesse ido para Eoferwic, e sim para

As terras selvagens

Bebbanburg. A única informação que eu tinha sobre o destino de Arnborg vinha da palavra de Beadwulf.

— Ele não estava preocupado com a possibilidade de ser traído por você?
— perguntei a Beadwulf no coração daquela noite gélida.

— Ele estava mantendo Wynflæd como refém, senhor.

Fiz uma careta.

— O poder das mulheres.

— Além disso, senhor, eu só descobri o que eles planejavam ao retornar.

Quando cheguei ao senhor ainda acreditava no que Arnborg tinha me dito, que o príncipe Æthelstan estava sitiado.

— E Arnborg pagava tributo ao príncipe Æthelstan — falei.

— Pagou uma vez, senhor.

Entretanto, os dinamarqueses e os noruegueses que viviam nas regiões selvagens do oeste de Cumbraland viram a Mércia enfraquecida pela rebelião e, da mesma forma que Sigtryggr, estiveram levando uma vida temendo uma invasão saxã. A rebelião mércia os encorajara a se libertar.

— Por que eles simplesmente não se aliaram a Sigtryggr? — questionei. — Ele teme os saxões tanto quanto eles.

— Eles acreditam que Sigtryggr é fraco, senhor.

Ri disso.

— Sigtryggr? Ele não é fraco.

— Eles o chamam de rei vassalo, senhor.

— Vassalo de quem?

— Dos cristãos.

— Dos cristãos! Ele é pagão como eu!

— Mas Eoferwic está cheia de cristãos, senhor, e o arcebispo está lá, e ele é saxão.

— Hrothweard é um homem bom — falei com relutância.

— Snorri disse que o arcebispo embruxou Sigtryggr, senhor.

— Embruxou?

— Usou magia para tornar Sigtryggr obediente, senhor. E o jarl Arnborg diz que existem muitos cristãos saxões na Nortúmbria. Ele teme que eles lutem pela Mércia se houver uma guerra, e que o rei Sigtryggr esteja cego a esse perigo.

128

A guerra do lobo

Balancei a cabeça.

— Eoferwic é uma cidade cristã e Sigtryggr é o rei. Ele precisa dos cristãos, ele tolera os cristãos e tenta não transformá-los em inimigos. — Eu me virei e olhei para o forte iluminado por fogueiras. — A maioria dos meus homens é de cristãos. O que eu deveria fazer, matá-los?

— Sköll Grimmarson acredita que a Nortúmbria precisa de um rei mais forte, senhor — concluiu Beadwulf.

Assim, mais uma vez eu estava lutando pelos cristãos! Teria rido se não tivesse tanto medo do destino de Eoferwic. Tudo que Beadwulf me disse naquela noite fazia sentido. Os dinamarqueses da Mércia tinham sucumbido aos saxões, muitos deles se tornando cristãos, assim como os dinamarqueses derrotados na Ânglia Oriental. A Mércia podia estar agitada pela rebelião, mas era claro para qualquer um que os saxões queriam invadir a Nortúmbria quando os rebeldes fossem derrotados. Eles estavam realizando o sonho do rei Alfredo.

Quando eu era criança, a terra que iria se tornar a Inglaterra era dividida em quatro reinos: Nortúmbria, Ânglia Oriental, Mércia e Wessex. Quatro reinos e quatro reis. Os dinamarqueses vieram, tomaram a Nortúmbria, a Ânglia Oriental, todo o norte da Mércia e quase subjugaram Wessex, mas os saxões lutaram. Eu lutei, às vezes com relutância, para realizar o sonho de Alfredo, o sonho de um reino saxão. E agora esse sonho estava tão próximo de ser realizado! Os saxões ocidentais já haviam invadido a Ânglia Oriental e a tornado parte do seu reino, e agora Eduardo, *Anglorum Saxonum Rex*, estava associando a Mércia ao trono de Wessex. Só restava a Nortúmbria. Era o último reino pagão na Inglaterra.

E os noruegueses, os ferozes noruegueses, faziam de Cumbraland seu novo lar. Nenhum homem luta de boa vontade contra os noruegueses, mas a fraqueza deles é que raramente se unem. Seguem seus chefes tribais. E, quando esses chefes se desentendem, lutam uns contra os outros. E essas divisões levaram à derrota na Irlanda e a combates violentos ao longo do litoral oeste da Escócia. Por isso os perdedores partiram nos navios-dragão para Cumbraland, seu último refúgio na Britânia. E agora havia surgido um novo líder, Sköll Grimmarson, que realizara o milagre de unir os bandos de guerreiros noruegueses e estava procurando seu próprio reino, meu reino, a Nortúmbria.

As terras selvagens

— Eu devia ter tomado o trono da Nortúmbria — resmunguei para Finan na manhã seguinte.

— Sim, senhor, devia. Por que o senhor não fez isso?

— Eu jamais quis ser rei.

— E, se fosse rei, o que teria feito?

— Para começo de conversa, teria dado uma surra nesses noruegueses até eles me obedecerem — falei, embora, na verdade, isso fosse um absurdo. Se Sigtryggr tivesse levado homens para Cumbraland, a oeste, os mércios ou os escoceses atacariam Eoferwic a leste. E, enquanto ele defendesse o leste, a região ocidental do seu reino ficaria sem lei. — Não se pode vencer guerras defendendo-se — completei. — E, se a Nortúmbria quiser permanecer livre, precisa atacar.

Essa, no entanto, era uma ideia tão diáfana quanto as nuvens altas e finas impelidas por um vento forte, e, por trás dessas nuvens diáfanas, havia uma muralha de nuvens escuras e turbulentas que prometiam neve. Ainda fazia um frio de rachar. Os cascos dos cavalos quebravam o gelo na margem do rio quando levávamos os animais até o vau para beber água, e a relva em que tínhamos tentado dormir estava dura de tão congelada. Logo depois do amanhecer carregamos os cavalos de carga, colocamos a sela nos garanhões e deixamos para trás as cinzas enfumaçadas das fogueiras. Eu queria me apressar, mas não ousava fazer isso porque tínhamos poucos cavalos de reserva e não podíamos nos arriscar a perder nenhum com uma pata quebrada, e agora a estrada romana mal passava de um rastro de pedras quase enterradas no chão empalidecido pelo gelo nas colinas. Nossa respiração se condensava e os riachos estavam congelados. Os batedores, montados nos garanhões mais rápidos, iam à frente, e foram esses homens que primeiro viram os cavaleiros se aproximando.

Era meio da tarde. O céu estava coberto por nuvens escuras, e de tempos em tempos caía uma chuva misturada com neve, mas a neve forte que havia ameaçado cair ainda não chegara. A estrada, arrogantemente reta pelo flanco de uma colina, ignorando pedregulhos e riachos, tinha subido o dia inteiro, e agora estávamos numa charneca desnuda, desolada, ainda subindo. Mas vi que nossos batedores mais distantes, talvez um quilômetro e meio à frente,

A guerra do lobo

tinham apeado e se mantinham abaixo do topo de um afloramento de rocha. Isso me disse que havia homens mais adiante, homens que teriam visto a silhueta dos nossos batedores contra o céu cinzento de inverno se estes não tivessem sido tão cautelosos. Então um dos batedores distantes montou no cavalo, virou o animal e veio na nossa direção.

— Encrenca — resmungou Finan.

Não havia propriedades num lugar alto como aquele no meio das charnecas. No verão, ovelhas e cabras poderiam ser trazidas para pastar, mas no inverno o terreno ficava vazio, portanto era improvável que algum mercador viajasse por essa estrada ruim no meio da charneca.

— Devem ser homens voltando de Eoferwic — sugeri.

— Derrotados, espero.

Finan e eu tínhamos nos apressado para encontrar o batedor, Kettil, então contivemos nossos cavalos num ponto em que alguns metros da estrada tinham sido varridos muito tempo atrás por uma inundação súbita. Kettil diminuía a velocidade conforme se aproximava, e deixou seu cavalo escolher o caminho pela encosta.

— Homens, senhor — avisou ele. — Uns duzentos, talvez. Alguns na estrada, alguns estão trazendo gado pelo vale.

O vale era uma ampla campina pantanosa à nossa esquerda.

— A que distância?

— Pouco mais de um quilômetro, depois do alto daquela colina, senhor. E estão vindo devagar por causa do gado.

Qualquer gado capturado nessa época do ano teria sido arrancado de estábulos ou celeiros, e não dos campos. Os rebanhos já foram abatidos no começo do inverno, deixando apenas um número suficiente de animais em segurança atrás dos muros, para procriar no ano seguinte. Assim, os homens que se aproximavam deviam ter atacado as terras de Sigtryggr, talvez minhas terras também, e sem dúvida roubaram gado, prata e escravos, e agora traziam os espólios para casa. A presença do gado — na verdade, a presença dos próprios homens — sugeria que não tinham conseguido capturar Eoferwic. Por que outro motivo viriam para o oeste através das colinas, em vez de ficar na cidade?

As terras selvagens

— Só duzentos homens? — perguntou Finan.

— Até agora — respondeu Kettil. — Mas quando eu saí estavam chegando mais.

— Batedores? — perguntei.

— Nenhum, senhor. Acho que eles se sentem em segurança. Os desgraçados estão em número suficiente para isso.

— Vamos para o sul — falei, desanimado. — Vamos deixar eles passarem, mas quero capturar alguns filhos da mãe.

Eu teria preferido ir para o norte porque a terra lá era mais irregular, o que oferecia mais esconderijos; entretanto, o vale imediatamente ao norte era amplo, e achei que demoraríamos demais para chegar ao alto da próxima colina, tempo em que o inimigo poderia nos ver, ao passo que o horizonte ao sul era muito mais próximo. Eu me levantei nos estribos e apontei para o sul, então os batedores mais distantes, que já haviam começado a voltar para nós, viram meu gesto e mudaram de direção. Depois levei meus homens pelo alto da colina. E, assim que estávamos escondidos da estrada, apeamos.

Fiquei deitado no alto da colina, esperando, observando e tremendo. Uma chuva forte varria o vale. Não era mais uma chuva com neve, por isso talvez até estivesse mais quente, mas eu sentia um frio de rachar. Vinha uma rajada de vento, que morria e voltava, soprando os grandes véus de água. A chuva pesada parou, e durante um tempo não houve nada a ser visto além de um par de maçaricos voando acima do vale e um abutre pairando para o sul no vento incerto. Seria um presságio? Durante a noite eu tinha acordado, com frio e tremendo, ainda com a lembrança de um sonho que acabara de ter. Eu estava conduzindo um navio num litoral estranho, à procura de um porto seguro, sem encontrar nenhum. Tentara enxergar a mensagem desse sonho, mas não conseguira perceber nada agourento no navio de sonho nem no litoral plácido. Os deuses falam conosco nos sonhos, assim como o voo dos pássaros pode revelar seus desejos, mas parecia que eles não queriam falar comigo. O abutre voou até ficar fora do campo de visão. Eu queria que os deuses me enviassem alguma mensagem de conforto, mas não encontrava nenhuma.

— Ali — avisou Finan ao meu lado, e vi os primeiros cavaleiros aparecendo no topo do morro a leste.

A guerra do lobo

E eles vieram, cavaleiros e mais cavaleiros, e no vale amplo ao norte deles havia fileiras esparsas de gado conduzido por meninos.

— Meu Deus — disse Finan. — São mais de duzentos filhos da mãe!

Alguns homens estavam a pé, outros vigiavam as mulheres e as crianças capturadas. A maior parte dessas mulheres seria vendida como escrava, mas sem dúvida algumas arranjariam novos maridos entre os noruegueses. Eu tinha feito um sinal para Beadwulf se juntar a nós, vociferando para ele se arrastar nos últimos passos, de modo que sua cabeça não ficasse visível acima da silhueta da colina.

— Diga se vir Sköll — ordenei.

— Eu nunca o vi, senhor. — Ele percebeu a raiva no meu olhar. — Mas dizem que ele é um homem grande e que usa uma capa de pele branca.

Durante um tempo ficamos em silêncio, apenas observando as pessoas avançar com dificuldade pela estrada. Contei mais de trezentos homens, antes de Beadwulf emitir um som nervoso.

— Lá, senhor — disse, com os olhos se arregalando enquanto observava um grupo de cavaleiros, talvez quarenta ou cinquenta, aparecer abaixo de nós.

— Lá o quê?

— Aquele deve ser Sköll Grimmarson. — Ele falou baixinho, como se temesse que os cavaleiros distantes pudessem ouvi-lo. — O homem com a pele de urso branco.

E lá, cavalgando sozinho no centro dos cavaleiros, estava um homem grande, num cavalo grande, usando uma capa grande feita de pele branquíssima.

Eu tinha ouvido falar dos ursos brancos, mas nunca vira um. Porém, os viajantes diziam que no norte longínquo, onde a neve nunca derrete e onde até no verão o mar é bloqueado pelo gelo, existem ursos enormes com peles brancas e grossas. Eu jamais acreditaria nessas histórias se não tivesse visto uma pele dessas à venda em Lundene, a um preço que só um rei poderia pagar. A maioria dos homens que cavalgavam com Sköll usavam capas cinzentas. Peles de lobo? Seriam aqueles homens, eu me perguntei, os temidos *úlfhéðnar*?

— E aquele é o feiticeiro dele, senhor. — Beadwulf sussurrava. — Snorri.

Ele não precisava apontar para o feiticeiro, que tinha cabelos brancos e compridos e usava um manto branco e longo por baixo de uma capa de pele escura. Por instinto, toquei o amuleto do martelo.

As terras selvagens

— Ele é cego, senhor.

— O feiticeiro?

— Dizem que Sköll o cegou com a ponta de uma espada incandescente, senhor.

— Meu Deus — murmurou Finan, enojado.

Isso, no entanto, fazia sentido para mim. Sabe-se que a grande sabedoria de Odin custou um olho, por isso Sköll havia feito seu feiticeiro pagar o preço em dobro para dotá-lo de ainda mais conhecimento.

— Os homens temem Snorri porque ele vê o futuro e é capaz de matar com uma maldição. — Beadwulf olhou para os cavaleiros abaixo de nós. — E acho que aquele é Arnborg — continuou. — O homem no cavalo ruano, senhor. Acho que é ele. Parece o cavalo dele.

O cavalo ruano estava uns vinte passos atrás de Sköll e seu feiticeiro, porém longe demais para que eu conseguisse enxergar seu rosto. Ele usava elmo, tinha uma espada à cintura, e uma grande capa escura cobria a anca do cavalo. Como a maioria dos cavaleiros que passavam, ele estava jogado na sela, claramente exausto, e me senti tentado a dizer aos meus homens que montassem, atravessassem o topo do morro e levassem o caos aos cavaleiros lá embaixo. Bastaria matar os líderes, pensei, e o restante dos noruegueses ficaria desencorajado. Era um risco. Eu poderia perder alguns cavalos, caso quebrassem as patas, e talvez os noruegueses não estivessem tão cansados quanto pareciam. E eu ainda pesava os perigos desse ataque quando mais cavaleiros ainda apareceram.

— Deus do céu — disse Finan. — Quantos eles são?

Devia haver pelo menos sessenta homens seguindo o grupo de Sköll. Não eram exatamente os últimos, porque uns quinhentos metros atrás vinha um grupo desorganizado de mulheres e crianças vigiadas por nove cavaleiros. Algumas mulheres mancavam, outras carregavam crianças pequenas. Os cavaleiros usavam lanças para aguilhoar os escravos capturados, que eram uns trinta ou quarenta.

— Eu quero prisioneiros — falei, e olhei para Finan. — Diga para os cristãos esconderem as cruzes.

A guerra do lobo

Finan hesitou, como se estivesse tentado a me alertar para não fazer algo insensato, depois assentiu abruptamente e se arrastou para trás, descendo o morro.

— O que o senhor vai fazer? — perguntou Beadwulf, nervoso.

— Eu preciso de prisioneiros. Eu preciso saber o que aconteceu em Eoferwic.

— Será que precisava mesmo? A aparição dos noruegueses sugeria que tinham fracassado, e sem dúvida isso era notícia suficiente. Mas eu queria saber mais. Queria saber de toda a história do seu fracasso. Por isso faria prisioneiros.

Olhei para o oeste. A estrada atravessava uma elevação mais baixa a quase um quilômetro, depois sumia de vista. Se eu ajustasse bem o tempo de aproximação, Sköll e seus homens não veriam o que estava acontecendo atrás deles. E se vissem? Demorariam para voltar e lutar contra nós, tempo suficiente para batermos em retirada, e eu duvidava que eles iriam querer nos perseguir na tarde que se esvaía.

Atrás de mim meus homens estavam montando nos cavalos. Voltei e me juntei a eles, subindo na sela de Tintreg.

— Rorik! — gritei. — Você está com aquela bandeira que a gente pegou no salão de Arnborg?

— Claro, senhor.

— Coloque no nosso mastro.

Um dos nossos cavalos de carga levava meu estandarte da cabeça de lobo num mastro, e agora Rorik desamarrava essa bandeira e colocava o estandarte capturado. Eu não queria descer o morro de maneira imprudente, me arriscando a quebrar a pata de algum cavalo, mas, se fôssemos devagar, os poucos homens que vigiavam os prisioneiros poderiam mandar um alerta aos guerreiros da frente. Um estandarte familiar os tranquilizaria, eles não sentiriam necessidade de dar o alarme. Pelo menos era o que eu esperava. E pensei que, se eu levasse apenas um punhado de homens, o ardil seria mais convincente ainda.

— Berg — gritei —, escolha oito homens.

— Oito?

— Só oito. Todos noruegueses ou dinamarqueses! Rorik! Traga a bandeira.

— E eu? — perguntou Finan, relutante em ficar fora de qualquer luta.

As terras selvagens

— Eu preciso de você aqui em cima. Espere até capturarmos os filhos da mãe, depois apareça, se precisar.

Finan era o único homem que eu acreditava que entenderia meu plano. Se tudo desse errado, se Sköll Grimmarson desse meia-volta e nos ameaçasse, a visão de quase cem guerreiros no alto de um morro poderia fazê-lo hesitar. Ele parecia ter fracassado em capturar Eoferwic, então por que desejaria perder mais homens? Guerreiros eram valiosos, mais valiosos até do que o gado e os escravos que ele estava levando para o oeste.

— Vamos devagar — falei para Berg. — Sem escudos. Eu quero que achem que somos batedores voltando para a estrada.

— Eles não tinham batedores, senhor — observou Berg.

— Talvez esses homens da retaguarda não saibam disso.

Instiguei Tintreg encosta acima e vi que a grande massa de cavaleiros havia desaparecido no topo da colina a oeste, e o pequeno grupo de prisioneiros, vigiado pelos nove cavaleiros, estava sozinho na estrada.

— Vamos — chamei.

E assim fizemos os cavalos subir a encosta e depois seguimos pelo alto da colina. O vento soprava mais forte, porém nossa bandeira capturada estava pesada por causa da chuva e não se desdobrou. Por isso ordenei que Rorik balançasse o mastro. Um cavaleiro lá embaixo olhou para cima. Fiquei observando-o, e ele não demonstrou nenhum alarme. Normalmente batedores não carregam bandeiras porque não querem ser notados, mas o cavaleiro que olhou para nós não pareceu ver nada de estranho nisso. Ele não esporeou seu cavalo, apenas desviou os olhos e manteve o mesmo passo lento. Por isso começamos a descer o morro.

— Você e eu vamos à frente — avisei a Berg, sabendo que os outros oito homens, quatro noruegueses e quatro dinamarqueses, estavam escutando. — E vocês, sigam os cativos. Não alarmem os guardas! Somos todos amigos.

Henkil Herethson gargalhou. Ele era um cristão dinamarquês, uma raridade na Nortúmbria, que tinha servido na guarnição do meu primo em Bebbanburg. Havia lutado contra nós, lá, mas jurou aliança a mim e se mostrou leal. Gostava de lutar com um machado de lâmina dupla que agora estava pendurado na sela. Notei que sua cruz estava escondida.

A guerra do lobo

— Não desembainhem as espadas até eu chamar — continuei. — Depois cavalguem ao lado deles e observem quando eu desembainhar Bafo de Serpente. É quando vocês devem atacar. E quero prisioneiros. No mínimo dois prisioneiros. Rorik!

O rapaz abriu um sorriso largo, sabendo o que eu ia dizer.

— Devo ficar fora da batalha, senhor?

— Você deve ficar fora da batalha.

Os inimigos obviamente não suspeitavam de nada, porque tinham parado, esperando-nos. Chegamos à estrada e esporeamos os cavalos na direção deles enquanto os prisioneiros se deixavam cair na beira da estrada. Ouvi uma criança chorando e vi um dos homens montados bater na cabeça da mãe com o cabo de sua lança.

— É um som terrível — comentou Berg.

— Você vai ouvi-lo com frequência. Hanna já está grávida?

— Pode estar, senhor. Nós tentamos bastante.

Eu ri, depois ergui a mão para conter os homens que vinham atrás. Eles pararam os cavalos a apenas alguns passos dos últimos inimigos, enquanto Berg e eu continuamos em frente. Assenti amistosamente para o lanceiro mais próximo e esporeei Tintreg, passando pelos prisioneiros, até chegar a um homem carrancudo, com bigode grisalho e caído, largado na sela. Sua capa, a cota de malha e o elmo pareciam melhores que os dos outros, por isso presumi que fosse o líder.

— Está frio! — gritei.

— Está quase na época das ovelhas parirem. Devia estar mais quente. — Ele franziu a testa, talvez percebendo que nunca tinha me visto. Havia gotas de água na borda do seu elmo. — Você é um dos homens do jarl Arnborg?

— Eu sou tio dele. Irmão do pai.

— Você esteve em Jorvik?

— Chegamos tarde demais. A gente acabou de vir da Irlanda. — E me apresentei: — Folkmar.

— Enar Erikson.

— Devíamos continuar andando. Há saxões no alto daquele morro. — Assenti em direção ao sul.

As terras selvagens

Enar pareceu alarmado.

— Estão nos seguindo?

— Só procurando. Estavam longe e não nos viram. Mas continue andando.

Ele acenou, instigando seus homens. Algumas mulheres gritaram ao ser cutucadas com as lanças compridas, mas se levantaram e voltaram a caminhar, relutantes.

— Devíamos simplesmente matar todos eles. — Enar olhou com rancor para os prisioneiros. — Temos escravos suficientes. Esses estão doentes e lentos.

— Mas ainda rendem prata — falei.

— Onde? Dyflin já tem escravos mais que suficientes.

Eu sabia que Dyflin era o maior assentamento norueguês na Irlanda, e a maior cidade que traficava escravos no ocidente. A maioria dos escravos era levada para a Frankia ou então vendida em Lundene, mas esses mercados ficavam longe e eram de difícil acesso partindo de Cumbraland.

— Escravos são escravos — falei vagamente. — Todos são valiosos.

— Então devíamos simplesmente matar as porcarias das crianças. Sempre podemos dar outras às mulheres. — Ele riu disso.

— Por que não matam? — perguntei. Ele pareceu espantado com a sugestão. — Se estão atrasando vocês — continuei —, por que simplesmente não matar as desgraçadinhas?

Ele pareceu contrariado.

— Os pequenos são valiosos.

— Mas fazem um barulho horrível — falei.

Em seguida, parei porque quatro cavaleiros tinham aparecido no horizonte à frente; quatro cavaleiros que vinham rapidamente na nossa direção.

— Quem são eles? — perguntei.

Enar murmurou um palavrão, depois se virou na sela.

— Façam com que andem mais depressa! — gritou para seus homens, que reagiram batendo com os cabos das lanças nas costas das mulheres.

Eu queria xingar também. Eu tinha trazido um grupo pequeno contando com a surpresa para nos dar vantagem na luta que eu sabia que iria acontecer, mas agora nós dez enfrentaríamos treze. Vi que os quatro cavaleiros que se aproximavam usavam capas de lobo cinzentas. Seriam os *úlfhéðnar*?

138

A guerra do lobo

Montavam bons cavalos, usavam cota de malha lustrosa por baixo das peles e tinham elmos encimados por caudas de lobos. Seu líder, ou pelo menos o homem que vinha à frente, montava um garanhão grande e preto, tinha barba loira e comprida, e seu elmo era adornado com prata. Parecia novo, mas emanava certa arrogância que sugeria ser de nascimento nobre ou ter realizado um feito ainda jovem.

— Se não conseguirem acompanhar o passo — gritou ele para Enar enquanto se aproximava —, vamos abandoná-los. Façam as putas andarem mais rápido!

— Estamos tentando, senhor — respondeu Enar.

— Então se esforcem mais. Matem a puta mais feia, para servir de exemplo. — Ele puxou as rédeas e franziu a testa para mim. — Quem é você?

— Folkmar, senhor — respondi humildemente.

Ele deve ter notado a qualidade dos meus arreios, da cota de malha e do elmo.

— De onde você veio? Não vi você antes.

— Do Ribbel, senhor.

— Ele é tio de Arnborg, senhor — acrescentou Enar, solícito.

— O tio de Arnborg foi morto em... — começou o rapaz, então levou a mão à espada.

Eu já havia começado a desembainhar Bafo de Serpente, que exibiu sua lâmina mais rápido que a espada dele, mas ele era rápido. Brandi a arma e descrevi com ela um movimento em arco com as costas da mão, porém o rapaz se abaixou e esporeou o cavalo, o que fez Bafo de Serpente cortar inutilmente a cauda de lobo do seu elmo. Ele desferiu um golpe igual ao meu, e a lâmina atingiu as minhas costas, mas sem força suficiente para cortar a cota de malha por baixo da capa. Ele estava à minha direita, mas à minha esquerda um dos seus companheiros tentou abalroar Tintreg com seu cavalo. A espada do sujeito ainda não estava completamente desembainhada quando cortei seu rosto com Bafo de Serpente, arrancando sangue. Esporeei, avançando, me virei de novo para a esquerda e vi que o rapaz com prata no elmo estava logo atrás de mim. Ele era rápido, era bom. Iniciei um segundo ataque com as costas da mão enquanto ele dava uma estocada na altura da minha cintura.

Esse golpe deveria ter rompido a minha cota de malha e penetrado fundo na minha barriga. A única coisa que me salvou foi o cavalo dele ter pisado numa das grandes pedras da beira da estrada. O cavalo cambaleou para o lado, o golpe do rapaz passou longe, e Bafo de Serpente acertou com força a parte de trás do seu elmo. A lâmina rachou o metal e quebrou osso. Tive um vislumbre de sangue e osso branco, depois o rapaz tombou da sua sela suntuosa.

Virei Tintreg de volta. Outro guerreiro com pele de lobo vinha na minha direção, com a espada erguida para atacar. Bati as esporas nos flancos de Tintreg com força e senti a fúria da batalha. O garanhão saltou para a frente, a espada do homem baixou com selvageria, mas eu tinha me aproximado dele rápido demais e seu braço com a espada acertou meu ombro enquanto Bafo de Serpente entrava na sua barriga rompendo a cota de malha. Me virei para o outro lado, torcendo a lâmina enquanto deixava a força de Tintreg soltar a espada. Agora à minha frente estava Enar. Ele tinha desembainhado a espada, mas parecia paralisado pelo medo ou pela indecisão, e, enquanto hesitava, acertei Bafo de Serpente no seu antebraço com força o bastante para fazê-lo largar a espada. Depois, enquanto passava por ele, golpeei a parte de trás do seu elmo. Usei a parte chata da lâmina, derrubando-o sobre a crina do cavalo. Não tive certeza se ele estava atordoado, por isso bati com o cabo da espada na sua cabeça. Em seguida, peguei as rédeas do seu cavalo e o puxei para fora da estrada.

Berg, do outro lado, tinha cravado a espada na barriga de um cavaleiro e decepado a mão de outro. Um dos cavaleiros que estivera cutucando as mulheres com sua lança cavalgou na minha direção, a lança na horizontal, mas eu via o medo nos olhos dele. A violência fora repentina demais, nenhum norueguês estivera pronto para lutar, ao passo que meus homens estavam famintos. Esporeei Tintreg outra vez, bati na lança com força para o lado usando Bafo de Serpente e então, como agora ele estava perto demais, acertei o pesado cabo da espada em seu rosto. Senti o nariz quebrar, vi o sangue jorrando, então ele gemeu quando Rathulf, um dos meus dinamarqueses, cravou a espada na base das suas costas. O homem tombou de lado, e a lança retiniu nas pedras da estrada.

— Pegue o cavalo dele! — ordenei a Rathulf.

A guerra do lobo

As mulheres estavam berrando, as crianças chorando, um homem a pé gritava enquanto o machado de Henkil se erguia acima dele.

— Façam prisioneiros! — berrei acima da cacofonia.

Henkil deve ter me ouvido, mas mesmo assim baixou sua arma pesada, e uma criança gritou com terror quando a cabeça do sujeito caído foi partida ao meio.

— Prisioneiros! — gritei outra vez, então vi que de algum modo Enar tinha se recuperado e estava instigando o cavalo para o oeste.

Bati os calcanhares nos flancos de Tintreg, galopei ao lado dele e acertei de novo a parte de trás do seu elmo, com ainda mais força, outra vez usando a parte chata da lâmina. Agora ele caiu da sela e eu segurei as rédeas do cavalo. Berg veio ajudar, apeando e tirando o cinto da espada do sujeito inconsciente.

— E as mulheres, senhor? — perguntou ele.

— Não podemos ajudá-las.

Eu lamentava isso, mas éramos um pequeno grupo de guerreiros numa terra vasta e infestada de inimigos. Precisávamos nos mover rapidamente ou morrer. Olhei para trás e vi que meus homens tinham derrotado todos os inimigos que restavam. A rapidez do ataque vencera a pequena batalha, mas mesmo assim três inimigos escaparam e estavam esporeando os cavalos para o oeste.

Tínhamos dois prisioneiros. Um deles era Enar. Apeei e fui olhar o rapaz cuja espada quase havia me ferido. Estava morto ou inconsciente. Bafo de Serpente tinha aberto a parte de trás do seu elmo como se fosse uma casca de ovo, e havia uma confusão de ossos e sangue no couro cabeludo. Chutei o peito dele para virá-lo, mas ele não deu nenhum sinal de sentir o chute. Me curvei e tirei uma corrente de ouro pendurada no seu pescoço, depois peguei sua espada, que tinha aros de ouro no punho. Soltei o cinturão da espada, tirei-o, e a violência do puxão o fez gemer. Embainhei a arma preciosa e a joguei para Rorik.

— Cuide disso! É valioso.

Montei de novo na sela e gritei para Berg se apressar. Ele tinha conseguido jogar Enar sobre uma sela e estava amarrando seus pés e suas mãos na barrigueira. Rathulf prendia o segundo prisioneiro, um homem muito mais novo, enquanto as mulheres imploravam para que as levássemos. Uma mulher estendeu seu bebê para mim.

As terras selvagens

— Leve-a, senhor! Leve-a!

— Não podemos levar ninguém!

Odiei ter de dizer isso. O máximo que poderíamos fazer pelas mulheres era lhes dar a comida que tínhamos encontrado nos sacos amarrados às selas capturadas. Três mulheres revistavam os cadáveres, procurando moedas ou comida.

— Precisamos nos apressar, senhor! — avisou Berg.

Ele estava certo. Os três cavaleiros que escaparam do nosso ataque já estavam quase no topo da colina a oeste. Não demoraria muito até Sköll mandar homens para nos castigar.

— Os prisioneiros estão bem presos?

— Sim, senhor.

— Então vamos.

— Senhor! — gritou uma mulher. — Por favor, senhor!

Era doloroso deixar todas ali, mas eu não ousaria levá-las. Instigamos os cavalos para fora da estrada, subindo a encosta, levando cinco garanhões capturados e os dois prisioneiros. Assim que passássemos pelo cimo do morro eu planejava ir para o sul até ter certeza de que qualquer perseguição fora deixada para trás, depois voltaríamos para a estrada e iríamos depressa para o leste, até Eoferwic.

Estávamos quase no topo. Nossos cavalos subiam com dificuldade a colina coberta de urzes, e faltavam apenas alguns metros, quando Kettil olhou para trás.

— Senhor! — gritou ele. — Senhor!

Olhei. Os homens de Sköll estavam voltando, e agora havia uma linha de cavaleiros na colina a oeste. E, enquanto eu olhava, mais homens se juntaram a essa linha. Eram pelo menos cem, e no centro estava o grande homem com capa de pele branca.

Eu me virei de novo quando chegamos ao topo e vi que o inimigo tinha começado a perseguição.

Estávamos sendo caçados.

A guerra do lobo

CINCO

MEU PLANO TINHA sido cavalgar para o sul e virar para o leste em direção à distante Eoferwic assim que não pudéssemos mais ser vistos da estrada. Eu havia presumido que as mulheres que deixáramos na estrada diriam aos homens de Sköll que nos viram ir para o sul, e esperara que essa informação errada bastasse para mandar os perseguidores na direção da Mércia, enquanto estivéssemos indo para o leste. Mas agora essa esperança desaparecera porque os batedores de Sköll já subiam a encosta e logo estariam perto suficiente para ver em que direção íamos. Eu queria ter tido tempo para escapar, mas não consegui um segundo de folga sequer.

Decidi que iríamos para o leste de qualquer modo.

— Para lá! — gritei para Finan, apontando. Esporeei Tintreg até me aproximar dele. — Os desgraçados estão vindo atrás de nós.

Finan olhou em volta instintivamente, mas por enquanto nenhum cavaleiro havia aparecido.

— O que vamos fazer?

— Cavalgar para o leste e torcer para conseguir voltar para a estrada. — Olhei para o horizonte ainda vazio. — Eles não podem nos perseguir para sempre.

— Vamos esperar que não — comentou Finan secamente.

Era minha culpa. A descoberta do que havia acontecido em Eoferwic podia ter esperado, nada que eu ficasse sabendo ali faria a menor diferença para Sigtryggr. Ou ele estava vivo ou estava morto, mas eu havia cedido à impaciência e agora tinha um pequeno exército de noruegueses vingativos me perseguindo.

A maldição estava funcionando, pensei, soturno. Eu jamais devia ter procurado Beadwulf, devia ter ido direto para casa. E agora, ao atacar os homens de Sköll e fazer prisioneiros, tinha me transformado na caça em vez de ser o caçador. Minha esperança era Sköll achar que eu estava na vanguarda de uma perseguição nortumbriana e que haveria um exército não muito atrás de mim. Até agora eles tinham visto apenas um punhado dos meus homens, mas logo os batedores veriam que éramos mais de noventa. Por que lutar conosco? Sköll Grimmarson só perderia mais homens. Era uma pequena esperança.

Virei Tintreg para retornar ao alto do morro. Planejava descer a colina em diagonal para voltar à estrada, mas, quando alcancei o topo, vi noruegueses cavalgando a toda a velocidade para o leste, ao longo do vale. Deviam ser cinquenta ou sessenta homens, e, quando me virei na sela, vi que mais noruegueses tinham chegado ao alto da colina e agora nos seguiam. Eram dois bandos de perseguidores, e os homens lá de baixo claramente foram enviados para chegar à nossa frente. Sköll Grimmarson queria nos colocar numa armadilha.

Por isso virei para o sul com o objetivo de escapar dela. Eu estava fugindo.

Meus homens estavam em maior número do que o bando menor que ia rapidamente para o leste pela estrada, mas eu não tinha nada a ganhar lutando contra ele. Poderíamos ter dado meia-volta, galopado morro abaixo e dominado aquele grupo menor, mas eu perderia homens e cavalos. Alguns dos meus homens iriam ficar feridos e eu precisaria abandoná-los à mercê de Sköll ou tentar carregá-los enquanto escapássemos. Isso se escapássemos, porque os noruegueses do grupo maior certamente iriam atrás para ajudar os colegas. Por isso nossa única esperança era fugir para o sul e rezar pelo anoitecer, que só chegaria dali a duas ou três horas.

Pelo menos a visão de quantos éramos fez com que os perseguidores mais próximos hesitassem. Eles estavam em maior número, mas tinham tão pouco a ganhar numa luta quanto nós, até receberem reforços e terem certeza de que nos derrotariam com facilidade. Atravessamos o alto de outra colina e encontramos uma trilha de gado aberta no meio das urzes. Seguimos por ela, agora mais rápidos. Adiante havia uma descida que levava a plantações, e eu via fumaça subindo de assentamentos. Em algum lugar à frente, muito à frente,

144

A guerra do lobo

entraríamos na Mércia, mas não deveríamos esperar muita ajuda. Qualquer um naquelas terras seria dinamarquês, e os dinamarqueses que viviam no sul da Nortúmbria e no norte da Mércia tinham aprendido a ser cautelosos.

— Senhor! — gritou Finan.

Eu me virei e vi um pequeno grupo de noruegueses vindo rapidamente atrás de nós. Galopavam sem o menor cuidado, cada um portando uma lança. Eram apenas oito, e o que oito homens podiam fazer contra noventa?

Podiam frustrar nosso avanço, e foi o que fizeram. Eles ficavam para trás boa parte do tempo, então galopavam ameaçadoramente, e cada vez que se aproximavam éramos obrigados a mandar alguns homens dar meia-volta. E assim que fazíamos isso eles se viravam para evitar a luta. E cada vez que parávamos e nos virávamos éramos retardados. De novo e de novo eles atacaram e deram meia-volta, e de novo e de novo éramos obrigados a encará-los. E eu sabia que os grupos maiores de guerreiros não estavam tão distantes e se aproximavam cada vez mais. Precisávamos ir mais rápido, por isso coloquei vinte homens sob o comando de Finan e mandei que cavalgassem à direita da estrada, e mais vinte sob a liderança de Berg, que cavalgaram à esquerda. Eles se revezavam encarando os perseguidores irritantes enquanto o restante continuava em movimento, e isso conteve as ameaças.

Eu cavalgava ao lado de Enar Erikson, que tinha recuperado a consciência. Eu havia parado um momento para fazê-lo se sentar direito na sela, mas com as mãos amarradas às costas e os tornozelos presos no couro dos estribos.

— O que aconteceu em Eoferwic? — perguntei.

— Eoferwic? — Ele ficou intrigado porque eu tinha usado o nome saxão em vez do que os noruegueses usavam.

— Em Jorvik.

Pingava água do seu elmo e do bigode.

— Eu vou viver se contar?

— Você vai morrer se não contar.

— Nós perdemos — respondeu secamente.

Em seguida, ele se esquivou para passar debaixo de um galho e quase perdeu o equilíbrio. Tínhamos saído da área pantanosa e a estrada seguia por um bosque de salgueiros mirrados. Enquanto subíamos pelo pasto suave depois das árvores, olhei para trás e vi que o bando maior de guerreiros inimigos se encontrava a menos de dois quilômetros, mas estava escurecendo e eles se mostravam cautelosos, apesar da superioridade numérica. Os dois grupos de perseguidores haviam se juntado e tinham quase o dobro dos nossos homens, mas mesmo assim pareciam relutantes em lutar. Eu não via mais a capa branca de Sköll em meio aos perseguidores distantes, por isso supus que tivesse mandado outro homem para comandar os guerreiros, e sem dúvida dissera a ele que tinha de ser cuidadoso. Se Enar estivesse certo, Sköll devia ter perdido homens em Eoferwic e sem dúvida não queria perder mais. E, ainda que pudesse nos dominar numa batalha, pagaria caro por nossa derrota. Ele havia declarado guerra contra Sigtryggr, tinha perdido a primeira luta, e eu achava que Sköll precisava de cada guerreiro para enfrentar a vingança do meu genro. Ou ao menos eu torcia por isso.

O sol estava baixo e escondido por nuvens escuras amontoadas. O vento soprava a chuva que tinha começado a cair com firmeza. Passamos por uma propriedade com fumaça saindo do teto do salão e cercada por uma paliçada forte. Eu sabia que meus homens, cansados, deviam esperar que eu atacasse a pequena fazenda para lhes dar um refúgio aquecido, mas parar agora seria convidar os perseguidores a sitiar o local. Por isso continuamos em frente no crepúsculo molhado.

— Então vocês perderam — falei para Enar. — Como?

Ele contou enquanto cavalgávamos adentrando a escuridão. Os jovens guerreiros que tinham nos irritado abandonaram a caçada e voltaram para o bando maior, que parecia satisfeito em ter nos perseguido até longe da estrada que atravessava as charnecas. Na luz agonizante e através do véu de chuva forte vi que eles haviam parado. Suspeitei que exigiriam abrigo na fazenda que tínhamos deixado para trás.

Enar me contou a contragosto que a esperança de Sköll de capturar Eoferwic residia em agir rápido, atravessar a planície ampla em volta da cidade e pegar a guarnição de surpresa. Mas ele havia parado antes de sair das colinas.

— Onde? — perguntei.

Enar deu de ombros.

— Era só um povoado. Tinha uma caverna lá.

— Por que ele parou?

A guerra do lobo

— Por causa do tempo. Estava frio. Não estava tão frio quando saímos de casa. Achamos que a primavera tinha chegado, mas o inverno voltou. Piorou rápido.

— Vocês se abrigaram?

— Foi preciso! Mal dava para ver através da nevasca.

— Quanto tempo vocês esperaram lá?

— Só um dia. — Um dia não era muito, mas a pausa deve ter sido fatal para as esperanças de Sköll. — Eles sabiam que estávamos chegando — continuou Enar, com amargura —, de modo que alguém deve ter alertado. E o feiticeiro disse para Sköll não atacar a cidade. Pelo menos foi o que os homens falaram depois.

— Sköll não segue o conselho do seu feiticeiro?

— Em geral, sim. — Enar respondeu de modo abrupto, como se ficasse perturbado ao falar do famoso feiticeiro de Sköll.

— Então por que Sköll atacou?

— Nós tínhamos chegado tão longe... E Snorri... — Sua voz se perdeu no ar.

— Snorri é o feiticeiro?

— Isso.

— E ele disse para Sköll não atacar?

— Foi o que os homens disseram. — Enar hesitava, claramente relutando em falar do feiticeiro. — Mas nem sempre é possível entender o que Snorri diz. Às vezes ele fala por enigmas.

— Mas os homens têm medo dele?

— Snorri é terrível — disse Enar em voz baixa. — Quando ele olha para a gente...

— Eu achava que Sköll o havia cegado.

— Cegou, mas mesmo assim Snorri vê a gente! Ele enxerga o futuro. E na batalha... — Sua voz se perdeu no ar outra vez.

— Na batalha?

— Ele olha para os inimigos — a voz de Enar estava tomada pelo pavor —, e eles morrem!

— Isso não funcionou em Jorvik — retruquei com escárnio.

— Snorri não entrou na cidade. De vez em quando ele está fraco demais para invocar os deuses, mas, quando Snorri está forte, Sköll sempre vence. Sempre! O cego olha e os vivos morrem.

As terras selvagens

Um feiticeiro cego capaz de enxergar o futuro e matar com um olhar? Então Snorri tinha me visto em sonhos? E havia me amaldiçoado? Toquei o martelo e senti o vazio que sugeria que os deuses me abandonaram, e não consegui encontrar nenhum presságio na escuridão que me desse esperança. A maioria de nós havia apeado e estava puxando os cavalos. A noite estava escura, molhada e desgraçada. Não havia como ocorrer uma perseguição nessa escuridão terrível, mesmo se os homens atrás de nós quisessem continuar. Ainda assim, prosseguimos tropeçando, e enfim paramos num local onde algumas árvores desfolhadas pelo inverno ofereciam uma ilusão de abrigo. Me senti tentado a acender uma fogueira, mas não ousei. Precisaríamos suportar a escuridão molhada e fria.

Amarramos os dois prisioneiros numa árvore.

— E o que aconteceu quando vocês chegaram a Jorvik? — perguntei a ambos.

— Eles nos convidaram a entrar na cidade — respondeu o segundo cativo, um rapaz chamado Njall, com a voz saindo da escuridão.

— Convidaram?

Ele explicou que Sköll tinha mandado um pequeno grupo à frente, apenas trinta homens, nenhum deles vestido para a guerra, fingindo ser viajantes.

— Eles deveriam dizer que estavam procurando um navio para comprar — acrescentou Enar. — O restante de nós esperou uns três quilômetros a oeste.

Não era um plano ruim. Um punhado de homens, nenhum usando cota de malha, não pareceria uma ameaça à guarnição de Sigtryggr. Enar disse que os trinta homens atravessaram a aldeia que se espalhava na margem oeste do Usa e cruzaram a ponte romana. Depois devem ter chegado ao portão sudoeste com suas enormes torres de pedra e a plataforma de luta alta.

— Sabemos que os trinta homens capturaram o portão — disse Enar — porque penduraram a bandeira de Sköll numa das torres, e esse foi o sinal para nós irmos. Sköll mandou seus melhores homens primeiro.

— Os *úlfhéðnar*?

— Os *úlfhéðnar* — confirmou Enar, então continuou a história: — Sköll os comandava, mas era uma armadilha. Eles nos deixaram capturar o portão, mas as ruas de trás estavam com barricadas, e atrás das barricadas havia um

148

A guerra do lobo

exército. E quando uns cinco guerreiros estavam dentro da cidade outro bando apareceu junto à margem do rio para separá-los. Fizeram uma parede de escudos para impedir que o restante de nós atravessasse a ponte, de modo que os homens dentro da cidade ficaram encurralados.

— E foram trucidados — completou Finan, com satisfação.

— A maioria, sim.

— A maioria — repeti. — Você não disse que Sköll estava dentro da cidade? Uma rajada de vento fez a água cair dos galhos.

— Sköll é um *úlfheðinn*. Nem dez homens são capazes de enfrentar Sköll.

— Havia fascínio em sua voz. — Ele voltou pelo portão com vinte dos seus guerreiros-lobo, e eles atacaram a parede de escudos que barrava a ponte. Nós também atacamos, partindo do outro lado do rio, e rompemos a parede. Deixamos o rio vermelho com o sangue deles, mas a essa altura o portão da cidade estava fechado.

Então a investida de Sköll através da Britânia havia fracassado. Seu feiticeiro estivera certo e os defensores de Eoferwic o impediram. E assim, como recompensa aos seus seguidores, ele os levou num ataque furioso pelas amplas terras agrícolas ao redor da cidade, pegando escravos, saques e gado, e depois voltou atravessando as colinas até Cumbraland.

— E Sigtryggr não perseguiu vocês? — perguntei.

— Ele não estava lá.

— Ele tinha ido para o sul — respondeu Njall, taciturno.

— Nós capturamos um padre — explicou Enar — que disse que Sigtryggr tinha levado homens para Lindcolne. — Ele disse o nome estranho com insegurança.

— Mércios — observou Finan, não gostando daquilo.

O que ele queria dizer era que devia ter havido alguma ameaça da Mércia contra a fronteira sul da Nortúmbria e que Sigtryggr levara homens para reforçar a guarnição de Lindcolne. Ouvi a chuva batendo nas árvores desfolhadas e senti a frustração da ignorância. Será que Eduardo de Wessex tinha invadido a Mércia? Será que Lindcolne estava sitiada? O único consolo que encontrei foi em Eoferwic ter sobrevivido e nos noruegueses terem sido derrotados na batalha travada junto ao portão da cidade.

As terras selvagens

Quem quer que Sigtryggr tenha deixado no comando da guarnição de Eoferwic fora esperto, empregando a mesma tática de defesa da cidade que os dinamarqueses usaram quando meu pai morreu. Na época eu era uma criança, proibido de lutar, e fiquei olhando enquanto o exército nortumbriano avançava por uma grande abertura na muralha de Eoferwic. A abertura fora deixada de propósito, e, assim que as forças do meu pai passaram pela brecha, se viram diante de uma nova muralha, uma barricada junto a um campo de matança. E, naquele dia, os dinamarqueses fizeram uma grande chacina. Seus poetas cantaram sobre ela, as palavras duras entoadas junto dos acordes de um harpista. Eu ainda conhecia a canção, e às vezes a cantava, não por amargura pela morte do meu pai, mas por gratidão, porque foi naquele dia de morte que Ragnar me capturou.

Eu era seu escravo saxão e virei um filho para ele. Eu o amava como a um pai. Passei a me chamar Uhtred Ragnarson e assumi sua religião, abandonando o cristianismo como uma cobra mudando de pele. Cresci achando que era dinamarquês, querendo ser dinamarquês, mas o destino me levou de volta para os saxões. Wyrd bið ful aræd.

— Sigtryggr vai buscar vingança — falei para Enar.

Ele zombou dessa ameaça com uma risada.

— O jarl Sköll também vai querer vingança.

— Por termos capturado você? — perguntei com desprezo.

— Por ter ferido o filho dele. Ou o senhor o matou?

Então o rapaz com o elmo adornado com prata era filho de Sköll? Eu gostaria de ter sabido, porque o teria arrastado como prisioneiro também.

— Eu dei a ele uma dor de cabeça que ele vai sentir por um bom tempo. Qual é o nome do garoto?

— Garoto? — questionou Enar. — Ele é um guerreiro, um homem.

— Unker Sköllson — respondeu Njall.

— Unker é um guerreiro, um homem — repetiu Enar, depois acrescentou as palavras que me revelaram a natureza da maldição que os deuses lançaram sobre mim —, e um destruidor de rainhas.

— Destruidor de rainhas?

— Ele e o pai mataram a rainha de Sigtryggr.

E pude ouvir os deuses gargalhando.

* * *

— Ele e o pai mataram a rainha de Sigtryggr.

Por um momento desolador essas palavras pareceram irreais, quase como se eu as tivesse sonhado, e não ouvido.

No escuro, claro, Enar não conseguia me ver, caso contrário poderia ter ficado quieto. Em vez disso, continuou a contar.

— Ela os comandou. Usava cota de malha e elmo, e carregava uma espada.

Finan segurou meu braço para me manter imóvel e em silêncio.

— Ela lutou? — perguntou ele.

— Como um demônio. Ela gritava e nos insultava, e insultava Sköll e Unker.

— Como você sabe que era a rainha? — perguntou Finan, ainda segurando meu braço.

— Ela alardeou isso! — respondeu Enar. — Ela gritou dizendo que seu marido achava que uma simples mulher era capaz de derrotar Sköll.

— Ela devia ter uma guarda pessoal — comentou Finan, recusando-se a me soltar.

— Nenhuma guarda poderia resistir a Sköll! — retrucou Njall com orgulho. — Ele e o filho mataram uma dúzia de homens.

— Foi o que ele nos contou — disse Enar, parecendo achar divertido. — O pai e o filho lutaram atravessando a muralha, Unker usou o machado para puxar a puta real do meio das fileiras e o pai abriu a barriga real dela com a espada, Presa Cinzenta.

Uma das coisas que dizem sobre os *úlfhéðnar* é que eles lutam numa fúria cega, como loucos. Dizem que na batalha os *úlfhéðnar* são possuídos pelas almas de animais selvagens, de lobos que não conhecem misericórdia e sentem fome de carne. Eles não sentem dor nem conhecem o medo. Dizem que alguns até lutam nus para mostrar que não precisam de cota de malha, escudo ou elmo, porque ninguém pode resistir a eles. Os *úlfhéðnar* são feras que lutam como deuses.

Foi a palavra "puta" que me transformou numa fera. Eu me levantei, desembainhei Bafo de Serpente e retalhei os dois homens amarrados na árvore. Finan tentou me impedir, depois deve ter recuado. Disse que eu estava urrando feito uma alma atormentada, que os prisioneiros gritavam, e que houve um calor súbito na noite enquanto o sangue espirrava no meu rosto e eu chorava, e continuava urrando e retalhando às cegas na escuridão, retalhando e retalhando, cravando a espada pesada na casca da árvore, na madeira, em carne, em osso. E, quando houve silêncio, quando não houve mais gritos, quando não havia mais sons de homens morrendo, movendo-se ou gemendo, e quando o sangue não corria mais, cravei a espada no chão e urrei para os deuses.

Stiorra, minha filha, estava morta.

Dizem que os pais não têm filhos prediletos, mas isso é um absurdo. Talvez nós amemos todos, mas sempre há um que amamos mais, e dos meus três filhos a mais amada era Stiorra. Era alta, com cabelos negros como a mãe, decidida, obstinada, sensata e astuta. Amava os deuses e tinha aprendido a prever a vontade deles; porém, os deuses a haviam matado em Eoferwic. Seu sangue estava na rua e os deuses gargalhavam. Eles não têm misericórdia.

Nos agarramos a fiapos de esperança. Talvez Stiorra não estivesse morta, mas sim ferida. Talvez a história de Sköll fosse apenas a bravata de um homem derrotado, uma mentira desafiadora para restaurar sua reputação. Talvez fosse outra mulher. Mas soava muito como Stiorra. Se Sigtryggr estava longe, ela comandaria suas tropas. Mas por que liderá-las pessoalmente? Por que não inspirar seus guerreiros e deixá-los lutar? Mas Stiorra saberia que sua presença na rua principal de Eoferwic faria seus guerreiros aspirarem à grandeza. E sua morte iria inspirá-los a buscar uma vingança selvagem. No entanto, Sköll tinha sobrevivido.

E sua sobrevivência oferecia a mim um leve consolo. Eu jamais descansaria enquanto Sköll Grimmarson não estivesse aos meus pés, gemendo e pedindo misericórdia, e nesse momento eu lhe mostraria a mesma misericórdia que os deuses demonstraram a mim. Era um leve consolo, muito leve, mas me agarrei a ele naquela noite de sofrimento. Chorei, mas ninguém viu minhas lágrimas, e houve momentos de desespero; porém, sempre me ocorria a ideia de que eu encontraria Sköll e o trucidaria. Uma maldição deve ser seguida por um juramento, e eu fiz esse juramento na escuridão encharcada de chuva. Sköll Grimmarson deve morrer.

A guerra do lobo

Quando a primeira luz cinzenta tocou as colinas do leste voltei por entre as árvores e encontrei Bafo de Serpente onde a havia deixado. Meus homens, que estavam acordados, me olharam com medo. Os corpos dos dois prisioneiros ainda estavam amarrados à árvore, com os ferimentos enormes lavados pela chuva. Tirei Bafo de Serpente daquela terra coberta de folhas e a joguei para Rorik.

— Limpe-a.

— Sim, senhor.

— O senhor deveria comer — sugeriu Finan.

— Não. — Não olhei para ele porque não queria que Finan visse as lágrimas que turvavam meus olhos. — O que eu deveria fazer — vociferei — era matar aquele monge maldito.

— Ele foi embora, senhor.

Virei-me, furioso.

— O quê?

— Ele e a garota — respondeu Finan calmamente. — Eles roubaram dois cavalos dos batedores à primeira luz do dia.

— Não pusemos sentinelas?

Finan deu de ombros.

— Eles disseram a Godric que iam dar uma cagada.

— Com cavalos? — Maldito Godric. Ele sempre foi um idiota. — Talvez eu devesse matar Godric — rosnei. — Mande chamá-lo.

— Deixe isso comigo — disse Finan, temendo o que eu faria na minha fúria. — Vou dar uma surra nele.

Godric era bastante enérgico, era bom em segurar um escudo e uma espada, mas tinha o cérebro de uma lesma. O irmão Beadwulf, pensei, não devia ter tido a menor dificuldade para convencer o idiota de que não pretendia fazer nada de errado. Imaginei que o monge e sua esquilinha tivessem fugido de volta para Arnborg, provavelmente porque ele achava que o norueguês ia nos alcançar e nos trucidar, e o irmão Beadwulf queria ter certeza de que sobreviveria à carnificina. Eu devia tê-lo matado, pensei. Mas a verdade, claro, é que mesmo se Beadwulf não tivesse me enganado para atravessar a Britânia eu não teria salvado a vida da minha filha. Eu estaria em Bebbanburg, e não em Eoferwic.

153

As terras selvagens

— Eu devia tê-lo matado — falei — só para irritar Æthelstan.

— Acrescente-o à lista de homens a serem mortos — sugeriu Finan, depois me ofereceu um pedaço de pão encharcado. Meneei a cabeça, mas aceitei sua oferta de um odre de cerveja. — Foi o que restou da cerveja — alertou.

Bebi metade e devolvi o odre.

— Comida?

— Dez pães apodrecendo, um pouco de queijo.

— Os deuses nos adoram — falei com rancor.

— E para onde vamos, senhor?

— Mande dois batedores para o norte. Veja se os filhos da mãe ainda estão por perto.

— E se estiverem?

Por um momento não falei nada. Uma parte de mim, a parte selvagem, queria cavalgar imprudentemente para o norte e mergulhar no centro do exército de Sköll, procurá-lo e obter minha vingança. Mas isso era loucura.

— Vamos para o leste — respondi por fim.

— Para Eoferwic?

Assenti. Eu precisava encontrar Sigtryggr, e juntos vingaríamos Stiorra.

— Então vamos voltar para a estrada?

— Não.

A estrada podia até ser o caminho mais rápido para Eoferwic, mas nesse momento meus homens e nossos cavalos precisavam de calor, comida e descanso. Não encontraríamos nada disso nas charnecas, mas nossa fuga havia nos levado para uma região mais fértil, e eu sabia que encontraríamos uma propriedade capaz de fornecer o que necessitávamos. Tínhamos passado por uma fazenda assim na noite anterior, mas era pequena e eu suspeitava que a essa altura os homens de Sköll já teriam limpado o lugar. Eu precisava de um local grande e bem provido.

— Algum dos nossos homens conhece essa região? — perguntei.

— Nenhum.

— Então estamos perdidos.

Finan se virou e indicou o sul com a cabeça.

— Mameceaster deve estar em algum lugar para lá.

— Preciso ir para casa — falei severamente. — Vamos cavalgar para o leste quando os batedores voltarem, depois vamos encontrar nosso caminho.

— E aqueles dois? — Finan apontou para os dois prisioneiros mortos.

— Deixe-os aqui, deixe os desgraçados apodrecerem.

Finan olhou para o norte através da chuva persistente.

— Sköll parece um desgraçado louco — disse — e vai querer se vingar pelo filho. Ele vai vir atrás de nós.

— O filho dele estava vivo quando nós partimos.

— Ainda assim o senhor humilhou o garoto. Pegou a espada dele.

Eu pensara que havia deixado Unker morrendo, mas agora me perguntei se ele estaria apenas atordoado. Tinha sangrado bastante, mas ferimentos na cabeça sempre sangram copiosamente.

— Ele era rápido — comentei. — Se o cavalo dele não tivesse tropeçado, você estaria cantando uma canção fúnebre por mim. Por mim e por Stiorra.

— Vamos fazer canções para ela, senhor.

Encarei o norte sem dizer nada. Um dia cinzento com uma chuva cinzenta e nuvens cinzentas. Me lembrei do meu primeiro impulso, de ir atrás de Sköll, e me perguntei se Finan estava certo e se Sköll, com o mesmo impulso, estaria planejando ir para o sul para se vingar do ferimento do filho. Mas nossos dois batedores retornaram e disseram que não tinham visto nada. Parecia que a perseguição de Sköll fora interrompida e que os noruegueses estavam voltando para casa. Assim, partimos na direção oposta, seguindo lentamente para o horizonte que clareava cada vez mais, onde o sol subia por trás das nuvens. Ainda chovia, só que agora era uma garoa taciturna. Mandei mais batedores à frente e disse a eles que procurassem um assentamento ou qualquer sinal de um inimigo. E a manhã estava na metade quando Eadric voltou e avisou que havia um vale fértil ao sul. Estávamos seguindo um riacho sinuoso através de árvores grossas quando Eadric trouxe a notícia.

— Fica logo do outro lado daquelas colinas, senhor — disse, apontando para o sul. — E tem pelo menos três salões. E dos grandes.

Chamamos os outros batedores, viramos os cavalos e seguimos Eadric atravessando as colinas baixas e descendo para um vale com pastos luxuriantes onde, como Eadric dissera, havia três salões. Todos tinham paliçadas

As terras selvagens

e todos tinham fumaça saindo de buracos no teto em direção às nuvens baixas e persistentes.

Berg virou seu cavalo para mim.

— Quer que a gente pule a paliçada de novo, senhor? — perguntou ele, ansioso, apontando para o salão mais próximo.

— Não.

Esporeei Tintreg. Eu duvidava de que precisaríamos lutar. Não se via nenhum homem acima da paliçada, que agora estava à distância de um disparo de arco longo, e isso sugeria que havia poucas pessoas no salão. Me perguntei se os homens daquele vale teriam cavalgado com Sköll, mas isso parecia pouco provável. Se tivessem, certamente já estariam de volta, mas ninguém vigiava o portão da propriedade. O único sinal de vida era a fumaça da lareira.

— Eles não vão ficar felizes — falei para Berg —, mas, se não puderem lutar contra nós, vão abrir o portão.

Abriram. E não ficaram felizes. A família que morava no salão era dinamarquesa, mas apenas as mulheres, as crianças e três homens mais velhos estavam lá. Ficamos sabendo que o proprietário tinha ido para o sul com outros homens do vale.

— Está fácil saquear a Mércia — disse Wiburgh, a senhora do salão. — Os mércios estão lutando uns contra os outros, por isso vamos nos servir. — Ela ficou observando enquanto eu olhava ao redor. — E vocês também vão se servir — acrescentou com amargura. — Quem são vocês?

— Viajantes — respondi. — E quantos homens foram para o sul, para a Mércia?

— Doze? Talvez mais. Depende se o pessoal do outro lado da colina decidiu ajudar.

— Eles foram para Mameceaster?

— É o novo forte mércio?

— É, sim.

— Meu marido não é idiota. Ele não iria atacar um forte, mas deve ter coisas mais fáceis de serem saqueadas no campo mais próximo. Eles nos atacam, nós os atacamos.

— Para pegar gado?

156

A guerra do lobo

— Gado, ovelhas, escravos, qualquer coisa que a gente possa comer ou vender.

— E se vocês quisessem ir para Jorvik — perguntei, usando o nome dinamarquês da cidade —, que estrada pegariam?

Ela riu.

— A gente não tem nada com Jorvik! Não conheço ninguém que já tenha estado lá. Por que iríamos para lá? Lá todo mundo é estrangeiro. Além do mais — e lançou um olhar funesto para a cruz de Finan —, existem cristãos por lá.

— Você não gosta dos cristãos?

— Eles comem criancinhas — respondeu ela, tocando um martelo num cordão. — Todo mundo sabe disso.

Não nos foram oferecidas criancinhas, mas um cozido de cordeiro com bolos de aveia, embora tenha demorado um tempo para suas serviçais prepararem a comida. Wiburgh reclamou, é claro, dizendo que éramos muitos, mas seu estoque estava bem-abastecido e ela confiava que o marido traria mais comida da Mércia. Era uma mulher gorducha e engenhosa, resignada com a nossa presença e inteligente o bastante para saber que, se nos tratasse bem, devolveríamos o favor.

— Vocês nos surpreenderam vindo das colinas — disse depois do anoitecer. — Não são muitos que vêm daquela direção! Se alguém vier do sul, nós somos alertados.

— Vocês levam uma boa vida.

— Poucos sabem que estamos aqui. Nós somos reservados.

— A não ser quando realizam saques.

— Os irmãos gostam de se manter ocupados. — Ela estava fiando lã com as mãos hábeis. — O pai do meu marido, Fastulf, encontrou o vale. Na época havia um senhor saxão aqui, mas ele morreu. — Ela deu uma risada breve. — E Fastulf tinha três filhos. Portanto, três filhos e três fazendas. Nós chamamos esse lugar de vale dos irmãos.

Eu estava olhando fixamente para as brasas reluzentes embaixo das toras de lenha, procurando algum presságio no fogo.

— Eu tive um irmão — falei em voz baixa —, mas ele morreu. — Ela não disse nada. — E tinha uma filha também — continuei —, e ela morreu.

As terras selvagens

Wiburgh soltou a roca e me lançou um olhar profundo.

— Você é um senhor — disse, fazendo com que isso parecesse uma acusação. — Uhtred de Bebbanburg!

— Sou.

Não fazia sentido esconder quem éramos. Tínhamos passado o dia na propriedade, meus homens deviam ter falado aos serviçais de Wiburgh quem éramos.

— Já ouvi falar do senhor — continuou ela, depois indicou com a cabeça a corrente que eu usava no pescoço. — E o senhor usa ouro.

— Uso.

— O senhor usa ouro e nem nota que está usando! Uma família poderia viver dez anos com o metal que o senhor pendura no pescoço.

— E daí?

— E daí que os deuses reparam no senhor! Quanto mais o senhor se parecer com os deuses, mais eles vão obstruir o seu caminho! — Ela limpou no vestido os dedos sujos de gordura da lã. — Quando os lobos atacam o rebanho, que cachorro morre primeiro?

— O mais corajoso — respondi.

— O mais corajoso, é. — Ela jogou um pedaço de lenha no fogo. Nós dois estávamos sentados perto da lareira de chão, um pouco afastados do restante dos guerreiros. Wiburgh observou as fagulhas se assentando nas cinzas que ardiam lentamente. — Eu também tive três filhos — disse melancolicamente.

— E dois morreram de febre. Mas o mais velho? Ele se chama Immar e é um homem bom. Está com 16 anos, lutando ao lado do pai. — Ela olhou para mim. — E quando sua filha morreu?

— Há poucos dias.

— Estava doente?

— Sköll Grimmarson a matou.

Wiburgh fez o sinal para afastar o mal.

— Ah, ele é uma fera!

— Você o conhece? — perguntei, de repente interessado.

Ela fez que não com a cabeça.

— Só ouvimos coisas. Mas não acredito em metade do que ouço. — Ela pegou a roca outra vez.

158

A guerra do lobo

— O que vocês ouvem?

— Ele é um homem cruel — disse ela, sem olhar para mim. — Gosta de ver as pessoas sofrerem. Espero... — Sua voz ficou no ar.

— Pelo que ouvi dizer, minha filha morreu rápido. Em batalha.

— Graças aos deuses — comentou ela com fervor. —Já recebemos escravos que fugiram pelas colinas, e eles contam histórias. Ele caça pessoas por prazer, manda os cachorros pegá-las. Dizem que ele cegou duas esposas porque ousaram olhar para um guerreiro mais novo, e o coitado do rapaz foi capado, depois costuraram uma pele de ovelha nele e o jogaram aos cachorros. E o feiticeiro dele! — Wiburgh fez o sinal com dois dedos, para afastar o mal. — Mas, como eu disse, só acredito em metade do que ouço.

— Eu vou matá-lo.

— Talvez seja isso que os deuses querem.

— Talvez.

Naquela noite eu dormi. Não esperava por isso, mas os deuses me deram essa pequena bênção. Eu tinha dito a Finan que iria ver as sentinelas que havíamos posto na paliçada, mas ele insistiu para que eu dormisse.

— Vou garantir que elas fiquem acordadas — disse, e fez isso.

Eu sonhei, mas nada do que sonhei revelava os desejos dos deuses. Eu estava sozinho. Eles me observavam, à espera, querendo ver como seu jogo terminava.

Com a morte de Sköll, prometi. Ou então a minha.

A chuva parou durante a noite e o amanhecer trouxe um céu límpido e pálido. O vento fraco estava mais quente, uma promessa de primavera. Acordei com a lembrança da morte de Stiorra e a esperança absurda de que ela estivesse viva. Eu me sentia abandonado pelos deuses, e por um momento me senti tentado a arrancar o martelo do pescoço e jogá-lo no fogo, mas a cautela me impediu. Eu precisava da ajuda dos deuses, não da sua inimizade. Por isso apertei o amuleto.

— Seria sensato, senhor — Finan se aproximou e se ajoelhou ao lado do fogo reanimado —, termos um dia de descanso. Os cavalos precisam. Podemos nos secar. Está nascendo um belo dia.

As terras selvagens

Assenti.

— Mas eu quero mandar batedores.

— Para o leste? — arriscou ele.

Confirmei.

— Para garantir que Sköll desistiu da perseguição. Depois continuamos para o leste, para casa.

A palavra "casa" era como cinzas na minha boca. Eu me lembrei da alegria de Stiorra quando ela viu Bebbanburg pela primeira vez e de como havia cavalgado ao longo da areia, com os olhos brilhantes, a gargalhada alta.

— Vamos voltar para a estrada? — perguntou Finan.

— Provavelmente é o caminho mais rápido.

— Sigtryggr já deve ter recebido a notícia. Ele pode já estar a caminho.

— Provavelmente pela estrada que nós estávamos usando — sugeri, então franzi a testa. — Se estiver vindo.

— E por que não estaria?

— Talvez os mércios sejam uma ameaça.

Eu odiava não saber. Não sabia onde estávamos, não fazia ideia do que aconteceu na Mércia, em Cumbraland nem em Eoferwic. Nem sabia o que aconteceu em Bebbanburg. A essa altura meu filho já devia saber do destino da irmã. Será que estaria levando homens para vingá-la?

— O senhor pensou em Æthelstan?

— O que tem ele?

— Provavelmente estamos mais perto dele do que de Sigtryggr, e Æthelstan deve ao senhor.

Fiz uma careta de desagrado.

— Eu gosto de Æthelstan, mas ele está ficando parecido com o avô, embriagado de Deus. E o desgraçado metido a besta quer meu juramento.

— Mesmo assim ele deve ao senhor — insistiu Finan. — E está tão ameaçado pelos noruegueses quanto Sigtryggr.

Eu queria pensar nesse assunto, mas era difícil. Eu só conseguia enxergar Stiorra sendo arrancada de uma parede de escudos, gritando, uma espada descendo e seu sangue na rua. Rezei para que ela tivesse tido uma morte rápida. Tentei pensar em como ela era, mas não consegui, assim como não conseguia visualizar sua falecida mãe, Gisela.

A guerra do lobo

— Senhor? — Finan estava ansioso.

— Estou ouvindo.

— Sköll ameaça a Mércia também — insistiu ele. — Ele pode não ter conseguido capturar Eoferwic, mas Ceaster seria um bom consolo.

— Se convidarmos Æthelstan para uma batalha na Nortúmbria, será uma confissão de fraqueza, de que não somos capazes de controlar nosso próprio reino. Além disso, primeiro ele precisa ajudar o pai a derrotar os rebeldes mércios. Ele pode ter acabado com as esperanças de Cynlæf, mas existem outros rebeldes.

— Talvez eles já estejam derrotados, não?

— Talvez. Mas, se Æthelstan nos ajudar a derrotar Sköll, o que acontece no oeste da Nortúmbria?

Finan entendeu o que eu estava sugerindo.

— Æthelstan passa a controlar Cumbraland?

— E a torna parte da Mércia — eu disse —, parte da Inglaterra. E Cumbraland pertence à Nortúmbria, e meu genro é rei da Nortúmbria. — Fiz uma pausa. — E, se Æthelstan nos ajudar, vai querer meu juramento.

— E não terá.

— Não enquanto eu estiver vivo — retruquei, carrancudo. — Malditos cristãos e maldita Inglaterra de Eduardo. Eu vou lutar pelo meu próprio reino.

— Então vamos para o leste.

— Vamos para o leste.

— Vou sair com meia dúzia de batedores — avisou ele.

— Só garanta que nós cheguemos à estrada, porque provavelmente é o caminho mais rápido para Eoferwic.

— E partimos amanhã?

— Partimos amanhã — concordei.

Mas partimos ao meio-dia porque ainda estávamos sendo caçados.

Sköll Grimmarson queria vingança. Quando ouvi falar da morte de Stiorra, meu pensamento imediato foi de confrontar seus assassinos, mas o bom senso me impediu. Ao descobrir que seu filho havia sido ferido, Sköll deve ter tido o mesmo impulso: ir atrás dos homens que ousaram insultar sua família e matá-los da maneira mais criativa que sua mente imunda pudesse imaginar.

Eu deixara o bom senso me dominar porque sabia que estávamos em menor número e que atacar Sköll era um convite à nossa derrota, mas Sköll não tinha essas restrições. Ele sabia quantos nós éramos, sabia que tinha a vantagem dos números, por isso só precisava nos encontrar, lutar e nos matar.

Só que no crepúsculo do dia anterior, na penumbra do cair da noite com chuva, os batedores de Sköll viram nossos rastros indo para o leste, mas não viram o lugar onde tínhamos virado para o sul. Deviam ter passado uma noite fria e molhada sob as árvores desfolhadas, esperando continuar a perseguição ao alvorecer. E, para nossa sorte, eles continuaram seguindo para o leste até que, de algum modo, deduziram que tínhamos mudado de direção. Finan e seus homens os viram enquanto eles refaziam os passos.

— Acho que eles viram a fumaça e estão vindo ver o que está provocando-a. E vão chegar logo, senhor.

— Quantos?

— Imagino que três bandos. Era difícil enxergar entre as árvores. Mas eram muitos. Demais. E Sköll estava com eles.

— Eu não o vi ontem.

— Ele está aqui. É impossível não ver aquela capa branca, senhor. E está com pelo menos três bandos.

Três bandos seriam cerca de cento e vinte homens, e tínhamos visto muito mais que isso na estrada, o que sugeria que Sköll tinha dividido sua força, mandando alguns homens de volta para casa com o gado e os escravos capturados, e havia trazido um grupo de guerreiros para nos encontrar.

E agora ele estava a leste de nós, vindo na nossa direção, o que significava que não podíamos voltar para a estrada nem ir para o leste, por isso minha única opção era ir mais para o sul.

— Eu me pergunto quão longe estamos de Mameceaster — falei para Finan enquanto saíamos da propriedade.

— A mulher ali disse que deviam ser uns dois dias de viagem.

— Ela não pareceu muito certa disso.

— Não pode ser muito longe.

162

A guerra do lobo

Iríamos para o sul, à procura de Mameceaster, e estaríamos em segurança se conseguíssemos convencer a guarnição a abrir os portões. Eu odiava a ideia de correr para a segurança e implorar por abrigo, mas gostava ainda menos da ideia de morrer, por isso fomos para o sul. Mandei os batedores de sempre à frente, mas dessa vez tinha seis homens bons nos seguindo com ordens de ficar de olho em qualquer perseguição. Tentei me lembrar do nome do comandante de Mameceaster, o que tinha negado nossa entrada quando estávamos indo para Ceaster. Treddian! Æthelstan havia me dito que Treddian ia ser substituído, e eu esperava que o novo comandante, se já tivesse sido nomeado, fosse mais receptivo. Porque, se Sköll continuasse com a perseguição implacável, eu precisaria da proteção das muralhas de Mameceaster.

Tomei um cuidado antes de sairmos do salão. Dei um pouco de lascas de prata para Wiburgh e disse para ela levar seu pessoal, todas as suas coisas de valor e todos os animais para a floresta atrás da propriedade.

— Sköll Grimmarson está vindo — avisei. — E ele vai perguntar se você me viu. É melhor não estar aqui para responder. E avise aos outros salões do vale.

Ela estremeceu.

— Ele deve queimar esse lugar inteiro mesmo assim.

— Então vocês vão reconstruí-lo, como todos nós fazemos. E lamento muito.

E lamentava mesmo. Lamentava por ela, pela Nortúmbria, por mim mesmo. Minha filha estava morta. Esse pensamento me dilacerava, era uma tristeza profunda e um estímulo para a vingança. Mas para me vingar eu precisava de homens. Precisava das tropas de Sigtryggr ou de mais dos meus homens que estavam em Bebbanburg. E jurei que, quando tivesse esses homens, atravessaria Cumbraland levando fogo e morte. E a perspectiva dessa vingança era meu único consolo.

Tínhamos cavalgado por toda a extensão do vale que seguia para sudoeste, e na extremidade mais distante seguimos por um vale mais amplo, para o sul. Wiburgh tinha me dito por onde ir. No segundo vale, de acordo com ela, encontraríamos uma trilha de tropeiros indo para o sul.

— É uma estrada antiga, senhor. Ela está lá desde sempre. Desde muito antes de nós chegarmos — dissera Wiburgh junto ao portão de sua propriedade. —

As terras selvagens

E se encontrarem Hergild e seus irmãos avisem a eles sobre Sköll. — Hergild era o marido dela, e eu prometera que iria avisá-lo.

Imaginei que a estrada tivesse sido feita por tropeiros levando o gado e os rebanhos para o sul, para alimentar os povoados romanos ao redor de Mameceaster.

— Não tem como não ver a estrada — dissera Wiburgh, e estava certa.

Fizemos um bom progresso. O tempo estava bom, o terreno secava depois da chuva forte, e os batedores na nossa retaguarda não deram nenhum alarme. Por isso comecei ter esperança de que havíamos escapado do bando de guerreiros de Sköll. Talvez não precisássemos do abrigo de Mameceaster, talvez pudéssemos virar de novo para o leste e ir para Bebbanburg.

Então um batedor que estava à frente voltou a toda a velocidade, com o cavalo levantando torrões de terra úmida.

— Que Deus nos ajude — disse Finan baixinho, enquanto olhava para a figura distante.

— Eles devem ter visto o marido de Wiburgh — sugeri — voltando para casa.

Parecia a explicação óbvia. Sabíamos que os dinamarqueses do vale dos irmãos tinham ido para o sul fazer uma incursão nas proximidades de Mameceaster, e eu em parte esperava encontrá-los retornando.

Eadric, o batedor que estava retornando com a notícia, conteve o cavalo.

— Problema, senhor — avisou ele. — Cavaleiros cerca de um quilômetro e meio à frente. Não sabemos quantos. — Não havia empolgação em sua voz, muito menos entusiasmo. Era como se o problema à frente fosse inevitável.

— Quantos você viu? — perguntei.

— Só doze, senhor. Mas acho que havia outros nas árvores. — Ele se virou na sela, olhando para o norte. — A estrada passa por uma grande floresta, e as árvores poderiam esconder um exército.

— Havia algum gado?

— Nenhum que eu tenha visto, senhor. E todos os homens carregam escudo e lança.

Isso significava que eram guerreiros. Era raro homens que faziam incursões para roubar animais levarem o estorvo que eram os escudos pesados; eles preferiam viajar rápido, fugindo de uma luta, em vez de ir atrás de uma.

164

A guerra do lobo

— Eles viram vocês? — perguntou Finan.

— Viram. É um terreno aberto. Eles se mostraram quando atravessamos o alto do morro.

Havia uma ligeira elevação na estrada à frente, e Eadric disse que a floresta onde os estranhos apareceram ficava cerca de um quilômetro e meio depois dela.

— Sköll?

Eadric pareceu incerto.

— Não vi nenhuma daquelas capas cinzentas de lobo, senhor. Mas podiam ser os homens dele. Podia ser qualquer um.

Maldição, será que Sköll teria conseguido ficar na nossa frente? Se ele tivesse homens que conheciam essa região, isso era possível, porém deviam ter cavalgado ininterruptamente. Olhei para o leste e para o oeste, mas dos dois lados do vale os morros eram baixos e descobertos. Se tentássemos escapar, os homens à frente seriam vistos atravessando o horizonte.

— Talvez sejam amistosos — sugeriu Eadric.

— O único amigo que temos é Sigtryggr — respondi. — E não vai ser ele. Eles exibiam algum estandarte?

— Não que eu tenha visto, senhor.

— Não podemos evitá-los — falei. — Então vamos confrontá-los.

Se fossem hostis, e provavelmente eram, talvez nosso número os convencesse a nos deixar passar. Mas só se estivéssemos em maior número. A alternativa era nos desviarmos, voltando por onde tínhamos vindo ou seguindo para o leste. Os cavaleiros à frente podiam ser homens de Sköll, mas o instinto me dizia que isso era pouco provável. Eu ainda tinha certeza de que Sköll estava atrás de nós, por isso voltar não oferecia nenhuma esperança, e virar para o leste ou para o oeste seria um convite para os novos inimigos nos perseguirem. Às vezes tudo que temos é o instinto, e eu estava cansado de fugir. Falei:

— Vamos continuar em frente.

— E se eles forem muitos? — perguntou Finan.

— Vamos descobrir — respondi, com ar soturno, e esporeei Tintreg.

Acenei para meus guerreiros continuarem. Talvez os doze homens que Eadric tinha visto fossem tudo, e nesse caso iríamos tirá-los do caminho e

As terras selvagens

continuaríamos em frente. E talvez meu instinto estivesse errado e os guerreiros misteriosos à frente fossem aliados de Sköll, em número suficiente para nos colocar numa armadilha e nos trucidar.

Atravessei a pequena elevação na estrada. Adiante o vale se alargava, com a trilha de tropeiros seguindo reta para o sul, no meio de um pasto aberto. Não havia assentamentos à vista. Cerca de um quilômetro e meio à frente a estrada fazia uma ligeira curva para o leste, permanecendo abaixo de uma encosta coberta de árvores, e era lá que os cavaleiros esperavam.

— Ainda são só doze — comentou Finan.

Os cavaleiros não se mexiam, apenas uma dúzia, bloqueando a estrada. A essa altura deviam ter visto quantos éramos, e, se eram apenas doze, a melhor opção era dar meia-volta e fugir. Não fizeram isso.

— Precisamos chegar àquela colina — avisei a Finan. A colina era um terreno elevado, e em qualquer luta o terreno mais alto é o melhor. — Mas não por enquanto — acrescentei.

Se houvesse mais guerreiros esperando entre as árvores, eu queria que eles pensassem que ficaríamos na estrada. Eu buscaria o terreno elevado no último instante.

Havia mesmo mais deles. À medida que nos aproximávamos eles começaram a sair da floresta, e todos eram guerreiros. Usavam cota de malha e elmos cinza, mas nenhum que eu vi tinha a capa cinza de um *úlfheðinn*. Tentei contar os cavaleiros que saíam da densa vegetação rasteira. Vinte, trinta, quarenta, e continuavam saindo.

— O que tem nos escudos deles? — perguntei a Finan, cuja visão era muito melhor que a minha.

— Ainda não sei, senhor. Mas parecem saxões.

E senti uma onda de alívio. Por quê? Como nortumbriano, meus inimigos eram os saxões. Eram os saxões que vinham acabando com os nortistas, eram os saxões que tinham a ambição de conquistar cada dinamarquês e norueguês e criar uma Inglaterra cristã, eram os saxões que iriam impor sua lei à Nortúmbria, que erradicariam os deuses antigos.

— São saxões — disse Eadric, e agora eu conseguia ver isso. Os noruegueses eram mais espalhafatosos, mais coloridos, enquanto os homens que barravam a estrada usavam vestes sem graça.

— Setenta e quatro — Finan estivera contando —, e eles têm cruzes nos escudos.

— E padres — completou Eadric, e vi que ele estava certo. Pelo menos dois homens com mantos pretos cavalgavam com os guerreiros cobertos de cota de malha.

— Mas ainda nenhuma bandeira — comentou Finan, intrigado. Eu o vi tocar o punho da espada. — Quer que a gente vá para o alto da colina, senhor?

Meneei a cabeça. Não via motivo para um bando de guerreiros saxões arranjar problema comigo. Na verdade, eu tinha sentido alívio porque os saxões eram inimigos dos noruegueses, e o inimigo do meu inimigo é meu amigo. Mesmo assim, me sentia desapontado.

— Ainda estamos na Nortúmbria — falei.

— Estamos? — indagou Finan.

— Tenho certeza.

No entanto, ali estava um poderoso bando de guerreiros cristãos, com a cruz nos escudos e padres nas fileiras. No interior da Nortúmbria, dentro de um reino que eles desejavam conquistar, não apenas porque era comandado por Sigtryggr, um norueguês, mas porque acreditavam que era seu dever divino destruir o paganismo e substituí-lo pelo culto ao seu deus pregado. Eu queria uma Britânia onde os homens pudessem cultuar qualquer deus ou deusa que escolhessem, que me permitisse reverenciar Tor e Odin, que não se sujeitasse aos caprichos e à cobiça de bispos e abades. Porém, naquele momento, também reconheci que esse bando de guerreiros assombrado por padres que invadiam meu reino provavelmente era a minha salvação. A não ser, é claro, que fosse comandado por Æthelhelm, o Jovem. Mas eu não via nenhuma das capas vermelhas que os homens dele usavam. E, além do mais, eles estavam longe de Wessex, a terra natal de Æthelhelm.

O inimigo do meu inimigo deveria ser meu aliado; no entanto, os cristãos à nossa frente estavam se preparando para a batalha. Os guerreiros haviam apeado para formar uma parede de escudos e os meninos levavam os cavalos de volta para as árvores.

— Eles querem lutar conosco? — perguntou Finan, surpreso.

Nós estávamos em maior número, a não ser que eles tivessem mais homens que não víamos.

As terras selvagens

— Eles acham que nós somos noruegueses — falei.

Como eles, nós não exibíamos nenhuma bandeira, e tão ao norte assim a maioria dos guerreiros era pagã, por isso deviam presumir que éramos inimigos. Além do mais, como os noruegueses, até meus saxões gostavam de usar cristas e plumas nos elmos. Metade dos meus homens era composta de cristãos; entretanto, eles pareciam pagãos.

— Se não nós — interveio Eadric secamente —, então eles. — E apontou para trás.

Eu me virei e vi alguns cavaleiros nas colinas baixas a leste. Eram uns vinte, ainda distantes, mas galopavam para o sul pelo cume. E de repente havia mais cavaleiros a oeste no horizonte.

— Sköll — disse Finan com firmeza.

Não podia ser mais ninguém, e, enquanto olhava para eles, vi nossos batedores se apressando pela estrada de tropeiros. Então Sköll havia nos alcançado. Seus batedores vinham para o sul pelos dois flancos, e seu bando principal devia estar avançando pelo vale. Tínhamos um inimigo temível atrás de nós, e à frente uma parede de escudos começou a bater a lâmina das espadas nos escudos de tábuas de salgueiro.

— Eles provavelmente acham que somos homens de Sköll — declarei.

— Se acham isso, eles deviam sair correndo — comentou Finan. — Eles estão em menor número!

Em menor número ou não, os cristãos pareciam desejar uma batalha. Ainda batiam a lâmina das espadas nos escudos com cruzes pintadas, num convite desafiador para testar sua parede.

Então a parede de escudos se dividiu e dois cavaleiros, ambos vestidos de preto, vieram na nossa direção. Um era um padre, e o outro, com uma capa preta em cima da cota de malha cinzenta, era um guerreiro. E eu o conhecia.

Foi Finan que falou primeiro. Ele estava olhando para o guerreiro, atônito. Em seguida, fez o sinal da cruz porque acreditou que via um fantasma.

— Senhor — disse, a voz pouco mais que um sussurro —, é o rei Alfredo.

E ele estava quase certo.

A guerra do lobo

SEGUNDA PARTE

O Festival de Eostre

SEIS

O GUERREIRO QUE SE aproximava de nós se parecia com o rei Alfredo, embora ele tivesse morrido anos antes de os meus guerreiros mais novos sequer terem nascido. Ainda assim, este homem tinha o mesmo rosto comprido, pálido e sério, os mesmos olhos desaprovadores, a mesma barba curta e escura meio grisalha, o mesmo ar contido que denotava uma autodisciplina rigorosa, as mesmas costas eretas, a mesma calma e a mesma reserva.

Seu nome era Osferth, e eu o conhecia bem.

— Senhor príncipe — cumprimentei, sabendo que ele rejeitaria o título.

— Eu não sou príncipe, senhor Uhtred — respondeu, exatamente o que eu esperava.

— Mesmo assim é bem-vindo.

— Talvez.

Ele até soava como o rei Alfredo. Tinha a mesma voz fria, precisa e clara. Uma cruz de prata pendia do pescoço numa corrente cravejada com contas de âmbar. Era o único adorno que ele se permitia. A capa preta parecia boa, mas não tinha gola de pele nem bainha bordada. A cota de malha era simples, o elmo era simples, as botas eram simples, a sela e os arreios do cavalo eram de couro e ferro. O punho da espada era de madeira e ferro, a bainha simples, de madeira. Ele olhou para além de mim e me virei, então vi os homens de Sköll Grimmarson aparecerem na estrada cerca de um quilômetro e meio atrás de mim.

— Aquele é Sköll Grimmarson?

— É. Como você sabe?

— Eu não sabia. Presumi. Ele está perseguindo o senhor?

— Eu prefiro dizer que ele está me seguindo. Então você ouviu falar dele?

— Ouvi. E não ouvi nada de bom.

Osferth franziu a testa, observando enquanto os homens de Sköll paravam a pouco menos de um quilômetro, se contendo por causa da visão da parede de escudos. Os batedores que vinham pelo alto da colina a leste estavam descendo para se juntar ao grupo maior, mas notei que os cavaleiros nas colinas a oeste permaneciam no terreno elevado. Também eram batedores, claro, todos montando cavalos rápidos e nenhum carregando um escudo pesado que poderia reduzir sua velocidade.

— Eles não vão lutar agora — comentou Osferth, confiante. — Estamos em maior número.

Eu não tinha tanta certeza. Um cavaleiro havia saído das fileiras de Sköll e estava subindo a colina a oeste. O sujeito tinha uma capa cinza e uma cauda de lobo comprida na crista do elmo. Enquanto isso, Sköll parecia satisfeito em nos observar. Voltei a olhar para Osferth.

— Você está longe de casa — falei, num tom acusatório.

— O senhor também.

Gesticulei para o vale e a floresta.

— A Nortúmbria é o meu lar.

— E dinamarqueses da Nortúmbria foram atacar as fazendas ao redor de Mameceaster — retrucou ele, irritado. — E nós os matamos.

— É por isso que vocês estão aqui?

— Foi por isso que saímos de Mameceaster — respondeu ele evasivamente.

— Um dos atacantes se chamava Hergild?

— Sim. — Osferth pareceu um tanto surpreso, mas não perguntou como eu conhecia esse nome. — Minha missão é desencorajar esses ladrões.

— Que Deus seja louvado — disse o padre que o acompanhava.

Ambos o ignoramos.

— Então você serve a Treddian? — perguntei a Osferth.

— Eu substituí Treddian. O príncipe Æthelstan me colocou no comando do burh de Mameceaster.

— Fico feliz — falei, e estava feliz mesmo.

A guerra do lobo

— Feliz?

— Você merece um comando.

— Eu comandei em Brunanburh — disse ele com leve indignação.

— Comandou.

Æthelflaed colocara Osferth, seu meio-irmão, no comando do burh, decisão que irritou o rei Eduardo, que não gostava do fato de não ser o filho mais velho do seu pai. Osferth era o mais velho, era filho bastardo de Alfredo, cria de uma serviçal antes que o jovem Alfredo descobrisse que amava seu deus mais do que amava as mulheres, um erro que eu jamais cometi. E Osferth, o bastardo, dentre todos os filhos de Alfredo, era o mais parecido com o pai. Eu tinha ouvido dizer que Eduardo, o mais velho filho legítimo, dispensara Osferth de Brunanburh depois da morte de Æthelflaed, talvez temendo que o bastardo se revelasse um rival. E agora Æthelstan havia lhe dado uma guarnição maior para comandar.

— Seu meio-irmão sabe que você está no comando de Mameceaster?

Osferth me recompensou com um olhar frio.

— Meu meio-irmão?

— O rei Eduardo.

Osferth odiava ser lembrado do parentesco e jamais tentara se aproveitar disso.

— Ele sem dúvida saberá, se já não sabe. Precisamos esperar para ver se aprova. — Osferth franziu a testa enquanto olhava para os homens de Sköll, depois pigarreou. — Sinto muito pela sua filha, senhor — falou sem jeito. — Sinto muitíssimo.

— Eu também. — Olhei para os cavaleiros de Sköll no cume do morro a oeste. — Como você ficou sabendo? — perguntei, ainda observando os cavaleiros, que não se moveram. Pouco antes havia vinte homens lá; agora, apenas metade disso, e nenhum tinha descido para o vale.

— Um homem chamado Beadwulf nos contou — respondeu Osferth, e isso me fez olhar para ele outra vez.

— O irmão Beadwulf? — perguntei, surpreso.

— Ele é monge? Acho que não. Ele viaja com a esposa.

— É um apelido — falei, sem dar importância.

O Festival de Eostre

Então Beadwulf e a esquilinha, longe de fugirem para Arnborg, tinham ido para o sul, procurar ajuda. Eu devia um agradecimento a eles, e não seria gentil revelar ao devoto Osferth que Beadwulf era um monge apaixonado. E Beadwulf, pensei, havia falado de Sköll para Osferth, o que explicava por que Osferth sabia quem estava me perseguindo.

— Então você veio me salvar?

— Assim que soubemos que o senhor estava sendo perseguido, sim.

Enquanto olhava para o alto da colina a oeste, pensei no que ele dissera.

— Você saiu de Mameceaster para perseguir ladrões de gado. Como encontrou Beadwulf?

— O coitado foi capturado por eles. Junto com a esposa.

Me encolhi ao ouvir isso.

— Imagino que tenham se revezado com ela, não foi?

Ele pareceu desconfortável.

— Infelizmente.

Pobre esquilinha, pensei. Eu havia gostado bastante de Wiburgh, mas, se o marido dela estuprava prisioneiras, ele merecia a morte que Osferth lhe dera.

— Imagino que vocês tenham matado os ladrões.

— Capturamos seis deles, o restante morreu.

— Onde estão os seis?

— Eu os mandei para Mameceaster.

— Eles estupraram uma mulher! Devem ser mortos!

— Eles devem ser julgados quando eu voltar — retrucou ele com severidade. — Se forem considerados culpados, vão morrer.

— Julgados! — exclamei com desprezo. — É só matar os filhos da mãe!

— Existe lei em Mameceaster. A lei do rei.

Uma trombeta soou atrás de mim, mas não me virei.

— Quantos homens, Finan? — perguntei.

— Noventa e dois, e se aproximando. E tem alguns no...

— Eu sei — interrompi.

— Alguns homens? — indagou Osferth. — Onde?

— Batedores — respondi. — Na colina.

Osferth olhou de relance para a linha de colinas a oeste, onde agora havia apenas seis homens. Desconsiderou a meia dúzia de batedores, achando que não tinham importância, e voltou a olhar para a força principal de Sköll. A trombeta soou outra vez, mais alta e mais persistente.

— Sköll quer que a gente olhe para ele — avisei, querendo dizer que Sköll queria que ignorássemos o cume do morro a oeste, para além do qual seu verdadeiro ataque se formava. Eu ainda estava de costas para o líder norueguês e seus cavaleiros. — Você está vendo-o, Finan?

— Sim, o grandalhão desgraçado está bem no centro da linha.

— É o homem de capa branca? — perguntou Osferth.

— Arrancada de um urso branco — falei. — Mas ele tem o espírito de um lobo. É um *úlfheðinn*.

— Um *úlfheðinn*? — disse Osferth. — Eu achava que isso não passava de um boato.

— Os *úlfhéðnar* não são um boato, senhor — interveio o padre —, apesar de serem raros. São guerreiros-lobo. Eles se ungem com um unguento de feitiçaria que os faz se comportar feito loucos. Meu povo chama isso de *berserkergang*.

— Seu povo, padre? — questionei.

— Eu sou dinamarquês — respondeu ele calmamente. Era jovem, sério, e me passou uma impressão de inteligência e severidade.

— O padre Oda — explicou Osferth — foi convertido à fé na Ânglia Oriental, onde a família dele tinha se estabelecido.

— Que Deus seja louvado — comentou Oda.

— E agora ele é meu intérprete — continuou Osferth — e um dos meus capelães.

— Quantos capelães você tem?

Osferth ignorou a pergunta. Ele me conhecia bem o suficiente para saber que eu ia zombar da sua resposta, e me conhecia mesmo. Anos antes, quando chegou à idade adulta, seu pai o enviara para ser treinado como padre, mas o jovem Osferth ansiava por ser guerreiro e implorou que eu o colocasse sob minha proteção. Na verdade, ele devia ter se tornado padre; tinha a devoção, a dedicação, a crença e até a paixão, mas sua leitura das escrituras cristãs o convenceu de que seu nascimento bastardo o tornava indigno do sacerdócio.

O Festival de Eostre

No entanto, nada no livro sagrado dizia que um bastardo não poderia matar dinamarqueses, por isso ele abandonou a batina e vestiu a cota de malha. Era inteligente, como o pai, e essa inteligência o tornava um guerreiro útil. Também era corajoso. Eu sabia que sua coragem vinha de um medo profundo, mas ele tinha a disciplina para superar o medo, e eu o admirava por isso. Eu não só admirava Osferth, eu gostava dele. Mas suspeitava que, como muitos cristãos, ele jamais poderia gostar de alguém que adorasse um deus diferente.

Ele olhou para além de mim quando a trombeta soou outra vez. Eu não demonstrava nenhuma preocupação, e Osferth deve ter pensado que eu acreditava que os noruegueses não representavam uma ameaça. Afinal de contas, estávamos em maior número.

— Esse encontro é fortuito — comentou Osferth.

— Quer dizer que é uma chance de matar Sköll?

— Quero dizer — respondeu ele, parecendo levemente chateado — que o príncipe Æthelstan disse que talvez nós encontrássemos o senhor, e que se encontrássemos eu deveria lhe entregar uma mensagem.

— Antes de me dizer, podemos alinhar nossos cavaleiros ao lado da sua parede?

Ele ficou espantado com a pergunta. Franziu a testa.

— É necessário?

— Desejável — respondi —, se Sköll decidir atacar.

— Ele não vai atacar — retrucou Osferth, confiante.

— Mesmo assim eu vou fazer isso. — E mandei meus homens formarem uma linha de cavaleiros à direita da parede de escudos de Osferth.

— Quer escudos, senhor? — perguntou Rorik. Os meninos e os serviçais estavam cuidando das nossas montarias de reserva e dos cavalos de carga que carregavam nossos escudos.

— Vocês não vão precisar de escudos — disse Osferth —, porque eles não vão lutar.

— Precisamos de escudos — avisei a Rorik.

— Eles não vão lutar! — insistiu Osferth, apesar de os homens de Sköll estarem avançando lentamente.

— Tem certeza?

176

A guerra do lobo

— Nós estamos em maior número — declarou Osferth, embora parecesse inseguro.

— Estamos em maior número — concordei —, mas eles são os *úlfhéðnar*. Eles lutam por prazer.

— É verdade. — O padre Oda fez o sinal da cruz. — Os *úlfhéðnar* não têm medo. Alguns podem até desejar a morte porque acreditam que terão um lugar de honra no salão de banquetes do Valhala.

Osferth olhou fixamente para os inimigos. Sköll estava no centro da linha, parecendo enorme em sua capa de pele, e ao seu lado havia um cavaleiro mais magro, de cabelo branco e longo e barba comprida, usando um manto claro que ia até os estribos. Devia ser Snorri, o temido feiticeiro de Sköll. Ele nos encarava com as órbitas vazias, e eu senti a inquietação daquele olhar distante. Depois, ele virou o cavalo cinzento e desapareceu atrás dos cavaleiros. Esses cavaleiros carregavam escudos pintados com cores vivas, a ponta das lanças refletia a luz do inverno, e a trombeta nos desafiava com suas notas grosseiras. Tinham parado à distância de uns três ou quatro arremessos de lança, mas os homens mais jovens de Sköll, os tolos corajosos, brincavam em seus cavalos mais perto de nós, nos insultando, nos desafiando a enfrentá-los em combate homem a homem.

— Finan? — falei baixinho. — Escolha trinta guerreiros.

— O que o senhor está fazendo? — exigiu saber Osferth, alarmado.

— Senhor príncipe — falei, usando o título para irritá-lo —, será que posso lembrar que o senhor está na Nortúmbria? Que eu sou um ealdorman da Nortúmbria? E que se um senhor da Nortúmbria deseja caçar pombos em seu próprio reino ele não precisa da permissão de um bastardo de Wessex? — Sorri para ele depois do insulto, e Osferth não disse nada.

— O senhor está... — começou o padre Oda, e parou quando Osferth ergueu a mão, contendo o protesto.

— O que o senhor Uhtred diz é verdade — disse Osferth com frieza —, ainda que de modo grosseiro.

— Finan! — gritei, e ele veio com seu cavalo trotando. — Apeie e leve as suas montarias para a floresta. Faça isso devagar.

Depois avisei o que ele ia encontrar na floresta e o que devia fazer, e Finan apenas riu porque estava ansioso pelo começo da batalha. E haveria uma

O Festival de Eostre

batalha, porque à nossa esquerda as árvores desfolhadas se estendiam até o alto do morro a oeste, e na metade dessa encosta alguns pombos tinham acabado de sair do meio dos galhos para voar em círculos. Havia homens lá. Eu não conseguia vê-los porque a vegetação era densa na encosta, mas sabia que estavam lá. Sköll tirara seus batedores da colina a leste, mas deixara homens na elevação a oeste, que agora desciam lenta e cautelosamente pela longa encosta coberta de árvores. Acreditavam que nós não os víramos, que só tínhamos olhos para Sköll e sua força principal, mas os pombos revelaram sua presença.

Osferth era um homem inteligente, tão inteligente quanto o pai, o rei Alfredo, mas inteligência nem sempre é o mesmo que astúcia. Ele havia formado uma parede de escudos porque seus batedores disseram que eu estava me aproximando. Não formou a parede porque esperava que eu o atacasse, e sim porque desejava parecer resoluto e forte. Evidentemente tinha alguma mensagem de Æthelstan para mim, e eu não precisava de inteligência para saber qual era. Osferth decidira que este não seria um encontro de velhos amigos, e sim uma exigência de que eu me submetesse à autoridade de Æthelstan, e por isso a parede de escudos fora formada para me impressionar.

Então os homens de Sköll apareceram, e Osferth manteve a formação porque ninguém ataca uma parede de escudos levianamente. Ele esperava que Sköll gritasse um desafio, que nos provocasse com insultos e depois fosse embora, em vez de perder homens num ataque a uma parede de escudos. Osferth tinha fé nos números e nós éramos a força maior. E, por mais inteligente que fosse, Osferth não podia imaginar que Sköll ousaria iniciar uma batalha que estava condenado a perder.

Mas Sköll já havia sido humilhado ao fracassar na captura de Eoferwic. Tinha levado um exército para o leste e fora derrotado, e tudo que tinha para mostrar em troca do esforço eram alguns escravos e algumas cabeças de gado magro. Seus homens não ficariam ricos com essa expedição. E ele, como todos os nórdicos, prometera riqueza aos seus seguidores. Por isso estavam na Britânia. Sköll havia jurado se tornar rei da Nortúmbria e devia ter prometido terra, prata, mulheres, gado e escravos aos seus chefes tribais. Em vez disso, estava recuando para suas propriedades na costa oeste de Cumbraland.

A guerra do lobo

Um chefe tribal norueguês que não conseguia recompensar seus homens era um chefe tribal que perderia sua reputação.

No entanto, Sköll vira a parede de escudos e a chance de obter uma vitória que renderia cavalos, cotas de malha, arreios, armas e cativos. Isso não se comparava nem de longe com o saque que teria conseguido em Eoferwic, mas fugir do desafio da parede de escudos iria marcá-lo como covarde e fracassado. Ele não tinha escolha. Precisava atacar, e acabara de ver como Osferth estava vulnerável. E eu havia tentado me colocar no lugar de Sköll. Como atacaria essa parede de escudos? Como iria despedaçá-la e transformá-la numa ruína vermelha? E para mim a resposta era óbvia, ainda que Osferth, por mais inteligente que fosse, não a tivesse visto.

Uma parede de escudos é uma coisa terrível de se atacar, mas os homens de Sköll estavam montados e poderiam dar a volta nela a cavalo e atacá-la por trás, especialmente porque a parede de Osferth estava atravessando a estrada, com os flancos no pasto aberto. Eu não tinha dúvidas de que Osferth iria levá-los de volta à linha das árvores antes que isso pudesse acontecer, e os cavaleiros de Sköll teriam dificuldade com a vegetação emaranhada e os galhos baixos, e meus homens ofereceriam mais um desafio. Mas eu sabia que Sköll não tinha intenção de deixar Osferth travar uma batalha desordenada na borda da floresta. Ele planejava cortar a parede de escudos de Osferth no terreno aberto, e para isso mandara um punhado de cavaleiros fazer a volta.

E agora esses homens se moviam silenciosamente na nossa direção, es-condidos pelas árvores na colina a oeste, e, quando eles vissem que a força maior de Sköll estava suficientemente perto, sairiam das árvores para atacar a retaguarda da parede de Osferth. Mesmo meia dúzia de lanceiros, montados em cavalos bons, poderia acabar com uma parede de escudos se a atacasse por trás, e o resultado seria o pânico enquanto os homens de Osferth se virassem para enfrentar o ataque repentino. E durante esse pânico a força principal de Sköll atacaria. Haveria uma breve batalha, um massacre, e em seguida o horror do capim escorregadio de sangue onde a parede estivera.

A essa altura Finan já havia levado seus homens e seus cavalos de volta para as árvores. Para Sköll, se ele os viu partir, pareceria que Finan estava apenas acrescentando seus cavalos aos garanhões de Osferth, que foram conduzidos para a borda da floresta e mantidos lá em segurança. Porém, assim que estava entre as árvores, Finan montou outra vez. Imaginei que Sköll estivesse prestando mais atenção aos meus homens que recebiam escudos e lanças. Toquei o punho de Bafo de Serpente e fiz uma oração silenciosa antes de me inclinar para pegar o grosso cabo de uma lança de freixo de um dos meninos serviçais. Então esperei.

Sköll avançou com seus homens. Seus guerreiros mais jovens estavam gritando desafios, cavalgando a um arremesso de lança da linha de Osferth, desafiando-nos a avançar e lutar. Agora eu conseguia ver Sköll com clareza, um homem de rosto largo, muito barbudo, usando um elmo com placas laterais de prata. Ele também estava gritando, mas eu não conseguia identificar sua voz em meio às outras. Parecia estar olhando para Osferth, que se mantinha em seu cavalo no centro da parede.

A qualquer momento agora, pensei.

— Osferth! — gritei.

— Senhor?

— Marche com seus homens até a beira da floresta! Quero as árvores protegendo seu flanco esquerdo!

— O que... — começou ele.

— Faça isso! — berrei. E, como no passado ele sempre havia aceitado meu comando e talvez porque ainda confiasse em mim, Osferth obedeceu. — Estejam preparados! — gritei para a parede de escudos. — Mantenham os escudos erguidos enquanto avançarem!

Então começou. Mas não como Sköll havia planejado.

Ele achava que veria seus homens partirem da linha das árvores para atacar a retaguarda da parede de escudos de Osferth. Em vez disso, eles apareceram muito mais alto na encosta, perseguidos pelos cavaleiros de Finan. Contei dezesseis cavaleiros noruegueses, com os garanhões levantando torrões de terra enquanto Finan os perseguia. Não vão longe demais, não vão longe demais!, murmurei baixinho enquanto Vidarr Leifson, também norueguês, dava um golpe de espada com as costas da mão, arrancando da sela o fugitivo que estava mais atrás. Beornoth, um saxão, estocou com uma lança para rasgar o ventre do sujeito caído. Em seguida, Finan gritava para seus homens interromperem

180

A guerra do lobo

a perseguição e o acompanharem encosta abaixo. Seis cavalos sem cavaleiros saíram das árvores e vieram atrás dos homens de Finan descendo o morro. Os homens de Osferth estavam quase na floresta quando Finan galopou com seus cavaleiros ao longo da face da parede, espantando dois dos guerreiros jovens de Sköll que tinham se aproximado para zombar de nós.

— Agora façam barulho, seus desgraçados! — gritei para a parede de escudos.

— Matamos seis deles — avisou Finan, parando o cavalo perto de mim.

— Agora vamos humilhar os filhos da mãe — declarei.

Os homens de Osferth começaram a bater com as espadas nos escudos outra vez. Finan e eu cavalgamos ao longo da parede.

— Eles estão com medo de vocês — gritei para os homens de Osferth —, então digam como eles são uns filhos da puta miseráveis!

Sköll não tinha se movido, sua linha de cavaleiros permanecia parada, os cascos dos garanhões pateando a terra úmida. Ele pensara que seu ataque surpresa deixaria os homens de Osferth em pânico, carne fácil para suas armas, mas em vez disso eles estavam intactos e zombando dele. Seu porta-estandarte segurava um belo estandarte triangular que, enquanto ele o balançava lentamente de um lado para o outro, se desdobrou, revelando a imagem de um lobo rosnando.

— Rorik! — gritei.

— Senhor?

— Mostre o meu estandarte para eles. — A cabeça do lobo de Bebbanburg iria desafiar o lobo rosnando de Sköll.

Esperei até o estandarte tremular, depois cavalguei na direção de Sköll. Finan me acompanhou e, quando estávamos na metade da distância entre os noruegueses e as tropas de Osferth, cravei a ponta da minha lança no chão e ostensivamente virei o escudo, de modo que a imagem do lobo ficasse de cabeça para baixo. Depois esperei.

Ouvi o som de cascos atrás de mim.

— É Osferth? — perguntei a Finan. Não queria olhar ao redor, e sim manter os olhos em Sköll.

— É Osferth — confirmou Finan — com o padre dele.

O Festival de Eostre

Osferth parou o cavalo à minha esquerda. Não disse nada, apenas me encarou com um olhar ressentido. O padre ficou atrás dele.

— Sköll mandou batedores pela colina a oeste — expliquei — que iriam descer entre as árvores para atacar você pela retaguarda.

— O senhor poderia ter me dito.

— Quer dizer que você não os viu? — perguntei, fingindo surpresa.

Ele fez cara feia, depois balançou a cabeça com pesar.

— Obrigado, senhor. — E olhou para Sköll. — O que ele está fazendo?

— Planejando a nossa morte.

— É certo que ele não vai lutar?

— Agora, não. E, se seus homens estivessem montados, eu o atacaria.

— Nós poderíamos... — começou Osferth, então fez uma pausa. Ou ia sugerir que poderíamos avançar de qualquer modo, mas isso afastaria sua parede de escudos da floresta que protegia o flanco esquerdo, ou então ia dizer que eles poderiam pegar os cavalos, mas isso implicaria romper a parede e dar a Sköll uma oportunidade de atacar. — Eu devia tê-los mantido montados.

— Eu teria feito isso — falei, afável.

— Meu pai... — começou ele, e parou de novo.

— Seu pai?

— Sempre dizia que o senhor era um tolo, mas um tolo inteligente quando se tratava de lutar.

Eu ri, e nesse momento Sköll esporeou seu cavalo. Éramos quatro homens, por isso ele trouxe três guerreiros, todos cavalgando lentamente até a lança espetada no chão que, com meu escudo virado de cabeça para baixo, era o sinal de que desejávamos conversar.

— Ele não vai lutar agora — declarou Finan.

— Não? — perguntei.

— Ele não trouxe o feiticeiro.

— Que diferença isso faz? — indagou Osferth.

— Se ele planejasse lutar — observou Finan —, ia querer que víssemos o feiticeiro para ficarmos amedrontados.

Achei provável que isso fosse verdade. Me lembrei de que o feiticeiro havia desaconselhado o ataque de Sköll a Eoferwic, e essa previsão se provou

182

A guerra do lobo

verdadeira. E eu tinha acabado de ver Snorri dar as costas e cavalgar para longe de nós.

— Além disso, eles não usaram o unguento mágico — disse com desprezo o padre Oda.

— Como você sabe? — perguntou Osferth.

— Eles estariam gritando para nós, até mesmo atacando.

Ficamos em silêncio enquanto Sköll e seus companheiros se aproximavam. Encarei-o. Esse era o homem que tinha matado Stiorra, e senti a fúria crescer. Mais tarde Finan disse que eu estava tremendo e alheio à mão que ele pôs no meu braço. Mas me lembro da bile azedando minha garganta enquanto via o norueguês se aproximar. Era mais novo do que eu imaginava, talvez com uns 40 anos. Tinha ombros largos que pareciam ainda maiores com a capa branca e pesada. Por baixo dela usava uma cota de malha reluzente e um martelo de ouro. A barba era um pouco grisalha, mas o cabelo que despontava por baixo da borda gravada do elmo era loiro. O rosto tinha rugas profundas, o nariz era largo e quebrado, os olhos eram azuis, estreitos e astutos. Ele parou a cerca de um passo da lança. Por um momento não falou nada, apenas nos encarou, parecendo se divertir. E, quando falou, seus modos foram surpreendentemente afáveis.

— Então — começou ele —, encontramos os corpos de Enar e Njall. Enar era um idiota incompetente, mas Njall era promissor. Quem os matou?

— Eu.

— Enquanto estavam amarrados a uma árvore? Você é corajoso, velho.

— O que ele está dizendo? — sussurrou Osferth.

— Nada importante — respondeu o padre. — Apenas insultos.

— E quem é você? — perguntou Sköll.

— O homem que matou Enar e Njall.

Sköll suspirou enquanto seus três companheiros faziam cara de desprezo para mim. Os três usavam capas cinzentas feitas de pele de lobo e tinham rosto bronzeado e estreito. Um deles usava a barba preta em tranças curtas, outro tinha uma cicatriz que atravessava seu rosto moreno do maxilar esquerdo até o malar direito, de modo que parecia ter dois narizes, um acima do outro, e o terceiro sorriu para mim, exibindo os dentes limados até ficarem pontudos.

O Festival de Eostre

Sköll suspirou de novo e olhou para o céu, como se buscasse inspiração. Tinha um machado grande do lado direito, preso no arção da sela com um suporte de couro, e no quadril esquerdo trazia uma espada enorme, com bainha de couro. O punho era de aço opaco, com pele de lobo enrolada nele, e eu soube que aquela devia ser Presa Cinzenta, a arma que havia matado minha filha. Sköll voltou a olhar para mim.

— Você trouxe um feiticeiro — comentou ele, indicando o padre de Osferth com um aceno de cabeça. — Tem tanto medo de mim?

— Por que eu temeria um fracassado como você? Você fugiu da Irlanda feito uma criança amedrontada, e ouvi dizer que uma mulher expulsou você de Jorvik.

Ele assentiu como se reconhecesse a verdade do que eu disse.

— Mas a mulher morreu. Eu a matei.

Nesse momento eu só queria desembainhar Bafo de Serpente e fazê-lo em pedaços, mas estava me esforçando para permanecer calmo.

— Você matou uma mulher. Quanta coragem.

Ele deu de ombros.

— Ela era corajosa, sem dúvida, mas não devia ter lutado conosco.

— Ela era uma feiticeira — falei — que usava a maldição da caveira. Seu feiticeiro é bom o bastante para evitar essa maldição?

Sköll me encarou, avaliando minhas palavras.

— Se ela era tão poderosa, por que morreu?

— As nornas disseram que ela devia morrer, que era a hora dela. Mas havia um propósito em sua morte.

— E como você sabe disso? — perguntou ele. Sköll ainda falava com calma, mas notei que ele e seus companheiros tinham tocado os martelos quando mencionei a maldição da caveira. Até onde eu sabia, não havia maldição nenhuma, mas isso bastou para inquietar Sköll. — Como você sabe que a mulher tinha um propósito? — perguntou outra vez.

— Porque ela falou comigo em sonhos, é claro.

— Você inventa histórias feito uma criança, velho.

— E o propósito da morte dela era mandar você para o Niflheim, onde o estripador de cadáveres vai consumir a sua carne pelo resto dos tempos. Você vai se retorcer em agonia, gritar feito um bebê e chorar feito uma criança.

184

A guerra do lobo

A feiticeira me disse que a serpente vai arrancar a carne dos seus ossos, mas você nunca vai morrer. E, enquanto estiver sofrendo, enquanto estiver gemendo, você ouvirá o riso dos heróis no Valhala. Tudo isso ela me contou.

Ele ficou apavorado. Vi sua mão ir de novo na direção do martelo, mas ele conteve o movimento, baixando-a para acariciar a grande lâmina do machado.

— Você fala com bravura, velho. Você luta com bravura? — Ele esperou minha resposta, mas fiquei em silêncio. — Quer lutar comigo agora?

— Eu quero matar você.

Ele riu.

— Então lute comigo agora, velho.

— Por que eu mancharia minha reputação lutando com um fracassado? — provoquei.

— Você tem uma reputação a manchar?

— Eu sou o velho que derrotou o seu filho em combate. Não é reputação suficiente para você?

E isso por fim o inflamou. Sköll estivera surpreendentemente contido, mas minhas palavras o fizeram esporear o cavalo e se inclinar para arrancar minha lança do chão; entretanto, antes que ele pudesse levantar a arma desajeitada, eu havia desembainhado Ferrão de Vespa, minha espada curta, e instigado Tintreg, encostando a ponta da espada no emaranhado da sua barba.

Seus três seguidores desembainharam as espadas até a metade. Finan foi ainda mais rápido, e sua espada, Ladra de Alma, já estava fora da bainha, mas ele ficou imóvel assim como os outros quando enfiei Ferrão de Vespa na barba de Sköll. Eu pretendia matá-lo? Sim, mas os cavalos se afastaram ligeiramente antes que a lâmina rompesse a pele, e o garanhão do homem de barba trançada impediu o avanço de Tintreg. A cabeça de Sköll estava inclinada para trás, mantida assim pela ponta afiada de Ferrão de Vespa.

— Basta! — gritou Osferth em inglês. — Baixe a espada, senhor — acrescentou com a voz calma. — Por favor, senhor, baixe a arma.

Finan embainhou Ladra de Alma. Fez isso num movimento bastante lento, bastante deliberado, depois se inclinou e, ainda se movendo com extremo cuidado, baixou meu braço da espada.

— Isso é uma trégua, senhor — censurou. — É uma trégua.

185

O Festival de Eostre

— O que eles estão dizendo? — perguntou Sköll a mim.

— Que você não tem honra — rosnei em resposta.

— Quem é você? — perguntou ele.

— O homem que vai matar você, e juro pelos deuses que você não terá uma espada na mão quando morrer.

Ele deu um sorriso desdenhoso.

— Você me assusta, velho.

— O que está sendo dito?! — insistiu Osferth.

— Insultos infantis — respondeu o padre Oda, sem dar importância.

Sköll cravou a lança de volta no chão e fez o cavalo recuar. Também fiz Tintreg recuar, e ele balançou a cabeça e relinchou. Osferth segurou as rédeas do cavalo com sua mão enluvada, como se quisesse impedir que eu atacasse Sköll outra vez.

— O senhor sugeriu a trégua — disse ele. — Por quê?

— Porque eu quero ver o homem que vou matar. E se os seus homens estivessem montados nós poderíamos acabar com o desgraçado agora mesmo.

— Eu vim encontrar o senhor — retrucou Osferth —, não começar uma guerra com a Nortúmbria.

— A guerra encontrou você — falei —, então vamos lutar agora.

— O que vocês estão dizendo? — perguntou Sköll.

— Diga para eles irem para casa — insistiu Osferth.

— Você não quer lutar?

Osferth franziu a testa. Ele sabia que tínhamos mais homens que Sköll, sabia que numa batalha eventualmente suplantaríamos os noruegueses, mas também sabia que começar uma luta era entregar seus homens a uma rixa nortumbriana, e, se Æthelstan ou o rei Eduardo descobrisse que saxões ocidentais e mércios morreram numa batalha para resolver uma disputa entre dois pagãos, não ficariam felizes.

— Eu vim encontrar o senhor — disse ele com teimosia —, e não tenho motivos para lutar com esse homem.

— Ele atacou vocês!

— O ataque fracassou. — Osferth soltou as rédeas de Tintreg e meio que virou seu cavalo. — Diga a ele que volte para casa.

Eu me inclinei e segurei o cabo da lança.

— Meu príncipe — falei para Sköll — decidiu poupar a sua vida podre. Ele o aconselha a ir para casa, a não ser que deseje uma cova rasa neste vale.

Soltei a lança e me virei para seguir Osferth.

— Vocês são covardes! — gritou Sköll. — Fugindo feito escravos!

E fugimos mesmo.

Estávamos em maior número e fugimos. Bom, cavalgamos para longe.

Eu estivera tentado a atacar. Meu ódio por Sköll tentava me convencer de que meus homens derrotariam os dele, mas seria uma vitória cara e incompleta. Homens morreriam dos dois lados e, como estávamos todos a cavalo, muitos escapariam da matança. É sempre assim nas batalhas montadas: no momento em que um lado parece ter obtido vantagem, o outro foge, e então a coisa vira uma corrida de cavalos. O bom senso — e eu tinha mantido apenas o bom senso suficiente em face do assassino de Stiorra — me dizia que uma luta a cavalo entre duas forças equivalentes deixaria os dois lados enfraquecidos, nenhum dos dois teria uma vitória avassaladora. Eu queria enfrentar Sköll, eu queria matar Sköll, mas queria ter certeza de que o enfrentaria num combate homem a homem e de que iria desarmá-lo antes de matá-lo para garantir que seu rosto vil não me ofendesse no salão de banquetes do Valhala.

Se os homens de Osferth tivessem se juntado aos meus, nossa vitória seria garantida, mas ele estava certo. Osferth não tinha nenhuma rixa com Sköll; na verdade, ele não tinha nenhum motivo para levar tropas até a Nortúmbria, por isso retornar a Mameceaster e informar que havia perdido vinte homens numa batalha que não era da sua conta provavelmente o faria perder o comando da guarnição de Mameceaster.

— Sinto muito, senhor — disse ele enquanto íamos embora.

— Sente? Por quê?

Osferth parecia constrangido.

— Pela sua filha. Pela sua esperança de vingança.

— Minha filha será vingada.

— Rezo para que sim.

187

O Festival de Eostre

— Reza?

— Rezo pelo senhor — disse ele, ainda constrangido. — Sempre rezei.

— Você acha que seu deus quer que Sköll seja morto?

— Acho que meu deus chora pela Inglaterra. Acho que meu deus quer a paz.

— E a Nortúmbria?

Por um momento ele não teve certeza do que eu queria dizer, depois se eriçou.

— Deus quer que os cristãos da Nortúmbria sejam governados por um rei cristão. Uma religião, uma língua, uma nação.

— Então vocês vão nos invadir. Nos forçar a nos ajoelhar?

Ele deu um meio sorriso.

— Pode haver outro modo, senhor.

— Que outro modo?

— Conversando, negociando. — Ele ignorou meu sorriso de zombaria. — O senhor sabe que o Witan da Páscoa vai ser na Mércia?

— Não sabia.

— Vai ser o primeiro Witan combinado da Mércia, da Ânglia Oriental e de Wessex. E o príncipe Æthelstan acha que o senhor deveria comparecer.

— Era essa a mensagem dele?

— Era. É.

Eu esperara que Æthelstan tivesse exigido outra vez que lhe prestasse juramento, embora, refletindo, parecesse improvável que ele fosse revelar essa exigência a alguém. Em vez disso, parecia que ele desejava que eu fosse ao Witan da Páscoa para me pressionar pessoalmente. Ao menos foi o que presumi.

— E por que eu deveria ir? — questionei com truculência. — Minhas terras em Wessex e na Mércia me foram tiradas.

— O senhor deve perguntar ao príncipe Æthelstan. Eu só fui encarregado de dar a mensagem.

— Preciso encontrar Sigtryggr. Isso é mais importante do que qualquer porcaria de reunião do Witan.

Dois dias depois entramos em Mameceaster. O burh era novo, construído em volta de um forte romano que ficava ao lado do rio Mædlak, numa colina baixa, em forma de seio, que dera nome ao lugar. Meus homens a chamavam

188

A guerra do lobo

de Tetaceaster. Um muro de madeira e terra cercava as ruas novas com suas casinhas, mas a verdadeira força do burh era o antigo forte. Os cascos dos nossos cavalos ressoavam na estrada pavimentada com pedras que passava pelos dois arcos do portão norte da fortaleza. Como a muralha de Ceaster, os arcos eram de pedra, embora a pedra de Mameceaster fosse mais escura. As partes mais baixas estavam cobertas de musgo, mas as de cima mostravam sinais de reparos nos pontos em que os longos anos fizeram a muralha desmoronar. O corpo e a cabeça separada de um dos rebeldes de Cynlæf fediam no portão do antigo forte. Os dois pedaços foram pregados e os pássaros se refestelavam na carne podre.

— Sempre me perguntei — observou Osferth enquanto passávamos pelos troféus macabros — por que Sigtryggr não guarneceu esse lugar antes.

— Porque fica na Nortúmbria?

— Ninguém sabe! Certamente não fica na Nortúmbria agora.

Meu genro — ou melhor, meu ex-genro — poderia ter fortificado Mameceaster, mas a verdade era que ele só tinha forças suficientes para guarnecer Eoferwic e Lindcolne. As outras grandes fortalezas da Nortúmbria eram comandadas por senhores, assim como eu comandava Bebbanburg. E, como minhas viagens nas últimas semanas provaram, nós, senhores, nem sempre obedecíamos a Sigtryggr. Eduardo de Wessex esperava obediência de todos os seus súditos, mas a Nortúmbria era comandada por vikings que podiam ou não obedecer a quem se dissesse rei em Eoferwic.

— A Nortúmbria já foi um grande reino — falei a Osferth enquanto chegávamos ao centro do antigo forte romano. — Os escoceses nos pagavam tributo, os mércios nos temiam, havia ouro.

— Tudo mudou quando os pagãos invadiram a terra — disse ele.

Seus homens tinham desaparecido nas ruas secundárias, onde suas famílias moravam e seus cavalos eram abrigados. O forte de Mameceaster me lembrava de Ceaster porque os romanos erguiam suas fortalezas seguindo certo padrão. As construções desmoronaram havia muito, mas as novas casas, os armazéns e os estábulos foram feitos nos mesmos lugares dos antigos. Ceaster ainda tinha um grande salão, mas o salão daqui era todo de madeira e palha, e perto dele ficava uma igreja nova, ainda maior que o salão. Onde quer que os saxões ergam construções eles fazem uma igreja.

O Festival de Eostre

— Vou lhe dar uma casa para sua estadia — disse Osferth enquanto deslizava cansado da sela e deixava um serviçal pegar as rédeas do cavalo.

Um segundo serviçal segurou Tintreg enquanto eu apeava.

— Não vamos ficar muito tempo — falei, me encolhendo por causa das dores nas costas.

— Seus cavalos precisam de descanso — insistiu Osferth —, e o senhor precisa de descanso.

Isso era verdade. Até Tintreg, um animal resistente, havia tropeçado mais de uma vez enquanto nos aproximávamos do burh, além de suar e ofegar.

— Dois dias — aceitei, relutante —, depois preciso me juntar a Sigtryggr.

Osferth hesitou, e eu soube que ele queria mencionar o Witan de novo e me encorajar a comparecer, mas pareceu reconhecer que suas palavras seriam em vão.

— Bettic vai lhe mostrar seus aposentos — disse, em vez disso, acenando a cabeça para seu administrador, um homem com um olho só e manco.

— E meus homens?

— Receberão comida e abrigo. — Osferth já estava sendo distraído por dois jovens padres que lhe traziam folhas de pergaminho. — Vamos comer no salão! — gritou ele, afastando-se rapidamente.

— Ele é igual ao pai — comentei com o administrador.

— Uma pena ele não usar a coroa do pai, senhor — acrescentou Bettic.

Eu me certifiquei de que meus homens tinham comida e um lugar para descansar, lhes dei um aviso inútil para não arrumar briga nas tavernas, depois acompanhei Bettic até uma casa no lado sul do forte. Era uma das construções que mantinham as paredes romanas, embora o reboco tivesse caído e o teto fosse de palha. Havia um pequeno cômodo externo que supus ter sido uma loja, e um aposento interno maior onde havia uma cama, um banco, uma mesa, juncos no chão e uma lareira. Estava mais quente agora, por isso recusei quando Bettic me ofereceu fogo. Rorik, meu serviçal, tinha nos acompanhado.

— Arranje alguma coisa para eu comer — ordenei a ele —, e um pouco de cerveja. Para você também.

— Vou mostrar onde você pode arranjar comida, garoto. — Bettic percebera a confusão de Rorik.

— Onde você perdeu o olho? — perguntei ao administrador.

— Na Ânglia Oriental, senhor. Uma luta feia há dois anos.

— Perdi essa. — Eu tinha ficado em Ceaster na maior parte do tempo que Eduardo passara conquistando a Ânglia Oriental.

— Uma pena — comentou Bettic, então ficou em silêncio, mas o encarei com um olhar intrigado e ele deu de ombros. — O rei nos alinhou na frente de um fosso, senhor. Os dinamarqueses nos empurraram para trás e nós perdemos homens bons.

— Na frente do fosso? Não atrás?

— Ele achou que o fosso nos impediria de fugir.

— Já tive esperanças com relação a ele — falei, desanimado.

— No fim ele derrotou os dinamarqueses — elogiou Bettic, mas não havia entusiasmo em sua voz. — Vou mostrar ao seu garoto onde pegar comida, senhor.

Assim que ele saiu desafivelei o cinto da espada, tirei a pesada cota de malha com o forro de couro ensebado, me deitei na cama e encarei a palha suja. Tentei evocar o rosto de Stiorra e não consegui. Eu me lembrava da sua vivacidade, do seu sorriso fácil, do seu bom senso. Onde estariam seus filhos agora? Fechei os olhos com força, relutante em deixar as lágrimas escorrerem. Apertei o martelo com força suficiente para os dedos doerem. A maldição havia atacado, mas estaria terminada? Eu havia acabado de desperdiçar semanas da minha vida atravessando a Britânia para salvar um homem que não precisava ser salvo, depois perseguindo um inimigo até a metade do caminho para Eoferwic, apenas para acabar preso nesse burh mércio onde um sino tocava para convocar os fiéis às orações do meio-dia. Pensei em Bebbanburg, onde o mar infinito quebrava na areia, onde o vento soprava o salão e onde eu deveria estar nesse momento.

— Saudações, senhor — disse uma voz.

Eu não tinha ouvido ninguém se aproximar e levei um susto. Me sentei, procurando Bafo de Serpente, então relaxei.

Era Ratinha. Também conhecida como Sunngifu, irmã Gômer, viúva de bispo, puta e encrenqueira.

— Você não devia estar rezando? — perguntei com severidade.

O Festival de Eostre

— Nós sempre estamos rezando. A vida é uma oração. Aqui, senhor. — Ela estendeu alguma coisa embrulhada num pedaço de linho, que eu desenrolei. Encontrei um naco de chouriço. — E esse é o vinho do senhor Osferth — acrescentou, colocando uma garrafa aos meus pés.

— Do senhor Osferth?

— Ele é filho de um rei, não é?

— Ele é bastardo.

— Dizem o mesmo do senhor Æthelstan.

— Não, os pais dele eram casados. Eu conheço o padre que os casou.

Ela havia puxado o banco e se sentou diante de mim.

— Verdade?

— Verdade.

— Então... — começou ela, e hesitou.

— Então Æthelstan é o herdeiro legítimo do trono do pai.

— Mas... — disse ela, e hesitou outra vez.

— Mas — continuei — aquele merdinha do Ælfweard tem um tio poderoso.

— Æthelhelm?

— Cuja irmã se casou com Eduardo.

— Mas ele a dispensou e agora tem outra mulher.

— Mas o senhor Æthelhelm comanda quatrocentos ou quinhentos guerreiros. A nova mulher só tem peitos mais bonitos e nenhum exército. — Ela riu e eu fiz cara de reprovação. — Você não devia achar isso engraçado. Você é freira.

— Eu pareço uma freira? — Ela usava um vestido de linho amarelo-claro que, quando olhei com mais atenção, tinha a bainha com um bordado de flores azuis. Caro, pensei.

— Você não é freira?

— Eu não passava de uma postulante, senhor.

— Postulante? Pelo som, parece um furúnculo.

— E eu fui espremida — disse ela, lamentando. — A abadessa não gosta de mim.

— Então o que... — comecei, mas decidi que a pergunta não precisava ser feita.

A guerra do lobo

— Eu ajudo no salão — respondeu ela mesmo assim. — O senhor Osferth gosta bastante de mim. — Ela percebeu minha expressão e deu uma risada.

— Ele também gostaria disso, senhor, mas tem medo do deus dele.

Eu também ri.

— Os homens são idiotas. As mulheres os fazem de idiotas.

— É a nossa habilidade. — Ela sorriu.

— De algumas mulheres, sim. Mas a vida não é justa. Nem todas as mulheres são belas.

— Me disseram que sua filha era bela.

Sorri. Por algum motivo, conversar sobre Stiorra com Ratinha não era doloroso.

— Era. Ela era morena, diferente de você, e alta. Tinha uma beleza feroz.

— Eu sinto muito, senhor.

— Foi o destino, Ratinha, só o destino. — Bebi direto da garrafa e descobri que o vinho de Osferth estava azedo. — Então agora você é uma serviçal?

— Eu cuido das criadas do salão e da cozinha. E vim lhe pedir um favor.

Assenti.

— Peça.

— Tem uma garota que se juntou a nós, acho que o senhor a conhece. Wynflæd. Ela é ruiva.

— A esquilinha.

Ratinha riu.

— Ela parece um esquilo, não é? Ela e o marido estão ajudando na cozinha.

— Ele era monge e violou os votos.

— Era? — Ratinha pareceu surpresa.

— Ele preferiu os peitos da esquilinha a uma vida de orações.

— Muitos monges gostam das duas coisas — comentou Ratinha, séria. — Eu quero que o senhor fale com Wynflæd.

— Eu?

— O senhor sabe o que aconteceu com ela?

— Ela foi estuprada.

— Várias e várias vezes.

O Festival de Eostre

Rorik surgiu junto à porta interna e pareceu confuso com a presença de Ratinha.

— Tenho pão e queijo, senhor — gaguejou ele —, e cerveja.

— Ponha na mesa. Depois vá lavar Tintreg. — Rorik olhou para Ratinha e hesitou. — Vá! — Ele foi. — Coma um pouco de queijo — ofereci a Ratinha.

Ela balançou a cabeça.

— Machucaram-na, senhor.

— Ela não é a primeira e não será a última.

— Ela chora à noite.

— E o irmão Beadwulf não pode consolá-la?

— Ele é um homem fraco, senhor.

Diante disso eu resmunguei.

— Então você quer que eu a console? — perguntei com escárnio.

— Não. — Ratinha falava com bastante intensidade. Ela parecia linda e delicada, mas havia uma determinação de aço dentro do seu corpinho.

— Então o que você quer?

— O senhor sabe o que os homens dizem ao seu respeito?

Ronquei feito um porco com a risada que eu dei.

— Que estou velho. Também me chamam de Uhtredærwe. — Isso significava Uhtred, o Maligno. — Me chamam de matador de padres e Ealdordeofol. — Esta última palavra significava chefe dos demônios.

— Também dizem que o senhor é gentil, que é generoso e que castiga qualquer homem que estupre uma mulher.

Resmunguei.

— A última coisa que você disse é verdade.

— O senhor nem deixa que seus homens batam nas esposas.

— Às vezes deixo. — Mas raramente. Vi meu pai bater na minha madrasta, e não foi bonito. Quanto ao estupro, eu tinha visto o que isso havia feito com a filha de Ragnar e com Hild, e poucos crimes me deixavam com mais raiva.

— Então você está dizendo que eu sou mole — desafiei Ratinha.

— Não, estou dizendo que Wynflæd precisa saber que nem todos os homens são estupradores ou fracos.

— E eu posso convencê-la disso? — perguntei, incerto.

A guerra do lobo

— O senhor é Uhtred de Bebbanburg. Todo mundo tem medo do senhor.

Funguei.

— Até você, Ratinha?

— Eu morro de medo do senhor. — Ela sorriu. — Vai falar com ela?

— Na última vez em que vi você, Ratinha, pelo menos na última vez antes desse ano, eu ameacei arrancar a pele das suas costas.

— Eu não acreditei. O senhor sequer já chicoteou alguma mulher?

— Não.

— Então eu estava certa. Bom, o senhor vai falar com Wynflæd?

Tomei um gole do vinho azedo.

— Vamos partir em dois dias, Ratinha, e eu estarei ocupado.

A verdade era que eu não tinha nada de especial para fazer antes de partirmos, a não ser dar tempo para os cavalos se recuperarem, mas não conseguia pensar em nada que pudesse dizer para ajudar a esquilinha. E eu não queria falar com ela. O que poderia dizer?

— Ela é cristã, não é? Então por que não fala com um padre?

A resposta de Ratinha a isso foi bufar com desprezo.

— Ou com você? — sugeri.

— Ela falou comigo; acho que o senhor vai ser bom para ela.

Foi a minha vez de bufar com desprezo.

— Eu vou para Eoferwic, Ratinha. Eoferwic e Bebbanburg. Vou para casa.

— Acho que não, senhor — disse Ratinha, bem baixo.

— Acha que não? — A princípio pensei que tinha ouvido mal, depois dei de ombros. — Não importa o que você acha, Ratinha. Eu preciso ir, preciso encontrar Sigtryggr. Não quero perder tempo. Acredite, nós vamos para Eoferwic.

— Então o senhor não vai encontrar Sigtryggr por lá, senhor, porque ele foi convocado a Tamweorthin.

Apenas a encarei.

— Convocado?

— Convidado, senhor.

— Sigtryggr! A Tamweorthin? — Tamweorthin era um burh mércio, um lugar do qual Æthelflaed gostava e onde havia um palácio digno de um rei. — Como você sabe? — perguntei, ainda com dificuldade para entender a novidade.

— Eu sirvo no salão. O senhor ficaria surpreso com as coisas que nós ouvimos. Os homens acham que não existimos, a não ser para lhes servir, e não apenas comida e cerveja.

— Quem o convidou? — perguntei, mas já sabia a resposta. Tamweorthin, da mesma forma que Gleawecestre, Wintanceaster ou Lundene, era um dos poucos burhs onde a realeza podia viver no luxo do qual gostava.

— O rei Eduardo, é claro. Ele quer que o rei Sigtryggr esteja na reunião do Witan na Páscoa, por isso o senhor não vai precisar partir, pelo menos por uma semana, e isso vai lhe dar tempo para falar com Wynflæd.

Fiquei de pé e rosnei. A arrogância de Wessex! O único motivo para Eduardo convidar Sigtryggr para uma reunião do Witan era exigir sua lealdade! Humilhá-lo publicamente e torná-lo um rei vassalo.

— Ele não vai — falei com raiva.

— Eduardo?

— Sigtryggr. Ele não vai.

— Mas, se ele for, senhor, o senhor vai falar com Wynflæd? — Ela hesitou. — Por favor, senhor. Por mim?

— Por você, Ratinha, sim — vociferei. — Mas mesmo assim vou partir para Eoferwic dentro de dois dias.

— Por quê?

— Porque Sigtryggr não vai se submeter a Eduardo.

E ao anoitecer chegou um mensageiro enviado de Ceaster por Æthelstan.

A mensagem apenas confirmava que Æthelstan iria comparecer ao Witan em Tamweorthin e que, pela graça de Deus, o rei Sigtryggr da Nortúmbria havia aceitado a convocação do rei Eduardo para comparecer. A mensagem exigia que padres, monges, freiras e leigos de Mameceaster rezassem pelo sucesso das deliberações do Witan.

Então Sigtryggr estava pronto para se rebaixar, e eu precisava falar com a esquilinha.

Existem dois jeitos de enforcar um homem, um rápido e um lento. O primeiro oferece uma morte misericordiosa e o segundo provoca uma dança de agonia.

A guerra do lobo

Na manhã posterior à nossa chegada, Osferth fez os julgamentos no grande salão de Mameceaster, uma construção desolada e escura, feita de carvalho e palha sobre um piso de pedras romano. Havia poucos prisioneiros, a maioria acusada de roubo, e esses foram condenados a açoitamento na praça que ficava entre o salão e a nova igreja. O padre Oda prometeu rezar por cada homem, embora isso não sirva de muita coisa quando o chicote está arrancando a carne dos ossos.

Os últimos prisioneiros eram os ladrões de gado, seis ao todo, inclusive Hergild, um homem de meia-idade corpulento e de rosto avermelhado. Foram acusados de roubo e estupro. Perguntaram a eles se negavam as acusações, e a única reação foi de um homem que cuspiu no chão. O padre Oda atuou como tradutor e, quando Osferth declarou os seis como culpados, o padre lhes ofereceu a chance de serem batizados, uma oferta que eles não entenderam.

— Vocês serão lavados — disse o padre dinamarquês — e se apresentarão para ser julgados diante do trono de Deus Todo-Poderoso.

— Quer dizer, de Tor? — perguntou Hergild.

Outro homem quis saber se o fato de serem julgados pelo deus cristão significava que viveriam.

— É claro que não — respondeu o padre. — Primeiro vocês precisam morrer.

— E vocês querem lavar a gente?

— No rio — disse o padre.

Eu insistira que Wynflæd, a esquilinha, assistisse ao julgamento, a todos os dois ou três minutos dele. Ela estava tremendo. Eu me agachei ao seu lado.

— Todos eles estupraram você?

— Todos menos aquele, senhor.

Ela apontou um dedo trêmulo para o mais novo dos seis homens. Imaginei que ele devia ter uns 16 ou 17 anos, era um rapaz de ombros largos e cabelos cor de palha que, como Wynflæd, parecia à beira das lágrimas.

— Ele não tocou em você?

— Ele foi gentil.

— Ele tentou impedir o estupro?

Ela meneou a cabeça.

O Festival de Eostre

— Mas depois ele me deu uma capa e disse que lamentava, e me deu alguma coisa para beber.

Osferth estava impaciente.

— Eles querem se converter? — perguntou ao padre.

— Não, senhor — respondeu Oda, sério.

— Então podem levá-los. Enforquem-nos.

Eu me levantei.

— Senhor! — Era estranho chamar Osferth de senhor, mesmo ele sendo filho de um rei. Porém, como comandante do burh, ele merecia o título. — Eu tenho um pedido a fazer.

Osferth também se levantou, mas fez uma pausa, com uma das mãos no braço da cadeira que estivera usando.

— Senhor Uhtred? — Ele parecia desconfiado.

— Esses homens são nortumbrianos. E peço que sejam mortos por nortumbrianos.

— Por quê?

— Meus homens precisam treinar — falei, o que era completamente inverídico.

— Como?

— Como o senhor decretou, por enforcamento. — Eu o vi hesitar. — O senhor pode mandar homens para garantir que enforcamos todos. — Dava para ver que Osferth temia que eu os soltasse. — E o crime deles foi cometido contra uma nortumbriana — acrescentei. Passei o braço em volta dos ombros magros da esquilinha. Até onde eu sabia, ela era mércia, mas eu duvidava que Osferth soubesse ou se importasse em saber de onde a esquilinha tinha vindo. — Portanto é justo permitir que nortumbrianos punam nortumbrianos por um crime cometido na Nortúmbria.

— Isso aqui é a Mércia — retrucou ele rigidamente —, e eles devem sofrer a justiça mércia.

— A corda será mércia — prometi. — E peço o favor de amarrá-la em volta do pescoço deles.

Eu enfatizara a palavra "favor". Osferth podia me desaprovar, mas sabia muito bem que eu o havia alimentado e protegido quando ele era mais novo. Então fez uma pausa e assentiu.

A guerra do lobo

— Enforque-os até o meio-dia, senhor Uhtred.

E, acompanhado por dois outros padres que atuavam como escrivães, Osferth se afastou, então parou junto à porta e apontou para o padre Oda.

— Padre! Acompanhe o senhor Uhtred. Traga-me a notícia da morte deles.

— Farei isso, senhor. — O padre Oda fez uma reverência.

— Você também vem, garota — avisei a Wynflæd.

— Senhor... — começou a protestar ela.

— Você vem!

Bettic, o administrador, me arranjou seis cordas feitas de couro torcido, pegamos emprestados doze cavalos e depois levamos os prisioneiros para a morte. Os seis já estavam com as mãos amarradas, e só precisamos levá-los para fora do portão sul e atravessar o vau raso do Mædlak. Na outra margem havia algumas casinhas, um celeiro e um curral, e depois disso ficavam alguns carvalhos. Eu tinha colocado Wynflæd numa égua dócil, que mesmo assim a deixou amedrontada, por isso a conduzi puxando as rédeas.

— Existem dois jeitos de enforcar um homem — expliquei a ela. — Um rápido e um lento.

Ela me encarou com os olhos arregalados e ficou apavorada demais para dizer alguma coisa. Continuei:

— O jeito rápido é o misericordioso. Eles morrem sem nem perceber. — Ela segurava a cabeça da sela com ambas as mãos. — Você já andou a cavalo?

— Só quando viajamos com o senhor — respondeu Wynflæd numa voz tão apavorada que mal consegui escutar.

— Essa égua não vai derrubar você. Relaxe, force os pés para baixo. Agora, como eu estava dizendo, existe um jeito rápido e um lento. Para matar um homem do jeito rápido é preciso encontrar um galho comprido que esteja a uma altura equivalente a umas duas lanças do chão. Está me ouvindo?

— Estou, senhor.

— Tem de ser um galho comprido porque é preciso puxar a ponta dele para baixo. A gente passa uma corda pela ponta e o puxa até ele ficar à altura de uma lança do chão. O que eu acabei de dizer?

— Puxar o galho para baixo até ele só estar à altura de uma lança, senhor.

— Boa garota. Bom, assim que tiver puxado o galho para baixo, você amarra outra corda no mesmo galho e amarra a outra ponta dessa segunda

199

O Festival de Eostre

corda no pescoço do prisioneiro. Parece que funciona melhor se colocar o nó embaixo de uma orelha. Você está entendendo?

— Estou, senhor. — Wynflæd estava tentando esticar os pés para baixo, para alcançar os estribos. O padre Oda, cavalgando atrás de nós, estava inclinado para a frente, tentando escutar.

— Então você tem o galho curvado para baixo, perto do chão — continuei.

— E o homem está amarrado pelo pescoço ao mesmo galho, e você só precisa soltar a primeira corda. O que você acha que acontece?

Ela franziu a testa para mim, pensando.

— O galho sobe, senhor?

— Ele dispara para cima! Ele sobe numa tremenda velocidade! Feito um chifre num arco composto quando se solta a corda. E isso quebra o pescoço do desgraçado, assim! — Estalei os dedos da mão direita, fazendo meu cavalo virar as orelhas brevemente para trás. — Às vezes isso arranca a cabeça do sujeito!

A esquilinha se encolheu, mas estava prestando atenção.

— Portanto o jeito rápido é misericordioso e muitas vezes sujo — falei.

— E tem o jeito lento. É muito mais simples e muito mais doloroso. Você simplesmente joga uma corda por cima de qualquer galho que tenha altura suficiente, amarra uma ponta no pescoço do prisioneiro e o puxa para cima. Ele sufoca até morrer. Demora muito! Ele vai se mijar enquanto estiver morrendo e as pernas dele vão se debater, e você vai ouvi-lo se esforçando para respirar. Você já viu algum homem ser enforcado?

Ela meneou a cabeça.

— Não, senhor.

— Bom, agora eu preciso tomar uma decisão. — Assenti a cabeça para os seis prisioneiros que caminhavam com dificuldade à nossa frente. — Enforco-os rápido? Ou devagar? — Olhei para ela ansioso pela resposta, mas Wynflæd se limitou a me encarar com os olhos arregalados. — O que você acha que deveríamos fazer?

Por um momento achei que ela não responderia. A esquilinha estava olhando para os prisioneiros, e de repente se virou de novo para mim.

— Do jeito lento, senhor.

A guerra do lobo

— Boa garota.

— Mas ele, não. — Ela apontou para o mais novo.

— Ele, não — concordei, e me virei na sela. — Está de acordo, padre Oda?

— Eles são pagãos. Por que eu me importaria com o modo como eles morrem? Mate-os como lhe agradar, senhor.

— Não é o que me agrada. É o que Wynflæd quer. — Olhei para ela outra vez. — Tem certeza? Do jeito lento?

— Do jeito muito lento — disse ela em tom vingativo.

E a vingança é doce. Os cristãos pregam um completo absurdo sobre a vingança. Ouvi os padres deles aconselharem solenemente as pessoas a aceitar uma surra com humildade, até mesmo oferecer a outra face para que a surra possa continuar, mas isso é simplesmente se rebaixar. Por que eu me rebaixaria diante de Sköll? Eu queria vingança, e só a vingança satisfaria o espírito de Stiorra. Vingança é justiça, e eu dei justiça a Wynflæd.

A maioria dos homens que a haviam estuprado já estava morta, deixados para apodrecer onde quer que os homens de Osferth os tivessem encontrado, e agora os outros morreram diante dos olhos dela. Eu os despi, depois a fiz ficar olhando enquanto eles dançavam nas cordas e se mijavam e enquanto suas tripas se afrouxavam e eles sufocavam. E, quando o segundo morreu, ela estava sorrindo, e o único som que o quinto escutou foi sua gargalhada. A boa esquilinha.

Com isso restava o mais novo. Esperei até o último dos cinco estar morto, depois passei uma corda no pescoço do garoto. Ele tremia, apesar de ainda estar vestido.

— Qual é o seu nome, garoto?

— Immar Hergildson.

— Você acabou de ver o seu pai morrer.

— Sim, senhor.

— Você sabe por que ele morreu?

Immar olhou para Wynflæd.

— Por causa dela, senhor.

— Você não protestou quando eles a estupraram.

— Eu queria, senhor, mas o meu pai... — Ele começou a chorar.

Puxei a corda, fazendo Wynflæd ofegar. Puxei de novo, colocando Immar Hergildson o equivalente a uma unha acima do chão coberto de folhas.

— Você consegue empunhar uma espada, Immar?

— Sim, senhor. — Ele começou a sufocar.

— Padre Oda! — gritei.

— Senhor? — O sacerdote dinamarquês não parecia abalado com nada que tinha visto sob os carvalhos.

— Quantos homens você viu serem enforcados hoje?

— Seis — respondeu ele.

— Tem certeza?

— O senhor Osferth vai perguntar se eu vi seis homens serem enforcados. Vou dizer que sim, mas, se o senhor quiser que esse aí viva — ele indicou Immar com um aceno de cabeça —, deveria deixar os pés dele tocarem o chão.

Larguei Immar no chão e desamarrei a corda do seu pescoço. O padre Oda desviou os olhos deliberadamente, e até onde eu sei ele jamais contou a ninguém que eu poupara a vida do garoto. Não que Oda, o dinamarquês, se importasse. Com o tempo ele se tornou bispo, e muito antes disso havia ganhado a reputação de ser um líder da igreja sério e inflexível, mas naquele dia em Mameceaster ele me deixou ser misericordioso.

— Agora você é um dos meus homens — avisei a Immar.

Nós o fizemos se ajoelhar e colocar as mãos em cima das minhas, que seguravam o cabo de Bafo de Serpente. E então, ainda ofegando, ele jurou que seria meu homem até a morte.

— Falei com Wynflæd — contei a Ratinha naquela noite.

— Eu sei. Obrigada.

E mais tarde caímos no sono.

SETE

OSFERTH NÃO FOI convidado a Tamweorthin.

— O rei Eduardo — explicou ele duramente — prefere que eu não compareça.

— Ou que você nem exista?

— Isso também — admitiu com um sorriso tenso.

— Cuide de Ratinha — falei na noite anterior à nossa partida de Mameceaster.

— Ratinha?

— Sunngifu.

Ele fez uma careta.

— Ela é uma mulher que sabe se virar sozinha — disse com indiferença.

— E que está procurando um marido, eu acho.

Isso não provocou nenhuma reação, a não ser por parte de Ratinha, que riu quando lhe contei.

— Ah, eu não poderia me casar com o senhor Osferth. Seria como casar com um padre!

— Você já foi casada com um padre — lembrei.

— Mas Leofstan era um homem gentil e afável. O senhor Osferth é perturbado. O coitado acha que Deus não o ama.

Ratinha era uma mulher gentil e afável, pensei. Dei-lhe minhas últimas duas moedas de ouro.

— Você pode nos acompanhar — sugeri.

— Para onde? Bebbanburg? Acho que sua mulher não iria aprovar.

— É verdade — concordei.

— Eu sou feliz aqui — ela parecia tudo, menos feliz —, e vou arranjar um marido.

— Tenho certeza de que sim.

Ratinha ficou na ponta dos pés para me beijar.

— Mate Sköll, senhor.

— Eu vou matá-lo.

— Eu sei.

Ratinha não nos acompanhou, mas o irmão Beadwulf e Wynflæd cavalgaram com os meninos e serviçais que levavam nossos cavalos de reserva e conduziam os animais de carga com seus fardos de lanças e escudos. Wynflæd tinha se ajoelhado diante de mim, implorando que ela e o marido me servissem.

— Eu não quero ficar aqui, senhor — disse, se referindo a Mameceaster.

— Muitas lembranças tristes?

— Sim, senhor.

Por isso concordei.

Saímos pelo portão sul, e, assim que atravessamos o rio, passamos pelos cinco corpos ainda pendurados nos galhos de um carvalho amplo. Os olhos se foram, a pele estava ficando preta, e corvos haviam arrancado a carne e os ossos já estavam à mostra. Immar Hergildson, agora equipado com uma cota de malha, um elmo velho e uma espada, se forçou a olhar para o pai.

— Agora você não tem pai — falei. — Esta é a sua família. — Indiquei meus homens. — E, quando tivermos tempo, precisamos avisar à sua mãe que você está vivo.

— Obrigado, senhor.

E refleti que o vale dos três irmãos tinha perdido os três.

Então me esqueci dos irmãos mortos enquanto cavalgávamos para o sul através de campos que exibiam os primeiros sinais das plantações do ano seguinte. Ao lado de pastos onde cordeiros recém-nascidos baliam e por florestas obscurecidas pelas novas folhas. Era uma terra farta, motivo pelo qual os homens lutavam por ela. Os romanos a haviam capturado; em seguida, nós, saxões, a tomamos; depois de nós vieram os dinamarqueses; e agora os noruegueses estavam reforçando o domínio sobre as terras mais selvagens de Cumbraland e lançando olhares cobiçosos para aqueles campos férteis. Toquei o punho de Bafo de Serpente.

— Eles sempre vão precisar de nós — avisei a Finan.

— Eles?

— Todos que precisarem de uma espada.

Ele deu uma risada.

— Por quem estamos lutando nesses dias?

— Por Sigtryggr, é claro.

— E ele está fazendo a paz.

Dei de ombros.

— Vamos descobrir. — Na cidade mércia de Tamweorthin.

O fato de a reunião de Páscoa do Witan acontecer em Tamweorthin era prova de que a rebelião na Mércia havia chegado ao fim. Antes de eu partir, Osferth contara que cada ealdorman, cada bispo e um bom número de abades foram convocados. E, antes de enviar os convites, Eduardo devia ter certeza de que as estradas da Mércia estavam seguras para viajar. E essa reunião do Witan era notável porque seria a primeira em que homens de Wessex, da Mércia e da Ânglia Oriental se encontrariam para ouvir os decretos do rei, formular leis e selar a reivindicação de Eduardo de que era *Anglorum Saxonum Rex*. Os únicos anglos ou saxões que não faziam parte do reino de Eduardo eram aqueles que viviam na Nortúmbria, então achei que fosse por isso que Sigtryggr tinha sido convocado. Ele deveria se submeter à autoridade de Eduardo, ou pelo menos presumi que era esse o motivo para a exigência da sua presença.

Não fomos até Tamweorthin. Se Osferth estivesse certo, e eu tinha certeza de que estava, o burh estaria apinhado de ealdormen e homens da igreja, todos com seus séquitos. E todas as tavernas, todos os celeiros, todos os armazéns e todas as casas estariam cheios. Haveria barracas nos campos, haveria brigas nas ruas, haveria pão rançoso, cerveja azeda e vômito. Por isso encontramos uma propriedade meio dia de caminhada ao norte do burh, onde meus homens podiam ficar. Paguei com lascas de prata pelo abrigo deles, depois fui para o sul acompanhado apenas por Finan, Rorik e Berg. Finan pareceu alarmado com um grupo tão pequeno.

— O desgraçado do Æthelhelm vai estar lá — alertou.

— Assim como Sigtryggr, e ele deve ter homens. Além disso, nós não fomos convidados, de modo que aparecer com um bando de guerreiros pareceria uma ameaça.

Ainda faltavam dois dias para a Páscoa, mas os pastos ao redor do burh já estavam repletos de barracas. Carroças carregadas de barris de peixe salgado e carne defumada avançavam lentamente para os portões. Outras carroças estavam cheias de barris de cerveja e vinho.

— Se não fomos convidados — perguntou Finan —, por que estamos aqui?

— Porque Sigtryggr iria querer que estivéssemos e porque Æthelstan pediu que eu viesse. Duvido que Eduardo sequer saiba que eu estou aqui.

Ele deu uma risada.

— O que significa que eles não vão ficar felizes em nos ver.

E não ficaram mesmo. Os guardas no portão norte do burh nos deixaram passar sem nos interpelar, apesar do martelo pendurado no meu pescoço; entretanto, quando encontrei o administrador na guarita do palácio, as boas-vindas azedaram. Era um homem careca, de meia-idade, com rosto avermelhado e bigode grisalho, auxiliado por três escriturários sentados a uma mesa com pilhas de listas.

— Quem é o senhor? — perguntou ele. O "senhor" saiu de má vontade, provocado pela corrente de ouro no meu pescoço. Ele também viu o martelo e fez uma careta.

— Ealdorman Uhtred — respondi — de Bebbanburg.

Isso, pelo menos, provocou uma reação satisfatória. Ele se enrijeceu, pareceu amedrontado, depois balançou a mão para os escriturários.

— Encontrem o senhor Uhtred — disse, depois fez uma reverência para mim. — Um momento, senhor.

Dois dos três escriturários eram padres, o que era de se esperar. O rei Alfredo tinha fundado escolas por todo Wessex e as encorajado na Mércia, na esperança de que as pessoas aprendessem a ler e escrever. Algumas aprenderam,

A guerra do lobo

mas quase todos os homens alfabetizados viraram padres; por isso eles eram os responsáveis por sistematizar as leis, copiar os decretos, escrever as cartas do rei e fazer incontáveis listas de propriedades reais.

O padre mais novo, um garoto magricela com um furúnculo no rosto e uma marca suja na testa, pigarreou.

— Não há nenhum senhor Uhtred nas listas — avisou ele, morrendo de medo. Levantou um maço de papéis com a mão trêmula. — Eu sei porque eu copiei todas as listas — continuou debilmente. — E não tem nenhum...
— Sua voz se perdeu no ar.

— O senhor tem barracas? — perguntou o administrador, esperançoso.

— Eu só preciso de alojamento para quatro homens e quatro cavalos — respondi.

— Mas o senhor não está nas listas — reclamou o administrador, depois pareceu espantado quando tirei uma faquinha do cinto. — Senhor! — protestou, dando um passo para trás.

Sorri para ele, passei a faca pelo polegar e peguei uma pena limpa. Mergulhei a ponta no sangue que brotou, puxei uma lista e escrevi o meu nome.

— Pronto. Eu estou na lista. — Em seguida, chupei o corte raso e sequei na calça. — Onde vocês estão alojando o rei Sigtryggr?

O administrador hesitou, olhou para os escriturários e depois de volta para mim.

— Ele está no Novilho, senhor.

— Isso é uma taverna?

— Sim, senhor — respondeu o administrador.

— O rei Sigtryggr não recebeu aposentos no palácio? — indaguei, embora a pergunta fosse na verdade um protesto indignado.

— O Novilho foi dado a ele, senhor. Ninguém mais vai ficar lá, só o rei e seus seguidores.

— Então é uma taverna grande?

O administrador hesitou outra vez e os três escriturários olharam para suas listas.

— Não, senhor — admitiu, por fim. — O rei Sigtryggr está trazendo apenas dezesseis homens.

Suspeitei que ele quisesse dizer que Eduardo havia insistido para que Sigtryggr não chegasse com um pequeno exército.

— Dezesseis homens. Então é uma taverna pequena com cerveja rançosa e comida podre?

— Não sei, senhor — murmurou o administrador.

— Vocês colocaram um rei numa taverninha de merda porque ele é pagão? — perguntei, e o administrador não tinha resposta para isso, então acabei com seu sofrimento. — Podemos ficar lá também. — Depois sorri para o padre jovem e esquelético. — Vamos todos ser pagãos juntos e sacrificar virgens à meia-noite. — O pobre garoto fez o sinal da cruz, e eu apontei a mão ensanguentada para ele. — Garanta que eu também esteja na lista para o Witan — vociferei —, caso contrário vamos sacrificar você também.

— Sim, senhor.

— Você está com sujeira na testa — avisei —, assim como ele. — Apontei para o outro padre.

— Porque é Sexta-Feira da Paixão, senhor. O dia em que Nosso Senhor morreu.

— E vocês são apaixonados por esse dia?

Eles apenas me encararam, e nós fomos para a taverna do Novilho.

E no dia seguinte Sigtryggr chegou.

Ele estava com raiva. O que eu esperava? E não havia ninguém, a não ser eu, em quem ele pudesse descarregar essa raiva.

— Você não o matou? — questionou. — E estava com a espada no pescoço dele?

Deixei-o liberar sua fúria. Naquela noite Sigtryggr ficou bêbado, e vi que um homem com um olho só é capaz de chorar como outro qualquer. Svart, o comandante das suas tropas domésticas, o ajudou a ir para a cama, depois voltou e se serviu de uma caneca de cerveja.

— Mijo de cavalo — disse, com nojo. — Mijo de cavalo saxão.

Svart era um homem enorme, um guerreiro feroz com ombros largos e barba espessa e preta na qual estavam amarrados dois maxilares inferiores de lobos.

A guerra do lobo

— A gente estava em Lindcolne quando Sköll atacou Eoferwic.

— Por que em Lindcolne?

Ele deu de ombros.

— O rei Eduardo mandou homens para conversar. Era sobre isso aqui. — Ele acenou com a mão enorme para o espaço em volta, querendo dizer que o grupo saxão tinha ido a Lindcolne convidar Sigtryggr para o Witan. — A rainha disse que não deveríamos ir. Ela falou que, se eles queriam conversar, significava que não queriam lutar, por isso devíamos ignorá-los. E disse: "Deixe que eles se preocupem com isso." Então Hrothweard o convenceu.

Hrothweard era o arcebispo de Eoferwic, um saxão ocidental e um homem bom. Meu genro sempre tolerou os cristãos, oferecendo-lhes hospitalidade e proteção, favores que os cristãos nunca ofereciam aos pagãos nas terras deles.

— Me disseram que os mércios tinham invadido a Nortúmbria — falei —, e que por isso vocês foram para o sul.

Ele balançou a cabeça.

— Não, eram só homens querendo falar. Dez corvos e três senhores. — Ele queria dizer dez padres.

— Eu devia ter estado lá. Em Jorvik.

— Todos nós dissemos isso. — Ele se serviu de mais cerveja. — Ela era esperta.

Ele se referia a Stiorra. Assenti.

— Ela era esperta desde quando era criança.

— Agora ele não sabe o que fazer.

— Matar Sköll.

— Afora isso.

Peguei a jarra e servi mais mijo de cavalo.

— E os filhos dele? — Eu estava falando dos meus netos.

— Seguros em Jorvik.

— A mãe de Stiorra lançou as varetas de runas e disse que Stiorra seria mãe de reis. — Svart não disse nada. Uma corrente de ar agitou as velas na mesa. — Outra mulher sábia disse que eu comandaria exércitos — continuei.

— Que haveria uma grande batalha e que sete reis morreriam.

O Festival de Eostre

— Minha avó lançou as varetas de runas quando eu nasci — complementou Svart. — Elas disseram que eu morreria antes de aprender a andar.

— Sete reis. — Servi a ele o restante da cerveja. — Eu me contentaria com um norueguês.

Svart ergueu sua caneca.

— À morte de Sköll.

— À morte de Sköll — ecoei.

Em algum lugar, na noite, uma criança chorou e um falcão guinchou. Desejei que Ratinha tivesse vindo conosco. Rezei aos deuses antes de dormir, implorando que me mostrassem o futuro num sonho, mas, se fizeram isso, eu não consegui lembrar quando acordei.

Era o amanhecer do dia da festa de Eostre.

Ragnar, que se tornou meu pai depois de me capturar, sempre fazia um sacrifício a Idunn na primavera.

— Ela traz flores, cordeiros e mulheres — dissera certa vez. — Por isso merece um presente generoso.

— Ela traz mulheres?

Ele bagunçara meu cabelo.

— Um dia você vai entender.

Seus escravos saxões faziam uma festa no dia de Idunn, e eles a chamavam de festa de Eostre porque esse era o nome da sua deusa da primavera. Havia canções, havia risadas, havia danças no pasto se o tempo estivesse bom e depois as pessoas iam para o mato terminar a dança. O salão era adornado com pétalas e folhas. Idunn e Eostre — creio que sejam a mesma deusa — nos trazem vida nova, nos dão botões e flores, passarinhos e cordeiros. A festa é alegre e a terra se enfeita com flores, com prímulas, e a floresta com jacintos, lilases e lírios. Os cristãos, incapazes de impedir que as pessoas dessem as boas-vindas ao renascimento do ano, transformaram o dia numa festa sua, uma festa para comemorar a morte e a ressurreição do seu deus morto. O padre Beocca gostava de chamar a festa de Pascha.

— Esse é o nome correto — insistia comigo. — Pascha.

Entretanto, por mais que os padres insistissem, todo mundo ainda chamava de *Easter*, que era o dia de Eostre.

210

A guerra do lobo

E aquele dia de Eostre amanheceu frio e molhado. A chuva chegou do oeste com pancadas fortes e intermitentes, escorrendo da palha dos tetos e descendo em riachos da colina onde ficava o velho forte no coração de Tamweorthin. Aquele lugar não fora um forte romano, e sim uma cidadela saxã feita de madeira e terra. Tudo que restava das velhas defesas era um monte de terra acima de uma encosta íngreme e curta que um dia havia feito parte das fortificações. Uma passagem atravessava o monte, para além do qual ficava o palácio real e a maior igreja de Tamweorthin. Sigtryggr e eu, usando capas por causa daquela chuva maligna, subimos a colina seguindo para o palácio. Svart, Bert e dois outros guerreiros nos acompanhavam. Finan tinha ido à igreja, como sempre fazia no dia de Eostre, e Sigtryggr e eu, entediados com os cômodos pequenos da taverna do Novilho, estávamos explorando a cidade.

— Eu devia ir à igreja — disse Sigtryggr.

— Devia?

Ele deu de ombros.

— Hrothweard disse que isso era esperado de mim.

— O arcebispo está aqui?

Sigtryggr assentiu.

— Está, só que ele não iria se hospedar numa taverna suja, não é? Ele vai receber um espaço no palácio. — Sigtryggr fez uma careta. — Disseram que eu não podia trazer mais de dezesseis seguidores.

— Por que você veio, afinal?

— Eles prometeram salvo-conduto — disse, evitando responder a minha pergunta.

Dava para ouvir cânticos vindo da igreja no alto da colina. O rei Eduardo estava naquela construção de madeira sombria, assim como Æthelstan e a maioria dos nobres da Mércia, de Wessex e da Ânglia Oriental. Me lembrei de repente da noite em que o salão de Ragnar ficou em chamas. Kjartan, o Cruel, provocara aquele incêndio e dera um fim aos gritos dos que ficaram presos lá dentro, um massacre junto à porta e cadáveres encolhidos nas cinzas. Os cânticos prosseguiram, um som monótono de monges, e entramos no Pato-Real, uma grande taverna junto à rua que subia o morro. Estava quase

211

O Festival de Eostre

vazia porque a lei dizia que as pessoas deviam ir à igreja no dia de Eostre, e sem dúvida as seis igrejas de Tamweorthin estavam cheias, mas dois empregados colocavam juncos novos no chão da taverna e nos trouxeram cerveja, animados. Nós nos sentamos perto da lareira.

— Por que eu vim? — indagou Sigtryggr, olhando para as chamas.

— Stiorra teria dito para você ficar em casa.

— Ela diria, sim.

— Eles vão humilhar você — falei.

Svart resmungou, protestando contra as minhas palavras, mas Sigtryggr apenas assentiu.

— Vão, sim — disse. — E amanhã vamos descobrir como.

O Witan sempre começa na festa de Eostre, embora o primeiro dia, o domingo, seja reservado aos padres. Por isso o encontro só começaria de fato na manhã seguinte. Sigtryggr estendeu o pé e empurrou um pedaço de lenha para o meio do fogo.

— Às vezes eu gostaria que você jamais tivesse me tornado rei da Nortúmbria — continuou. — Eu poderia estar num bom navio no mar, com o mundo inteiro esperando para ser pilhado.

— Então volte para o mar.

Ele deu um sorriso pesaroso.

— Eu sou um rei! — Por um momento seu único olho reluziu. — Stiorra jamais me perdoaria. Ela quer... queria que nosso filho fosse rei. Sabe do que ela me chamava? De o último rei pagão. E sempre dizia: "Você não pode ser o último. Não pode ser o último."

Stiorra estivera certa. Eu jamais havia pensado nisso, mas Sigtryggr era o último rei pagão de toda a Britânia. Todas as terras saxãs eram cristãs. Alba, que algumas pessoas chamavam de Escócia, era cristã, embora eu suspeitasse que, em algumas das suas montanhas, selvagens cobertos de pelos que grunhiam provavelmente ainda adoravam paus, pedras e tocos. Os galeses eram cristãos, mas isso nunca os impedira de atacar a Mércia cristã para roubar gado e conseguir escravos. Alguns pagãos ainda se aferravam às suas propriedades nas colinas de Cumbraland, mas mesmo lá os cristãos construíam igrejas e derrubavam os bosques antigos onde os antigos deuses viviam.

A guerra do lobo

Apenas a Nortúmbria, meu reino, era comandada por um pagão. No entanto, quando eu era um rapaz e não passava de fúria e habilidade com a espada, o último reino havia sido Wessex. Os saxões, meu povo, foram expulsos para o sul pelos nórdicos pagãos até que as únicas terras que podiam chamar de suas eram os pântanos na beira do mar em Sumorsæte. Então nós revidamos. Matamos os espadachins dinamarqueses, massacramos os lanceiros dinamarqueses, recuperamos nossa terra, e agora a Nortúmbria era o último reino, o último lugar onde as pessoas podiam cultuar o deus que quisessem.

Sigtryggr olhou de relance para o buraco no teto quando uma rajada de vento fez a fumaça se agitar e jogou a chuva para dentro.

— Você quer saber por que eu estou aqui — disse. — Em Lindcolne tenho quarenta e seis guerreiros domésticos, em Eoferwic tenho cento e setenta e três. Isso quando não estão doentes. Eu posso contar com os homens de Dunholm e tenho os seus guerreiros. Se houver uma guerra... — Ele hesitou. — Quando houver uma guerra, eu posso comandar talvez quatrocentos guerreiros realmente bons. Os jarls vão me dar mais trezentos. A hoste? Talvez mil que saibam lutar mesmo que só um pouco. Estou errado?

— Os jarls vão lhe dar mais de trezentos.

— Não vão! O senhor se lembra daquele desgraçado do Thurferth?

— Lembro — falei com ar soturno.

— Doze jarls o seguiram. Agora estão sob a proteção de Eduardo. Foram batizados. — Thurferth era um dinamarquês rico que possuía propriedades na fronteira sul da Nortúmbria. Ameaçado pela invasão mércia, tinha escolhido se tornar cristão e dobrar o joelho para o rei saxão. — Se eu lutar contra Thurferth e seus seguidores, estarei lutando contra o rei Eduardo. E não vou receber ajuda do oeste, vou? — Ele se referia a Cumbraland, que supostamente fazia parte da Nortúmbria.

— Não vai — concordei.

— E nesse meio-tempo o desgraçado do Constantino adoraria atacar as terras de Bebbanburg e torná-las escocesas. Portanto — ele contou os inimigos nos dedos —, eu tenho os escoceses no norte, meus colegas noruegueses no oeste e os saxões no sul. E menos de dois mil homens para lutar com todos eles. E é por isso que eu estou aqui. — Ele terminou de tomar sua cerveja. —

O Festival de Eostre

Ser humilhado é um preço que vale a pena ser pago para garantir a paz com meu maior inimigo — acrescentou com amargura.

Sigtryggr ficou em silêncio quando um alvoroço começou a soar fora da taverna. A porta foi aberta de repente, deixando entrar um grupo de homens encharcados de chuva. Eram guerreiros, a julgar pelas espadas que carregavam, e com eles estava um padre.

— Meu Jesus Cristo — disse um dos guerreiros. — Achei que o sermão daquele desgraçado ia durar para sempre. Você! — Esse grito foi dirigido a um dos empregados. — Precisamos de cerveja. Cerveja quente!

— E comida! — gritou outro homem.

Eles tiraram as capas, e eu pus a mão no punho de Bafo de Serpente, porque todas as capas escurecidas por causa da chuva eram vermelhas, e eu só conhecia um homem que insistia que seus seguidores usassem a mesma cor.

— E vamos querer a lareira também — disse o primeiro homem com a arrogância de um senhor acostumado a ter o que deseja.

Tinha barba feita e rosto fino, sem marcas de doença ou guerra. Havia ouro em seu pescoço e nos pulsos. Ele veio a passos largos na nossa direção, depois me viu e parou. Percebi uma centelha de medo nos seus olhos que desapareceu imediatamente depois de ele nos contar e perceber que tinha o dobro de homens.

— Eu disse que vamos querer a lareira — repetiu, desafiando-nos.

Era Æthelhelm, o Jovem, cujo pai, meu inimigo, tinha morrido prisioneiro em Bebbanburg e cuja irmã era esposa do meu filho.

— Eu não terminei com a lareira — respondi.

Os homens de Æthelhelm se espalharam com as mãos no punho das espadas. Svart, sorrindo, se levantou. Ele era um gigante, tão alto que precisava baixar a cabeça coberta por uma cabeleira desgrenhada para não acertá-la nas traves enegrecidas de fumaça.

— Faz dias que eu não mato um saxão — vociferou, mas, como falava na língua nórdica, nenhum dos homens de Æthelhelm entendeu. Eles não puderam deixar de notar, entretanto, seu tamanho, e nenhum deles parecia ansioso para enfrentá-lo.

A guerra do lobo

— O rei considera sua presença ofensiva — declarei. — Vocês fedem feito bosta de lagarto.

— O rei?

Æthelhelm ficou confuso por um momento, achando que eu estava me referindo a Eduardo. Então Sigtryggr se levantou ao lado de Svart, e ele também era uma figura assustadora. Tinha rosto fino, sem um dos olhos, o rosto de alguém que havia travado batalhas demais e não temia uma mera briga numa taverna.

— Portanto vão se sentar do outro lado do salão — falei —, e tentem não peidar.

Um dos homens de Æthelhelm, corajoso, deu um passo à frente, mas o padre o puxou para trás.

— Não haverá brigas! O rei decretou! Nada de brigas. Sob a pena das suas almas imortais!

Por um momento a sala pareceu ficar completamente parada, então Æthelhelm cuspiu na nossa direção.

— Essa sala fede a pagãos. Vamos beber em outro lugar.

Eles pegaram as capas e voltaram para a chuva.

Na raiva que sentia de Sköll, quase havia me esquecido de que tinha outros inimigos. E o mais implacável deles estava agora em Tamweorthin.

E, como eu, ele queria vingança.

— Ele tem cento e doze guerreiros domésticos aqui — comentou Finan.

Xinguei.

— Eu tenho você e Berg.

— Então Æthelhelm deve estar se mijando de medo.

Dei um sorriso forçado. Será que Æthelhelm me atacaria? Ou, melhor, será que ele mandaria seus homens me atacar? O rei Eduardo era inflexível quanto a não haver brigas em Tamweorthin enquanto o Witan se reunia, mas seria o mesmo que ordenar que os homens parassem de mijar nas paredes da igreja. Ele havia de fato ordenado isso, mas eles mijavam mesmo assim. E sempre havia brigas. A cidade estava repleta de guerreiros mércios e saxões

O Festival de Eostre

ocidentais, e, embora Eduardo fosse o rei dos dois reinos, havia pouco amor entre eles. Portanto, sim, Æthelhelm tentaria me matar, mas iria se certificar de que ninguém pudesse acusá-lo de ordenar o assassinato.

— Vai ser à noite — disse Finan.

Era fim de tarde no dia da festa de Eostre, e estávamos sentados junto à lareira da taverna do Novilho. A chuva ainda batia no teto.

— Então vamos ficar aqui — sugeriu Berg.

Finan deu de ombros.

— Ele vai colocar fogo na taverna.

— E na cidade inteira junto? — perguntou Sigtryggr.

— Ele não vai dar a mínima para a cidade, senhor rei — disse Finan. — Não, se puder dançar sobre o cadáver do senhor Uhtred.

— Nessa chuva seria difícil provocar um incêndio — observou Berg.

E nesse momento houve batidas fortes à porta da taverna.

— Merda — disse o rei da Nortúmbria.

Finan foi até uma janela e puxou ligeiramente uma adufa. Xingou.

— Está escuro demais para enxergar — avisou.

As batidas soaram outra vez. Finan foi para o lado esquerdo da porta e Svart para o lado direito. Os dois desembainharam as espadas, enquanto Berg e seis guerreiros de Sigtryggr se alinhavam atrás de um banco pesado que tínhamos colocado a alguns passos da porta. Sigtryggr e eu fomos ficar com Svart. O dono da taverna, um saxão, levou suas duas empregadas pela porta dos fundos. As batidas soaram pela terceira vez, com mais urgência, e eu assenti para Finan, que estendeu a mão, ergueu a barra pesada que trancava a porta e a deixou cair.

A porta se escancarou, e onze espadas apontaram para um padre encharcado que deu dois passos para dentro e em seguida caiu de joelhos e gritou:

— Deus misericordioso!

Svart saiu à chuva.

— Não tem mais ninguém aqui — rosnou.

Onze espadas retornaram para onze bainhas. Svart trancou a porta de novo.

— Levante-se — falei ao padre. — Quem é você?

— Padre Lucus, senhor. — Ele olhou temeroso para os homens usando cotas de malha que o cercavam, notou a corrente de ouro grossa de Sigtryggr e fez uma reverência a ele. — Senhor rei.

— Por que você está aqui? — perguntei.

— O rei me mandou, senhor. — O padre Lucus fez outra reverência, desta vez para mim. — Ele exige... — e hesitou — ... deseja a sua presença, senhor.

A água da chuva pingava da sua batina preta e da capa.

— Só a minha? — perguntei.

— Sim, senhor. E imediatamente, senhor. Por favor.

— Como vamos saber que você é mesmo mensageiro do rei? — questionou Finan.

A expressão de pura incredulidade do padre Lucus bastou como resposta.

— Posso garantir que sou — gaguejou ele.

— O ealdorman Æthelhelm sabe que eu fui convocado? — indaguei.

A perplexidade do padre Lucus era óbvia, mas mesmo assim ele respondeu:

— Ele estava no salão, senhor, mas não sei se ele sabe.

— Ele sabe. — Sigtryggr falava o suficiente da língua saxã para acompanhar o que era dito. — O rei estava ceando? — perguntou ao padre.

— Sim, senhor rei.

— Se um rei convoca um homem, a notícia é sussurrada por todo o salão. — Sigtryggr falava por experiência própria. — Portanto, Æthelhelm sabe.

— O rei deseja sua presença rapidamente, senhor — insistiu, nervoso, o padre Lucus.

— Finan — falei —, Berg, vocês dois vêm comigo.

— Nós também vamos — disse Sigtryggr, ansioso. Havia a perspectiva de uma luta, e isso sempre o empolgava. Ele podia ser o rei da Nortúmbria, mas no fundo ainda era um invasor norueguês.

— Mas fiquem longe de nós — falei. — Bem atrás.

Ele abriu a boca para questionar, então percebeu o que eu queria dizer. Riu.

— Você nem vai saber que estamos lá.

Coloquei um elmo, depois uma capa com capuz que o escondia. Já estávamos usando nossas cotas de malha. Eu havia insistido nisso desde que retornamos do encontro com Æthelhelm.

O Festival de Eostre

— Estamos prontos — avisei ao padre Lucus, e nós três seguimos o sacerdote debaixo do aguaceiro.

A luz da lanterna que escapava pela porta aberta da taverna mostrou o riacho que corria pelo meio da rua, depois a porta se fechou e fomos colina acima, o caminho iluminado pela luz de fogões ou velas que vazavam das frestas das adufas.

— Você sabe o que o rei quer? — gritei para o padre Lucus. Precisava gritar porque o vento e a chuva estavam barulhentos demais.

— Ele não disse, senhor.

A taverna do Novilho ficava diante da parede externa do burh, que era uma sombra preta à nossa direita. De repente uma sombra se moveu naquela escuridão, e a espada de Berg estava na metade do caminho para fora da bainha quando uma voz disse:

— Esmola, senhor, esmola?

Um mendigo.

— Eu achei que todos os mendigos tinham sido expulsos do burh — falei ao padre.

— Eles voltam, senhor. São como ratos.

Viramos à esquerda e seguimos por uma rua de ferreiros, cujo fogo das forjas ardia intensamente. Cães latiram. A porta de uma igrejinha estava aberta, lançando uma luz fraca de velas na rua. Um padre, com a capa branca cobrindo em parte a batina preta, estava ajoelhado diante do altar. À nossa frente, logo depois da grande taverna do Pato-Real, a rua virava à direita e subia o monte de terra que era tudo que restava do antigo forte, e, para além dele, ficava a entrada em arco do pátio do palácio. Æthelflaed adorava esse lugar, mas eu jamais gostei. E gostei ainda menos quando chegamos ao arco do palácio iluminado por tochas.

— Armas, senhor — murmurou o padre Lucus para mim.

Guardas tinham saído de um abrigo e estavam esperando que entregássemos nossas espadas. Só os guardas reais tinham permissão de usar armas dentro do salão do rei. Assim, obediente, desafivelei primeiro o cinto de Ferrão de Vespa e depois o de Bafo de Serpente. Fiquei me sentindo nu, mas o comandante da guarda, um homem mais velho com cicatrizes no rosto e dois dedos faltando na mão esquerda, me tranquilizou:

— Eu estive com o senhor em Eads Byrig. Eu prometo que suas espadas estão em segurança. — Tentei me lembrar do nome dele, mas não conseguia saber quem era. Ele me salvou antes que eu precisasse perguntar. — Harald, senhor. Eu cavalgava com Merewalh.

Sorri. Merewalh era um homem bom, um mércio que frequentemente lutara ao meu lado.

— Como está Merewalh?

— Vai bem, senhor, vai bem. Agora comanda a guarnição de Gleawecestre.

— E você perdeu os dedos em Eads Byrig?

— Foi uma mulher com uma foice de cortar trigo, senhor. — Harald abriu um sorriso largo. — Não se pode vencer sempre, não é?

Dei-lhe um xelim, como era esperado, depois acompanhei o padre Lucus atravessando o pátio, passando por uma porta enorme e chegando ao intensamente iluminado salão real. Velas ardiam em duas fileiras de mesas. Havia outras suspensas em suportes de ferro pesados presos nas traves do teto, enquanto um fogo ardia feroz na lareira central, e outro menor, ainda que igualmente intenso, num braseiro sobre a plataforma elevada, iluminada por vinte velas da grossura do braço de um homem. Devia haver pelo menos cento e cinquenta homens nos bancos do salão, e nas mesas estavam os restos de um banquete. Havia carcaças de gansos e patos, cabeças de porcos das quais sobraram só os ossos, jarras de cerveja, espinhas de peixe, conchas de ostras e garrafas de vinho; um banquete, pensei com amargura, para o qual nem eu nem Sigtryggr tínhamos sido convidados. Um harpista tocava perto da plataforma, embora sua música fosse sufocada pelas conversas e pelas risadas, que morreram quando os homens nos viram à luz do salão. Até o harpista fez uma breve pausa. Devíamos parecer sinistros, três homens usando cota de malha e elmos. Os guardas reais, alinhados nas laterais do salão, começaram a caminhar até nós quando um deles me reconheceu e ergueu a mão para impedir os colegas.

— Finan, Berg — falei aos meus companheiros —, encontrem alguém que vocês conheçam e peguem um pouco de comida. E não arranjem briga.

A única mulher no salão estava sentada à plataforma onde, junto à mesa comprida, havia apenas três pessoas. O rei Eduardo ocupava o centro.

O Festival de Eostre

À esquerda estava seu filho Ælfweard e à direita a rainha. Eu tinha visto a rainha alguns anos antes, no acampamento real perto de Huntandun, e ficara abismado com sua beleza. Na época achava que ela não passava de mais uma das lindas prostitutas de Eduardo. E provavelmente era, mas também era uma prostituta de origem nobre, filha de Sigehelm, ealdorman de Cent. Devia ser uma prostituta excelente, porque substituiu Ælflæd, a irmã de Æthelhelm, o Jovem, que agora era uma esposa descartada, trancafiada num convento em Wessex. E assim a prostituta bem-nascida se tornou a rainha Eadgifu da Mércia, mas não de Wessex, porque aquele reino, por algum motivo, ainda se recusava a oferecer à mulher do rei o título de rainha. Eadgifu era sem dúvida mais bonita que a descartada Ælflæd. Sua pele tinha o rubor impecável da juventude, sua testa era alta e clara, os olhos enormes, o cabelo preto feito asas de corvo, coroado por um aro de ouro com uma única esmeralda grande. Seu vestido era escuro como o cabelo, com muitos bordados de pássaros coloridos e ramos de hera. Um xale branco, de seda rara e cara, estava drapejado em seus ombros. Ela ficou me observando subir os degraus do tablado.

— Bem-vindo, senhor Uhtred — disse ela.

Tirei o elmo e fiz uma reverência.

— O rei me convocou, senhora — expliquei.

Eu deveria ter feito uma reverência para o rei, é claro, e esperei que ele falasse, mas Eduardo estava caído sobre a mesa, aparentemente dormindo e provavelmente bêbado.

— Devo retornar de manhã, senhora?

Eadgifu lançou um olhar de desprezo para o marido.

— Ou falar comigo, em vez disso, senhor Uhtred?

Ela acenou para mim.

— Seria um prazer, senhora.

Não era. Falar com a rainha enquanto o rei estava bêbado era algo perigoso, e mais perigoso ainda quando a conversa acontecia aos olhos dos ealdormen de Wessex, da Mércia e da Ânglia Oriental. De fato, eles estavam olhando para nós. O príncipe Ælfweard, que me odiava, parecia entediado e bêbado, mas ainda não dormia. Havia franzido a testa ao me reconhecer, mas agora me ignorava deliberadamente, então sinalizou para um serviçal que servisse mais vinho.

220

A guerra do lobo

Eadgifu bateu palmas e outro serviçal veio correndo das sombras.

— Um banco para o senhor Uhtred — ordenou. — E vinho. O senhor já comeu?

— Já, senhora.

— Melhor do que nós, espero. Meu marido o chamou, sim, mas parece ter esquecido. — Ela deu um sorriso animado. — Então nós temos uma chance de conversar.

Ela falava num tom leve, mas suspeitei que Eduardo estivesse bêbado demais para ter me chamado. Isso significava que era Eadgifu quem queria falar comigo e ela queria ter essa conversa diante da nobreza do seu marido. Era perigoso mesmo. Me virei para observar o salão iluminado e vi Æthelstan sentado à mesa à minha esquerda. Ele assentiu, sério, depois deu de ombros como se sugerisse que não sabia por que eu fora chamado. Olhei para a outra mesa comprida e vi Æthelhelm, o Jovem. Ele estava me encarando com uma expressão vazia, depois desviou os olhos quando captei seu olhar.

— Sente-se, senhor Uhtred — ordenou a rainha Eadgifu.

O serviçal havia me trazido um banco. Eu me sentei.

Eadgifu se inclinou para perto de mim, o xale branco se abriu e não pude deixar de ver como o vestido era cavado nos seios. A luz das velas lançou uma sombra profunda em seus seios quando ela tocou brevemente a minha mão.

— Ouvi falar da sua filha. Lamento profundamente.

— Obrigado, senhora.

— Vou rezar pela alma dela.

— Obrigado, senhora.

— Eu tenho dois filhos pequenos e não consigo imaginar a perda de um filho. — Não falei nada. — O príncipe Edmundo é meu primogênito. — Ela sorriu outra vez e depois, para minha surpresa, gargalhou. Era uma risada forçada, tão inadequada quanto pouco natural. Eadgifu continuava se inclinando para mais perto. Tinha cheiro de lavanda. — O senhor tem um filho, senhor Uhtred?

— Tenho, senhora.

— Os filhos são coisas tão preciosas — comentou, ainda sorrindo. — Meu marido ficou surpreso ao saber que o senhor estava aqui em Tamweorthin.

O Festival de Eostre

— Ele deveria estar surpreso mesmo, senhora, porque não me convidou para o Witan.

— Por que não?

Ela estava falando baixo, tão baixo que, mesmo se Eduardo estivesse acordado, teria dificuldade para escutar. A voz baixa tambem fez com que eu me inclinasse para perto, de modo que, para os convidados que observavam, devia parecer que estávamos conspirando. Ela riu outra vez, embora eu não soubesse dizer do quê.

— Fiquei sabendo que eu não tenho mais terras em Wessex e na Mércia, senhora — expliquei.

Ela pareceu simpática a mim e estendeu a mão cheia de anéis para tocar meu braço.

— Isso é muito injusto, senhor Uhtred.

Fiquei tentado a dizer que eu não precisava de propriedades em Wessex ou na Mércia, que só queria Bebbanburg, mas, em vez disso, dei de ombros.

— O bispo Wulfheard ficou com as minhas propriedades na Mércia. Duvido que eu volte a ver aquelas terras. A igreja não abre mão de propriedades, senhora.

— Bispo Wulfheard! Que homem horrendo! — exclamou ela, animada, ainda exibindo aquele sorriso.

— Não é meu bispo predileto — falei com indiferença.

Ela riu.

— Então o senhor vai ficar satisfeito em saber que Wulfheard não está aqui. Dizem que ele está morrendo.

— Sinto muito — falei, como seria esperado.

— Não sente, não. Me disseram que ele está com lepra. — Ela sorriu para mim. Seus dentes eram surpreendentemente regulares e brancos. — O senhor é mesmo pagão?

— Sou, senhora.

Ela riu de novo, dessa vez mais alto, e Eduardo murmurou alguma coisa, mexeu a cabeça, mas não pareceu acordar. Agora eu conseguia ver seu rosto com mais clareza, e fiquei chocado. A pele estava enrugada e cheia de manchas, a barba grisalha. Ele parecia doente. Ælfweard empurrou sua cadeira

222

A guerra do lobo

mais para perto, tentando ouvir nossa conversa. Imaginei que ele tivesse 18 ou 19 anos, mais ou menos a mesma idade de Eadgifu. Era um rapaz de rosto redondo, carrancudo, com olhos petulantes e uma barba patética. Eu o vi encarar o tio, Æthelhelm, indignado e depois voltar a olhar para mim. Devolvi seu olhar, sorri, e ele fez cara feia.

— Acho que o senhor é o primeiro pagão que eu conheço — comentou Eadgifu.

— A senhora conheceu muitos.

— Conheci?

— Entre as tropas do seu marido.

De novo aquela risada animada.

— Garanto, senhor, que todos os homens do meu marido são bons cristãos.

— E na batalha meus homens que usam a cruz se certificam de morrer empunhando uma espada.

Ela arregalou os olhos com surpresa.

— Não entendo.

— Para garantir que vão para o Valhala.

Ela riu de novo e até deu um tapinha no meu braço. Era uma reação tão pouco natural que, por um momento, me perguntei se estava tão bêbada quanto o marido e o filho dele. Mas, apesar de sorrir e gargalhar de modo tão pouco natural, sua voz estava sóbria. Eadgifu manteve a mão no meu braço enquanto fazia a pergunta seguinte:

— Quantos homens o senhor já matou, senhor Uhtred?

— Homens demais — respondi secamente, e ela recuou diante da veemência da minha voz.

Eadgifu se forçou a voltar a sorrir, então o som de bancos sendo arrastados no chão a fez olhar para o salão. Por um instante vi uma expressão de puro veneno em seu belo rosto. Me virei também e vi que Æthelhelm estava saindo, caminhando a passos largos para a porta, seguido por seis dos seus homens. O costume ditava que nenhum homem deveria sair de um salão de banquetes antes que o rei se levantasse da mesa, mas acho que nem Æthelhelm nem Eduardo se incomodaram com essa cortesia naquela noite.

O Festival de Eostre

— Conhece o senhor Æthelhelm? — perguntou Eadgifu, e agora não estava sorrindo.

— Não muito bem. Conhecia melhor o pai dele.

— E o seu filho se casou com a irmã de Æthelhelm? — Ela ainda olhava para Æthelhelm e seus seguidores.

— Isso mesmo.

— Então o senhor está ligado à família por um acordo? — perguntou ela, voltando a olhar nos meus olhos.

— A senhora sabe que não. Somos ligados por um laço de ódio mútuo.

Ela riu, e desta vez a risada foi genuína e suficientemente alta para atrair olhares do salão. Pôs a mão de novo no meu braço. Usava uma luva de pelica fina, e por cima do couro claro havia anéis de ouro enfeitados com azeviche e rubis.

— Fico muito feliz por termos tido essa conversa! — comentou ela.

— Eu também, senhora — respondi educadamente e, sabendo que estava sendo dispensado, me levantei e fiz uma reverência.

Fui até os degraus, observado pelos homens sentados às mesas compridas e, enquanto descia ao piso do salão, vi o padre Lucus parado junto à parede, onde os guardas estavam encostados encurvados. Chamei-o.

— Diga: o rei me convocou?

— Foi o que me disseram, senhor. — Ele estava nervoso.

— Quem disse?

— A rainha, senhor.

— E o rei já estava dormindo?

— Ele estava cansado, senhor — respondeu o padre, cauteloso.

Deixei-o. Finan e Berg se juntaram a mim.

— Que negócio foi esse? — perguntou Finan.

— Aquela piranha de cabelo preto — falei enquanto atravessávamos toda a extensão do salão — acabou de dar mais um motivo para Æthelhelm querer me matar.

— Por quê? — perguntou Berg.

— Porque ela tem um filho chamado Edmundo.

— Um filho chamado...

224

A guerra do lobo

— Eu explico depois. Primeiro precisamos das nossas espadas.

Eadgifu não tinha dito nada de importante para mim, mas ela não me chamara por isso. Tudo o que importava era o que os homens tinham visto, e o que eles viram fora uma rainha numa conversa íntima com Uhtred de Bebbanburg, uma rainha sorrindo e gargalhando. E por que era importante que os homens vissem isso? Porque ela tinha um filho chamado Edmundo.

O rei Eduardo tinha vários filhos. Eu havia perdido a conta, mas notara que Æthelstan, o mais velho, não fora convidado à mesa onde Ælfweard estava sentado. Para Wessex, Æthelstan e sua irmã gêmea eram bastardos, frutos de uma indiscrição juvenil, o que significava que o ætheling, o filho legítimo mais velho, era Ælfweard, sobrinho de Æthelhelm, o que por sua vez significava que Wessex esperava que Ælfweard herdasse o trono do pai e, com isso, as riquezas do sul da Inglaterra. A família de Æthelhelm controlaria o reino, e os outros filhos de Eduardo, filhos de diferentes mulheres, teriam sorte se escapassem com vida. Eadgifu havia insinuado... Não, havia mais do que insinuado que eu seria recompensado com a devolução das minhas terras no sul se apoiasse a reivindicação do seu filho ao trono, mas fora inteligente demais para buscar uma aliança formal comigo. Ela devia saber que eu me recusaria a lhe prestar juramento. Assim, em vez disso, armou uma pantomima de sorrisos, risadas e intimidade que convenceria os nobres e os homens da igreja presentes de que Uhtred de Bebbanburg era seu aliado.

Eu me virei para olhar para trás quando cheguei à porta do salão. Dois serviçais estavam ajudando Eduardo a se levantar. Ele estava decadente, pensei, e os homens nos bancos compridos já começavam a escolher os lados. Muitos apoiariam Æthelhelm por causa da sua riqueza e do seu poder, mas outros seguiriam Eadgifu na esperança de compartilhar o saque das propriedades de Æthelhelm. E alguns desses homens, os nobres inferiores que tinham seus próprios motivos para não gostar de Æthelhelm, se declarariam favoráveis a Eadgifu se acreditassem que eu era seu aliado. Eu podia estar velho, mas ainda era formidável. Eduardo, pensei, devia ter destruído Æthelhelm quando se livrou da irmã dele como esposa. Mas ele devia saber que isso provocaria uma guerra civil em Wessex que provavelmente acabaria com a sua própria

O Festival de Eostre

morte e a possível destruição do seu reino. Assim, por enquanto, Ælfweard ainda era o ætheling, e isso mantinha Æthelhelm contente.

Mas, se Æthelhelm acreditasse que eu era defensor de Eadgifu, ele ia querer enfiar uma espada na minha barriga, torcer a lâmina e dançar nas minhas tripas.

— A gente devia ir para casa na Nortúmbria — resmunguei — e matar Sköll. Essa confusão não é da nossa conta.

Só que Sigtryggr havia sido convocado para o Witan. Portanto a confusão era nossa, quiséssemos ou não.

E fomos atrás de Æthelhelm na noite varrida pela chuva.

Harald, o comandante da guarda que havia lutado ao meu lado em Eads Byrig, me devolveu minhas espadas.

— Você viu o senhor Æthelhelm? — perguntei.

— Ele levou seus homens para a capela real, senhor.

Harald indicou com a cabeça o outro lado do pátio, onde havia uma câmara iluminada por velas com a porta aberta. Dava para ouvir o cântico baixo de monges sob o chiado insistente da chuva. Então Æthelhelm diria que estava rezando enquanto seus homens me caçavam pelas ruas escuras de Tamweorthin.

Dei mais uma moeda a Harald, então nós três saímos do palácio. Por um momento nos abrigamos da chuva sob o grande arco onde a chama das tochas acesas tremeluzia ao vento. A cidade se estendia escura abaixo de nós, fedendo a esgoto e fumaça.

— O senhor acha que os homens de Æthelhelm tiveram tempo... — começou Berg, e foi interrompido por Finan.

— A gente foi chamado tem mais de uma hora — retrucou o irlandês. — Então o desgraçado teve tempo suficiente para mandar seus cães para a cidade.

— Mas onde? — perguntei.

A chuva continuava caindo forte. Estávamos conversando sob o arco do palácio e devíamos estar visíveis para qualquer um na parte baixa da cidade. Por isso fui para a chuva, para um lugar mais escuro, perto do monte de terra do velho forte, no topo da encosta íngreme.

A guerra do lobo

— Ele não vai nos atacar perto do palácio.

— Não? — perguntou Berg.

— Muitos guardas reais podem ouvir.

— Então os homens dele estão esperando na cidade?

— Sigtryggr também está lá — lembrou Finan, então se agachou ao meu lado.

— Mas ele não pode nos ver e nós não podemos vê-lo.

Eu estava mal-humorado. O irmão Beadwulf tinha me conduzido numa dança atravessando a Britânia, minha filha havia morrido, Sköll escapara da minha vingança e Eadgifu havia brincado comigo por causa das suas ambições pessoais. Agora Æthelhelm achava que eu era um idiota, e eu suspeitava que seus homens estavam nos esperando. Estariam mesmo? A noite estava tão desagradável e escura que talvez ele tivesse decidido esperar.

Houve uma época em que eu me orgulhava da minha capacidade de me esgueirar pela noite feito um sceadugenga, um andarilho das sombras, mas nesse aguaceiro implacável eu não perseguiria ninguém, pois ia acabar tropeçando por aí. Xinguei, e então Finan tocou meu cotovelo.

— Escute! — Eu prestei atenção e não ouvi nada além da chuva nos tetos de palha abaixo de nós. Finan devia ter uma audição melhor que a minha.

— Quem está aí? — gritou ele.

— Senhor! — respondeu uma voz, e eu entrevi uma figura indistinta subindo com dificuldade a encosta. Era Rorik, meu serviçal. Ele quase escorregou no chão liso, mas eu agarrei seu pulso e o puxei para cima. — O rei Sigtryggr me mandou, senhor.

— Onde ele está?

— Lá embaixo, senhor — respondeu Rorik, e imaginei que ele tivesse apontado para a cidade baixa, mas na escuridão isso não ia ajudar muito. — Ele disse que tem sete homens esperando na igreja de santa Ælfthryth, senhor.

— Eles estão com capas vermelhas?

— Eu não vi, senhor.

— E onde fica essa igreja?

— Bem ali, senhor! É a igreja mais próxima.

— Na rua dos ferreiros? — perguntou Finan.

O Festival de Eostre

— Sim, senhor.

— E onde Sigtryggr está? — perguntei.

— Ele só disse para falar que está por perto e aguardando, senhor.

Eu me lembrei de ter passado pela igreja. Estava com a porta aberta e iluminada por velas, e fazia sentido meus inimigos me esperarem lá. Nessa escuridão eles jamais me veriam, quanto mais me reconheceriam, porém a luz fraca lançada pela porta da igreja bastaria para eles, e, assim que estivéssemos na rua, sete homens acabariam conosco.

— De volta à rua — falei. — E estamos bêbados. Rorik? Fique longe de encrenca.

Voltamos à rua que dava para o forte e começamos a cantar. Se Eadgifu podia providenciar um espetáculo idiota para Tamweorthin, eu poderia fazer uma pantomima diferente. Cantei berrando a música que falava da mulher do açougueiro, umas das favoritas dos bêbados, e cambaleei para segurar o braço de Finan. Chegamos à encruzilhada ao pé da colina e então a rua dos ferreiros, com suas forjas, estava à esquerda. Vi a luz que saía da igrejinha, através da qual a chuva criava riscos prateados. Paramos um momento e eu cantei mais alto, depois fui rapidamente para uma sombra e imitei sons de vômito. Um cachorro uivou e eu uivei de volta enquanto Finan cambaleava na minha direção, cantando uma música em seu irlandês nativo.

— Eu quero um prisioneiro — avisei a ele, depois uivei outra vez, fazendo alguns cachorros uivarem freneticamente.

Empurrei Rorik para as sombras do lado da rua que subia para a colina e mandei-o ficar ali. Em seguida, Finan, Berg e eu cambaleamos pelo meio da rua. Os cachorros continuaram latindo, mas agora havia homens gritando para eles ficarem em silêncio. As pessoas que moravam ali deviam ter percebido a movimentação de homens na noite, e o povo sensato se certificava de estar com as portas trancadas enquanto rezava para o barulho se afastar. Nós três apenas cantamos mais alto, então vi um homem aparecer à porta da igreja. Ele voltou para dentro, esperando chegarmos à luz fraca.

— Acho que vou vomitar — falei alto.

— Nas minhas botas de novo, não — respondeu Finan, igualmente alto.

228

A guerra do lobo

Pus a mão no punho de Bafo de Serpente enquanto Finan afrouxava Ladra de Alma.

— Canta, seu irlandês desgraçado — engrolei enquanto passávamos cambaleando pela igreja. — Canta!

E eles vieram. A porta da igreja escureceu quando eles passaram, sete homens com sete espadas, e nós nos viramos. Percebi outros homens saindo das sombras atrás de mim. Sigtryggr os comandava. Ele estava gritando um desafio em norueguês, mas o primeiro inimigo estava mais perto. Ele se lançou para cima de mim, ainda convencido de que enfrentava um bêbado. Estocou, tentando me atravessar com sua espada, mas eu já havia desembainhado Bafo de Serpente e a usei para defletir a lâmina dele. Me aproximei e acertei o punho da minha espada no rosto dele e senti o estalo de osso ou dente se quebrando. A lança de um norueguês passou perto de mim e cravou na barriga do sujeito. Me virei para evitar uma segunda estocada e brandi Bafo de Serpente com as costas da mão, acertando um rosto barbudo, virando o gume para ele para cortar os olhos do sujeito. Ele largou a espada e gritou.

Finan havia cravado Ladra de Alma na garganta de um homem enquanto Berg, com Estripadora de Ossos, estava parado junto a um sujeito caído. Vi a lâmina brilhante baixar e o sangue escuro espirrar. Em seguida, os noruegueses de Sigtryggr passaram por nós, impelindo os sobreviventes de volta para a encruzilhada, mas outros homens vieram do beco perto da grande taverna. Eram os últimos dos homens de Sigtryggr, comandados por Svart, e os três agressores sobreviventes ficaram encurralados entre seus inimigos. Um deles hesitou, e Svart deu um grito de fúria ao brandir sua espada pesada de cima para baixo, cortando do pescoço às costelas do sujeito. Os dois últimos entraram correndo na igreja.

— Eles não ofereceram lá muita resistência — resmungou Sigtryggr.

O homem que eu tinha cegado estava gemendo, se arrastando, tentando encontrar a espada. Berg foi até ele. Houve um som de aço em carne e o sujeito ficou imóvel.

— Eu preciso de prisioneiros — falei, e entrei na igreja.

A igreja de santa Ælfthryth era pobre, pouco mais do que um celeiro coberto de palha com piso coberto de juncos. O altar era uma mesa simples com

O Festival de Eostre

um pano branco jogado por cima. Quatro velas, grossas com a cera escorrida, ardiam no altar que tinha um crucifixo feito de ferro opaco. As duas paredes laterais eram decoradas com pedaços de couro com pinturas grosseiras de santos, sob os quais ardiam velas de junco em suportes de ferro. Nas bordas da pequena nave havia montes de sacos de carvão, presumivelmente porque a igreja era o lugar mais seguro e mais seco para os ferreiros armazenarem seu combustível. Pedaços de carvão soltos estalavam sob meus pés enquanto eu caminhava até o altar simples onde o padre, um homem magro e pálido, olhava para nós.

— Eles têm santuário! — gritou.

— Nós reivindicamos santuário! — gritou um dos homens, desesperado.

— O que é santuário? — perguntou Berg. Ele ainda empunhava Estripadora de Ossos, o sangue na lâmina diluído pela chuva.

Sigtryggr chegou ao meu lado, com seus homens se amontoando atrás dele.

— Por que estamos só olhando para eles? — perguntou. — Por que não os matamos?

— Eles têm santuário.

Svart estava segurando uma mão decepada. Presumi que ele pretendia fervê-la para tirar a carne dos ossos e acrescentá-los à barba.

— Eu vou matá-los — vociferou.

— Eu preciso de prisioneiros — falei, depois olhei para os dois homens. — Larguem as espadas — mandei. Como eles hesitaram, gritei a ordem. Eles largaram as espadas.

O padre, um homem corajoso, considerando que estava diante de um grupo de homens armados em sua igreja no meio da noite, levantou a mão.

— Eles têm santuário — repetiu.

— Eles têm santuário, senhor — corrigi. Depois fui até o altar e usei a beira do pano branco para limpar o sangue e a chuva da lâmina de Bafo de Serpente. — O santuário — expliquei para qualquer norueguês de Sigtryggr que não fosse familiarizado com a ideia — é oferecido pela igreja aos criminosos. Enquanto eles estiverem aqui nós não podemos tocá-los sem sermos criminosos também. — Chutei as espadas dos dois homens para Berg. — Se nós os atacarmos, seremos punidos.

— Eles não vão ousar me punir — retrucou Sigtryggr.

— Você nunca foi alvo da fúria dos padres — argumentei. — Eles pregam a paz e exigem a morte dos inimigos. Além disso, eu quero libertá-los.

— Libertá-los? — questionou Sigtryggr.

— Alguém precisa dar a boa notícia ao senhor Æthelhelm — expliquei, depois enfiei Bafo de Serpente na bainha e me virei de volta para os dois homens.

Ambos eram jovens. Um tinha um hematoma no rosto e tremia de medo; o outro era carrancudo e teve a coragem de me encarar com ousadia. Eu estivera falando em dinamarquês com Sigtryggr, mas agora usei a língua saxã.

— Quem é você? — perguntei ao carrancudo.

Ele hesitou, tentado a me desafiar, depois decidiu que ter bom senso era a melhor escolha.

— Helmstan — murmurou. Esperei e vi o ressentimento nos seus olhos. — Senhor — acrescentou.

— A quem você serve?

Outra vez a hesitação, e foi o segundo homem, mais jovem e mais amedrontado, que gaguejou a resposta.

— A Grimbald, senhor.

— Grimbald — repeti o nome, que não era familiar para mim. — E a quem Grimbald serve? — Helmstan estava fazendo cara feia para o companheiro e não disse nada, por isso desembainhei Ferrão de Vespa, minha espada curta, e sorri para ele. — Essa não derramou sangue hoje à noite e está com sede.

O padre começou a protestar, mas ficou em silêncio quando virei a lâmina para ele.

— A quem Grimbald serve? — perguntei de novo.

— Grimbald serve ao senhor Æthelhelm, senhor — respondeu Helmstan, relutante.

— Grimbald comandou vocês essa noite?

— Não, senhor.

— Quem comandou?

— Torthred, senhor.

Não era um nome que eu conhecesse, e presumi que, quem quer que fosse Torthred, ele estava morto na rua.

O Festival de Eostre

— Torthred servia a Grimbald?

— Sim, senhor.

— E quais eram as ordens de vocês essa noite? — Nenhum dos dois respondeu, por isso dei um passo na direção deles e levantei Ferrão de Vespa. — Me chamam de matador de padres, vocês acham que eu dou a mínima para o santuário da igreja?

— Nós recebemos ordem de matar o senhor — sussurrou o sujeito mais amedrontado. Ele gemeu quando encostei a lâmina de Ferrão de Vespa em seu rosto machucado.

Deixei a lâmina ali por alguns segundos, depois recuei e embainhei o seax.

— Digam a Grimbald — falei aos dois — que ele tem dois novos inimigos: Uhtred de Bebbanburg e Sigtryggr da Nortúmbria. Agora vão.

Eles foram.

Oito

— **S**E QUISERMOS ESMAGAR Sköll — disse Sigtryggr na manhã seguinte —, precisamos fazer a paz com Eduardo. Eu posso lutar contra um ou contra o outro, mas não contra os dois.

— Eduardo está doente, ele não vai lutar.

— Tem certeza? — Sigtryggr estava me desafiando, e eu só pude dar de ombros. — Ele pode estar doente, mas os exércitos dele não estão.

Ele parou enquanto Svart abria as adufas da taverna para deixar a luz do sol entrar. Havia parado de chover. Sigtryggr se inclinou à frente para apagar uma vela de junco.

— Se Eduardo não pode comandar seus exércitos — falou, mal-humorado —, os ealdormen dele podem.

— Eles estão brigando feito cachorros esfomeados para ver quem herda o trono.

— E o jeito mais seguro de uni-los é lhes dar um inimigo comum: eu. — Sigtryggr cravou a faca num pedaço de toucinho e olhou para ele, carrancudo. — Por que ele quer a paz? Por que simplesmente não invade a Nortúmbria?

— Porque o reino dele está uma confusão só. Os mércios continuam resmungando, os dinamarqueses da Ânglia Oriental estão inquietos, ele arrumou uma esposa nova com peitos cheirando a lavanda e tem medo de nós.

— Ele tem medo de nós?

— Suponha que ele invada a Nortúmbria — sugeri. — Suponha que ele marche com um exército para o norte, através de Lindcolne, e que nós acabemos com ele.

— Nós somos capazes de fazer isso? — questionou com ar soturno. — Eles vão estar em maior número.

— Eles são saxões — rosnou Svart. — É claro que podemos derrotá-los.

— Ele vai estar em maior número — admiti —, mas você sabe, tanto quanto eu, que números não são tudo. Ele acha que pode nos derrotar, mas não tem certeza. — Parti um pedaço de pão velho, percebi que não estava com fome e o joguei para um dos cães da taverna. — E não se esqueça de que somos os temíveis nórdicos. Quando eu era novo, nós achávamos que um guerreiro dinamarquês valia por três saxões.

— Quatro — interveio Svart.

— Isso não se provou verdadeiro — falei, ganhando uma careta de desaprovação de Svart —, mas o medo permanece. Os saxões acham que somos selvagens pagãos e preferem nos submeter com conversas a lutar contra nós. Eles vão lutar se for preciso, mas Eduardo teme a derrota, porque se derrotarmos seus exércitos a Ânglia Oriental se revolta, os mércios vão exigir seu próprio rei de novo e os nobres de Wessex vão querer um novo rei.

Sigtryggr deu um sorriso triste.

— Talvez devêssemos simplesmente invadir a Mércia. Derrotar os filhos da mãe.

— Se fizermos isso — falei, sabendo que ele não estava falando sério —, Constantino da Escócia vai nos esfaquear pelas costas.

Sigtryggr resmungou. Estava vestido para o Witan, com um manto de lã azul-escuro e borda de ouro. Uma coroa simples, nada além de um aro de bronze dourado, repousava numa mesa ao lado da sua caneca de cerveja.

— Essa cerveja tem gosto de mijo de vaca — reclamou. — Você não acha que eu deveria fazer a paz com Eduardo?

— Depende do preço.

— Eu quero Sköll morto — disse ele em tom vingativo. — Matar aquele desgraçado vale qualquer preço.

— Vale a submissão a Eduardo?

Sigtryggr olhou para mim com pesar.

— Eu não tenho opção.

— Vale o batismo?

234

A guerra do lobo

— Não me incomodo em me molhar.

— Tributos?

Ele abriu um sorriso largo.

— Vou equipar dois navios e vamos agir como bons vikings. Vamos atacar algum mosteiro rico de Wessex, e aí está o tributo.

— E, mesmo se você se submeter — continuei, ignorando sua ideia — e fizer um tratado, os saxões vão violá-lo assim que acharem seguro invadir o seu reino.

Sigtryggr assentiu.

— Mas mesmo assim eu vou ter tempo de matar Sköll antes.

— A não ser que eu chegue até ele primeiro.

Ele deu um sorrisinho.

— O que acontece se eu me recusar a me submeter?

— Os saxões vão ficar cada vez mais e mais corajosos. Eles vão provocar você com invasões para roubar gado, vão manter pequenos exércitos na fronteira, vão cobrar mais taxas para o seu comércio, os navios deles vão capturar os seus barcos mercantes, e no fim eles vão invadir a Nortúmbria.

— Então nós perdemos de qualquer jeito?

— Não se aumentarmos a nossa força.

Ele ofereceu um sorriso desanimado ao meu comentário.

— E como eu posso fazer isso?

— Nós derrotamos Sköll e unimos Cumbraland à Nortúmbria — falei com segurança. — Obrigamos todos aqueles noruegueses desgraçados a jurar lealdade a você. Formamos um exército de *úlfhéðnar*. Unimos os nórdicos e infundimos o temor dos deuses aos saxões.

— Eu gosto dessa ideia — disse Sigtryggr baixinho.

Se eu soubesse o desenrolar daquilo que havia acabado de dizer, talvez tivesse ficado em silêncio. Ou talvez não. Wyrd bið ful aræd. Mas pelo menos Sigtryggr via alguma esperança nessas palavras. Ele passou um dedo pela coroa, pensando.

— E não podemos subjugar Cumbraland se não fizermos a paz com Eduardo.

Assenti, relutante.

— Sim, senhor rei, não podemos lutar contra os dois ao mesmo tempo.

O Festival de Eostre

Ele se levantou.

— Então vamos nos rebaixar diante do desgraçado doente.

E assim subimos a colina. Iríamos nos rebaixar.

Passamos pela igreja de santa Ælfthryth, onde tínhamos acuado os dois fugitivos. A chuva da noite havia lavado o sangue da rua, e os homens do reeve da cidade tinham removido os corpos. Um sino tocava no alto do morro, presumivelmente para convocar o Witan, mas a trilha íngreme que levava à igreja alta e ao palácio era guardada por lanceiros que nos impediram de subir a colina enquanto uma procissão de homens a cavalo passava. Eram cinquenta ou sessenta cavaleiros, todos com cota de malha, todos com elmo, todos portando uma lança e todos seguindo para o palácio. E no centro havia uma pequena carroça puxada por um par de cavalos pesados. A carroça, pouco mais que uma carreta simples de fazenda, fora coberta com um pano azul-escuro e tinha almofadas onde estavam sentados duas mulheres e um padre. Uma delas era velha; a outra, jovem e de rosto comprido, com uma touca apertada que escondia a maior parte dos seus cabelos escuros. Estava vestida suntuosamente num cinza sombrio e preto. Parecia triste e usava uma grande cruz de prata sobre o peito. Era alarmante o quanto a carroça sacudia na rua esburacada, e a jovem segurava uma das laterais com força, para se firmar.

— Quem é? — perguntou Sigtryggr.

— Não sei — respondi, e era verdade, embora de algum modo aquele rosto comprido e triste fosse familiar.

Ela olhou de relance para mim e pareceu me reconhecer, então desviou a cabeça rápido quando a carroça deu outro solavanco. Parecia estar contendo as lágrimas. A mulher mais velha tinha acabado de passar o braço pelos ombros da mais nova, enquanto o padre murmurava para ela, provavelmente tentando consolá-la.

— Maldição, como ela é feia — comentou Sigtryggr. — Parece um cavalo.

— Ela está com frio e infeliz — argumentei.

— Então parece um cavalo com frio e sofrendo.

236

A guerra do lobo

Acompanhamos a carroça e sua escolta colina acima, passando pelo arco onde nossas espadas foram tomadas, e chegamos ao grande salão, onde a fumaça da lenha úmida subia e se agitava entre os caibros altos. As mesas tinham sido empilhadas num lado e os bancos foram arranjados num semi-círculo em volta da grande lareira, de frente para a plataforma, onde havia cinco cadeiras de encosto alto cobertas por panos de um escarlate profundo. Já haviam chegado quase cem homens, que estavam sentados o mais perto possível do fogo, mas alguns permaneciam de pé, conversando em voz baixa. Eles olharam para nós quando entramos, nos reconheceram e começaram a co-chichar. Para a maioria daqueles homens, nós éramos os seres mais estranhos do mundo; pagãos, criaturas dos seus pesadelos que se tornaram realidade.

— Onde nos sentamos? — perguntou Sigtryggr.

— Não nos sentamos. Pelo menos por enquanto.

Os nobres dos três reinos de Eduardo ocupariam os bancos, e deixar Sig-tryggr se sentar com os ealdormen, os bispos e os abades seria diminuir o status deles. Presumi que a plataforma seria reservada para a realeza e, ainda que sem dúvida Sigtryggr fosse rei, eu não queria que ele ocupasse uma das cadeiras para depois receber uma ordem pública de deixá-la. Ele já havia parti-cipado de um Witan, mas naquela ocasião era convidado de Æthelflaed, e ela possuía uma cortesia que faltava ao seu irmão. Se Eduardo quisesse que o rei da Nortúmbria ocupasse um lugar de honra, faria o convite. Caso contrário, era melhor permanecermos de pé, separados, no fundo do salão.

— Você sabe o que deve dizer? — perguntei.

— Claro que sei. Você me falou dez vezes. Vinte vezes.

Ele estava nervoso e irritadiço, e não podia culpá-lo. Estava sendo tratado com desdém, humilhado pelos saxões. Mais homens chegavam ao salão, e percebi como eles olhavam para Sigtryggr com curiosidade e diversão. Eles passaram toda a sua existência numa guerra interminável entre cristãos e pagãos, e agora o último rei pagão estava de pé como um suplicante no fundo do salão do rei.

Vi Brunulf Torkelson, um saxão ocidental cuja vida eu tinha salvado, entrar pela grande porta dupla. Deixei Sigtryggr entre Finan e o enorme Svart e fui para perto de Brunulf. Ele portava uma lança e um escudo porque era um dos

237

O Festival de Eostre

guardas reais que ficariam nas laterais do salão ou na frente da plataforma. Brunulf me cumprimentou calorosamente.

— Ouvi dizer que o senhor estava aqui e esperava encontrá-lo. — Ele hesitou, depois franziu a testa. — E ouvi falar da sua filha, senhor. Lamento muito.

— O destino é uma merda — falei.

Então fiquei em silêncio enquanto Æthelhelm, o Jovem, passava pela porta seguido por um séquito de doze homens. Ele me olhou, pareceu espantado e se virou abruptamente para não passar perto de mim. Usava a capa vermelha das suas tropas domésticas, mas a dele tinha uma suntuosa gola de pele e era presa por um broche de ouro. Foi até a frente do salão e alguns homens que já haviam ocupado os bancos se moveram apressadamente para deixá-lo se sentar.

— Você conhece Grimbald? — perguntei a Brunulf.

— Conheço três homens com esse nome.

— Um seguidor de Æthelhelm.

Ele se virou e olhou para dentro do salão.

— Lá — disse, indicando com a cabeça os bancos ocupados por Æthelhelm.

— O sujeito com um gorro de pele de raposa.

Olhei.

— O de nariz chato?

— É ele. O senhor ficou sabendo que os homens dele se envolveram numa briga, bêbados, ontem à noite?

— Com quem eles brigaram?

Brunulf me encarou com suspeita no olhar, mas também com um leve sorriso.

— Quer dizer que o senhor não sabe?

— Eu? Briga? O que faz você achar que eu entraria numa briga de bêbados na rua? Eu sou um ealdorman da Nortúmbria, um homem respeitável.

— É claro que é, senhor.

Deixei-o perto da porta e abri caminho na multidão que não parava de aumentar até a frente do salão. Æthelhelm me viu chegando e se virou para ter uma conversa intensa com o padre sério sentado ao seu lado. Grimbald, sentado a apenas alguns passos deles, fez menção de se levantar, depois percebeu que não poderia escapar de mim e se sentou de novo. Parei bem à sua frente e simplesmente o encarei de cima para baixo, sem dizer nada. Ele olhou para a fivela do meu cinto, uma cabeça de lobo feita de bronze. À nossa volta os homens ficaram em silêncio. Vi Grimbald tremer, por isso sorri, me inclinei e sussurrei ao seu ouvido:

— Você é um homem morto.

Ele não se mexeu, apenas ficou sentado. Me virei para Æthelhelm e sorri para ele também.

— Uma hora dessas — falei — você realmente devia visitar Bebbanburg e conhecer seu sobrinho. É um menininho ótimo. Você sabe como eu estou ansioso para receber sua visita.

Æthelhelm não podia me ignorar. Levantou-se. Era um homem bonito, com uns 30 anos, rosto estreito e olhos arrogantes. Um serviçal devia ter feito sua barba naquela manhã, porque havia dois pequenos cortes de navalha no queixo. Havia ouro em seu pescoço, na capa vermelha e nos dedos. Ele se aproximou um passo de mim, evidentemente ansioso por um confronto, mas nesse momento uma trombeta anunciou a chegada do rei Eduardo. Os homens sentados no grande salão se levantaram, tiraram os gorros e se curvaram voltados para a plataforma. A trombeta estridente forçou Æthelhelm a me dar as costas e fazer uma reverência, embora fosse pouco mais que um leve movimento de cabeça. Eu não fiz reverência nem baixei a cabeça, apenas me virei e voltei para perto de Sigtryggr.

— Acabei de fazer alguém se mijar — comentei.

Sigtryggr ignorou a fanfarronice.

— Aquilo é um rei? — perguntou com desprezo. Ele olhava para a plataforma.

Também olhei e fiquei atônito. Eu tinha visto Eduardo na noite anterior, mas ele estivera caído na mesa, o corpo coberto pela capa e o rosto meio escondido, mas agora, sob a luz do sol que entrava pelas grandes janelas da parede leste, pude vê-lo com muito mais clareza. Ele havia engordado, mancava, o cabelo escuro estava escorrido e grisalho sob a coroa com esmeraldas incrustadas. A barba estava grisalha e o rosto que já fora bonito estava cheio de rugas e manchas. Ele não viveria muito mais, pensei, e, quando morresse, ia começar a briga de galos pela coroa.

O Festival de Eostre

Eu tinha pensado que as cinco cadeiras seriam para Eduardo, sua esposa Eadgifu, seu filho mais velho, Ælfweard, e uma das outras seria oferecida a Sigtryggr, mas estava errado. A rainha Eadgifu e o príncipe Ælfweard iriam de fato se sentar um de cada lado do rei, mas as duas cadeiras nas pontas estavam reservadas para os arcebispos, que seguiram a família real até a plataforma, ambos envoltos em mantos com bordados suntuosos. Eu não conhecia o novo arcebispo de Contwaraburg, Athelm, um saxão ocidental de rosto magro e ascético e barba comprida suficiente para esconder a cruz pendurada no peito. Ele lançou um olhar severo para o salão antes de ocupar seu lugar. Hrothweard de Eoferwic sorriu para as pessoas reunidas e esperou que Eadgifu ocupasse seu lugar antes de se sentar.

— Eles trouxeram seus feiticeiros — resmungou Sigtryggr.

— Sempre trazem.

Olhei ao redor, procurando Æthelstan, mas para minha surpresa ele não estava em lugar nenhum. Presumi que achava que seu pai não iria recebê-lo bem, por isso teria ficado longe. Me inclinei para perto de Sigtryggr.

— Grimbald está no banco da frente — sussurrei —, à direita da lareira. O sujeito de nariz chato com um gorro de pele de raposa.

Sigtryggr apenas assentiu.

Como sempre acontecia nos Witan, as atividades do dia começaram com uma oração e depois um sermão. Athelm pregou, e eu preferi vagar para o pátio a escutar a arenga tediosa. Sigtryggr, Svart e Finan se juntaram a mim e nós nos sentamos na beira de um cocho de pedra. Chamei um serviçal que passava e pedi cerveja. Sigtryggr estava apreensivo e às vezes andava de um lado para o outro, observado pelos guardas reais postados em toda a borda do pátio. Acho que esperamos pelo menos uma hora antes que um administrador nervoso saísse à luz do sol e fizesse uma reverência para Sigtryggr.

— Senhor rei, sua presença é requisitada.

Sigtryggr enfiou a coroa em cima do cabelo loiro e revolto.

— Vamos? — perguntou.

— Para casa? — sugeriu Svart.

— Para o salão — respondeu Sigtryggr, carrancudo, e foi descobrir qual era o seu destino.

Fomos atrás e ficamos nos fundos do salão enquanto Sigtryggr, agora escoltado por dois guardas, passava entre os bancos em volta da lareira e ocupava seu lugar diante da plataforma. Agora saberíamos qual humilhação os saxões exigiriam dele.

Hrothweard, arcebispo de York, fora nomeado para falar a Sigtryggr sobre os termos de Wessex, e isso, pelo menos, demonstrou certo tato por parte de Eduardo. Hrothweard conhecia bem Sigtryggr, os dois se respeitavam e gostavam um do outro. Sigtryggr comandava uma cidade que tinha mais cristãos que pagãos e sempre seguira o conselho de Hrothweard sobre como conter os antagonismos entre os dois grupos enquanto o arcebispo exigia severamente que seu clero não pregasse o ódio contra os colegas nortumbrianos. Agora Hrothweard sorriu para Sigtryggr.

— É bom vê-lo aqui, senhor rei. — Ele falou em dinamarquês, o que me surpreendeu.

Um monge, um dos dois que estavam sentados a uma mesa na lateral da plataforma, onde escreviam o que eu supunha ser um registro de todas as deliberações do Witan, traduziu para os presentes no salão.

— Mais alto! — gritou um homem num banco.

Quase imediatamente Æthelhelm se levantou.

— Eu tenho um protesto, senhor rei — disse Æthelhelm em voz alta.

Hrothweard, que ia começar a ler um pergaminho, fez uma pausa. Eduardo, parecendo absolutamente descontente com os procedimentos, franziu a testa para seu nobre mais rico.

— Deseja falar, senhor? — perguntou.

— Eu desejo falar, senhor rei — respondeu Æthelhelm.

Eduardo fez uma pausa, depois assentiu.

— Vamos ouvi-lo, senhor.

Æthelhelm se virou para olhar para as pessoas no salão.

— Acredito, senhor rei — falou em tom suave —, que Uhtred de Bebbanburg não tenha sido convocado para esta assembleia. — Ele se virou de volta para Eduardo. — Exijo que ele seja retirado.

Os apoiadores de Æthelhelm, ou seja, metade do Witan, murmuraram em anuência, e o murmúrio ficou mais alto até que Eduardo ergueu uma das

241

O Festival de Eostre

mãos. Sigtryggr falava um pouco de inglês, mas não muito bem, e pareceu confuso com o protesto. Eduardo me olhou de cara feia.

— O senhor não foi convocado, senhor Uhtred — disse ele, obviamente se colocando a favor do seu nobre mais poderoso.

Eu previra esse questionamento e estava preparado. Não podia dizer que Æthelstan havia me convidado porque os convites para o Witan são feitos pelo rei, e não pelos seus filhos. Assim, respeitosamente, afirmei que tinha vindo como testemunha.

— Testemunha? — Eduardo pareceu perplexo com a palavra.

— Como testemunha para um peticionário, senhor rei, e testemunhas sempre tiveram permissão de comparecer ao Witan, pelo menos desde a época do seu pai.

— Já temos trabalho suficiente hoje sem ouvir nenhuma petição — vociferou Æthelhelm.

— Acredito que caiba ao rei decidir — interveio o arcebispo Hrothweard antes que os apoiadores de Æthelhelm pudessem fazer qualquer barulho. — Tenho certeza de que meu senhor de Contwaraburg concordaria comigo, não é?

Athelm pareceu atônito, puxou a barba e assentiu.

— O rei pode permitir quem ele desejar que compareça — murmurou.

Eadgifu, resplandecente num vestido de seda amarelo-claro, se inclinou e murmurou ao ouvido do marido.

Eduardo pareceu aborrecido, mas balançou a mão na minha direção.

— Pode permanecer, senhor Uhtred. Mas apenas como testemunha. O senhor não pode dizer nada sobre outras questões.

Fiz uma reverência, Æthelhelm se sentou e Hrothweard olhou para Sigtryggr. Agora em inglês, leu a lista de exigências de Eduardo para um tratado de paz duradouro entre os reinos saxões e a Nortúmbria. O monge traduziu cada exigência, e Sigtryggr permaneceu de pé, alto e empertigado, angustiado.

As exigências eram em sua maioria as que havíamos esperado. Svart, ao meu lado, rosnou enquanto elas eram reveladas, mas eu não podia compartilhar sua indignação. Sabia que os saxões ocidentais não tinham intenção de cumprir com o tratado. Ele lhes dava tempo, nada mais que isso, e, quando estivessem prontos, rasgariam o pergaminho e mandariam

A guerra do lobo

guerreiros para o norte. E, se os saxões ocidentais podiam ignorar os termos, Sigtryggr também poderia.

O tratado, declarou Hrothweard, garantiria uma era de paz duradoura entre os reinos. As espadas, proclamou em tom imponente, seriam transformadas em arados. Svart cuspiu quando isso foi traduzido. Para trazer essa paz, continuou o arcebispo, era necessário que Sigtryggr reconhecesse Eduardo como seu suserano, jurasse lealdade a ele e, em reparação pelos danos causados por nortumbrianos fora da lei que atacaram cristãos honestos na Mércia, uma quantidade de prata pesando trezentas libras seria paga ao tesouro do rei Eduardo em Wintanceaster antes da festa de Pentecostes. As pessoas suspiraram diante dessa enorme quantia, mas Hrothweard não havia terminado. Falava com gentileza, sabendo como suas palavras deviam irritar Sigtryggr, embora as exigências não fossem nem um pouco gentis. Sigtryggr deveria jurar que faria todo o possível para impedir os roubos de gado, e, se algum ataque desse tipo ocorresse, o rei da Nortúmbria deveria pagar o valor integral dos animais roubados ao tesouro do rei Eduardo e uma quantia igual às pessoas lesadas. Os mercadores nortumbrianos que fizessem negócios em Wessex, na Mércia ou na Ânglia Oriental deveriam pagar um novo imposto; essa taxa, no entanto, não valeria para os mercadores desses reinos que exercessem atividades comerciais na Nortúmbria. As tropas do rei Eduardo poderiam marchar livremente pela Nortúmbria. O rei Sigtryggr deveria concordar em proteger a vida e as propriedades de todos os cristãos que vivessem na Nortúmbria. Quando leu essa última exigência, Hrothweard teve a decência de baixar o documento e sorrir para Sigtryggr.

— Como sei que o senhor já faz, senhor rei.

Houve um arquejo de surpresa por parte do Witan quando essas últimas palavras foram ouvidas, e alguns homens pareciam prestes a protestar, mas Hrothweard levantou a mão para conter a inquietação.

— Além disso — leu —, o senhor deve permitir livre passagem aos missionários cristãos dentro das fronteiras do seu reino.

Fiquei tentado a perguntar se Wessex permitiria que homens e mulheres viajassem por suas estradas pregando o culto a Tor e Odin, mas tive o bom senso de ficar em silêncio. Sigtryggr fez o mesmo, ainda que os termos impostos fossem brutais, humilhantes e não negociáveis.

O Festival de Eostre

— E, finalmente — Hrothweard franziu ligeiramente a testa quando chegou ao fim do documento —, não podemos confiar na palavra de um rei pagão, já que é de conhecimento geral neste reino e em todos os reinos pagãos que os pagãos tratam com desdém as promessas solenes, fazendo juramentos a deuses falsos e violando esses juramentos com impunidade.

Duvidei que Hrothweard tivesse escrito essas palavras, mas Athelm de Contwaraburg parecia tremendamente satisfeito consigo mesmo. Eduardo parecia apenas entediado.

— Para garantir que Sigtryggr da Nortúmbria cumpra com os termos deste tratado — continuou Hrothweard —, é exigido que ele seja batizado neste dia e aceite nosso Deus cristão em toda a fé como o Deus único e o Deus verdadeiro, e entenda que, com essa aceitação, ele coloca sua alma sob o risco dos tormentos eternos do inferno se violar uma frase sequer deste tratado. Além disso, ele concorda que vai extirpar o culto dos deuses falsos e dos ídolos imundos de todas as suas terras.

Finan me cutucou.

— Ele está falando do senhor — murmurou.

Hrothweard esperou enquanto o monge traduzia as últimas palavras, depois olhou com simpatia para Sigtryggr.

— O senhor aceita os termos, senhor rei?

Sigtryggr fez uma pausa longa o suficiente para deixar o salão inquieto. Eduardo, surpreso com o silêncio dele, se empertigou mais. Como todos no salão, o rei havia esperado que Sigtryggr concordasse humildemente com tudo que fosse exigido.

— O senhor aceita os termos, senhor rei? — perguntou Hrothweard outra vez.

Sigtryggr respondeu diretamente a Eduardo, embora suas palavras precisassem ser traduzidas pelo monge.

— O senhor diz, senhor rei, que não pode confiar no juramento de um pagão?

— Isso é verdade — respondeu Hrothweard por Eduardo.

— No entanto, foram os cristãos que violaram suas promessas — declarou Sigtryggr enfaticamente.

244

A guerra do lobo

Um tumulto se seguiu à tradução dessas palavras. Hrothweard pediu silêncio, mas o salão só foi silenciado pela testa franzida e pela mão erguida de Eduardo.

— Como os cristãos violaram suas promessas? — perguntou, desconfiado.

— Não me foi prometido salvo-conduto se eu concordasse em comparecer a este Witan?

Houve uma agitação desconfortável pelo salão. Homens começaram a murmurar, mas o arcebispo Hrothweard levantou a voz.

— Foi de fato prometido, senhor rei — disse em voz alta, silenciando os protestos.

— Então como posso confiar nas suas palavras — agora Sigtryggr olhava diretamente para Eduardo e repetia as palavras que tínhamos combinado — quando ontem à noite mesmo seus homens fizeram um atentado contra a minha vida? — O monge traduziu e houve um rugido de indignação nos bancos apinhados. Principalmente, pensei, por parte dos homens que buscavam a liderança de Æthelhelm. — Eu acuso Grimbald! — Sigtryggr precisou gritar para ser ouvido. Esperou que o barulho diminuísse e apontou para Grimbald. — Eu acuso Grimbald — repetiu —, eu o acuso de violar a paz do rei, de tentar me assassinar, de má-fé. — Ele voltou a olhar para Eduardo. — Dê-me a justiça nessa questão, senhor rei, e eu aceito todos os seus termos. Esta é a minha petição, e trago o senhor Uhtred de Bebbanburg como minha testemunha.

Houve um tumulto renovado, é claro, mas todos os homens no salão sabiam dos corpos encontrados na rua dos ferreiros, sabiam que houvera uma luta perto da igreja de santa Ælfthryth e sabiam que os homens de Grimbald levaram uma surra. Uns poucos, os aliados mais próximos de Æthelhelm, também deviam saber que ninguém tinha exigido a morte de Sigtryggr, que os homens foram enviados para me matar, mas isso não era defesa para Grimbald, que, convocado para responder à acusação, gaguejou ao dizer que seus homens tinham agido por conta própria, que ele não sabia nada dos acontecimentos da noite e que não era responsável pelo que homens bêbados faziam no meio de uma noite regada a cerveja.

— Dois homens retornaram a mim — disse Grimbald, desesperado —, e vou castigá-los, senhor rei.

O Festival de Eostre

— No entanto, eles confessaram que agiram seguindo as suas ordens — pressionou Sigtryggr —, e, como testemunha da confissão, trago o senhor Uhtred...

A menção ao meu nome bastou para provocar outra comoção, suficientemente alta para espantar os pardais empoleirados nos caibros, que voaram em pânico. Abaixo deles havia homens de pé e gritando. A maioria, ao que me pareceu, apoiava a declaração de Grimbald, de que ele não sabia nada sobre a briga noturna; alguns, entretanto, um bom número, gritavam que eu deveria ter permissão de falar.

De novo Eduardo ergueu a mão pedindo silêncio, enquanto o arcebispo Hrothweard batia com o báculo encimado com prata nas tábuas da plataforma.

— Senhor Uhtred — gritou Hrothweard por toda a extensão do salão, quando finalmente pôde ser ouvido —, as palavras do rei Sigtryggr são verdadeiras?

Alguns homens começaram a protestar, mas foram silenciados por outros que queriam me ouvir.

— São verdadeiras — respondi a Hrothweard —, mas o senhor esperaria que eu dissesse isso. No entanto, estou disposto a trazer o padre da igreja de santa Ælfthryth a esta assembleia. Ele também ouviu os homens dizerem que foram mandados por Grimbald.

Trazer o padre para o Witan era um risco, é claro. O sujeito poderia mentir e, mesmo se falasse a verdade, poderia não testemunhar que os homens foram mandados para matar Sigtryggr. Eu tinha pensado em ficar com um dos homens que havíamos capturado e ameaçá-lo de uma dor tremenda caso não contasse a verdade, mas, de novo, a verdade não revelaria uma conspiração contra Sigtryggr, e provavelmente o sujeito negaria qualquer conspiração, sabendo que sua desonestidade seria recompensada por Grimbald e Æthelhelm.

Ao oferecer um padre como testemunha, entretanto, eu sabia que havia impedido as mentiras de Grimbald, desde que o padre não fosse trazido da cidade baixa, o que eu achava isso bastante improvável, porque o rei Eduardo e os dois arcebispos queriam que esse Witan tedioso acabasse logo. Os homens no salão simplesmente presumiram que o padre apoiaria o relato de Sigtryggr e por isso não seria chamado, e essa suposição se mostrou verdadeira.

A guerra do lobo

Houve um silêncio apreensivo por parte dos apoiadores de Æthelhelm enquanto Hrothweard se curvava para falar com Eduardo, que mal conseguia esconder a impaciência. O arcebispo Athelm se inclinou por cima da cara redonda de Ælfweard para dar mais conselhos. E Eduardo, que parecia cada vez mais infeliz, assentiu por fim.

Eduardo apontou para Grimbald.

— Eu ofereci salvo-conduto ao rei Sigtryggr — disse, sombrio —, e, ao violar minha paz, você abriu mão da sua vida.

Os homens ofegaram. Grimbald, ainda de pé, abriu a boca como se fosse falar, descobriu que não tinha palavras e olhou para Æthelhelm, que ostensivamente deu as costas para o condenado.

— Senhor!

Grimbald enfim conseguiu começar a falar, mas a essa altura dois guardas reais já haviam agarrado seus braços e ele estava sendo retirado do salão. Æthelhelm não se virou para olhar. Todos os presentes, inclusive o rei, sabiam que Grimbald devia ter agido sob ordens de Æthelhelm, mas este não fez nada para salvar a vida dele. O rei poderia tê-lo salvado, mas Eduardo queria ver Sigtryggr de joelhos, queria o tratado de paz, estava cobiçoso pela prata do tratado, e uma vida saxã era um preço pequeno a pagar por esse triunfo. Alguns homens murmuraram com amargura enquanto Grimbald era retirado, e Æthelhelm se limitou a olhar para as chamas da lareira com expressão vazia.

Essa vida saxã foi nossa única vitória do dia. Eu achava que a provação de Sigtryggr estava terminada, a não ser pelo sofrimento do batismo, mas depois de Grimbald ser levado para a morte Eduardo se levantou com dificuldade e estendeu a mão pedindo silêncio. Parecia cansado e doente. Me perguntei o que teria acontecido com o rapaz que eu havia conhecido e pensei na rapidez com que ele decaíra até se tornar esse velho grisalho, gordo e carrancudo.

— É nosso prazer — disse ele debilmente — selar esse tratado com um casamento, atar a Nortúmbria à nossa casa real com elos de sangue.

Ele parou abruptamente, sem dúvida carecendo de palavras, e simplesmente se sentou. E tudo que pude fazer foi encará-lo com perplexidade no olhar. Casamento? Ninguém tinha falado em casamento. As cinzas da rainha de Sigtryggr, minha filha, nem estavam frias, e Eduardo oferecia uma noiva?

247

O Festival de Eostre

Então houve uma agitação junto à porta. Lanceiros entraram, e atrás deles veio Æthelstan. Ao seu lado estava a jovem que tínhamos visto na carroça. Então a reconheci. Era Eadgyth, gêmea de Æthelstan, que eu vira pela última vez na infância. Ela caminhava com as costas eretas, a cabeça erguida, mas o rosto claro era uma máscara de sofrimento. Sigtryggr estava errado, pensei. Ela não era feia. Seu rosto comprido, como o de Æthelstan, tinha traços fortes e olhos penetrantes, mas a infelicidade e a postura séria dos lábios finos a fazia parecer simples. Æthelstan parou com a irmã a alguns passos do último banco, evidentemente esperando ser chamado.

— É nossa satisfação — Hrothweard falava de novo com Sigtryggr —, sabendo da triste morte da sua rainha, oferecer como noiva a senhora Eadgyth, amada filha de Eduardo, *Anglorum Saxonum Rex*.

E com isso Æthelstan conduziu Eadgyth por entre os bancos ocupados por homens que, acho, estavam tão surpresos quanto eu. Eadgyth seria uma "vaca da paz", uma noiva destinada a selar um tratado, e eu vi o estarrecimento de Sigtryggr quando começou a entender o que estava acontecendo, mas duvidei de que ele entendesse o insulto implícito nessa oferta de uma noiva saxã ocidental. Eduardo estava lhe dando sua filha mais velha, porém era uma filha que a maioria dos homens de Wessex considerava ilegítima. Hrothweard a havia reconhecido como filha de Eduardo, até mesmo a havia chamado de amada, o que era forçar o significado de amor, mas deliberadamente não a havia chamado de princesa. E, além disso, ela era velha para o casamento, muito velha, devia ter pelo menos uns 25 anos. Era uma bastarda do rei, uma jovem indesejada, uma inconveniência, e tinha sido trazida de algum convento que presumivelmente a havia abrigado para se casar com um rei nortumbriano que todos no salão sabiam que eventualmente seria trucidado por espadas saxãs. Não era de espantar que tantos homens dessem risadinhas ou até gargalhassem enquanto Eadgyth caminhava para sua perdição.

Mas Eadgyth se tornaria rainha, Sigtryggr juraria lealdade, os padres iriam batizá-lo antes de o atrelarem à sua vaca da paz, e a Nortúmbria havia sido humilhada.

E Eduardo tinha seu tratado de paz.

* * *

Naquela tarde Sigtryggr foi batizado e se casou duas horas depois. As duas cerimônias aconteceram na igreja alta de Tamweorthin, de modo que o maior número possível de pessoas pudesse ver sua humilhação. Æthelflaed havia construído a igreja, e me lembro de ter reclamado dizendo que seria melhor ela gastar a prata em lanças e escudos, uma discussão que inevitavelmente eu perdi. E agora, sob um céu claro de primavera, a grande igreja estava apinhada para ver Sigtryggr. Ele vestia um manto branco, de penitente, e recebeu a ordem de entrar num grande barril cheio de água do rio Tame, mas o arcebispo Hrothweard, que insistiu em realizar o batismo, acrescentou água de uma pequena jarra.

— Esta água — declarou ele — foi trazida do rio Jordão, o mesmo rio em que Nosso Senhor foi batizado.

Eu me perguntei quanto ele havia pagado pela jarra tampada que, eu suspeitava, devia ter sido enchida num lago de peixes espumento de algum mosteiro. Sigtryggr, que havia tomado a precaução de deixar comigo seu amuleto do martelo para guardar, pareceu confuso durante toda a cerimônia e pacientemente deixou que sua cabeça fosse empurrada embaixo da água enquanto um coro cantava e Hrothweard rezava. Depois lhe deram de presente uma cruz de prata, que ele pendurou no pescoço obedientemente.

Ainda estava usando a cruz quando se casou com Eadgyth, mas agora também usava a coroa e um manto escarlate escuro com acabamento em pele, presente do príncipe Æthelstan. Depois do casamento, Sigtryggr e sua noiva foram conduzidos até um aposento no palácio, e essa foi a última vez em que o vi naquele dia.

Na manhã seguinte mandei um aviso à propriedade distante onde meus homens haviam esperado, e ao meio-dia estávamos todos na estrada para o norte. Sigtryggr pegou de volta seu martelo e o pendurou à vista de todos no pescoço. A cruz de prata não estava lá.

— Imagino que tenha tido uma boa noite, senhor rei — falei com malícia.

— Eu dormi mal — grunhiu.

— Mal?

— A cadela miserável chorou a noite inteira.

— Lágrimas de alegria, tenho certeza.

Sigtryggr fez cara feia para mim.

— Ela ainda é virgem.

— Ainda?

— Ainda.

Parei de provocá-lo.

— Eu a conheci quando ela era criança — falei —, e na época era uma garota inteligente. E tenho certeza de que ainda é. Ela vai lhe dar bons conselhos.

Ele resmungou.

— Que se danem os conselhos dela, eu ia preferir que ela tivesse me dado um dote.

— Não há dote?

— Ela disse que eu recebi o melhor dote de todos, o dom da vida eterna. Cadela devota.

A cadela devota estava montada num capão branco, presente do irmão gêmeo. Parecia desconfortável, apesar de sua criada ter acolchoado a sela com um tecido de lã grosso. Estava ladeada por dois padres. Um deles, o padre Eadsig, era seu confessor. Um rapaz pequeno, de aparência preocupada, que olhava de relance nervosamente para os guerreiros ao redor. O outro, o padre Amandus, era um dinamarquês convertido que fora nomeado capelão de Sigtryggr, um cargo que poderia explicar sua expressão mal-humorada.

Deixei Tintreg diminuir o passo, então o fiz ficar entre Eadgyth e seu confessor.

— Senhora — cumprimentei.

Ela me ofereceu um sorriso triste.

— Senhor Uhtred.

— Faz muitos anos, senhora — falei, ignorando a expressão de desaprovação do padre Amandus. — A senhora costumava brincar na minha propriedade em Fagranforda.

Fagranforda tinha sido minha maior propriedade na Mércia, agora nas mãos do leproso bispo Wulfheard, que supostamente estava à beira da morte, o que era má notícia para os bordéis de Hereford.

— Eu me lembro de Fagranforda — disse Eadgyth. — O senhor sempre foi gentil conosco lá. O padre Cuthbert ainda vive?

250

A guerra do lobo

— Vive, senhora, embora esteja velho e cego. Mas ainda está saudável. Ele vai ficar feliz em reencontrá-la se a senhora for a Bebbanburg.

— Quem é o padre Cuthbert? — perguntou com suspeitas o padre dinamarquês.

— É o sacerdote de Bebbanburg — respondi com calma. — Metade dos meus homens é cristã, e eles precisam de um padre. — Percebi a surpresa no rosto do padre Amandus, mas ele não disse nada. — Além disso, ele é o homem que casou os pais da rainha Eadgyth — continuou — e que desde então foi obrigado a se esconder dos seus inimigos.

O padre Amandus me lançou um olhar incisivo. Obviamente sabia dos boatos de que Æthelstan e Eadgyth eram bastardos.

— Inimigos? — questionou.

— Inimigos, senhor — corrigi, e esperei.

— Senhor — acrescentou ele com relutância.

— Se Æthelstan for o filho legítimo mais velho — falei —, então é dele o direito de suceder ao pai. Outros homens preferem Ælfweard, e esses homens também iam preferir que o padre Cuthbert estivesse morto. Eles não querem nenhuma testemunha viva da legitimidade do príncipe Æthelstan.

— E quem prefere? — perguntou o padre Amandus, então se lembrou de acrescentar mais uma vez: — Senhor.

— Ælfweard.

— O senhor quer Ælfweard? — Ele pareceu surpreso.

— Ælfweard é um earsling miserável. O nome dele devia ser Ælfbosta, mas, se houver guerra entre Wessex e a Nortúmbria, coisa que vai acontecer, eu prefiro enfrentar um exército comandado pelo earsling em vez de um exército comandado pelo príncipe Æthelstan.

Eadgyth franziu a testa. Usava um capuz justo, que fazia com que parecesse uma freira.

— O senhor lutaria com o meu irmão? — perguntou, séria.

— Só se ele invadir o meu reino — respondi —, que agora também é seu, senhora.

Ela olhou para Sigtryggr, à frente.

— Suponho que seja — comentou com ar distante.

O Festival de Eostre

Seguimos em silêncio por um tempo. Dois cisnes batiam as asas acima de nós, seguindo para o oeste, e eu me perguntei o que significaria aquele presságio. Os olhos de Eadgyth brilhavam com lágrimas não derramadas.

— Ele é um homem bom, senhora — falei em voz baixa.

— É?

— Duvido que ele quisesse se casar, assim como a senhora. Ele está confuso e com raiva.

— Com raiva? Por que... — Então ela parou abruptamente e fez o sinal da cruz. — Claro. Me desculpe. Eu sinto muito pelo que aconteceu a Stiorra, senhor Uhtred. — Ela olhou para mim e uma lágrima escorreu pelo seu rosto. — Eu devia ter falado antes. Ela sempre foi gentil comigo quando eu era criança.

Eu não queria falar de Stiorra, por isso mudei de assunto.

— Quando a senhora ficou sabendo que iria se casar com Sigtryggr?

Eadgyth pareceu espantada com a pergunta repentina, depois pareceu se indignar.

— Foi só na semana passada! — respondeu e, pela primeira vez desde que eu a havia cumprimentado, ela demonstrou alguma energia. — Eu não recebi nenhum aviso! Eles chegaram ao convento, me retiraram das orações, me levaram para Lundene, me deram roupas e me fizeram vir às pressas para o norte. — Eadgyth me contou mais daquela semana, e uma parte de mim prestou atenção nela enquanto outra parte tentava compreender por que Eduardo tivera tanta pressa. — Eles nem perguntaram se eu queria isso — terminou, com amargura.

— A senhora é mulher — falei ironicamente. — Por que eles perguntariam?

Ela me lançou um olhar que poderia atordoar um boi, depois deu um sorriso triste.

— O senhor teria perguntado, não teria?

— Provavelmente, mas eu nunca soube como lidar com as mulheres — respondi, com a mesma ironia. — O seu pai disse por que desejava que você se casasse com o rei Sigtryggr?

— Para fazer a paz — respondeu ela com frieza.

— E haverá paz. Mais ou menos. Sigtryggr não vai violar o tratado, não vai atacar o sul, mas os saxões irão para o norte.

— O rei Eduardo não vai faltar com a palavra — retrucou o padre Amandus, sério, e mais uma vez se lembrou de acrescentar: —, senhor.

— Talvez não, mas você acha que o sucessor dele vai se sentir obrigado pelo tratado? — Nenhum dos dois teve resposta para isso. — A ambição de Wessex, senhora, é fazer um único reino com todas as pessoas que falam inglês.

— Amém — disse o padre Eadsig. Ignorei-o.

— E agora a senhora é rainha do último reino que fala inglês e não é governado pelo seu pai.

— Então por que ele me casou com Sigtryggr?

— Para nos enganar, para fazer com que nos sentíssemos seguros. A gente engorda o ganso antes de matá-lo.

Diante disso o padre dinamarquês resmungou, mas teve o bom senso de não falar nada. E nesse momento Rorik veio da retaguarda da nossa longa coluna, trazendo Beadwulf e Wynflæd. Eu havia pedido a ele que chamasse a esquilinha, mas claramente o irmão Beadwulf tinha decidido vir junto. Eu me estiquei para trás, peguei as rédeas de Wynflæd e puxei sua égua, colocando-a entre mim e Eadgyth.

— Esta é Wynflæd, senhora. Ela é cristã, saxã, e peço que a tome em seu serviço. Ela é uma boa moça.

Eadgyth ofereceu meio sorriso à esquilinha.

— Claro.

Soltei a égua de Wynflæd, de modo que ela ficou de novo para trás.

— Obrigado, senhora. A senhora vai descobrir que Eoferwic é em sua maioria uma cidade cristã.

— Em sua maioria — disse com desprezo o padre Amandus.

Eadgyth assentiu.

— O arcebispo Hrothweard me disse o mesmo. Ele parece ser um homem bom.

— É um homem muito bom — concordei. — E o seu marido também. Sei que ele parece assustador, mas é um homem gentil.

— Rezo para que seja, senhor Uhtred.

— Gentileza — declarou o padre Amandus — não é substituta para a devoção a Deus. O rei Sigtryggr deve aprender a amar a fé — uma pausa —, senhor.

O Festival de Eostre

— O rei Sigtryggr — respondi, sério — não tem tempo para aprender nada. Ele vai à guerra.

— Guerra! — O padre pareceu chocado.

— Há um homem que precisamos matar.

Eadgyth era uma vaca da paz e estava descobrindo que a rivalidade dos reinos é uma coisa difícil. A religião, por causa dos ódios que gera, é difícil. As famílias, por causa do rancor que encorajam, são difíceis. Eadgyth, Eduardo, Eadgifu, Æthelstan, Ælfweard e Æthelhelm formavam um emaranhado de amor, lealdades e ódio, principalmente ódio, e isso era difícil. A única coisa simples era a guerra.

E Sigtryggr e eu íamos à guerra.

A guerra não é fácil. Geralmente é simples, mas nunca é fácil. Lidar com as ambições de Eduardo era tentar pegar enguias com as mãos à noite, e me perguntei se o rei sequer sabia quem ele desejava que o sucedesse. Ou talvez ele não se importasse, porque pensar na sucessão era contemplar a própria morte, e ninguém gosta de cogitar essa possibilidade. Quando jovem, Eduardo se demonstrara promissor, mas o vinho, a cerveja e as mulheres se provaram mais atraentes que o ofício enfadonho de reinar, e ele tinha engordado, ficado preguiçoso e doente. Porém, em certos aspectos ele fora um sucesso, alcançando o que seu mais célebre pai não tinha conseguido realizar. Eduardo havia travado uma campanha que pusera toda a Ânglia Oriental sob o domínio de Wessex, e a morte da sua irmã lhe dera a chance de incluir a Mércia em seu reino, embora a Mércia ainda não soubesse ao certo se isso era uma bênção ou uma maldição. Durante o reinado de Eduardo boa parte do sonho do seu pai tinha se realizado, o sonho de uma Inglaterra unida, e esse sonho me dizia que o tratado que tínhamos acabado de fazer não valia um peido de pardal. Os saxões ocidentais, já que eram os saxões ocidentais que estavam criando a Inglaterra, jamais abandonariam sua ambição de engolir a Nortúmbria. Isso era simples, e, por ser simples, significaria guerra.

— Não necessariamente — disse Æthelstan na noite posterior ao casamento da irmã.

254

A guerra do lobo

Eu zombei dele.

— Você acha que vamos simplesmente entregar a Nortúmbria?

— Agora vocês têm uma rainha saxã.

— E meu neto é herdeiro de Sigtryggr — apontei.

Ele franziu a testa diante dessa verdade. Nós nos encontramos no palácio, numa saleta adjacente à capela real. Ele havia pedido que eu fosse até lá, chegara a mandar homens para me escoltar pelas ruas de Tamweorthin para o caso de Æthelhelm realizar outro atentado contra a minha vida. Eu fora com relutância. Eadgifu já havia tentado recrutar meu apoio ao seu filho bebê, e eu suspeitava que Æthelstan também quisesse minha lealdade, por isso o recebi com palavras mal-humoradas:

— Se me queria no Witan para receber meu juramento, você não vai recebê-lo.

— Sente-se, senhor — pediu ele com paciência. — Há vinho.

Eu me sentei, então ele se levantou e ficou andando de um lado para o outro na saleta. Estávamos sozinhos. Ele passou os dedos na cruz pendurada no pescoço, olhou para a pintura em couro pendurada na parede, que mostrava pecadores despencando nas chamas do inferno, e finalmente se virou para mim.

— Eu deveria ser rei de Wessex?

— Claro — respondi sem hesitar.

— Então o senhor vai me apoiar?

— Não.

— Por quê?

— Porque eu prefiro lutar com Ælfweard.

Ele havia feito uma careta, depois voltara a andar pela sala.

— Meu pai vai me deixar em Ceaster.

— Bom.

— Por que isso é bom?

— É mais difícil Æthelhelm matar você lá.

— Não posso ficar abrigado atrás de muralhas para sempre.

— E não vai.

— Não?

O Festival de Eostre

— Quando seu pai morrer — sugeri —, vá para o sul com os homens da Mércia e reivindique o trono de Wessex.

— E lutar com as forças de Æthelhelm?

— Se for preciso, sim.

— Eu farei isso — declarou ele enfaticamente —, e o senhor não vai me ajudar?

— Eu sou nortumbriano. Sou seu inimigo.

Ele deu um sorrisinho.

— Como o senhor pode ser meu inimigo? Sua rainha é minha irmã.

— Verdade — admiti.

— Além disso, o senhor é meu amigo. — Ele parou junto a uma mesa sobre a qual estava uma cruz de madeira simples ladeada por velas. Æthelstan estendeu a mão e tocou na cruz. — Eu quero um juramento seu. — Ele não olhou para mim ao dizer isso, e sim para a cruz. Esperou minha reação, mas eu não falei nada, e meu silêncio obstinado o fez se virar para mim. — Jure por qualquer deus em que o senhor acredita que fará todo o possível para matar o ealdorman Æthelhelm. Faça isso e eu lhe presto um juramento.

Eu o encarei com surpresa. Seu rosto, tão forte e duro, estava coberto pelas sombras, mas seus olhos reluziam com o reflexo da chama das velas.

— Você faria um juramento a mim? — perguntei.

Ele estava segurando a cruz com força, talvez para me convencer de sua seriedade.

— Eu pedi ao senhor que viesse aqui para eu lhe prestar um juramento. Um juramento prometendo que jamais lutarei com o senhor e que jamais invadirei a Nortúmbria.

Hesitei, procurando alguma armadilha escondida pelo juramento prometido. Juramentos nos atam e não devem ser encarados com leviandade.

— Você mesmo pode matar Æthelhelm — argumentei.

— Se puder, matarei. Mas ele é seu inimigo também.

— E ao fazer seu juramento você promete não invadir a Nortúmbria?

— Não enquanto o senhor viver.

— Mas lutaria com o meu filho? Ou meu neto?

256

A guerra do lobo

— Eles devem fazer seus próprios acordos comigo — retrucou ele rigidamente, o que significava dizer que a Nortúmbria seria invadida quando eu morresse. E não deviam faltar muitos anos para isso acontecer, pensei com tristeza. Por outro lado, se Æthelstan se tornasse rei, o juramento que ele prometia daria tempo para que eu e Sigtryggr reforçássemos a Nortúmbria.

— O que acontece se o seu pai ordenar que você invada a Nortúmbria enquanto eu estiver vivo?

— Eu vou me recusar. Vou me tornar irmão leigo num mosteiro, se for necessário. Se eu fizer o juramento ao senhor, vou cumpri-lo.

E cumpriria mesmo, pensei. Eu tinha visto a chama da vela mais próxima estalar, sua fumaça se agitando enquanto subia até o teto.

— Eu não posso matar Æthelhelm enquanto o seu pai estiver vivo — falei. — Isso seria motivo para guerra. — Então outro pensamento me ocorreu, e eu o encarei incisivamente. — Você está pedindo para eu matá-lo só para ficar com a consciência limpa?

Ele meneou a cabeça.

— Estou oferecendo o que o senhor quer. Æthelhelm tentou matar nós dois, então sejamos aliados na morte dele.

— Eu achava que vocês, cristãos, preferiam resolver suas disputas sem matar.

Isso o fez franzir a testa.

— O senhor acha que eu busco a morte dele de coração tranquilo? Enquanto Æthelhelm viver não pode haver paz em Wessex. Se eu suceder ao trono, ele vai se rebelar contra mim. Ele quer o sobrinho no trono, e nada vai impedi-lo de conseguir isso.

— Ou ele quer o trono para si mesmo — argumentei.

— Alguns acreditam nisso, sim — respondeu ele, reservadamente.

— E ao matá-lo eu torno você rei.

Æthelstan se eriçou diante disso, suspeitando que eu o estivesse acusando de uma ambição indigna.

— O senhor acha que eu não rezei sobre esse destino? — perguntou, sério. — Que não lutei com a minha consciência? Que não conversei com o arcebispo Athelm? — E isso era interessante, pensei. Sugeria que o novo

257

O Festival de Eostre

arcebispo de Contwaraburg se opunha a Æthelhelm, ou pelo menos que apoiava Æthelstan. — Ser rei é um fardo — continuou Æthelstan, e vi que ele estava falando muito sério. — E estou convencido de que sou mais capaz de carregar esse fardo. Deus coloca o fardo sobre mim! O senhor pode não acreditar, mas eu rezo constantemente a oração de Jesus no Getsêmani; que o cálice seja afastado de mim! Mas Jesus não achou adequado me poupar, por isso devo beber da taça, por mais amarga que seja.

— Quando seu avô estava morrendo ele me disse que a coroa de Wessex era uma coroa de espinhos.

— Para valer alguma coisa — disse Æthelstan enfaticamente —, ela deve ser uma coroa de espinhos.

— Você seria um bom rei — falei com relutância.

— E eu vou ser um rei que não lutará com o senhor.

Eu podia não confiar em Eduardo, mas confiava em Æthelstan. Ele era como o avô, o rei Alfredo, um homem de palavra. Se ele dizia que não lutaria comigo, ele não lutaria.

— Vamos contar a alguém sobre este pacto? — indaguei.

— Acho melhor deixarmos isso entre nós, senhor, e talvez nossos conselheiros mais próximos. — Ele hesitou. — Posso perguntar o que Eadgifu queria com o senhor?

— Meu apoio.

Ele estremeceu.

— Ela é ambiciosa — Æthelstan fez com que isso parecesse desagradável —, e, claro, ela tem os ouvidos do rei.

— Mais do que os ouvidos.

— E o que o senhor lhe disse?

— Nada. Só olhei para os peitos dela e ouvi.

Ele fez uma careta.

— Nada?

— Ela foi inteligente demais para me pedir qualquer coisa porque sabia o que eu ia dizer. Toda aquela conversa foi meramente para convencer Æthelhelm de que eu era aliado dela.

— Ela é uma mulher esperta — disse ele baixinho.

258

A guerra do lobo

— Mas o filho mais velho dela é novo demais para ser rei.

— Mas metade dos saxões ocidentais alega que eu sou bastardo. E a outra metade sabe que Ælfweard não serve para ser rei. De modo que talvez o bebê dela seja uma escolha mais segura. — Ele olhou para a cruz de madeira. — Será que ele é a escolha certa?

— Ele é jovem demais. Além disso, você é o filho mais velho. O trono deveria ser seu.

Æthelstan assentiu e disse baixinho:

— Eu me sinto indigno, mas minhas orações me convenceram de que eu seria um rei melhor que Ælfweard. — Em seguida, fez o sinal da cruz. — Que Deus perdoe meu orgulho por dizer isso.

— Não há o que perdoar — falei duramente.

— Ælfweard não deve herdar o trono — continuou ele, ainda em voz baixa. — Ele é podre de corrupção!

— Dizem isso de mim também, senhor príncipe. Me chamam de matador de padres, pagão e coisa pior, mas mesmo assim você quer meu juramento.

Ele ficou em silêncio por um instante, os olhos abaixados e as mãos juntas, como se rezasse, depois olhou para mim.

— Eu confio no senhor. Antes de morrer, a senhora Æthelflaed me disse para confiar no senhor, para colocar minha fé no senhor, como ela havia feito. Portanto, sim, senhor, se devo cumprir com as ordens do meu Deus, quero o seu juramento, e pode jurá-lo pelo deus que quiser.

Assim eu lhe prestei um juramento. Me ajoelhei, fiz o juramento, e ele se ajoelhou e fez um juramento a mim. E eu achei que ao lhe fazer uma promessa e receber uma promessa em troca moldávamos o futuro juntos. E, mesmo sendo verdade que nós dois cumprimos com a promessa feita naquela noite, ainda assim o futuro fez a si próprio. Wyrd bið ful aræd.

— O que eu não entendo — disse Sigtryggr enquanto cavalgávamos para casa — é por que eles tiveram todo esse trabalho. Por que simplesmente não invadir agora?

O Festival de Eostre

— Porque eles estão brigando feito fuinhas dentro de um saco. Eduardo quer invadir, mas precisa do apoio de Æthelhelm. Se ele não tiver as tropas de Æthelhelm, seu exército está cortado pela metade.

— Por que Æthelhelm não o apoia?

— Porque Æthelhelm quer comandar pessoalmente a invasão — supus — e acabar como dono da maior parte da Nortúmbria. Eduardo não quer isso. Ele quer a Nortúmbria para si mesmo.

— Por que ele simplesmente não mata o desgraçado?

— Porque Æthelhelm é poderoso. Atacar Æthelhelm significa uma guerra civil. E Æthelhelm não vai apoiar Eduardo até Eduardo declarar que Ælfweard é o próximo rei.

Sigtryggr fungou.

— Então é fácil, basta fazer a declaração!

— Mas qualquer pessoa com bom senso em Wessex e na Mércia sabe que Ælfweard é um bosta. Se Eduardo nomear Ælfweard como herdeiro, pode provocar outra rebelião. Os mércios provavelmente querem Æthelstan. Os saxões ocidentais sensatos querem qualquer um, menos Ælfweard, mas não Æthelstan. Eles podem se aliar a Eadgifu, não sei.

— Por que simplesmente não apoiar Æthelstan? Ele é o filho mais velho!

— Porque os malditos padres pregam que Æthelstan é bastardo. E ele passou a maior parte da vida na Mércia, o que significa que a maioria dos saxões ocidentais não o conhece e não sabe se o reino vai prosperar sob seu comando. Os cristãos fervorosos o apoiam, é claro, pelo menos os que não acreditam que ele seja bastardo, mas a maior parte dos bispos e dos abades é paga por Æthelhelm, por isso eles querem Ælfweard. Eadgifu não quer nenhum dos dois porque acha que seu filho deveria ser rei, e eu não duvido que ela esteja abrindo as pernas para recrutar seguidores. É uma confusão régia.

— Então minha rainha é bastarda?

— Não — respondi com firmeza.

— Mas dizem que é?

— A igreja diz.

— Então por que casá-la comigo?

A guerra do lobo

— Porque eles acham que você é idiota a ponto de acreditar que uma bastarda real é sinal da sinceridade deles. E porque isso confunde os escoceses.

— Eles também? Como?

— Porque tornar Eadgyth sua rainha — sugeri — diz aos escoceses que você é aliado do pai dela, e isso pode fazer os desgraçados peludos pensarem duas vezes antes de tentar tomar a Nortúmbria. Os saxões ocidentais não querem que você perca metade da Nortúmbria antes de eles a tomarem inteira.

— Mesmo assim Eadgyth não é grande coisa como prêmio, é?

— Ela é uma boa mulher — respondi com firmeza —, e eu gosto dela.

Sigtryggr riu, depois esporeou o cavalo. Eu gostava dela. Eadgyth tinha o mesmo bom senso do irmão e seu próprio jeito afável. O casamento fora uma surpresa completa para ela. Eadgyth havia se resignado a uma vida de orações como uma espécie de prisioneira num convento. E apenas seis dias antes do Witan tinha sido arrancada do claustro, recebera roupas usadas que pertenciam à esposa anterior de Eduardo e fora levada para Tamweorthin, no norte. A velocidade com que Eduardo tomara essa decisão era impressionante, e fiquei me perguntando o motivo. Depois decidi que o casamento não era de fato um gesto para com Sigtryggr. A morte da minha filha oferecera a Eduardo, ou mais provavelmente aos seus conselheiros mais íntimos, uma oportunidade inesperada de dar um recado sutil a Æthelhelm. Ao reconhecer Eadgyth como filha e a tornando rainha, Eduardo sugeria que poderia tornar rei o irmão gêmeo dela, e isso ameaçava o futuro de Ælfweard, sobrinho de Æthelhelm. Porém, além disso, Eduardo garantira que apenas Ælfweard ocupasse um lugar de honra no Witan, com isso preservando as esperanças de Æthelhelm. A corte saxã era um ninho de vespas, refleti, e eu secretamente havia acrescentado o meu ferrão àquela confusão régia.

E assim cavalgamos para o norte, para a guerra.

TERCEIRA PARTE

A Fortaleza das Águias

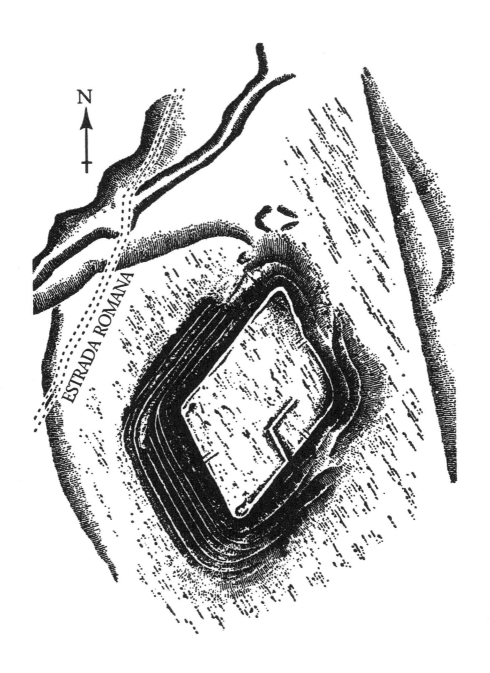

NOVE

Em Bebbanburg, o mar quebrava na costa incessantemente, e o vento trazia o cheiro de sal junto com os sons das aves marinhas. Eu passara muito tempo longe.

E em Bebbanburg precisei ouvir as declarações de simpatia das pessoas por Stiorra e a raiva que elas alimentavam dos assassinos. E só podia prometer vingança.

Já me vingar era outra história. Eu sabia que Sköll estava em algum lugar de Cumbraland. Só isso. Não sabia se no litoral ou nas montanhas. O irmão Beadwulf, que havia ficado em Eoferwic com a esquilinha, tinha me dito que Sköll capturara uma mina de prata nas montanhas, mas, quando o pressionei a dar mais informações, ele confessou que não sabia quase nada.

— Eu escutei homens falando dele, senhor, só isso. Ele morava muito ao norte do salão de Arnborg, disso eu sei.

— E tem uma mina de prata?

— Ouvi dizerem isso, senhor.

Eu tinha ouvido falar de uma mina de prata em Cumbraland, mas essas histórias eram comuns e as minas, raras. Uma vez meu pai ficou empolgado com a notícia de uma mina de ouro nas montanhas, e durante semanas falou da riqueza que teria e das moedas que produziria, mas seus grupos de busca não encontraram nada. Era muito mais fácil se arriscar a encontrar dragões e fantasmas destruindo os montes funerários do povo antigo, mas geralmente nas sepulturas só eram encontrados cerâmica barata e ossos secos.

Eu havia contado a Sigtryggr os boatos sobre uma mina de prata, e sabia que ele mandara homens atravessarem as colinas para procurar prata e Sköll.

Eu também mandei bandos de guerreiros, em geral grupos de vinte homens que recebiam a ordem de evitar uma luta com os seguidores de Sköll.

— Eu só preciso saber onde ele mora — insisti com eles. — Descubram isso e voltem para casa.

O instinto inicial de Sigtryggr, assim como o meu, fora reunir um exército e ir para o oeste sem demora, mas o bom senso fez com que nós dois parássemos. Lindcolne, da mesma forma que Eoferwic e Bebbanburg, devia ser guarnecida, além das fortalezas menores da Nortúmbria. Wessex podia ter assinado um tratado de paz, mas, se retirássemos as melhores tropas das nossas guarnições, a tentação seria grande demais, e eu achava bastante improvável que Eduardo fosse deixar passar uma oportunidade dessas. Além disso, os escoceses também estavam de olho na nossa terra, e as poderosas guarnições nos fortes ao norte ajudavam a dissuadi-los de invadir a Nortúmbria. Se deixássemos as fortalezas guarnecidas por homens suficientes, levaríamos apenas cerca de trezentos e cinquenta guerreiros domésticos até Cumbraland, e essa força, se é que era uma força, seria desbastada caso precisássemos ir de povoado em povoado, travando escaramuças e sem objetivo a não ser encontrar nosso inimigo, que estaria vigiando e fazendo emboscadas. Eu convencera Sigtryggr de que nosso melhor caminho era encontrar o covil do lobo, marchar direto para lá e esmagá-lo, mas isso significava localizar um inimigo bem escondido.

O maior bando de guerreiros que despachei para o oeste foi comandado pelo meu filho, que levou quarenta e três guerreiros para seguir a grande muralha que os romanos construíram através da Britânia. Os velhos fortes de pedra da muralha haviam atraído moradores, e eu achava que valia a pena perguntar a eles se tinham notícias de Sköll.

— Mas, se o encontrarem — alertei ao meu filho —, não comecem uma batalha.

— O senhor quer que eu fuja?

— Se meu irmão mais velho tivesse fugido — argumentei —, ele seria o senhor de Bebbanburg agora, e não eu. Às vezes o mais inteligente a se fazer na guerra é fugir.

E assim eu esperei e, enquanto esperava, tinha uma tarefa desagradável: falar com Ælswyth, a esposa do meu filho. Ela era irmã de Æthelhelm, o

Jovem, e acompanhara o pai quando ele era meu prisioneiro em Bebbanburg. E, mesmo ficando junto do pai durante os estágios finais da doença dele, ela havia engravidado.

Eu não podia culpar meu filho. Ælswyth era uma garota frágil, delicada e linda, com um cabelo que parecia o ouro das fadas, a pele clara como leite e um rosto capaz de enlouquecer um homem de desejo.

— Ela é a porcaria de uma elfa — decidira Finan ao vê-la pela primeira vez, e meu medo era de que a elfa fosse delicada demais para o parto, mas ela havia sobrevivido ao primogênito e agora carregava um segundo filho na barriga.

As mulheres sábias da aldeia e algumas das esposas dos meus homens declararam que ela estava saudável, mas, para garantir, queimaram raiz de mandrágora, transformaram as cinzas em pó, misturaram com leite de vaca para criar uma pasta e depois a passaram em sua barriga. Ela era cristã, é claro, porém, quando lhe dei um colar do qual pendia um gatinho de ouro, um dos símbolos de Freya, que protegia as mulheres no parto, ela o usou. Estava usando-o no dia em que meu filho levou seu bando de guerreiros para o sudoeste. E, quando ele não estava mais no campo de visão, caminhei com ela sobre as fortificações de Bebbanburg voltadas para o mar. Era um dia tempestuoso, e o mar estava salpicado de um branco inquieto, as ondas retumbavam ao quebrar na areia abaixo de nós, e o vento levantava mechas do seu cabelo loiro enquanto caminhávamos.

— Eu adoro esse lugar — comentou ela.

— Adora?

— É claro, senhor.

— Sem dúvida sua casa em Wessex era mais confortável.

— Ah, sim, senhor — respondeu ela, animada —, mas aqui eu me sinto livre.

Ælswyth me ofereceu um sorriso capaz de ofuscar o sol. Quando chegou a Bebbanburg ela estava com 13 anos, e, antes de meu filho arruinar os planos do pai dela, era considerada uma das noivas mais desejadas em todas as terras saxãs. A riqueza e o poder imensos do seu pai teriam garantido um dote de proporções régias. Reis de além-mar enviavam emissários para o salão do seu pai, e esses emissários levavam de volta os relatos sobre sua beleza. O pai a havia guardado cuidadosamente porque planejava casá-la com um

267

A Fortaleza das Águias

homem que aumentasse o seu poder. Ele queria que Ælswyth fosse esposa de um grande senhor, ou mesmo de um rei, para ser coberta de joias e coroada com ouro, mas me odiava tanto que estivera pronto para oferecê-la ao meu primo, com o objetivo de garantir que eu jamais recuperasse Bebbanburg, e, o melhor disso tudo, morreu tentando. Em vez disso, meu primo estava morto; Æthelhelm, o Velho, estava na sepultura; e sua preciosa filha caminhava pelas fortificações de Bebbanburg usando um vestido de lã, uma capa de pele de foca e um amuleto pagão.

— Você sabe que encontrei o seu irmão em Tamweorthin? — perguntei, cauteloso.

— Sim, senhor.

— Nós mal nos falamos.

— O senhor me contou — disse ela com humildade.

— O que eu não contei — acrescentei brutalmente — foi que ele tentou me matar. — Ela era, pensei, jovem demais para saber como reagir, por isso se limitou a emitir um guincho élfico, de surpresa ou choque. Continuamos caminhando. — E preciso lhe dizer que eu fiz um juramento.

— Um juramento, senhor?

— De matar o seu irmão.

Mais uma vez aquele ruído baixinho, depois ela se virou e encarou as águas cinzentas, as cristas brancas das ondas que faziam o horizonte ondular. Não havia nenhum navio à vista, apenas ondas rasgadas pelo vento que quebravam nas ilhas Farnea e lançavam borrifos reluzentes. Olhei para o rosto de Ælswyth, esperando ver lágrimas em seus olhos azuis, mas em vez disso ela dava um leve sorriso.

— Meus irmãos — disse, ainda olhando fixamente para o mar — nunca foram gentis comigo, senhor, e Æthelhelm sempre foi o mais cruel.

— Cruel?

— Ele é muito mais velho que eu, muito mais velho! E não gostava de mim.

— Ele batia em você?

— Não muito, não com frequência, mas ele era maldoso. Uma vez a minha mãe me deu um colar de azeviche. Era lindo, e Æthelhelm o pegou. Ele pegava tudo que queria, e se eu chorasse ele me dava um tapa, mas só tapas. — Ela balançou a cabeça. — Ele deu o colar a uma escrava da cozinha.

268

A guerra do lobo

— Que sem dúvida o fez por merecer deitada.

Ælswyth me encarou com surpresa no olhar e riu.

— Foi, e nove meses depois deu à luz uma menininha, mas o bebê morreu.

— Ela pôs instintivamente a mão no gato de ouro, depois passou o braço pelo meu. — Quando eu tinha 8 anos meu pai me deu um pônei, e eu o chamei de Stifearh porque ele parecia um porquinho gordo. — Ela riu, lembrando-se do pônei. — E, na primeira vez que tentei montar em Stifearh, meu irmão colocou cardos espinhosos embaixo da sela. Ele achou que ia ser engraçado! E, claro, o pobre Stifearh deu um pinote e eu fui jogada no chão. Quebrei a perna!

— Seu pai não castigou o seu irmão?

— Ele também riu. — Ælswyth me lançou um olhar sério. — Papai não era sempre mau. Ele podia ser generoso.

Puxei-a, caminhando pelo norte sobre a alta plataforma de luta.

— Então você vai ficar com raiva de mim se eu matar o seu irmão?

— Ele é seu inimigo, senhor, sei disso. — Ela hesitou, depois franziu a testa. — Mas agora eu sou a sua filha — acrescentou com ferocidade —, por isso vou rezar pelo senhor.

Contar à minha nora que eu tinha jurado matar o irmão dela não foi tão difícil, no fim das contas, mas encontrar Sköll estava se mostrando mais que difícil. Para começo de conversa, ele devia saber que o estávamos procurando, porque duas das minhas equipes de busca foram perseguidas e um homem foi morto, e nenhum batedor voltou com qualquer informação útil. Um mensageiro veio de Eoferwic e disse que os homens de Sigtryggr estavam sendo igualmente malsucedidos.

— É como se Sköll fosse um fantasma, senhor — comentou o mensageiro. — Todo mundo ouviu falar dele, mas ninguém sabe onde ele está.

— Ou estão com medo demais para falar — sugeri.

— O rei Sigtryggr acha que o feiticeiro é capaz de esconder a casa de Sigtryggr, senhor, que pode envolvê-la em nuvens.

Toquei meu martelo e temi pelo meu filho. Não estávamos lutando apenas com Sköll, e ele por si só já era aterrador o suficiente, mas com seu feiticeiro também. Eu tinha dito a Uhtred, o Jovem, que voltasse em dez dias, mas duas semanas se passaram e ele não tinha retornado. Ælswyth ficava horas

269

A Fortaleza das Águias

rezando na capelinha de Bebbanburg, e Finan, fazendo algo mais útil, levou trinta homens para o sudoeste, procurando notícias em cada povoado, mas as pessoas não tinham ouvido falar de nenhuma batalha nas colinas distantes.

— Ele vai voltar — garantiu Eadith. Ela havia me encontrado no muro de Bebbanburg voltado para a terra, olhando as colinas.

— Ele pode ser bastante cabeça dura.

— Como você — respondeu ela com um sorriso, então passou o braço pelo meu. — Ele vai voltar, eu prometo.

— Você vê o futuro? — perguntei, cético.

— Você me diz para confiar no meu instinto, e eu digo que ele vai voltar.

Eadith já fora minha inimiga, e agora era minha esposa. Era inteligente e hábil na complexa dança dos homens ambiciosos, cujos passos aprendeu como amante de Æthelred, o marido de Æthelflaed, que fora rei da Mércia e outro inimigo meu. Eu contara a Eadith meu pacto com Æthelstan, e ela o aprovou.

— Ele vai ser o próximo rei — comentou.

— Æthelhelm vai lutar para impedir isso.

— Vai, mas os homens da Mércia vão lutar por Æthelstan.

E isso, pensei, provavelmente era verdade. Ao herdar o trono, Eduardo havia sido constrangido pela marca da ilegitimidade atribuída ao seu filho mais velho, por isso mandara o menino Æthelstan para a Mércia, para ser criado por Æthelflaed, e assim eu tinha me tornado protetor dele. Æthelstan podia ser saxão ocidental de nascimento, mas para a maioria dos mércios ele era um deles.

— E você diz que o arcebispo Athelm se opõe a Æthelhelm? — perguntou Eadith.

— Acho que sim.

— Então a igreja vai apoiar Æthelstan.

— Não os homens da igreja que aceitam subornos de Æthelhelm. Além disso, a igreja não tem guerreiros.

— Mas a maioria dos guerreiros teme pela própria alma, por isso eles ouvem a igreja.

— E, assim que eu morrer — falei em tom soturno —, a igreja vai encorajar Æthelstan a invadir a Nortúmbria.

270

A guerra do lobo

Ela sorriu.

— Então é uma coisa boa o seu filho ser cristão.

— Desgraçado — falei, tocando o martelo. — Se é que ele está vivo.

Eadith tocou a cruz pendurada no peito.

— Ele está. Eu sei.

Ela estava certa, meu filho estava vivo, e era sorte ele estar. Uhtred havia partido com quarenta e três homens e voltou com apenas vinte e sete, seis deles feridos. Passaram pelo Portão dos Crânios de Bebbanburg parecendo derrotados, e estavam mesmo. Meu filho mal conseguiu olhar nos meus olhos.

— Fomos emboscados — disse com amargura.

Fora uma emboscada cuidadosamente preparada. Meu filho quase havia chegado à extremidade da grande muralha romana, e enquanto prosseguia parava em cada propriedade e cada povoado perguntando por notícias dos *úlfhéðnar* ou boatos sobre Sköll. Ele não ficou sabendo de nada até chegar ao povoado abaixo do maior forte da longa muralha, construído acima do rio Irthinam. Nós chamávamos aquele forte de Spura, porque suas muralhas ficavam acima de um esporão de pedra elevado, e o povoado era construído abaixo dele, na margem sul do Irthinam.

— Um homem nos disse que sabia onde Sköll vivia — explicou meu filho. — Ele disse que Sköll tinha capturado suas duas filhas e contou que seguiu os agressores para o sul.

— E você acreditou? — perguntei. — Um aldeão ousando seguir os *úlfhéðnar*?

— Os outros homens disseram a mesma coisa, senhor — interveio Redbad. Redbad era frísio, um sujeito dedicado ao meu filho. — Dois deles também tinham perdido as filhas.

— Quem eram esses homens? Dinamarqueses? Noruegueses? Saxões?

— Saxões — respondeu meu filho, arrasado, sabendo como essa história parecia frágil. — Eles disseram que cuidavam das terras dos monges em Cair Ligualid.

Cair Ligualid ficava na extremidade da grande muralha. Eu estivera lá muitas vezes e havia imaginado se a chegada de tantos noruegueses ao litoral de Cumbraland teria implicado a destruição do mosteiro e da cidade ao seu

A Fortaleza das Águias

redor. Nada que meu filho pudesse dizer seria uma resposta a isso, mas os saxões que o enganaram tinham dito que suas famílias buscaram abrigo atrás da muralha alta do mosteiro.

— E quantos homens estavam nesse povoado?

— Seis — respondeu meu filho.

— E eles sabiam onde Sköll morava?

— Disseram que ele morava em Heahburh.

— Heahburh?

Eu nunca tinha ouvido falar desse lugar. O nome significava "forte alto", e poderia ser a descrição de qualquer um dentre as centenas de fortes antigos nas colinas que coroavam as terras altas da Britânia.

— Eles não conseguiram descrever exatamente onde ficava — disse meu filho —, mas se ofereceram para nos levar.

— E tinham certeza de que Sköll não estava lá — complementou Redbad. — Disseram que ele tinha ido para o sul, senhor, para lutar com ladrões de gado.

— Isso me pareceu provável — continuou meu filho — porque Sigtryggr tem homens no sul de Cumbraland.

— Tem, sim — falei.

— Só que Sköll não tinha ido para o sul — concluiu meu filho, infeliz.

Sköll estivera esperando dos dois lados de um vale íngreme, seus homens escondidos logo depois do alto das colinas. E, quando os cavaleiros do meu filho estavam no centro do vale, os *úlfhéðnar* atacaram. Eles desceram como enxames pelas duas encostas, homens com capas cinzentas, cotas de malha cinzentas e cavalos cinzentos, e a tropa do meu filho, em inferioridade numérica, não teve chance. Ele se encolheu enquanto descrevia a cena.

— Você não pensou — perguntei amargamente — em colocar batedores no terreno alto?

— Eu acreditei nos homens que nos guiavam. E eles disseram que Sköll e a maioria dos homens dele tinham ido para o sul.

— Eles foram convincentes, senhor — acrescentou Redbad, leal.

— E achei que qualquer batedor que mandássemos para o alto dos morros seria visto pelos homens que ele tivesse deixado guarnecendo Heahburh — continuou meu filho —, e eu queria me aproximar sem ser visto.

— E os homens que guiavam vocês eram de Sköll?

Meu filho confirmou.

— Eles se viraram para o topo da colina e se juntaram aos atacantes.

De certa forma eu conseguia entender por que meu filho fora enganado. Se os homens que o haviam traído fossem dinamarqueses ou noruegueses, ele teria sido muito mais cauteloso, porém presumira que cristãos saxões seriam seus aliados. Entretanto, Sköll claramente havia subornado os seis, um lembrete de que o líder dos *úlfhéðnar* era um homem perspicaz. Segundo boatos, ele odiava os cristãos e sentia um prazer especial em matar padres, mas estava claro que sabia como seduzi-los e usá-los também.

Meu filho só havia escapado porque Sköll atacara tarde demais. Os *úlfhéð-nar* cavalgaram imprudentemente, descendo as encostas do vale. Porém, em vez de atacar a frente da coluna do meu filho, os cavaleiros a partiram ao meio. Os homens da retaguarda não tiveram chance, mas meu filho e os que sobreviveram com ele fugiram. Foram perseguidos, é claro, e mais dois se perderam na caçada ensandecida, mas os cavalos de Bebbanburg eram bons e meu filho voltou para casa.

Voltara para casa derrotado, e eu conhecia esse sentimento amargo do fracasso, ainda mais terrível por causa da necessidade de dizer às mulheres e às crianças que o marido e o pai delas estava morto. E eu sentia o gosto da vergonha do meu filho por ter sido enganado com tanta facilidade, por ter decidido, de maneira tola, percorrer terras desconhecidas sem batedores, por ter sido humilhado por um inimigo e, talvez o pior de tudo, por ter perdido a confiança dos meus guerreiros.

Os cristãos gostam de sonhar com um mundo perfeito, um lugar onde não existem batalhas, onde as espadas são transformadas em arados e o leão, o que quer que isso seja, dorme com o cordeiro. É um sonho. Sempre houve guerra e sempre vai haver. Enquanto um homem desejar a esposa de outro, a terra de outro, o gado de outro ou a prata de outro, haverá guerra. E, enquanto um padre pregar que seu deus é o único deus ou que é o melhor deus, haverá guerra. O rei Alfredo, um homem que adorava a paz porque a paz encorajava as orações, a educação e a prosperidade, mesmo assim queria conquistar as terras dos dinamarqueses e aniquilar o culto aos deuses antigos. Ele faria isso por meio da persuasão, se pudesse, mas o que poderia persuadir os dinamarqueses a abrir mão das suas terras, dos seus governantes e da sua religião? Apenas a espada. E, assim, Alfredo, o adorador da paz, forjou espadas a partir dos seus arados, criou exércitos e partiu para cumprir seu dever cristão de converter os inimigos.

E, enquanto existir guerra, existirão comandantes guerreiros. Líderes. O que faz um homem seguir um líder? O sucesso. Um guerreiro quer a vitória, quer prata, quer terra, e busca todas essas coisas com seu senhor. Meu filho não era um guerreiro ruim; na verdade, eu tinha orgulho dele, e quando eu morrer ele manterá Bebbanburg, assim como seu filho o fará. No entanto, para manter a fortaleza, Uhtred precisa de homens que confiem nele. Homens que o sigam com a expectativa da vitória. Uma derrota nas mãos de Sköll não acabaria com a sua reputação, mas agora ele precisava de uma vitória para mostrar aos meus homens que era um líder capaz de lhes dar a terra, a prata e o gado que eles desejavam.

Um jeito fácil de lhe dar algum sucesso seria mandá-lo para o norte, para as terras escocesas em busca de saques. Com Sköll ameaçando a Nortúmbria, entretanto, a última coisa que eu queria era alvoroçar os escoceses. É prudente lidar com um inimigo de cada vez. Além disso, refleti, logo haveria lutas suficientes, e Uhtred, o Jovem, teria sua oportunidade.

E então, pensei, se liderança tem a ver com sucesso, como Sköll havia sobrevivido? Ele tinha perdido suas terras na Irlanda e recuara para o leste, atravessando o mar. Havia feito seus homens atravessarem a Nortúmbria, entrara pelo portão de Eoferwic e lá fora repelido. Tinha me perseguido para o sul em direção a Mameceaster, depois recusara a batalha, preferindo recuar. Nada disso sugeria sucesso. Ele tinha conseguido capturar um pouco de gado e escravos, mas seus reveses foram muito maiores que os ganhos. No entanto, tudo que eu sabia a respeito dele sugeria que seu poder havia aumentado. Os noruegueses eram famosos por abandonar um líder malsucedido, a lealdade se dissolvendo junto com as derrotas do comandante guerreiro, e ainda assim a reputação de Sköll crescia. Os homens o temiam e temiam seus *úlfhéðnar*, mas o medo não tinha muita força ante o fracasso, e Sköll havia fracassado. Entretanto, seus homens não o abandonavam. Na verdade, cada vez mais homens juravam aliança a ele.

A guerra do lobo

— É o maldito feiticeiro — disse Finan.

Essa sem dúvida era a explicação. Aquele tal de Snorri era tão temido que nem os fracassos de Sköll podiam abalar a fé dos homens em seu sucesso final. Sköll possuía um feiticeiro capaz de ver o futuro com olhos cegos e usar aquelas órbitas vazias para matar homens a distância. Eu mesmo o temia! Os homens falavam de Presa Cinzenta, a espada de Sköll, mas sua verdadeira arma era Snorri. E era a reputação do feiticeiro que convencia mais homens ainda a pendurar a bandeira de Sköll, com o lobo rosnando, no teto dos seus salões, que trazia navios cheios de homens da Irlanda e das ilhas ocidentais da Escócia para prestar juramento a Sköll. Seu poder crescia, e cada relato me fazia lamentar não termos cavalgado antes. Diziam que Sköll comandava quinhentos guerreiros, uma semana depois eram setecentos, e nem Sigtryggr nem eu sabíamos qual era a verdade, assim como não sabíamos onde encontrá-lo.

— Heahburh! — falei, frustrado. — Talvez não exista um lugar chamado Heahburh!

Porém, os batedores de Sigtryggr ouviram o mesmo nome. Parecia que Heahburh existia, mas onde? Comecei a temer os boatos de que o formidável feiticeiro de Sköll possuía mesmo o poder misterioso de esconder sua fortaleza. E então, quando estava quase me desesperando, achando que jamais resolveríamos o mistério, ele se revelou do modo mais inesperado. Isso aconteceu num dia em que uma carta chegou a Bebbanburg. A carta era de Æthelstan, em Ceaster, e foi enviada a Sigtryggr, que, por sua vez, a enviou para mim, através do padre que tinha trazido a carta da Mércia.

Esse padre era Swithred, o confessor de Æthelstan, escoltado por seis guerreiros mércios e acompanhado por um sacerdote mais novo que parecia morrer de medo do olhar desaprovador e da língua ácida de Swithred.

— Fomos despachados — disse Swithred com altivez — para garantir que o rei Sigtryggr está cumprindo com os termos acordados em Tamweorthin. Também fomos encarregados de entregar esta carta ao rei. — Ele me entregou a carta, mas não me deu chance de lê-la. — Segundo o tratado, o rei Sigtryggr prometeu proteger os cristãos em seu reino.

— Prometeu, sim.

275

A Fortaleza das Águias

— Mesmo assim o rei Sköll matou todos os missionários de Cumbraland — continuou ele, indignado.

— O rei Sköll? — perguntei, enfatizando o "rei".

— É como ele se declara.

— É como ele se declara, senhor — corrigi com mordacidade, esperei até que ele tivesse dito a palavra e depois desdobrei a carta.

Æthelstan havia escrito que recebera notícias perturbadoras da região ao sul do Ribbel, "terra", escrevera, "que é nossa para governarmos em nome de nosso pai, o rei Eduardo, e um território ao qual chegaram cristãos fugindo da perseguição maligna do pagão que se chama de rei Sköll. Esse mesmo Sköll mandou tropas para nossa terra abaixo do Ribbel e causou grande mal ao nosso povo, aos animais de criação e às casas. Pior, para grande pesar de todos os cristãos, os irmãos que enviamos com a missão de ser uma luz para os gentios foram levados abominavelmente ao martírio." A carta prosseguia, observando que era responsabilidade da Nortúmbria impedir Sköll. "E, se o senhor se desviar desse dever, o nosso bom rei Eduardo mandará forças às suas terras para castigar o malfeitor."

— Sköll matou mesmo os seus missionários? — perguntei a Swithred.

Eu conversava com ele sob o sol, do lado de fora do grande salão. Havia mandado sua escolta e o jovem padre nervoso arranjarem comida e cerveja.

— Ele os martirizou — declarou Swithred, enojado.

— Estranho, porque alguns cristãos saxões se aliaram a ele.

— O diabo percorre a terra e realiza suas maldades.

Li a carta outra vez. Era formal e fria, o que sugeria que não era obra de Æthelstan, ainda que tivesse seu selo e sua assinatura. Provavelmente fora escrita por um padre.

— Você escreveu isso? — perguntei a Swithred.

— Por ordem do príncipe, sim.

— E uma cópia foi mandada para o rei Eduardo?

— Claro — esperei até que finalmente veio um relutante —, senhor.

Imaginei que na verdade a carta era destinada a Eduardo, garantindo-lhe a lealdade de Æthelstan, mas mesmo assim ela confirmava que Sköll estava ficando mais forte e também sugeria que sua selvageria poderia dar aos saxões motivo para declarar que o tratado fora violado, com isso lhes dando

A guerra do lobo

uma desculpa para invadir Cumbraland. E, se essa invasão acontecesse, a Nortúmbria nunca mais governaria a parte ocidental da sua própria terra. Por conquista, ela se tornaria parte da Inglaterra saxã.

— Confio que extirpará esse pagão — disse o padre Swithred quando terminei de ler. Depois, com relutância, acrescentou: — Senhor.

— Eu jurei matá-lo — falei incisivamente. Não preciso de um padre saxão para dizer qual é o meu dever.

— O senhor diz isso e não faz nada! — retrucou Swithred, e então arregalou os olhos, espantado, quando um homem magricela subiu os degraus até a plataforma de rocha diante do grande salão de Bebbanburg, onde conversávamos.

O homem tinha cabelos brancos que chegavam até a cintura e um rosto velho iluminado com o entusiasmo, mas o que deixou o padre Swithred atônito foram as roupas, porque ele vestia uma sotaina, uma casula, um pálio e uma mitra, e segurava um báculo de bispo na mão esquerda. E na direita usava um anel de prata pesado cravejado de âmbar. Pareceu empolgado ao ver o padre Swithred e, me ignorando, ergueu a mão para o sacerdote alto.

— Beije-a! — ordenou. — Beije, homem!

O padre Swithred ficou tão surpreso, e talvez tão perplexo pelas vestes radiantes do recém-chegado, que baixou a cabeça e beijou obedientemente o anel do bispo.

— Você veio de Roma? — perguntou, sério, o homem de cabelos compridos.

— Não — gaguejou Swithred, ainda confuso.

— Você não é de Roma! — O recém-chegado ficou ultrajado.

— Eu sou de Ceaster.

— De que serve Ceaster no céu ou na terra?! O trono papal fica em Roma, seu bendito idiota, seu cocô de bode, seu filhote de Belzebu! As chaves do pescador serão minhas. Deus decretou isso!

Ao ouvir o homem falar inglês com sotaque dinamarquês, o padre Swithred começou a recuperar o tino. Deu um passo atrás, franzindo a testa. Muitos dinamarqueses se tornaram cristãos, mas nenhum, até onde eu soubesse, chegara a ser nomeado bispo.

— Quem é você? — perguntou Swithred.

— Eu sou aquele que governará o reino de Jesus na terra! Eu sou o ungido pelo Senhor!

A Fortaleza das Águias

— Padre Swithred — intervim —, eu lhe apresento o bispo Ieremias.

A reação de Swithred foi exatamente a que eu esperava. Ele deu mais um passo atrás, rabiscou o sinal da cruz na direção de Ieremias e ficou furioso.

— Seu herege! — cuspiu ele. — Seu discípulo de Satã!

— O bispo Ieremias — esfreguei sal no orgulho ferido de Swithred — é meu arrendatário em Lindisfarena. Você me deve o arrendamento, bispo.

— O Senhor proverá — respondeu Ieremias, despreocupado.

— Você disse isso seis meses atrás, e o senhor ainda não proveu.

— Vou lembrar a Ele.

Na verdade, jamais esperei qualquer arrendamento da parte de Ieremias e, de todo modo, eu não tinha certeza de que Lindisfarena era minha. Era uma terra da igreja, lar do grande mosteiro de são Cuthbert, que fora saqueado e incendiado pelos dinamarqueses uma geração atrás. A igreja ainda não havia voltado a ocupar a ilha que, por tradição, ficava sob a proteção de Bebbanburg. E, para a fúria de muitos homens da igreja, eu permitira que Ieremias e seus seguidores se estabelecessem nas ruínas do antigo mosteiro. Suspeitava que a fúria deles se devia ao fato de Ieremias ser um cristão quase tão bom quanto eu.

Seu nome verdadeiro era Dagfinnr Gundarson, mas o jarl Dagfinnr, o Dinamarquês, tinha se tornado Ieremias, bispo autoproclamado. Ele servira a Ragnar, o Jovem, cujo pai havia me criado. Num dia de manhã, Dagfinnr apareceu nu no grande salão de Dunholm e anunciou que agora era o filho do deus cristão, que tinha adotado o nome de Ieremias e exigiu que Ragnar, um pagão, o adorasse. Brida, a esposa de Ragnar, que odiava todos os cristãos, insistiu para que Dagfinnr fosse morto, mas Ragnar achou divertido e deixou Ieremias viver. O bispo era louco, claro, mas até mesmo um homem tocado pela lua pode fazer algum sentido, e Ieremias prosperou. Ele possuía um navio cujo nome trocou para *Guds Moder* e o usava para pescar, e o sucesso atraiu homens e mulheres sem terras que ele chamava de "seu rebanho".

— Eu trouxe uma mensagem de Deus, senhor — avisou ele, empurrando o furioso Swithred para o lado e explicando sua visita. — Mas primeiro devo dizer, com enorme júbilo, que o rebanho tem sido diligente e produziu sal, que o senhor pode comprar conosco.

— Eu já tenho sal, bispo.

A guerra do lobo

— Ele não é bispo! — sibilou Swithred.

— Que o diabo peide na sua boca — retrucou Ieremias em tom altivo —, e que os vermes caguem na sua sopa. — Ele se virou de novo para mim. — Meu sal não é um sal comum, senhor. Ele é abençoado pelo nosso Redentor. É o sal do nosso Salvador. — Ieremias deu um sorriso triunfal. — Se o senhor o comprar — acrescentou, maliciosamente —, vou ter prata para lhe dar como arrendamento!

Às vezes eu achava que ele não era louco e, como Ragnar, me divertia com o sujeito.

— Eu lhe dei prata na semana passada em troca de arenques e salmões.

— Eu dei aquelas moedas a um pobre, senhor, como o Cordeiro de Deus me ordenou.

— E o pobre era você?

— O Filho do Homem não tinha onde pousar a cabeça — disse Ieremias misteriosamente, depois se virou para Swithred, que estava horrorizado. — Você é casado?

— Não — respondeu Swithred rigidamente.

— Eu acho que os seios de uma mulher servem como um ótimo travesseiro — comentou Ieremias, animado. — Nosso Senhor devia ter se casado. Ele teria dormido melhor.

— Herege — cuspiu Swithred.

— Que larvas entrem no seu cu — disse Ieremias, depois se virou para mim e, por um momento, pensei que ia me perguntar sobre os seios de Eadith, mas pelo jeito ele tinha outros assuntos em mente. — O senhor ouviu falar de Sköll, o norueguês?

Fiquei surpreso com a pergunta.

— Claro que ouvi.

— O tirano pagão que se diz rei — declarou Ieremias com desprezo. Ele tinha passado a falar em seu dinamarquês nativo, imagino que porque não queria que Swithred acompanhasse a conversa. — Ele é inimigo de Deus, senhor. O senhor já o conheceu?

— Já.

— E está vivo! Que Deus seja louvado!

A Fortaleza das Águias

— Como você sabe de Sköll?

Ele me lançou um olhar intrigado.

— Como eu sei? Senhor, o senhor fala com seus servos, não fala?

— Claro que falo.

— Bom, eu sou servo de Deus.

— E ele fala com você?

— É claro que fala! E por bastante tempo. — Ele olhou para o padre Swithred como se quisesse se certificar de que o sacerdote não estava entendendo o que dizíamos. — Deus me traz notícias, senhor, mas há ocasiões — ele havia baixado a voz — em que eu gostaria que Ele falasse menos. Eu não sou casado com Ele!

— Então você ouviu histórias sobre Sköll — falei, tentando levar a conversa adiante.

Eu duvidava que o deus de Ieremias tivesse sussurrado a notícia a ele, mas as histórias sinistras da crueldade de Sköll estavam se espalhando pela Nortúmbria e podiam facilmente ter chegado a Lindisfarena.

— O pagão veio de seu lugar nas alturas — entoou Ieremias — e é a vontade de Deus que o senhor o castigue. Essa é a mensagem de Deus para o senhor, que o castigue! — Ele levantou a bainha enlameada da sotaina, revelando uma bolsa pendurada no cinto do calção. Enfiou a mão na bolsa e pegou uma pedra mais ou menos do tamanho de uma noz, que me ofereceu. — Isso vai ajudar no castigo, senhor.

— Um seixo?

— Essa, senhor — disse, em tom de fascínio —, é a pedra de funda com que Davi matou Golias!

Peguei a pedra, que se parecia com um milhão de outras das praias de Lindisfarena. Eu sabia que Ieremias colecionava relíquias, todas sem valor, mas na mente dele todas eram verdadeiras e sagradas.

— Você tem certeza de que quer que eu fique com isso? — perguntei.

— Deus ordenou que eu a entregasse ao senhor para que o senhor desse a Sköll um grande castigo. Essa pedra é um objeto bastante sagrado e precioso e vai lhe dar o poder de derrotar todos os inimigos. — Ele fez o sinal da cruz, e o padre Swithred sibilou em desaprovação. — Que cagalhões saiam da sua boca — disse Ieremias em inglês outra vez, lançando um olhar irritado para Swithred.

280

A guerra do lobo

Pensei numa coisa que Ieremias havia me dito antes.

— Você mencionou um lugar alto.

— O pagão foi exaltado e deve ser derrubado.

— Você sabe que Sköll mora num lugar alto? — perguntei com cautela, pois era impossível ter certeza se Ieremias estava me escutando, quanto mais dizendo a verdade.

— Muito alto, senhor! Seu refúgio toca o céu e se encontra acima do buraco de prata.

Encarei-o.

— Você sabe onde fica?

— É claro que sei! — De repente, ele pareceu inteiramente são. — O senhor se lembra do jarl Halfdan, o Louco?

Meneei a cabeça.

— Deveria me lembrar?

— Ele perdeu o juízo, coitado, e fez um ataque a Dunholm. O jarl Ragnar o matou, é claro, e depois todos fomos para o norte e arrasamos a casa dele. Isso foi antes de Deus me chamar ao Seu serviço. — Ieremias usou uma ponta do seu pálio com bordados intrincados para assoar o nariz, fazendo o padre Swithred se encolher. — O forte de Halfdan, o Louco, é um lugar bastante maligno, senhor! Foi construído pelos romanos.

— Onde fica?

— Senhor, Senhor, Senhor — disse Ieremias, evidentemente pedindo ao seu deus que o ajudasse a lembrar. — O senhor conhece a estrada de Jorvik a Cair Ligualid?

— Conheço.

— A mais ou menos um voo de anjo de Cair Ligualid outra estrada romana segue para o norte, pelas colinas. Ela sobe, senhor. Se o senhor seguir por essa estrada, vai encontrar o forte de Halfdan. Ele está perdido nas colinas, muito longe e muito alto.

— Heahburh — falei.

— Ele é alto — disse Ieremias. — E, quanto mais alto o senhor sobe, mais perto chega de Deus. Eu estava pensando em construir uma torre, senhor.

— E qual é a distância de um voo de anjo? — perguntei.

281

A Fortaleza das Águias

— Uma torre muito alta, senhor, para tornar mais conveniente Deus falar comigo.

— Um voo de anjo — lembrei-o.

— Ah! Meio dia de caminhada só, senhor. — Ele pareceu muito animado ao se lembrar de alguma coisa. — A fortaleza de Halfdan fica acima dos afluentes do Tine Sul. Siga o vale desse rio e o senhor deve chegar ao local onde poderá castigá-lo. Mas reze, senhor, reze! O forte de Halfdan é formidável! Uma muralha, barrancos e fossos, mas vou implorar a Deus que lhe conceda um bom castigo. O Senhor das Hostes está com o senhor, o senhor tem de lhe dar um castigo portentoso!

— Mas como você pode ter certeza de que Heahburh é o forte de Halfdan? — perguntei, rezando para que a resposta não fosse que seu deus havia lhe contado.

— Eu não tenho como ter certeza — respondeu Ieremias, parecendo perfeitamente são —, mas todas as notícias dizem que Sköll vive acima do buraco de prata. Onde mais pode ser?

Algum instinto me dizia que a lembrança de Ieremias sobre o ataque de Ragnar, o Jovem, era verdadeira, o que significava que Heahburh ficava não muito ao sul da grande muralha e não muito distante do lugar onde meu filho tinha sofrido a emboscada.

— O buraco de prata? — perguntei.

Ieremias olhou para mim como se eu é que fosse louco, depois lhe veio a compreensão.

— Havia minas de chumbo lá, senhor.

— E a prata é fundida a partir do chumbo.

— Das trevas vem a luz — disse Ieremias, feliz —, e a prata deve ser dada aos pobres, senhor. — Ele lançou um olhar intenso para a pedra que eu estava segurando. — Essa é uma relíquia muito valiosa, senhor. O próprio rei Davi a segurou!

O que significava que ele queria prata, e, como tinha me contado o que eu precisava saber, dei-lhe moedas. Ele as cheirou, pareceu satisfeito e em seguida se virou para o mar.

— A maré está subindo, senhor. Posso descansar a cabeça aqui esta noite?

— Você trouxe seu próprio travesseiro?

Ele me ofereceu um sorriso astuto.

— Ela está lá embaixo, senhor — disse, apontando para a parte baixa da fortaleza.

Ieremias não poderia voltar para casa naquela tarde porque na maré alta a passagem elevada para Lindisfarena ficava embaixo da água. Era bastante comum o bispo louco ficar são o suficiente para visitar Bebbanburg justo quando a maré montante o impediria de voltar para casa e bem a tempo de compartilhar o jantar da guarnição que, eu suspeitava, era muito melhor que qualquer coisa que seus seguidores preparassem.

— E talvez possamos comer alguma coisinha? — acrescentou.

— Você será bem-vindo.

E era mesmo, porque imaginei que ele tivesse me contado onde eu poderia encontrar Sköll.

Não que eu pudesse fazer algo a respeito, ao menos não de imediato, porque no dia seguinte Sköll veio até nós.

Ele chegou sem que ninguém nos alertasse da sua presença, e isso era preocupante. Se um bando de guerreiros escoceses viesse caçando escravos ou gado, ficaríamos sabendo disso pelas pessoas que fugissem. Algumas iriam para seus esconderijos nas florestas ou nas colinas, mas outras partiriam a pé ou a cavalo para avisar aos vizinhos, e assim a notícia se espalharia até chegar a Bebbanburg, mas Sköll simplesmente chegou sem aviso. Ele devia ter trazido seus homens direto pelas colinas, sem parar para saquear nem queimar, apenas esporeando os cavalos, de modo que Sköll apareceu na colina acima da aldeia antes que alguém pudesse nos trazer a notícia da sua vinda. Chegou não muito depois do alvorecer de um dia agradável de primavera, e o sol nascente reluzia nas cotas de malha, nos elmos e na ponta das lanças dos seus cavaleiros com capas cinzentas.

— Eles devem ter cavalgado metade da noite — comentou Finan.

— Ou até a noite toda — falei. Fora uma noite sem nuvens e a lua estava cheia.

Uma trombeta soava no grande salão, chamando a guarnição de Bebbanburg para os muros. Aldeões corriam das suas casas, conduzindo porcos, cabras, vacas, cães, ovelhas e crianças pela estreita língua de terra que levava ao Portão dos Crânios de Bebbanburg. Sem dúvida Sköll conseguia vê-los, mas não mandou nenhum guerreiro descer a colina para impedir a fuga. Eu gritei para meu filho preparar homens que pudessem cavalgar para proteger os fugitivos caso Sköll atacasse, mas o norueguês permaneceu no terreno elevado e apenas nos observou.

— Duzentos e cinquenta homens — comentou Finan duramente.

— Até agora — falei, porque mais homens se juntavam a Sköll enquanto olhávamos.

Eu tinha menos de sessenta na fortaleza. A maioria dos meus guerreiros domésticos estava em suas propriedades, e, ainda que não demorassem a tomar conhecimento da chegada de Sköll e soubessem que deveriam se reunir ao sul da fortaleza, eu não podia esperar vê-los antes de no mínimo o meio-dia, e mesmo assim teria menos homens que Sköll.

Sköll, no entanto, também tinha problemas. Eu suspeitava que ele jamais tivesse estado em Bebbanburg. E, apesar de sem dúvida ter ouvido falar da força do lugar, agora via a fortaleza em toda a sua glória ameaçadora. Eu duvidava que ele tivesse algum navio no litoral leste da Nortúmbria, por isso o único modo de nos atacar era pela estreita língua de terra que levava às enormes defesas do Portão dos Crânios, e, se de algum modo ele conseguisse capturar o bastião externo, ainda teria pela frente o Portão Interno e sua poderosa muralha. Até onde eu conseguia ver, ele não trouxera escadas, de modo que na verdade não tinha chance de capturar a fortaleza porque nem mesmo seus famosos *úlfhéðnar* poderiam suplantar as defesas de Bebbanburg sem algum modo de escalar as fortificações. A não ser, é claro, que seu feiticeiro tivesse o poder de nos derrotar.

E isso seria possível? Toquei meu martelo. Eu podia lutar com homens, mas não com os deuses, e sem dúvida, pensei, Sköll tinha ouvido falar da força lendária de Bebbanburg antes da sua vinda à fortaleza, então o que lhe dava a confiança para vir de maneira tão ousada?

— Ah, santo Deus! — Finan interrompeu meus pensamentos. Estava olhando para a colina distante.

284

A guerra do lobo

Seus olhos eram melhores que os meus.

— O que é? — perguntei.

— Prisioneiros, senhor.

Foi minha vez de xingar. Agora eu conseguia ver os prisioneiros, quatro homens usando apenas camisas compridas, com as mãos amarradas, os corpos jogados sobre cavalos de carga feito sacos de grãos.

— Os homens do meu filho — falei em voz baixa.

— Provavelmente.

Nesse momento havia quase trezentos homens na colina distante, e Sköll tinha erguido seu estandarte, a bandeira com o lobo rosnando. Eu o via claramente, a capa branca reluzindo ao sol da manhã. Ele estava esperando, sabendo que eu o observava e ignorando os fugitivos que vinham em pânico da aldeia. Quase todos tinham chegado à fortaleza. Ele estava se vangloriando, pensei. Sköll não tinha vindo capturar uma fortaleza, e sim mostrar quão pouco nos temia.

E, quando se aproximou, veio devagar, toda a linha de homens cavalgando lentamente morro abaixo, passando entre as casas junto ao porto. Pensei que alguns homens iam apear para saquear a aldeia abandonada, mas em vez disso todos seguiram Sköll para a faixa de terra estreita. Os prisioneiros vieram junto.

— Dá para ver quem são eles? — perguntei a Finan.

— Ainda não.

Os guerreiros que se aproximavam pararam no ponto mais estreito da estrada elevada, onde Sköll apeou. Ele entregou seu elmo a um dos seguidores e, acompanhado apenas por um homem, caminhou na direção do Portão dos Crânios. Parou depois de alguns passos, desembainhou a grande espada, Presa Cinzenta, e a cravou na areia, depois abriu os braços para indicar que tinha vindo conversar, e não lutar. Deu mais alguns passos, parou e esperou. Seu companheiro era Snorri.

Eu só tinha visto Snorri ao longe, e agora o enxergava com clareza, e ele era muito mais aterrador que Sköll. Era alto como Sköll, mas, enquanto Sköll era largo e forte, o feiticeiro era esguio feito uma assombração, o manto listrado cinza e branco pendia frouxo dos ombros como uma mortalha. As

A Fortaleza das Águias

órbitas dos olhos eram cicatrizes vermelhas num rosto ossudo emoldurado por um longo emaranhado de cabelos brancos mais compridos que a barba branca, presa em três tranças. Era guiado por um cachorrinho branco preso na guia. Levava a guia na mão direita, e na esquerda segurava um crânio de lobo. Toquei meu martelo e vi Finan apertar sua cruz.

Os cristãos têm padres, que eu sinto prazer em chamar de feiticeiros porque isso os irrita, mas os cristãos condenam a feitiçaria. Eles acreditam que seu deus pregado podia andar sobre a água, curar os doentes e arrancar os demônios dos loucos, mas dizem que esses feitos não são magia, e cospem naqueles de nós que compreendem que o mundo jamais pode ser explicado, que a magia pertence ao reino dos espíritos e que alguns homens e mulheres têm a capacidade de entender o inexplicável. Essas pessoas são feiticeiros e feiticeiras, e nós os reverenciamos ao mesmo tempo que os tememos. Não são sacerdotes, nossa religião não precisa de homens ou mulheres nos dizendo como nos comportar, mas nos importamos com a vontade dos deuses, e algumas pessoas são melhores do que outras em adivinhar a vontade deles. É comum que nossos feiticeiros sejam cegos, como o homem que nos esperava do lado de fora do Portão dos Crânios, porque os cegos costumam enxergar melhor as sombras onde vivem os espíritos inquietos.

Ravn, pai de Ragnar, o Intrépido, fora um feiticeiro cego, mas preferia dizer que era um skáld, o que nós chamamos de bardo, um homem que faz poemas.

— Eu sou um skáld — dissera Ravn quando nos conhecemos —, um tecelão de sonhos, um homem que faz a glória a partir do nada e ofusca os outros com isso.

Ele rira da sua própria falta de modéstia, mas na verdade ele era muito mais do que um homem que fazia canções. Na infância, aprendi a entender que, apesar de cego, Ravn, o Skáld, conseguia ver coisas que nós não víamos. Ele era capaz de vislumbrar o mundo dos espíritos, podia ver a verdade nos sonhos e discernir o futuro na fumaça.

E agora o temível feiticeiro de Sköll estava diante do meu portão.

Os dois esperavam. Eu havia demorado algum tempo para sair do topo da fortificação, passar pelo Portão Interno e chegar ao Portão dos Crânios. Sköll estava com apenas um acompanhante, por isso só levei Finan, que murmurou

286

A guerra do lobo

uma oração e passou os dedos na cruz enquanto saíamos pelo portão e íamos até a dupla que aguardava. O feiticeiro tinha soltado a guia do cachorrinho, que ficou sentado quieto aos seus pés, enquanto o dono segurava o crânio de lobo com ambas as mãos e murmurava baixinho. Finan, um cristão, não deveria acreditar nas habilidades de um feiticeiro, mas ele não era idiota. Como a maioria dos cristãos, Finan sabia que havia um poder nas sombras e o temia. Eu também o temia.

— Uhtred de Bebbanburg — cumprimentou Sköll.

— Sköll do Niflheim — respondi.

Ele riu do insulto.

— Este é Snorri Wargson — disse, indicando o feiticeiro que murmurava.
— Ele é amado por Fenrir.

Senti um impulso de tocar o martelo pendurado no pescoço, mas consegui resistir. Fenrir é um lobo monstruoso, filho de um deus, que está preso e acorrentado porque até os deuses o temem. Nos últimos dias, quando o mundo for engolido pelo caos, Fenrir vai se libertar, e o massacre que ele vai promover deixará os céus encharcados de sangue. Mas até lá ele uiva acorrentado. E Snorri, como se soubesse quais eram meus pensamentos, inclinou a cabeça para trás e uivou para o céu. O cachorro não se mexeu.

— E este é Finan — falei —, um irlandês que perdeu a conta das viúvas que fez entre os *úlfhéðnar*.

— Vocês dois morrerão nas minhas mãos — disse Sköll calmamente, o que só fez Snorri uivar pela segunda vez. — Snorri viu a morte de vocês — acrescentou.

— E eu vi a sua — respondi. Ele era mais novo do que eu me lembrava. Seu rosto tinha rugas profundas e havia mechas grisalhas na sua barba loira, mas mesmo assim imaginei que ele ainda não tivesse 40 anos. Era um homem em seu auge, e um homem formidável. — Na última vez em que nos encontramos você fugiu de mim. Meus homens o chamam de Sköll, o Medroso.

— E, no entanto, eu vim encontrá-lo sem uma espada, e você está com uma. Quem tem medo agora?

— Você está desperdiçando meu tempo. Diga o que tem a dizer, depois fuja outra vez.

A Fortaleza das Águias

Sköll passou o dedo na boca vazia da bainha de Presa Cinzenta.

— Quando cheguei à Nortúmbria perguntei aos homens quem governava essa terra. Não disseram que era Sigtryggr, citaram você.

— Estavam errados.

— Uhtred de Bebbanburg — disse Sköll em tom grandioso —, o homem que todos temem. Me falaram de você! Falaram de um homem que vence batalhas, que encharca a terra com o sangue dos inimigos, que é o comandante guerreiro da Britânia! Até eu comecei a temer você!

— E deveria temer mesmo — interveio Finan.

— Eu procurei conselho. — Sköll ignorou Finan. — Eu, Sköll da Nortúmbria, procurei conselho a respeito dos meus temores! E se o grande Uhtred estivesse em Jorvik quando eu atacasse a cidade? Como poderia vencê-lo? Será que meu estandarte do lobo seria pendurado como um troféu no grande salão de Uhtred? Se quero ser rei na Nortúmbria, então devo governar os dois lados das montanhas, e Uhtred governa o lado leste! E meu amigo Arnborg me convenceu de que você poderia ser enganado, de que poderia ser mandado para... — Ele fez uma pausa. — Como era mesmo o nome do lugar?

— Ceaster — respondi.

— Para Ceaster, sim! Eu planejava montar uma armadilha para você no caminho, derrotá-lo, mas você pegou uma estrada diferente. Escapou de mim.

— Os deuses me adoram — falei, e toquei o martelo para afastar qualquer ofensa que eu pudesse ter feito aos deuses com essa afirmação descabida, depois pensei que isso não era verdade. Os deuses tinham me amaldiçoado.

— Eu começaria a conquista da Nortúmbria com a sua morte — disse Sköll. — Eu teria bebido pela minha vitória no seu crânio, mas em vez disso foi sua filha que eu matei.

Senti uma vibração de fúria e consegui contê-la.

— E as forças dela o expulsaram de Jorvik — retruquei. — Que conquistador você é, sendo derrotado por uma mulher!

— Eu peguei bastante saque, gado, escravos. — Sköll deu de ombros. — Não se conquista um reino facilmente. Se fosse fácil não valeria a pena. Mas eu conquistarei. Snorri viu. Ele viu que eu serei rei da Nortúmbria.

— A única parte da Nortúmbria que você vai governar se chama sua sepultura.

— E você está no meu caminho — continuou Sköll como se eu não tivesse falado. — Mas agora eu o conheci, Uhtred de Bebbanburg. Vi o que você é: um velho! Um sujeito de barba grisalha que não consegue proteger a própria filha, um velho que fugiu de mim! Você foi para o sul, desesperado para escapar de mim. Fugiu!

— Só depois de derrotar o seu filho.

No nosso primeiro encontro esse comentário tinha feito Sköll ficar imediatamente furioso, mas desta vez ele apenas deu de ombros como se não se importasse.

— Ele ainda vive, mas está ferido aqui. — Sköll bateu na cabeça. — Não consegue falar. É o mesmo que estar morto. Lamento isso, mas tenho outros filhos. — Ele até sorriu para mim enquanto dizia isso. — Portanto, eu peguei uma filha sua e você pegou um dos meus filhos. Estamos quites, certo?

Meu pai dizia que quando um inimigo fala é porque não ousa lutar. Admito que Sköll estava me surpreendendo. Ele permanecia calmo e falava de modo razoável, e isso significava que era menos impetuoso do que eu tinha presumido, mas autocontrole não ganha reinos. Ele tinha vindo a Bebbanburg com um objetivo. Até agora a aldeia não fora saqueada e nenhuma pira de fumaça manchava o céu a oeste, o que significava que não havia nenhum salão queimado nem nenhuma fazenda incendiada. Ele podia me chamar de velho, mas o simples fato de estar conversando revelava que ainda me temia, e o fato de não ter queimado nenhuma propriedade dos meus vassalos nem saqueado a aldeia sugeria que seu propósito não era lutar comigo. Ele estivera esperando minha resposta, mas eu não disse nada.

— Estamos quites, certo? — perguntou outra vez.

— Estaremos quites quando eu matar você.

Sköll meneou a cabeça, como se estivesse desapontado comigo.

— Não, você não vai fazer isso. Snorri viu o seu futuro. Será que ele deve revelá-lo a você? — Mais uma vez não respondi, e Sköll se virou para seu feiticeiro. — Diga a ele, Snorri.

A Fortaleza das Águias

— Na Fortaleza das Águias — começou Snorri obedientemente, e o cachorrinho, escutando a voz do dono, ganiu —, três reis lutarão.

Snorri parou de falar abruptamente. Suas órbitas vazias estavam voltadas para o porto, como se o que ele dizia fosse irrelevante para nós, o que só deixava seu tom estranhamente entediado ainda mais inquietante.

— Três reis — instigou Sköll.

— Dois com coroas e um sem — prosseguiu Snorri. Ele acariciou o crânio de lobo. — E dois reis vão morrer.

— E eu? — exigiu saber Sköll, mas em tom respeitoso.

— Os *úlfhéðnar* farão um grande massacre — entoou o feiticeiro. — O sangue dos seus inimigos correrá como riachos numa inundação. Os corvos irão se refestelar com carne até vomitar, os lobos rasgarão as carcaças, as viúvas usarão cinzas nos cabelos e o rei Sköll governará. — Ele estremeceu de repente, depois se dobrou como se estivesse em agonia. — Tudo isso eu vi, senhor rei.

— E Uhtred de Bebbanburg — Sköll pôs a mão no ombro magro de Snorri e falou num tom surpreendentemente gentil —, o que vai acontecer com ele?

Snorri gemeu subitamente, como se pronunciar a profecia fosse doloroso. Até agora ele tinha falado num tom distante, mas a pergunta de Sköll fez sua voz se erguer num guincho de agonia.

— Ele é o rei sem coroa — o feiticeiro apontou um dedo trêmulo para mim —, os dinamarqueses e os saxões vão unir forças e Uhtred será traído. Ele morrerá pela espada, sua fortaleza cairá e seus descendentes comerão o esterco da humildade. — Snorri se agachou, gemendo, e eu o ouvi murmurar: — Chega, senhor rei, chega. Por favor, senhor rei, chega.

O cachorrinho lambeu seu rosto enquanto Snorri tentava encontrar a guia de couro.

Senti um estremecimento na espinha e não falei nada. Eu já ouvira profecias antes, algumas haviam se realizado e outras ainda não, e algumas pareciam falsas, embora traduzir as palavras dos feiticeiros sempre exigisse habilidade. Com frequência eles falavam por meio de enigmas e geralmente qualquer pergunta a respeito do significado era respondida com mais enigmas.

— Snorri previu que você conquistaria Jorvik? — perguntou Finan, surpreendendo-me.

— Sim. — Sköll me surpreendeu ainda mais, admitindo isso.

— Então ele estava errado — zombou Finan.

— Eu estava errado — retrucou Sköll. — Eu fiz a pergunta errada. Só perguntei se eu iria capturar a cidade, não quantas vezes precisaria tentar. — Ele ainda estava com a mão no ombro do feiticeiro agachado. — Agora seja corajoso — pediu a Snorri — e diga a Uhtred de Bebbanburg como ele pode escapar do destino das nornas.

Snorri ergueu o rosto, de modo que eu estava olhando diretamente para aquelas órbitas arruinadas.

— Ele deve fazer um sacrifício, senhor. Os deuses exigem seu melhor cavalo, seu melhor cão e seu melhor guerreiro. Deve haver espada, sangue e fogo, um sacrifício.

Houve um momento de silêncio. O vento açoitou o capim das dunas e levantou o cabelo comprido de Snorri.

— E? — perguntou Sköll com gentileza.

— E ele deve ficar dentro dos seus muros — completou Snorri.

— E se ele não fizer o sacrifício ou não ficar? — perguntou Sköll, e a única resposta foi uma risada rouca de Snorri e outro ganido por parte do cachorrinho. Sköll deu um passo atrás. — Eu vim lhe dizer tudo isso, Uhtred de Bebbanburg. Se você lutar comigo, vai morrer. As nornas decidiram e a tesoura está pronta para cortar o fio da sua vida. Me deixe em paz e você viverá; lute comigo e morrerá.

Ele se virou como se fosse embora, mas algo atraiu seu olhar, então Sköll se virou, olhando para além de mim. Vi uma sombra cruzar seu rosto e olhei para trás, então vi que Ieremias, com seus cabelos compridos e brancos se agitando ao vento, tinha saído pelo Portão dos Crânios e estava nos observando. Usava suas vestes de bispo, e ao sol parecia um feiticeiro, como Snorri.

— Quem é aquele? — perguntou Sköll.

De repente, Ieremias começou a cabriolar, e eu não fazia ideia do motivo. Ele dançou, girou e levantou bem alto o báculo de bispo. E o sol nascente provocou um reflexo brilhante na parte curva, feita de prata.

— Eu não vejo ninguém — falei. — Você está vendo alguém, Finan?

Finan se virou, olhou e deu de ombros.

— Só os lanceiros na muralha.

291

A Fortaleza das Águias

— Seu feiticeiro! — insistiu Sköll.

Ieremias tinha parado de cabriolar e agora levantava os dois braços para o céu. Presumi que estivesse rezando.

— Meu feiticeiro morreu há um ano — falei.

— Mas o fantasma dele costuma aparecer — acrescentou Finan.

— Mas só para homens condenados — terminei.

Sköll tocou em seu martelo.

— Você não me amedronta — vociferou ele, mas sua expressão dizia o contrário. — Snorri — chamou rispidamente —, venha.

O cachorrinho deu um empurrão em Snorri para que ele se levantasse e os dois homens voltaram na direção dos cavaleiros que esperavam.

— E os meus homens? — gritei para Sköll. — Seus prisioneiros.

— Pode ficar com eles — respondeu ele sem se virar. — Eu capturei doze dos seus homens. Os outros oito eu matei.

Ele pegou Presa Cinzenta da areia, virou-se e apontou a lâmina para mim.

— Quando eu for rei em Jorvik, você irá me jurar lealdade. Até esse dia, Uhtred de Bebbanburg, adeus.

Sköll enfiou com força a lâmina comprida na bainha, montou em seu cavalo cinzento e partiu.

Os deuses gostam de sacrifício. Se lhes dermos algo precioso, isso lhes diz que os reverenciamos, que tememos seu poder e que somos agradecidos a eles. Um sacrifício generoso rende seu favor, ao passo que uma oferenda inadequada provoca sua inimizade.

Sköll tinha vindo a Bebbanburg e, em vez de lutar, me ofereceu uma profecia e uma trégua. Ele libertou os quatro prisioneiros incólumes, depois partiu como tinha vindo, rápido e sem violência. E ele e seu feiticeiro me inquietaram, motivo pelo qual tinham vindo.

— Então o senhor deve fazer um sacrifício? — perguntou Finan naquela tarde.

Caminhávamos pela extensa praia de Bebbanburg, com o mar interminável rugindo à esquerda, as fortificações lúgubres acima. O sol ainda não tinha se posto, mas estávamos nas sombras profundas da fortaleza, que se estendiam ao longe sobre as águas inquietas.

A guerra do lobo

— Que se dane o sacrifício — falei, e toquei o martelo.

— O senhor não acredita no feiticeiro?

— Você acredita?

Finan parou enquanto uma grande onda quebrava na praia. A espuma branca correu rápido pela areia e pensei que, se a espuma chegasse até mim, eu estaria condenado. Mas ela parou a um palmo do meu pé, e então a água recuou.

— Já vi feiticeiros dizerem a verdade — respondeu Finan com cautela — e já os vi mentir descaradamente. Mas esse? — Ele deixou a pergunta no ar.

— Foi convincente — falei.

Finan assentiu.

— Foi. Até chegar à parte final.

— Parte final?

— Ele se esqueceu de dizer que o senhor deveria ficar dentro dos muros. Sköll precisou lembrá-lo. — Finan chutou uma fava-do-mar e franziu a testa.

— Eu acho que Snorri estava dizendo o que Sköll queria que ele dissesse, o que eles ensaiaram dizer.

— Talvez. — Eu não tinha certeza.

— E o que eles ensaiaram dizer — continuou Finan — iria convencer o senhor a não lutar com ele. Sköll pode chamar o senhor de velho, mas mesmo assim o teme.

— Talvez — repeti.

— Ele teme o senhor! — insistiu Finan. — Por que outro motivo libertaria os prisioneiros? Porque ele tem medo do senhor. Sköll não o quer como inimigo.

— Ele matou a minha filha. Sköll sabe que isso faz dele meu inimigo.

— Mas Snorri o convenceu de que ele não deveria lutar com o senhor! Ele não veio para nos amedrontar; veio para convencer o senhor a não lutar.

Eu queria acreditar nisso, mas como saberia se era verdade? Procurei algum presságio, mas só vi as primeiras estrelas aparecendo sobre o mar coberto pelas sombras.

— Você esquece que os deuses me amaldiçoaram — falei.

— Que se danem os seus deuses — retrucou Finan violentamente.

— E, quando os deuses falam — continuei como se ele não tivesse dito nada —, devemos escutá-los.

A Fortaleza das Águias

— Então escute Ieremias — declarou Finan, ainda com raiva. — Ele e Deus conversam de manhã, de tarde e de noite.

Eu me virei e olhei para Finan.

— Você está certo.

Ieremias falava mesmo com um deus. Não era o meu deus, mas não sou idiota a ponto de achar que o deus cristão não tem poder. Tem. Ele é um deus. Tem poder, como todos os deuses, mas era o único entre os deuses da Britânia que insistia em ser o único! Era como um jarl louco em seu salão, que se recusava a acreditar que havia outros salões onde viviam outros jarls. Entretanto, apesar de toda a sua loucura, o deus cristão tinha ordenado que o bispo louco me desse uma pedra.

Tateei o bolso e peguei a pedra de funda, que era pouco maior que um seixo grande. Rolei-a na palma da mão e pensei que, se eu carregasse aquela pedra, o deus cristão me recompensaria com a vitória. Essa era a promessa de Ieremias. No entanto, pensei, sem dúvida meus deuses ficariam furiosos se eu contasse com o presente e com a promessa de um deus que os odiava, que negava sua existência, mas que mesmo assim fazia todo o possível para destruí-los. Uma maldição era um teste, percebi, e a promessa cristã de vitória era uma tentação para abandonar meus deuses. Dois feiticeiros falaram comigo; um prometia a vitória, o outro a derrota, e eu desafiaria os dois para divertir os deuses.

Então me virei para o mar, aquele mar coberto pelas sombras da fortaleza, agitado pelo vento e salpicado de branco. Recuei o braço.

— Isso é para Odin e Tor — gritei, em seguida lancei a pedra o mais longe que pude.

Ela voou acima das águas e desapareceu na espuma agitada de uma onda que quebrava. Parei, encarando o mar sempre em movimento, depois olhei para Finan.

— A gente vai para Heahburh.

Que o feiticeiro se danasse. Iríamos lutar.

DEZ

Nós NOS REUNIMOS em Heagostealdes, um povoado grande ao sul da muralha. O assentamento ficava na estrada romana que seguia para o norte partindo de Eoferwic, passava pela muralha romana e terminava em Berewic, o burh mais ao norte da Nortúmbria e parte das propriedades de Bebbanburg. Eu era obrigado a manter guerreiros em Berewic para ajudar os homens do povoado a defender os muros de terra e madeira contra os escoceses que insistiam que a terra era deles, mas naquela primavera deixei apenas cinco homens, e esses eram velhos ou meio aleijados, porque eu queria levar o máximo de guerreiros que pudesse para enfrentar Sköll. Deixei outros dezoito homens, auxiliados pelos pescadores da aldeia, para guardar Bebbanburg. Era uma guarnição perigosamente pequena, mas o suficiente para defender o Portão dos Crânios. Mercadores viajando da Escócia para o sul me disseram que o rei Constantino estava no norte do seu reino, fazendo escaramuças com os noruegueses que tinham se estabelecido lá, e nenhum deles falou de homens se reunindo para a guerra perto da fronteira sul. Sem dúvida o rei Constantino estava vigiando Sköll, procurando uma oportunidade para se aproveitar das disputas na Nortúmbria, e adoraria capturar Berewic ou Bebbanburg enquanto eu estivesse longe. No entanto, quando ouvisse algo sobre eu ter reduzido as guarnições usuais das fortalezas, eu esperava que a guerra contra Sköll já tivesse acabado.

A preparação levou dias longos e difíceis; dias afiando espadas, limpando e consertando cotas de malha, unindo tábuas de salgueiro com ferro para fazer escudos, afiando pontas de flecha e rebitando pontas de lanças nos cabos de freixo. Os ferreiros fizeram novos machados de batalha e fixaram suas lâminas pesadas em cabos muito compridos. As mulheres de Bebbanburg assaram pães e bolos de aveia, e enchemos caixas com queijo duro, peixe defumado, cordeiro seco e toucinho, tudo isso pego nos depósitos que restavam de um inverno frugal. Fizemos escadas porque, pelo que Ieremias recordava, as antigas muralhas romanas ainda protegiam o forte.

— Elas não são altas, senhor — avisou ele —, não são como as muralhas de Jericó! Não são mais altas que um homem. Será que o senhor poderia levar trombetas pequenas?

— Trombetas pequenas?

— As muralhas de Jericó exigiram trombetas grandes, senhor, mas as do forte de Halfdan, o Louco, cairão diante de instrumentos menores.

Preferi contar com as escadas. Consertamos selas, tecemos cordas de pele de foca para os cavalos de carga e preparamos cerveja. Fizemos dois novos estandartes de lobo, e certo dia encontrei Hanna, a jovem esposa saxã de Berg, bordando um estandarte diferente, que exibia uma águia de asas abertas. Ela havia usado um grande pedaço de linho claro no qual a águia, cortada de um pano preto, aparecia audaciosa.

— Eu odeio costurar, senhor — comentou ela, me cumprimentando.

— Você está fazendo um bom trabalho. — Eu gostava de Hanna. — Onde conseguiu o pano preto?

— É uma batina do padre Cuthbert. Ele não vai sentir falta. É cego. Uma pessoa não tem como contar as batinas se for cega.

— E por que estamos fazendo uma bandeira com uma águia? Nós lutamos sob o signo da cabeça de lobo.

— É melhor perguntar a Berg — disse Hanna, rindo. — Eu só faço o que mandam.

— Então você mudou — falei, e fui encontrar Berg, que estava treinando com um machado de cabo longo.

— É desajeitado, senhor — disse ele, sopesando a arma comprida, e estava certo. A lâmina do machado, com a longa ponta curvada de baixo, e toda a arma com seu grosso cabo de freixo, era longa feito uma lança. — São necessárias as duas mãos, por isso não posso usar um escudo junto com ela.

— E isso poderia salvar a sua vida. Me fale sobre águias.

— Águias?

— Uma bandeira.

Ele ficou encabulado.

— Era a bandeira do meu pai, senhor. O estandarte de Skallagrimmr. — Ele fez uma pausa, obviamente esperando que isso bastasse como explicação. Porém, como eu não falei nada, Berg continuou, relutante: — E nós vamos lutar com o meu povo, os noruegueses.

— Vamos.

— E eu gostaria que eles soubessem que a família de Skallagrimmr é inimiga deles, senhor. Isso vai amedrontá-los!

Escondi um sorriso.

— Vai?

— Senhor — ele falava seriamente —, meu pai foi um grande guerreiro, um guerreiro renomado! Meus irmãos são grandes guerreiros. Sköll sabe disso!

— Você é um grande guerreiro — falei, agradando-o. — Seu pai ainda é vivo?

— Ele foi para o mar e jamais voltou, senhor. Acho que a deusa o pegou. — Berg tocou seu martelo. — Mas ouvi dizer que meus irmãos ainda vivem. E Egil e Thorolf são *úlfhéðnar*! Quando os homens de Sköll virem a bandeira da águia, senhor, eles vão saber o que é medo!

— Então é melhor você carregar a bandeira. — Eu gostava de Berg, cuja vida eu salvara na praia galesa e que desde então havia me recompensado com lealdade absoluta. — Por que você não ficou com os seus irmãos?

— Egil disse que não era tarefa deles ensinar um garoto a lutar. Por isso me mandaram para aprender a ser um viking com outro jarl.

— Que levou você a uma matança numa praia estrangeira.

Ele sorriu.

— O destino foi bom para mim, senhor.

Fiz mais do que preparar armas e juntar suprimentos. Mandei mais patrulhas fortes para as colinas a oeste, à procura de notícias. Esses homens trouxeram informes de que Sköll havia se retirado para o terreno alto, provavelmente para Heahburh, mas eu não deixaria nenhum dos meus homens chegar perto de onde achávamos que ficava essa fortaleza.

A Fortaleza das Águias

Sköll sabia que o estávamos procurando e devia estar se preparando para a guerra, como eu. Podia ter esperanças de haver me convencido a não lutar, mas mesmo se eu tivesse aceitado seu conselho ele ainda precisaria enfrentar um furioso Sigtryggr, cujas tropas eu sabia que estavam causando flagelo no sul de Cumbraland.

— Sigtryggr precisa deixar tropas ao sul de Heahburh — eu tinha dito a Eadith na noite anterior à nossa partida para Heagostealdes.

— Por quê?

Olhei para a fumaça que entrava no nosso quarto, vinda do grande salão, e tentei enxergar um presságio em suas formas oscilantes. Não vi nada. Mais cedo, naquele dia, eu vira um gato espreitando um camundongo e soube que, se o camundongo morresse, Sköll morreria, mas o camundongo escapou.

— Heahburh é uma boa fortaleza, mas evidentemente fica no alto das montanhas e longe de qualquer lugar. — O feiticeiro de Sköll a havia chamado de Fortaleza das Águias, e as águias fazem seus ninhos em lugares remotos e altos. — Achamos que Sköll está na fortaleza — expliquei. — Nenhum dos nossos batedores viu as tropas dele em movimento, mas, no lugar de Sköll, eu atravessaria as montanhas e atacaria Eoferwic.

— Por quê? — perguntou ela de novo.

— Porque é em Eoferwic que ficam os mercadores. É onde está o dinheiro.

— E dinheiro é poder.

— E dinheiro é poder — concordei —, e a terra ao redor de Eoferwic é rica, o que significa impostos e arrendamentos, e o dinheiro dos impostos e dos arrendamentos se transforma em espadas, lanças, machados e escudos. E a estrada mais rápida de Sköll para Eoferwic é indo para o sul.

— E você acha que ele vai fazer isso?

— Temo que ele faça isso.

Saber o que o inimigo está fazendo ou planejando é sempre o mais difícil na guerra. Os mensageiros de Sigtryggr informavam que as propriedades no-rueguesas em volta do estuário do Ribbel tinham sido despojadas de homens e que, até onde eles podiam determinar, todos esses homens foram para o norte, para onde quer que Sköll estivesse reunindo seu exército. A investida de Sköll contra Eoferwic no fim do inverno havia sido sua declaração de guerra, e ela quase fora bem-sucedida. Sua ida a Bebbanburg tinha sido uma tentativa de me convencer a ficar de fora daquela guerra porque sabia que a batalha vindoura iria decidir quem reinaria na Nortúmbria, mas onde seria essa batalha? Se eu fosse Sköll, atravessaria as montanhas e levaria a guerra para a região leste da Nortúmbria, mais rica, obrigando-nos a persegui-lo e lutar no lugar que ele escolhesse. E era por isso que Sigtryggr estava compelido a vigiar as rotas que levavam ao sul, através das montanhas.

Tínhamos planejado nos aproximar de Heahburh pelo leste, mas temíamos que Sköll escapasse para o sul antes de o atrairmos para a batalha, e também temíamos que as forças que vigiavam essas rotas para o sul fossem fracas demais para retardá-lo enquanto nos esforçávamos para alcançá-lo. Esses temores me mantinham acordado à noite, mas todos os informes pareciam confirmar que Sköll permanecia nas montanhas onde ficava sua fortaleza, nos convidando, até mesmo desafiando, a atacá-lo.

— E se ele chegar a Eoferwic? — perguntou Eadith.

— Ele captura a cidade — respondi, desanimado.

— Vai haver uma guarnição lá? E os homens da cidade?

— Uma guarnição pequena. E sim, os homens da cidade vão ajudar. Mas, se você tiver *úlfhéðnar* subindo escadas, não vai querer artesãos de prata e de couro esperando por eles. Vai querer guerreiros.

— E se ele chegar aqui?

— Não faça o que a minha filha fez — respondi, sério. — Sustente o Portão do Crânio e espere nossa volta.

Levei cento e oitenta e quatro homens até Heagostealdes, e com eles foram trinta dos meus arrendatários que eram caçadores hábeis com seus arcos e mais de noventa garotos e serviçais. Nossos cavalos de carga estavam pesados com escudos, lanças, comida e cerveja. Sihtric de Dunholm, que mantinha aquela grande fortaleza em meu nome, trouxe sessenta e dois homens. Sigtryggr chegou com cento e quarenta e três guerreiros domésticos, enquanto seus jarls, os homens que possuíam propriedades e deviam aliança a ele, trouxeram mais cento e quatro. Isso era muito menos do que Sigtryggr havia esperado.

— Então temos algo em torno de quinhentos homens — disse ele com tristeza na noite em que nos reunimos no povoado. — Eu esperava mais. Mas

A Fortaleza das Águias

aqueles desgraçados do sul... — Ele deixou a frase inacabada, mas eu sabia que se referia aos dinamarqueses da fronteira sul da Nortúmbria, que tinham feito a paz com a Mércia cristã. — Não estamos lutando com a Mércia, mas mesmo assim eles não querem mandar homens. Desgraçados.

— E não podemos castigá-los — comentei — porque eles estão sob a proteção de Eduardo.

— E eu tive de dar noventa homens a Boldar Gunnarson — acrescentou Sigtryggr, soturno —, e ele precisa do dobro disso.

Boldar era um dos seus comandantes, um homem mais velho, com bom senso e cautela, que comandava as tropas que vigiavam as estradas que levavam a Eoferwic no sul de Cumbraland.

— Boldar vai nos avisar se tiver algum problema — comentei —, e quinhentos homens devem bastar para tomar Heahburh.

— Tem certeza?

— Não. — Dei de ombros. — Mas Sköll terá sorte se tiver quinhentos, portanto deve bastar.

— Segundo os boatos ele tem mais de quinhentos.

— Os boatos sempre exageram o inimigo — retruquei, e eu esperava estar certo.

— E ele tem os *úlfhéðnar*.

— E eu tenho isso. — Mostrei a ele a jarra que o irmão Beadwulf havia preparado para mim várias semanas antes. O gargalo da jarra estava tampado com uma rolha de madeira e lacrado com cera.

— O que é isso?

— Um unguento que transforma os homens em *úlfhéðnar*. Meimendro--negro.

— Veneno de porco! — Ele sopesou a jarra. — Para quantos homens isso aí vai servir?

— Não sei. Uma dúzia?

— Eu experimentei uma vez — comentou ele pesarosamente —, e passei mal por uma semana. — Sigtryggr pôs a jarra na mesa, depois se levantou e foi até a porta da taverna. Era noite, e a rua lá fora estava iluminada por tochas. Ele se apoiou no portal, olhando para a noite. — Em certos momentos eu gostaria que você nunca tivesse me feito rei.

300

A guerra do lobo

— Eu sei.

— Eu podia ter sido um viking.

— Talvez seja isso que devamos fazer — sugeri. — Vamos deixar Sköll ser rei, e você e eu vamos viver em Bebbanburg e manter uma frota. Pense em todos os mosteiros novos que existem em Wessex! Grandes construções atulhadas de prata! Vamos ser mais ricos que reis!

Ele gargalhou. Sabia que eu não estava falando sério.

— Eu paguei a um skáld para ver o futuro — disse de repente e em voz baixa.

Senti um estremecimento.

— O que ele disse?

— Era uma mulher.

Toquei o martelo de Tor.

— E o que ela disse?

— Ela devolveu minha prata. — Ele ainda falava baixo e eu senti o estremecimento de novo. — Disse que o futuro era uma névoa e que não podia enxergar através dela, mas acho que ela viu e não ousou me dizer. — Sigtryggr se virou para mim. — Finan disse que vocês conheceram o feiticeiro de Sköll.

— Conhecemos, mas ele não falou coisa com coisa — respondi sem dar importância. — Só disse o que Sköll queria que ele dissesse.

— Ele falou sobre a morte de reis?

Finan, pensei, devia ter ficado em silêncio.

— Falou bobagens — respondi vigorosamente —, balbuciou qualquer coisa sobre águias e um rei sem coroa.

Precisei me controlar para não tocar o martelo enquanto falava. Snorri tinha dito que três reis iriam ao lugar alto e que dois morreriam. Sköll era um dos reis, Sigtryggr o segundo e eu era o terceiro, o rei sem coroa. E dois de nós deveriam morrer. Mas nada disso fazia sentido. Snorri tinha dito que os dinamarqueses e os saxões iriam me trair, e o que isso teria a ver com uma guerra contra os noruegueses?

— Nada além de bobagem — insisti.

Sigtryggr voltou à mesa e se sentou.

— Por que Sköll foi se encontrar com você?

Franzi a testa, me perguntando se Sigtryggr suspeitaria da minha lealdade.

— Para me convencer a não lutar com ele, é claro.

— Sim, mas por quê? Ele sabe que matou sua filha. O que o fez pensar que você poderia abrir mão de uma chance de vingança?

De repente, entendi o que ele estava dizendo, e essa compreensão me acertou com a mesma força da maldição, tantas semanas atrás. Encarei Sigtryggr.

— Porque... — comecei, então não ousei dizer as palavras, para que o simples fato de dizê-las não as tornasse inverídicas.

— Porque — Sigtryggr falou as palavras por mim — o feiticeiro dele previu que você iria matá-lo.

— Não — falei, mas sem convicção.

— Por que outro motivo ele tentaria dissuadir você?

Ele fez uma pausa em seguida, mas eu não falei nada. Encarei o fogo da taverna, onde um pedaço de lenha estalou.

— Não consigo imaginar outro motivo para ele ir até você.

— Não temos como saber o futuro — falei. — Mas espero que você esteja certo.

— Stiorra jogaria as varetas de runas — comentou ele melancolicamente. — Ela sempre dizia que podia saber o futuro com as varetas.

— E Stiorra é o motivo para matarmos Sköll.

Ele assentiu.

— Eu sei.

Como sempre, a menção à minha filha rasgou meu coração. Eu queria falar de outra coisa, qualquer coisa.

— Como vai a rainha Eadgyth?

— Ainda devota — respondeu ele secamente.

— Como o irmão e o avô.

— Ela não chora tanto quanto antes. Me suporta — disse ironicamente —, e até pega no meu pé!

— Pega no seu pé?

— Ela diz que eu deveria tomar banho com mais frequência. E você estava certo. Ela é inteligente.

— Então você gosta dela — comentei, achando divertido.

— Eu sinto pena dela. Ela se casou com um rei que não toma banho, um rei de um reino que está morrendo.

— Agora é você que está falando bobagem.

Mas temi que ele estivesse dizendo a verdade. Wyrd bið ful aræd.

Não consegui dormir naquela noite em Heagostealdes, e durante um tempo caminhei pelas ruelas me perguntando se Sigtryggr estaria certo ao pensar que Sköll só tinha ido a Bebbanburg porque temia a profecia do seu próprio feiticeiro. Eu queria acreditar nisso e procurei um presságio, mas não encontrei nenhum.

Havia um mosteiro em Heagostealdes, uma construção surpreendentemente luxuosa, e ouvi cânticos enquanto me aproximava. O portão externo do mosteiro estava aberto e eu fui até a grande igreja de onde escapava a luz de velas por uma porta alta em arco. Parei sob o arco e vi que havia pelo menos cem guerreiros lá dentro, ajoelhados nas pedras do piso, de cabeça baixa enquanto ouviam os cânticos dos monges. Alguns iam de joelhos até o altar e beijavam o tecido branco, e eu soube que estavam se preparando para a morte.

— Pode entrar — disse uma voz atrás de mim, parecendo se divertir.

Eu me virei e vi que era o padre Swithred, o sacerdote que havia me trazido a mensagem de Æthelstan e cavalgado até ali conosco. De manhã ele continuaria para o sul, até a Mércia, enquanto íamos para o oeste.

— Gosto de ouvir — falei.

— É um som lindo.

Assenti para a nave iluminada por velas.

— Sabe quem são esses homens?

— Guerreiros da Nortúmbria?

— Metade são meus — falei. — E a outra metade? Alguns seguem o jarl Sihtric, outros são jurados ao rei Sigtryggr.

— Quer que eu fique impressionado, senhor — disse ele secamente, e pela primeira vez não fez uma pausa antes do "senhor".

— Quero?

— Dizendo que cristãos seguem o senhor, um pagão.

Dei de ombros.

— E seguem mesmo.

303

A Fortaleza das Águias

— Mas que opção o senhor tem? Se recusasse o serviço de cristãos, seus exércitos seriam mais fracos. Seriam fracos demais. O senhor mantém seu poder por causa dos cristãos. O senhor precisa da ajuda dos cristãos. — Ele fez uma pausa, querendo que eu dissesse alguma coisa, mas fiquei em silêncio.

— Seu filho está aqui? — perguntou ele, indicando os homens ajoelhados com a cabeça.

— Provavelmente.

— Então um dia o senhor de Bebbanburg também será cristão.

— Mas o meu filho ainda empregará pagãos.

— Não se ele for um bom filho da igreja, senhor.

Swithred jamais gostou de mim e tinha conseguido me irritar. Toquei o martelo no peito.

— Nenhum de nós sabe o futuro — declarei secamente, e pensei em três reis no lugar da águia.

— Mas nós sabemos, senhor — retrucou Swithred baixinho.

— Sabemos?

— Nós, cristãos, sabemos o que virá. Jesus retornará em Sua glória, a grande trombeta do céu vai soar, os mortos vão ressuscitar e o Reino de Deus governará a terra. Disso podemos ter certeza.

— Ou o sol vai escurecer, os guerreiros do Valhala vão lutar pelos deuses e o mundo vai ser jogado no caos. Diga algo útil, padre, como o que vai acontecer daqui a três ou quatro dias.

— Três dias, senhor?

— Estamos a dois dias da fortaleza de Sköll. Portanto, daqui a três ou quatro dias esses guerreiros — indiquei com a cabeça o interior da igreja — provavelmente estarão lutando pela vida deles.

Swithred ficou olhando enquanto os fiéis se levantavam. O cântico havia parado e um monge idoso estava de pé diante do altar, presumivelmente para fazer a pregação.

— Dentro de três ou quatro dias, senhor — Swithred falou baixo —, seus homens lutarão para derrotar um tirano pagão. Deus estará do lado deles. E, se Deus estiver do seu lado, como o senhor pode perder?

304
A guerra do lobo

— Você já atacou uma fortaleza? — perguntei, mas não lhe dei tempo de responder. — É o tipo mais brutal de batalha que existe, ainda pior que uma parede de escudos. — Toquei de novo meu martelo. — Vá dizer ao rei Eduardo que nossos homens vão morrer para cumprir com as promessas que fizemos a ele em Tamweorthin.

— Há dez dias — Swithred continuava falando baixo — o rei caiu do cavalo enquanto caçava.

Eu pensara que esse encontro com o padre Swithred havia sido um acidente, mas essas últimas palavras me disseram que ele quisera me encontrar. Ele havia trazido a carta formal reclamando dos ataques de Sköll ao sul do Ribbel, mas agora eu sabia que ele também trouxera uma segunda mensagem, que não poderia ser escrita, e que ele esperara para entregar.

— Estou surpreso em saber que o rei ainda caça — falei. — Ele me pareceu doente.

— O rei Eduardo adora caçar.

— Mulheres ou cervos?

— As duas coisas — respondeu bruscamente, me surpreendendo com sua honestidade. — Ele caiu do cavalo e quebrou duas costelas.

— Costelas se recuperam, mas é doloroso.

O monge idoso tinha começado a pregar, mas sua voz era tão fraca que eu não conseguia ouvi-lo; não que quisesse, mas os homens na igreja se aproximaram para escutar, tornando ainda menos provável que alguém pudesse ouvir a nossa conversa. A chama de uma das quatro velas altas no altar tinha começado a oscilar, espalhando uma fumaça densa e escura. Se ela se apagar antes do fim do serviço, pensei, nós vamos fracassar. A chama deve permanecer acesa, me convenci, para provar que Sigtryggr estava certo ao pensar que Snorri havia previsto a morte de Sköll. Se a vela apagasse, Sigtryggr estava errado, nós fracassaríamos e Sköll iria nos derrotar. Eu me odiava por esses pensamentos impulsivos, por procurar um presságio de vida e morte nos incidentes comuns da vida, mas de que outro modo os deuses poderiam falar conosco sem um feiticeiro? Eu não conseguia afastar o olhar daquela chama com dificuldades.

— Você já quebrou alguma costela? — perguntei a Swithred.

Ele ignorou a pergunta. Tinha coisas mais importantes a dizer.

— O rei não está bem, ele tem febres. Sua carne está inchada e a urina, preta.

— Porque caiu do cavalo?

— O acidente piorou a saúde dele. Piorou muito.

— Quanto tempo ele tem? — perguntei, direto ao ponto.

— Quem sabe? Um ano, senhor? Dois anos? Uma semana? — Swithred não parecia ofendido com minha pergunta, nem particularmente triste com essas previsões da morte do seu rei. — Nós rezamos para que ele se recupere, é claro.

— Claro — falei com tanta sinceridade quanto Swithred. A fumaça da vela ficou mais densa.

— O rei — Swithred falou ainda mais baixo — está sendo levado para Wintanceaster. — A vela tremulou, mas continuou acesa. — Ele exigiu que o príncipe Æthelstan permanecesse em Tamweorthin.

— Como governante da Mércia?

— Como representante leal do rei. — Agora Swithred falava tão baixo que eu mal conseguia ouvir. — O príncipe reza diariamente pelo pai.

Reza pedindo o quê?, pensei. Que Eduardo morra? Eu havia percebido que Æthelstan tinha uma ambição afiada como o gume de uma espada.

— Um filho deve rezar pelo pai — falei.

Swithred ignorou essas palavras respeitosas.

— E o príncipe — continuou numa voz que mal passava de um sussurro — também reza para que o senhor vá para o sul caso receba a notícia da morte do rei Eduardo.

Essas últimas palavras fizeram com que eu me virasse para ele. Então ele sabia do meu juramento a Æthelstan? Nós tínhamos concordado em manter esse pacto em segredo, mas Swithred, que era um dos confessores de Æthelstan e agora olhava com inocência para a igreja da abadia, devia saber o que suas palavras significavam.

— Então o príncipe Æthelstan precisa da ajuda de um pagão? — falei com sarcasmo.

— Se o pagão ajuda a avançar o reino de Deus na terra, sim. — Ele fez uma pausa, ainda olhando para a igreja. — Se uma árvore precisa ser cortada, senhor, o fazendeiro usa o machado mais afiado.

A guerra do lobo

Quase sorri disso. O fazendeiro era Æthelstan, a árvore era Æthelhelm e eu era o machado.

— E você? — perguntei.

— Eu, senhor? — Swithred se virou para mim, intrigado.

— Você admitiu que manda relatórios ao rei Eduardo. Já informou que o príncipe Æthelstan quer que eu vá para o sul quando Eduardo morrer? — Não expliquei que ir para o sul significava matar o ealdorman Æthelhelm. Não era preciso.

— Eu não contei nada disso ao rei, nem vou contar.

Franzi a testa para ele.

— Você deixou muito clara sua aversão pelos pagãos, então como pode aprovar o pedido do príncipe?

— Aprovar? — perguntou Swithred numa voz bastante calma. — Não sei por que o príncipe buscaria esse tipo de ajuda, senhor — mentiu descaradamente —, eu sou apenas o mensageiro.

— Então diga ao príncipe Æthelstan que cumprirei com a minha palavra.

— Obrigado, senhor. — E, pela primeira vez desde que tinha me conhecido, Swithred pareceu afável.

Olhei de volta para a igreja. A vela havia se apagado.

Então seguiu a hoste, poderosa na batalha
Lanceiros de armadura, seguindo seus senhores,
A hoste dos nortistas, ansiosas eram suas espadas.
O rei Sigtryggr os comandava, com poderosa determinação...

Foi assim que um poeta, um jovem padre de Eoferwic, começou sua descrição de quando saímos de Heagostealdes, o que só prova que nunca se deve confiar num poeta. Ele fazia parecer que marchávamos em boa ordem, mas na verdade foi uma confusão. Sigtryggr podia estar com uma poderosa determinação, mas também estava irritado e impaciente enquanto cavalos recebiam mais carga, cordas se partiam, homens se abrigavam da garoa nas tavernas, onde exigiam mais cerveja. Dois jarls discutiram por causa de um cavalo desaparecido e seus seguidores transformaram isso numa briga que

A Fortaleza das Águias

deixou dois homens mortos e seis feridos. E era quase meio-dia quando a hoste avançou. Os homens de Sigtryggr eram a vanguarda e os meus formavam a retaguarda, seguindo o vasto rebanho de animais de carga. Porém, apesar do clima e dos atrasos, a poderosa hoste dos nortistas finalmente se movia. Com duas mulheres.

Era provável que houvesse muito mais mulheres, geralmente há, mas essas duas não tentavam se esconder entre os meninos e os serviçais. Em vez disso, montavam cavalos cinzentos e usavam mantos brancos sujos de lama. Ambas eram jovens, com 16 ou 17 anos, e usavam o cabelo comprido e solto, como garotas solteiras.

— Meu Deus do céu — disse Finan quando as viu.

Eram guiadas por uma terceira figura extraordinária — Ieremias, vestido com seus atavios de bispo, que galopava, temerário, ao lado da minha coluna, acenando freneticamente.

— Senhor, senhor, senhor! — cumprimentou ele, animado, enquanto tentava conter seu cavalo. — Ô-a, Belzebu, ô-a! — Enfim controlou o cavalo, então sorriu para mim. — Eu trouxe os anjos, senhor.

— Anjos — falei secamente.

— Elwina e Sunniva, senhor — disse Ieremias, indicando as duas garotas e claramente acreditando que havia resolvido qualquer problema que eu pudesse ter. E insistiu, sentindo minha descrença: — Elas são anjos, senhor.

— Para mim parecem mulheres. — E bonitas, o que sugeria que os anjos podiam causar problemas entre os homens.

— O senhor deve olhar com os olhos da fé — censurou Ieremias. — Eu não poderia deixá-lo cavalgar contra Sköll sem a ajuda de anjos. Deus ordenou! Ele me disse que nem mesmo a pedra de Davi vai lhe dar a vitória sem meus anjos. — E fez uma pausa, franzindo a testa. — O senhor ainda tem a pedra?

— É claro que tenho — menti.

— Então vamos castigá-lo portentosamente — declarou ele, presunçoso.

— Além disso tenho uma coisa de um feiticeiro pagão — falei, provocando-o. Ele me encarou horrorizado.

— O senhor tem... — Fez uma pausa e o sinal da cruz. — O que o senhor tem?

— Uma jarra de unguento que transforma homens em lobos.

308

A guerra do lobo

— Não, senhor, não! É o unguento do diabo! O senhor deve entregá-lo a mim!

— Está com meu serviçal — falei descuidadamente.

Na verdade, eu não tinha muita certeza de por que havia trazido a jarra e certamente não pretendia experimentar o unguento, mas mesmo assim relutei em descartá-lo.

— Vou protegê-lo das maldades de Satã, senhor, e meus anjos vão montar guarda ao senhor.

Pensei em mandá-lo de volta para Lindisfarena, porém, naquele dia frio de primavera com a garoa caindo, sua chegada — ou pelo menos o surgimento dos seus dois anjos — tinha trazido sorrisos ao rosto dos meus homens.

— Só mantenha as suas mulheres em segurança — falei. — Não quero encrenca.

— Senhor, não pode haver encrenca. Elwina e Sunniva são seres celestiais! E no céu não existe casamento.

— Eu não estava falando de casamento.

— Seremos todos castos no paraíso, senhor!

— Castos? — questionei. — E você chama isso de paraíso? — Não lhe dei tempo de responder. — Pegue suas mulheres, certifique-se de que elas permaneçam castas e viajem junto com as bagagens.

— Vamos rezar pelo senhor — declarou Ieremias, depois chamou seus anjos esfarrapados para segui-lo enquanto ele se adiantava para se juntar aos serviçais e aos cavalos de carga.

— O que ele quer? — perguntou meu filho.

— Ele está trazendo ajuda angelical.

— Nós precisamos disso.

E precisávamos mesmo, porque estávamos progredindo lentamente. Descobri que, quanto maior um exército, mais devagar ele se move enquanto os homens tentam permanecer nas trilhas ou em terreno mais firme, e assim a coluna se alonga, e, diante de qualquer obstáculo, ela embola, para de andar e se alonga ainda mais conforme a frente da coluna avança. Estávamos seguindo a margem sul do Baixo Tine, e os primeiros quilômetros foram relativamente fáceis, à medida que seguíamos por campinas ribeirinhas e passávamos

A Fortaleza das Águias

por propriedades queimadas. No entanto, nuvens baixas enevoavam o topo dos morros, o que significava que os batedores de Sigtryggr eram obrigados a cavalgar pelas encostas mais baixas. Nossa coluna desordenada seria um alvo fácil se Sköll tivesse cavaleiros naquelas colinas, mas o dia passou sem nenhum sinal do inimigo.

As nuvens se dissiparam no fim da tarde e com elas foi embora a garoa que estivera nos encharcando. Meu filho cavalgava comigo na maior parte do tempo, e franziu a testa quando passamos por mais uma fazenda que não passava de ruínas enegrecidas.

— Trabalho de Sköll? — sugeriu.

— Mais provável dos escoceses. Sköll precisa de toda a comida que os agricultores possam plantar.

— Estamos ao sul da muralha?

— Sim.

Eu sabia no que ele estava pensando: se guarnecêssemos a antiga muralha romana e seus fortes, manteríamos os ladrões de gado escoceses longe da maior parte das terras agrícolas da Nortúmbria, mas, como eu lhe disse, precisaríamos de um exército vinte vezes maior que esse só para ocupar os fortes.

— Além disso — continuei —, se guarnecermos a muralha, ela se transforma na nossa fronteira e entregamos todas as terras ao norte dela para Constantino, inclusive Bebbanburg. Ele adoraria isso.

O Tine tinha dois afluentes, e nós nos mantínhamos junto ao tributário do sul. O Alto Tine serpenteava pelas colinas até a fronteira com a Escócia, e seu vale oferecia uma rota fácil para os pastos da Nortúmbria. Ao menos os escoceses não estavam causando problemas para nós. Por enquanto. Eles tinham seus próprios problemas com os noruegueses que se estabeleceram em seu litoral oeste, e isso me fez pensar nas ambições de Sköll. Ele não reconheceria nenhuma fronteira entre a Nortúmbria e a Escócia e sem dúvida encontraria aliados entre os noruegueses da Escócia e até entre os irlandeses que tinham se estabelecido em Strath Clota. Será que Sköll sonhava com todo um novo reino nortista que se estendesse até os penhascos selvagens do norte distante?

— Talvez devêssemos nos aliar aos escoceses — falei ao meu filho.

310

A guerra do lobo

— Santo Deus! — Ele me encarou, pensando que eu tinha ficado tão louco quanto Ieremias. — Fazer uma aliança com os escoceses?

— Nós temos os mesmos inimigos.

— Os noruegueses, sim. Mas quem mais?

— Os ænglisc, claro.

Agora ele realmente achou que eu estava maluco.

— Mas nós somos os ænglisc! — protestou.

Os ænglisc! Acho que foi a primeira vez que chamei os saxões da Britânia por esse nome estranho. Agora, é claro, todos dizemos que somos ænglisc, mas ainda me parece esquisito. Os ænglisc da Inglaterra! Esse era o sonho do rei Alfredo, criar uma nova nação a partir dos reinos antigos.

— Não somos ænglisc — vociferei. — Somos nortumbrianos.

E éramos mesmo, o que significava que éramos o menor reino dentre todos os que tinham sido colonizados pelos anglos e pelos saxões. Eu não estava falando sério quando mencionei uma aliança com os escoceses, é claro; a única aliança que eles ofereceriam à Nortúmbria seria a conquista e a subjugação. Acho que, se Sköll não tivesse matado a minha filha, faria sentido chegar a um acordo com os noruegueses de Cumbraland, e talvez, pensei, com Sköll morto, muitos dos seus homens jurassem aliança a Sigtryggr. Então a Nortúmbria possuiria força suficiente para lutar com os ænglisc ao sul e os escoceses ao norte. Se pelo menos Sigtryggr sobrevivesse aos próximos dias. E esse medo me levou a tocar o martelo.

— Somos nortumbrianos — repeti para o meu filho —, e somos outra coisa. Somos os senhores de Bebbanburg.

Ele olhou para mim de um jeito estranho, sentindo que eu não estava mais falando com leviandade.

— Somos — concordou, inseguro, preocupado com o meu tom de voz.

— Então, daqui a um ou dois dias, quando lutarmos, um de nós deve sobreviver.

Ele tocou a cruz pendurada no peito.

— Espero que nós dois vivamos, pai.

Ignorei essa esperança devota.

A Fortaleza das Águias

— Precisamos manter Bebbanburg, e ainda vai demorar muito até o seu filho ter idade, portanto você precisa sustentar a fortaleza para ele.

— Ou o senhor pode fazer isso — murmurou ele.

— Não seja tolo! — rosnei. — Eu não vou viver tanto tempo! — Toquei o martelo de novo. — Bebbanburg está na nossa família há quase trezentos anos, e ainda deve pertencer a nós quando o mundo acabar.

Pensei na profecia de Snorri, de que os dinamarqueses e os saxões iriam se unir contra mim, de que eu morreria pela espada, de que Bebbanburg seria perdida e de que os filhos dos meus filhos comeriam o esterco da humildade. Tentei afastar essa lembrança, dizendo a mim mesmo que Snorri só estava tentando me amedrontar com enigmas.

— Você precisa sobreviver à batalha — falei duramente.

— O senhor quer que eu não lute? — perguntou meu filho, contrariado. Ele ainda sentia a profunda vergonha de ter perdido tantos homens para a emboscada de Sköll e precisava se provar de novo.

— Quero — respondi duramente. — Fique para trás. Se eu morrer, você precisa viver. Se nós perdermos essa batalha, você precisa escapar e viver por tempo suficiente para ver seu filho se tornar senhor de Bebbanburg.

Eu já travei muitas batalhas. Estive em paredes de escudos e ouvi o som dos machados atingindo as tábuas de salgueiro, ouvi homens uivando, ouvi-os gritando, ouvi o som das lâminas retalhando carne, de homens adultos chorando e pedindo o consolo das mães, um som de partir o coração. Ouvi a respiração chiada dos agonizantes e o lamento dos vivos, e em todas essas batalhas lutei por uma coisa acima de todas: tomar e manter Bebbanburg.

Por isso meu filho precisava viver.

Duros eram os inimigos, famintas suas espadas.
E robustas suas defesas. Eles ofereciam a morte
A qualquer homem corajoso suficiente. Então se ergueu Sigtryggr,
Ousado na contenda, e invocou o Medidor...

— O medidor? — perguntei ao poeta.

— O Medidor é o Senhor Deus — disse ele. Era um jovem sacerdote com dedos manchados de tinta de escrever chamado padre Selwyn, um saxão ocidental que servia a Hrothweard, arcebispo de Eoferwic. — Ele mede a nossa vida, senhor.

— Achei que as nornas faziam isso — falei, e ele me lançou um olhar inexpressivo. — E, além disso, Sigtryggr invocou a ajuda de Odin.

— É um poema, senhor — disse ele debilmente.

— Você estava lá?

— Não, senhor.

— Quem mandou você escrever o poema?

— O arcebispo, senhor.

Claro, Hrothweard queria espalhar a ideia de que o batismo de Sigtryggr havia convertido um pagão ao cristianismo. Não era desonestidade, ainda que fosse inverídico, e sim o ódio passional que Hrothweard sentia da guerra. Apesar dos escoceses traiçoeiros ele ainda acreditava que duas nações cristãs jamais fariam guerra uma com a outra, por isso queria convencer os saxões ao sul, e provavelmente ele próprio, de que Sigtryggr governava uma nação cristã. O arcebispo ordenou que o poema fosse copiado por monges e enviado ao sul, para ser lido em voz alta em salões e igrejas, mas suspeito que a maioria das cópias foi usada para limpar bundas ou acender fogueiras.

Não acendemos fogueiras naquela noite, que passamos num vale das terras altas, perto do rio. Colocamos sentinelas no terreno mais elevado, e no meio da noite fria Finan e eu subimos para nos juntarmos a um grupo de homens agachados, protegidos do vento por uma pedra grande, e olhamos fixamente para o oeste. As nuvens baixas tinham subido, e longe, ao oeste, dava para ver uma estrela através de um rasgo no céu noturno, e abaixo dela uma centelha na escuridão, o brilho fraco de uma luz de fogueira numa colina distante.

— Deve ser o forte — comentou Finan em voz baixa.

Não havia outras luzes visíveis. Nenhum fogo ardia numa lareira cuja claridade escapava por uma janela fechada. A terra estava escura como devia estar quando foi criada entre os reinos de fogo e gelo. Tremi.

E no dia seguinte era a nossa vez de ir à frente da coluna. Ainda acompanhávamos o rio, mas agora o Tine havia encolhido, chegando a um tamanho em que podia ser atravessado com facilidade em certos pontos, por isso eu precisava pôr batedores nos dois flancos, tanto ao norte quanto ao sul.

313

A Fortaleza das Águias

Mandei Eadric e Oswi explorarem à frente, confiando na capacidade deles de se manter escondidos. Eadric, o mais velho, conseguia se esgueirar pelo terreno sem ser visto, como um caçador ilegal, e Oswi tinha uma esperteza natural. Ele já fora meu serviçal, e antes disso era um órfão que ganhava a vida roubando nas ruas de Lundene. Tinha sido apanhado tentando roubar do meu depósito e fora levado a mim para ser açoitado, mas eu havia gostado do garoto e ele me servira desde então. Aqueles dois, o mais velho e o mais jovem, desapareceriam nas colinas, mas perto de nós eu mantinha dois grupos muito grandes e muito visíveis, um no horizonte ao sul e o outro bem acima da margem norte do rio. Os dois bandos tinham trinta homens. Eu os chamava de batedores, mas esperava que ambos fossem grandes o suficiente para enfrentar qualquer ataque dos batedores de Sköll. Ele devia ter homens procurando por nós, pensei, mas, à medida que a manhã passava, não vi sinal deles.

Nosso avanço ainda era lento. Eu podia ter batedores dos dois lados, mas temia um ataque súbito como o que havia partido as tropas do meu filho, por isso insisti para que a coluna se fechasse e permanecesse assim. Isso significava que nosso avanço estava limitado à velocidade da pessoa mais lenta a pé. O rio diminuía ainda mais o nosso ritmo porque estava enchendo, ficando agitado, formando espuma em volta das árvores mortas carregadas pela corrente e transbordando nas margens. Em determinado ponto, em que fomos obrigados a dar a volta numa área inundada, vi Ieremias de joelhos na água agitada. Ele tinha cavalgado até a frente da coluna, me garantindo que era o melhor lugar para seu deus avisá-lo de qualquer perigo, e alguma coisa atraiu seu olhar no rio.

— O que você está fazendo? — gritei.

— É o carneiro de Abraão, senhor! O carneiro de Abraão! — gritou ele, empolgado, abaixando-se.

Eu não fazia ideia do que ele queria dizer, nem como o carneiro de Abraão, o que quer que isso fosse, teria chegado às colinas da Nortúmbria. Mas não queria perguntar, com medo de uma resposta longa e complicada.

— E onde estão seus anjos? — perguntei em vez disso.

— Em segurança, senhor, em segurança! Ainda castos!

Ieremias puxou a bétula emaranhada que bloqueava o rio, e vi que ele estava se esforçando para tirar alguma coisa do meio dos galhos finos. Era uma ovelha morta, com a pele reduzida a uma trouxa cinzenta e encharcada e o corpo a apenas ossos. Ele conseguiu soltar o crânio que tinha um belo par de chifres enrolados. Levantou-o, triunfante.

— Está vendo, senhor? Os pagãos serão humilhados! Serão esmagados!

— Por um carneiro morto?

— Ah, homens de pouca fé! — Ele cambaleou na água turbulenta. — O feiticeiro de Sköll não estava segurando um crânio quando visitou o senhor?

— Um crânio de lobo.

— Então precisamos de um crânio! Um crânio cristão! Veja! — Ele levantou o crânio do carneiro. — O carneiro de Abraão!

Ieremias ainda estava sendo golpeado pela correnteza enquanto tentava chegar à beira do rio, por isso me curvei na sela, estendi a mão e o ajudei a vir para a margem com seu crânio precioso.

— Fique longe de encrenca, bispo — falei. — Seu rebanho precisa de você.

— Meu rebanho está de joelhos rezando portentosamente por nós, senhor.

No fim da manhã comecei a ter medo de que precisássemos daquelas orações. Eu havia me juntado aos batedores no alto da colina ao sul e vi uma nuvem de fumaça a oeste, mas nenhum cavaleiro inimigo. A fumaça, que parecia vir de um vale distante, indicava um povoado, mas, se era Heahburh, por que a fumaça vinha de um vale? E certamente já teríamos visto os homens de Sköll. Será que tinham ido para o sul? Será que neste momento estariam tirando os homens de Sigtryggr do seu caminho e avançando para Eoferwic?

Então, ao meio-dia, enfim tivemos notícia. Sköll e seus homens esperavam por nós.

Eadric e Oswi trouxeram a novidade.

— Eles estão no forte, senhor — avisou Eadric —, e é um lugar tenebroso.

— E estamos do lado errado dele — acrescentou Oswi em tom soturno.

Ignorei as palavras de Oswi temporariamente.

— Quantos? — perguntei a Eadric.

Ele deu de ombros.

A Fortaleza das Águias

— É difícil dizer, senhor. A maioria está dentro dos muros. Talvez uns duzentos do lado de fora. Não pudemos nos aproximar, tivemos que observar os desgraçados do outro lado do vale. — Ele explicou que o Tine recebia um riacho alguns quilômetros à frente. — O forte fica do outro lado do vale do riacho.

— E é íngreme — acrescentou Oswi.

— E é por isso que estamos do lado errado?

— Vai ser difícil atacar pelo vale desse lado — explicou Oswi —, mas tem uma colina a oeste mais alta que o forte.

Isso era estranho. Tendo escolha, ninguém construiria um forte abaixo de uma colina, e sim no cume, mas os romanos não eram idiotas; portanto, se Oswi estava certo, devia haver um motivo. Olhei para Eadric, que assentiu, confirmando a informação de Oswi.

— E é um outeiro com um belo tamanho, senhor. Se chegarmos ao topo dele, os desgraçados vão ter dificuldade para nos tirar de lá.

— Eles não vão tentar fazer isso. — Sigtryggr havia se juntado a nós no terreno elevado assim que viu os batedores chegando. — Precisamos derrotá-los, o que significa que vamos ter de atacar o forte. Eles não vão nos atacar, querem que nós ataquemos.

— E as muralhas? — perguntei a Eadric.

— Bem grandes, senhor. Não são como as de Ceaster ou as de Bebbanburg, mas o senhor vai precisar das escadas. — Como Oswi, ele falava num tom lúgubre.

— Você disse que havia homens do lado de fora?

— Limpando fossos, senhor.

— Que Odin nos ajude — comentou Sigtryggr, infeliz.

Apontei para a nuvem de fumaça distante.

— Aquilo é Heahburh?

Eadric balançou a cabeça.

— A fumaça está bem ao sul do forte, senhor, e mais perto de nós.

— Fundição de chumbo? — sugeriu Finan.

— O que quer que seja — disse Sigtryggr —, pode esperar até tomarmos o forte. — Ele olhou para mim em busca de concordância e eu assenti. — Então vamos dar uma olhada nesse lugar maldito — terminou.

A guerra do lobo

Levamos sessenta homens, metade de Sigtryggr e metade minha. Orientados por Eadric, cavalgamos morro acima. Era estranho atravessar aquelas colinas indo em direção a um inimigo que não tentava nos impedir. Tínhamos batedores à frente, mas eles não viram nada ameaçador. Mesmo com uma colina mais alta próxima, o forte devia ser formidável, pensei, considerando que Sköll parecia não ter problemas em deixar que nos aproximássemos sem resistência. E o terreno pelo qual seguíamos era um convite a uma emboscada dessas porque, apesar de as colinas serem desnudas, eram cortadas por vales íngremes por onde passavam riachos, escuros por causa dos pântanos de turfa, que tinham erodido suas margens enquanto corriam até o Tine.

Era um terreno difícil, desolado e alto, e talvez o único motivo para os romanos terem construído seu forte lá era para proteger os buracos que seus escravos haviam escavado para garimpar chumbo e as fornalhas onde eles fundiam a prata do minério. Devia haver uma estrada, pensei. De que outro modo os romanos levavam embora os lingotes? E para onde esses lingotes iam? Até a distante Roma? E pensei no chumbo e na prata britânicos sendo arrastados por um mundo inteiro, atravessando a Frankia e qualquer outro reino mais além. Eu conhecera homens que foram até Roma, e eles me disseram que a estrada era longa e complicada, atravessando montanhas e terminando numa cidade arruinada onde perambulavam cães selvagens e se erguiam grandes colunas e arcos enormes no meio de ervas daninhas. O rei Alfredo havia feito essa viagem duas vezes, ambas para se encontrar com o papa, e o rei me contara como haviam sido contratados guardas ao pé das montanhas para proteger os viajantes dos selvagens que viviam nos lugares altos. Mas me dissera que a jornada valia as dificuldades e os perigos.

— A cidade deve ter sido gloriosa outrora — contara Alfredo —, uma maravilha! Mas foi derrubada pelo pecado. — Como acontecia com frequência, ele estava melancólico, lamentando um mundo decaído. — Precisamos criar uma nova Roma — dissera, e eu havia me imaginado tentando construir uma cidade grandiosa com barro, taipa, madeira e palha, mas sabia, como o próprio Alfredo, que o mundo de glória havia passado e estávamos afundando em trevas de fumaça, fogo, selvageria e sangue.

— Senhor! — Eadric me arrancou dos meus pensamentos. — Ali, senhor.

Olhei para o outro lado do vale e vi Heahburh. Finalmente.

A Fortaleza das Águias

Então Uhtred, encanecido pelos invernos,
Convocou seus homens, ávidos pelo massacre da batalha,
Suas espadas afiadas, seus escudos firmes,
Eles rezaram ao Medidor...

— Olha só o tal medidor outra vez — acusei o padre Selwyn.

— É um poema, senhor — explicou ele debilmente.

— E me diga — perguntei em tom ameaçador — o que significa "encanecido pelos invernos"?

— Que o senhor é um guerreiro experiente — respondeu ele prontamente. Sem dúvida já esperava a pergunta.

— Ou seja, velho.

— Experiente, senhor, e sua barba... — A voz de Selwyn ficou no ar.

— Prossiga.

— Sua barba é branca, senhor — completou ele, ruborizando, então parou.

— Bom, grisalha, senhor. — Mais uma pausa. — Ficando grisalha, senhor?

— tentou ele. — Em alguns pontos?

— E meus homens não estavam ávidos pelo massacre da batalha.

— É um poema, senhor.

— Meus homens estavam aterrorizados. Eles estavam apavorados. Eu preferiria lutar atravessando os poços do inferno a atacar Heahburh outra vez. Aquele era um lugar medonho.

E era mesmo. Vi Heahburh pela primeira vez da colina do outro lado do vale ao sul, e, ao vê-lo, xinguei os romanos. Eles construíram o forte num afloramento de terra amplo que se projetava do alto, dominando o vale do Tine. Estávamos muito longe, a quase dois quilômetros, porém, à medida que subíamos o morro, tive uma visão cada vez melhor das defesas e entendi por que Sköll optara por nos esperar, em vez de levar a guerra através das colinas.

O forte, que tinha muralhas de pedra com torres atarracadas em cada canto, era construído no longo cume do afloramento. Estimei que os dois muros mais longos tinham cerca de cento e cinquenta passos cada um; e os dois mais curtos, uns cem. Aquelas muralhas se deterioraram no correr dos anos, mas Sköll,

A guerra do lobo

ou talvez Halfdan, o Louco, que um dia ocupara Heahburh, havia ampliado e reforçado os lugares quebrados usando barricadas resistentes de madeira. Havia construções cobertas de palha dentro do forte e ruínas de construções menores do lado de fora. A oeste, onde a colina comprida se erguia acima do forte, dava para ver buracos onde presumivelmente o chumbo tinha sido minerado.

Aquele terreno alto a oeste do forte era o local óbvio de onde atacar. A área entre o terreno mais alto e o forte era plana, o que significava que os atacantes não precisariam se esforçar morro acima para chegar aos muros, mas os romanos, ou talvez outros que vieram depois, perceberam o perigo, e na face oeste do forte havia fileiras de fossos e barrancos que se estendiam até as faces norte e sul. Eram os fossos que Eadric vira sendo aprofundados. Finan, olhando de cima para aquele lugar, fez o sinal da cruz.

— É tenebroso — falou num tom tranquilo.

Sigtryggr se inclinou sobre o arção da sela e ficou apenas olhando, enquanto a sombra de uma nuvem passava sobre o forte distante. Suspirou, e eu sabia no que ele estava pensando: que muitos homens precisariam morrer naquele lugar elevado.

— Se eu fosse Sköll — sugeriu —, colocaria uma parede de escudos naqueles fossos.

— Ele não precisa disso — falei. — Ele pode deixar a gente lidar com os fossos enquanto atira lanças em nós.

— Daqui eu não consigo ver muito bem — comentou Finan —, mas parece que a entrada atrás dos fossos está bloqueada.

Havia quatro entradas, uma em cada muro da fortaleza. Havia caminhos bastante usados que partiam de três portões, mas do lado de fora do quarto portão, voltado para o trecho mais amplo de fossos e barrancos, o capim não parecia desgastado.

— Talvez a gente devesse simplesmente deixar o desgraçado onde está — comentou Sigtryggr, taciturno.

— E fazer o quê? — perguntei.

— Ele deve ter fazendas, as minas de chumbo. Vamos destruí-las, obrigá-lo a sair e lutar por elas.

A Fortaleza das Águias

Olhei para o norte, para o vale do Tine, e imaginei que a maioria das propriedades ligadas a Sköll devia estar nas profundezas do vale.

— E se ele se recusar a lutar?

Sigtryggr não respondeu. Sköll queria que nós o atacássemos, o que era motivo suficiente para não investir contra sua fortaleza. Nossa opção mais sensata seria bater em retirada, mas isso lhe dava uma vitória de que ele precisava, uma vitória que poderia atrair ainda mais homens para seu estandarte do lobo. E, quando batêssemos em retirada, Sköll viria atrás de nós, eventualmente nos obrigando a dar meia-volta e enfrentá-lo.

— Se fôssemos para o sul — sugeriu Sigtryggr —, poderíamos nos juntar aos homens de Boldar.

Nenhum de nós disse nada. Nenhum de nós queria bater em retirada, mas também não queríamos levar as lanças para aquela fortaleza formidável.

— Vai ter de ser rápido — avisou Sigtryggr.

— A viagem para o sul? — Svart falou pela primeira vez.

— O ataque — respondeu Sigtryggr. — Deve ter pouquíssima água naquele morro — ele indicou o terreno a oeste da colina com um aceno de cabeça — e nenhum abrigo. Vamos ter de chegar àquele morro, formar a parede e atacar.

— Há cavalos no forte — avisou Finan.

— Por que não haveria? — perguntou Sigtryggr, irritado.

— Se fizermos uma parede de escudos, senhor rei, o desgraçado pode soltar cavaleiros nos nossos flancos.

Sigtryggr resmungou, obviamente infeliz com as palavras de Finan, mas incapaz de negar sua verdade.

— Que opção nós temos? — Ele obviamente relutava em abandonar o ataque. Havíamos marchado por uma distância enorme, tínhamos Sköll à nossa frente, e bater em retirada era apostar na possibilidade de encontrar um campo de batalha mais amigável.

— O Senhor das Hostes está com vocês! Vocês não têm como fracassar! — gritou uma voz mais abaixo na encosta.

Eu me virei e vi Ieremias esporeando seu cavalo Belzebu para se juntar a nós. Sigtryggr, que tinha menos paciência do que eu com o bispo louco,

320

A guerra do lobo

suspirou. Ieremias segurava um cajado grosso no qual conseguira amarrar o crânio de carneiro que ele apontou para o forte enquanto se juntava a nós.

— O canto mais distante, senhores, é onde os pagãos podem ser vencidos.

Sigtryggr parecia aborrecido. Svart ficou intrigado, mas Finan sabia que Ieremias tinha momentos de lucidez.

— O canto mais distante?

— Ragnar atacou a partir de lá! — Ieremias apontava o crânio de carneiro para o canto mais ao norte da fortaleza. — E pela graça de Deus nós derrotamos Halfdan, o Louco.

— Quantos homens Halfdan comandava? — perguntei.

— Uma hoste, senhor, uma hoste. — Claramente Ieremias não fazia ideia.

— Há uma hoste e meia lá — apontei.

— O Senhor das Hostes está com o senhor. Como o senhor pode perder?

— Facilmente — vociferou Sigtryggr, mas eu percebia que ele ainda relutava em abandonar um ataque ao forte. Sigtryggr se virou na sela para olhar para mim. — Ragnar?

— Ele sabia o que estava fazendo — respondi. — Ele era bom.

Sigtryggr se virou para olhar para o forte outra vez. Não dava para ver o terreno atrás do canto norte porque a terra lá era uma descida, o que significava que seria um ataque colina acima, a partir de um terreno que ainda não tínhamos visto.

— Não podemos fazer isso amanhã. Primeiro precisamos fazer um reconhecimento. — Sigtryggr fez uma pausa, querendo que alguém concordasse com sua sugestão, mas nenhum de nós falou. — E, se parecer impossível, vamos embora.

— E se for possível? — indagou Svart.

— Atacamos.

O que significava que o Medidor, ou melhor, as nornas, ou talvez ambos, estariam medindo.

A Fortaleza das Águias

ONZE

Os gritos de guerra eram altos. Corvos e águias
Estavam ávidos pela carne dos cadáveres. A terra tremia.
Homens arremessavam suas lanças afiadas com limas,
Flechas eram disparadas, escudos atingidos pelas espadas.
Amarga foi a arremetida...

— **A**RREMETIDA — FALEI em voz baixa.

O padre Selwyn olhou para mim com ansiedade.

— É a palavra errada, senhor? — perguntou.

Eu não percebera que havia falado alto.

— É a palavra certa — garanti ao poeta —, mas não me lembro de nenhuma águia.

— Podia haver águias, senhor?

— Naquelas montanhas? Acho que sim. O feiticeiro deles a chamou de Fortaleza das Águias, portanto suponho que devia haver águias. — Fiz uma pausa, depois acrescentei: — E, claro, havia o estandarte de Berg.

— O estandarte de Berg, senhor?

— Você não ouviu falar?

— Não, senhor.

— Ele exibia uma águia — falei, sorrindo, depois fiquei em silêncio.

— Senhor? — instigou o jovem padre.

— Não importa. Em vez disso, pense em olhos e lábios.

— Olhos e o quê, senhor? — Ele achou que tinha me ouvido mal.

— Olhos e lábios. São as primeiras coisas que os corvos comem. As águias também, provavelmente. Eles se empoleiram na borda do elmo e começam com os globos oculares, depois arrancam os lábios. Depois disso rasgam as bochechas. Você já comeu bochecha de bacalhau?

— Bochecha de bacalhau?

— É uma delícia. Em geral os pescadores jogam as cabeças fora, mas, quando eu era menino, a gente tirava a carne das bochechas. Parece que os corvos gostam das nossas bochechas, a não ser, é claro, que você tenha rachado o crânio do sujeito com um machado, aí eles se refestelam·primeiro com os miolos.

O padre Selwyn tinha rosto de menino e um cabelo loiro que caía sobre os olhos. Ele franziu a testa.

— Não sei se posso colocar essas coisas num poema, senhor — comentou com a voz fraca.

— E depois dos corvos vêm os cachorros. Cachorros, raposas e lobos. Eles também gostam de carne de cadáver, mas começam a comer mais abaixo, em geral...

— Então, senhor — o padre Selwyn ousou me interromper —, a palavra "arremetida" pode ficar?

— É a palavra certa — repeti. — E amarga também está certa.

A guerra é amarga. Os poetas dão esplendor à batalha, exaltando os corajosos e a vitória, e a bravura vale os louvores. A vitória também, acho, mas os poemas, cantados à noite em salões regados a hidromel, dão aos meninos e aos rapazes a ambição de ser guerreiros. Reputação! É a única coisa que sobrevive a nós. Homens morrem, mulheres morrem, todos morrem, mas a reputação sobrevive como um eco de uma canção, e os homens anseiam pela reputação, assim como anseiam pelos braceletes pesados que indicam as vitórias de um guerreiro. Nós adoramos a reputação e eu sou tão culpado quanto qualquer um. Sinto orgulho quando falam de mim, quando contam como trucidei Ubba Lothbrokson, como cortei Svein do Cavalo Branco, como matei Cnut Espada Longa e como derrotei Ragnall, o Rei do Mar. Mas a reputação não lembra os corvos rasgando o rosto de um homem, o choro de homens morrendo nem o

324

A guerra do lobo

cansaço da vitória. Não há quase nada mais difícil do que levar homens para a batalha sabendo que alguns vão morrer, que rapazes que treinamos para lutar e passamos a amar como companheiros vão chorar feito bebês. "É melhor conversar do que matar", dizia com frequência o arcebispo Hrothweard, mas como conversar com um homem feito Sköll, que ansiava pela reputação, que reivindicava um reino e que estava disposto a deixar morrer quantos rapazes fossem precisos para saciar seu apetite?

Eu me lembro dos corvos. Eles nos fizeram companhia no dia seguinte, enquanto nos esforçávamos para chegar ao local de onde poderíamos arremeter. Os corvos eram grandes e de um preto reluzente, barulhentos e famintos, e pareciam saber do festim que estávamos preparando. Esses preparativos levaram o dia inteiro enquanto deixávamos o vale do Tine e atravessávamos uma depressão entre as colinas a sudeste de Heahburh. Assim que atravessamos a depressão, descemos para outro vale onde um riacho corria rápido. Sköll devia ter nos visto, mas tamanha era a habilidade dos seus batedores que não avistamos nenhum deles, embora de vez em quando um corvo saísse voando de um pedregulho e eu suspeitasse que o pássaro tinha sido perturbado por alguém. Porém, quando meus batedores subiam até aqueles lugares altos, não viam nada. Talvez Sköll não tivesse enviado batedores. Deve ter imaginado que iríamos atacar partindo do terreno alto a oeste e que estávamos escondidos no vale mais além. Passaríamos a noite no vale, e nossos cavalos permaneceriam lá quando atacássemos, ao alvorecer. Sigtryggr enviou vinte homens ao Tine com ordens de acender fogueiras assim que a noite caísse. Eu duvidava que Sköll fosse ser enganado pelo brilho na escuridão, achando que tínhamos acampado lá, mas Sigtryggr queria plantar uma semente de dúvida na mente dele.

Eu tinha mil dúvidas na cabeça. No crepúsculo, assim que começou a chover, Sigtryggr, Finan, Sihtric, Svart e eu subimos ao topo da colina com doze homens para nos proteger. Nos deitamos no capim duro e molhado e olhamos para o forte. O canto sul, com sua torre baixa, estava voltado para nós, e na frente do muro oeste contei sete fossos com barrancos.

— Ele vai esperar que nosso ataque venha de lá — comentou Sigtryggr. — Atravessando os fossos. É a abordagem mais fácil.

A Fortaleza das Águias

— Motivo para haver fossos — falei.

— E o seu bispo louco acha que deveríamos atacar o canto norte?

— Eu também acho — falei.

Do nosso novo ponto de observação eu conseguia ver um fosso naquele canto distante, mas parecia raso, e para além dele havia um trecho de terreno descuidado antes de ele se tornar uma descida íngreme até um riacho. Havia uma torre no canto norte. Supus que um dia ela tivesse sido de pedra, mas agora era uma plataforma de madeira com um muro em volta do topo. Uma bandeira pendia molhada de um mastro na torre.

— Devíamos fazer o que ele espera — disse Sigtryggr — e atacar a partir do morro. E talvez isso afaste homens do canto norte. Então podemos realizar um ataque surpresa pelo norte.

Eu não sabia como iríamos fazer essa surpresa. Os defensores na muralha e na torre do canto estariam acima de nós e vigiariam nossos movimentos.

— Pode funcionar — falei, incerto —, mas ele tem muitos homens.

Percebi que meu comentário o irritara. Sigtryggr queria atacar e não estava com clima para ouvir falar das dificuldades; ele sabia delas, de qualquer modo, e a chuva persistente, soprada por um vento leste e forte suficiente para obscurecer a visão do forte, só criava um novo problema.

— As cordas dos arcos vão estar frouxas — acrescentei.

— Que se danem as cordas dos arcos — rosnou Sigtryggr, embora soubesse que eu estava certo.

Na chuva as cordas dos arcos ficam frouxas. Eu trouxera os arqueiros para atormentar os homens no alto dos muros, e as cordas molhadas enfraqueceriam o voo das flechas. Nem mesmo uma corda seca e retesada daria força para uma flecha perfurar um escudo, mas uma chuva de flechas forçava os homens a ficar com a cabeça abaixada sob as bordas dos escudos.

— Então o que vamos fazer, senhor? — perguntou Svart.

— Ao amanhecer — Sigtryggr parecia tudo menos empolgado — nós vamos atacar atravessando os fossos. — Ele havia enfatizado o "nós", querendo dizer que seus guerreiros fariam esse ataque. — Mas não vamos pressionar demais. Vamos tentar fazer com que eles pensem que é o nosso ataque principal. Você — ele se afastara do topo do morro e estava olhando para Sihtric, que havia trazido sessenta e dois guerreiros de Dunholm — vai estar à nossa direita. Você e seus homens estarão lá para impedir que eles nos flanqueiem com cavaleiros. E você, meu sogro — ele olhou para mim —, vai estar à esquerda, fazendo o mesmo.

— Impedindo o avanço de cavaleiros?

— E lentamente se aproximando do canto norte. — Ele fez uma pausa, como se esperasse que eu dissesse alguma coisa, mas apenas assenti. — E, quando achar que é o momento certo...

— Atacamos — concluí para ele.

— Você ataca o canto norte. — Sigtryggr não parecia nada confiante, e eu sabia que ele estava tentado a bater em retirada, a deixar Sköll em sua fortaleza e marchar para o sul, na esperança de encontrar um local melhor para a batalha. — Maldita chuva — disse enquanto se afastava do alto do morro.

A chuva não enfraquecia apenas a corda dos arcos. Ela deixava o punho das espadas escorregadios, os escudos mais pesados, escorria por dentro da cota de malha de modo que sentíamos frio e os forros de couro irritavam a pele. O mesmo acontecia com o inimigo, é claro, mas naquela noite nossos inimigos estavam abrigados, com fogueiras, ouvindo a chuva bater no teto. Eles dormiam enquanto nós sofríamos e rezávamos.

— Rezavam, senhor? — perguntou o padre poeta, ávido.

— Estávamos terrivelmente vulneráveis — expliquei. — Estávamos num vale profundo e Sköll poderia sair com seus homens e nos atacar do alto. Ele não fez isso. Nos deixou em paz. — Fiz uma pausa, lembrando. — Era um risco, mas os noruegueses não gostam de lutar à noite. Jamais gostaram.

— Mas vocês rezaram — insistiu o padre Selwyn.

Percebi o que ele queria sugerir.

— Claro que rezamos, mas a Freyr, e não ao seu deus.

— Ah. — Selwyn ficou ruborizado. — Freyr?

— É o deus do clima — expliquei —, filho de Njörðr, o deus do mar. Sua religião não tem um deus do clima?

— Só existe um deus, senhor. — Ele estava nervoso demais para perceber que eu o estava provocando. — Um deus, senhor, para governar tudo.

— Não é de espantar que chova tanto, mas Freyr atendeu às nossas preces.

A Fortaleza das Águias

— Atendeu, senhor?

— A chuva parou durante a noite e o vento virou para o sul.

— Para o sul, senhor? — Ele entendia que o fim da chuva era uma boa coisa, mas não conseguia compreender o significado da mudança do vento.

— O que acontece quando um vento mais quente sopra sobre uma terra molhada? — perguntei.

Ele me olhou fixamente por um instante.

— Névoa, senhor?

Névoa. O amanhecer trouxe uma névoa densa que amortalhou as colinas, e foi nessa névoa que os homens ergueram os escudos que tinham servido de travesseiros, afrouxaram as espadas nas bainhas úmidas, beberam cerveja e bateram os pés com força para se esquentar. Marchamos antes do nascer do sol, ou pelo menos nos afastamos de onde tínhamos passado a noite, subindo e rodeando o morro, sem conseguir ver nada que estivesse além de vinte ou trinta passos. Espantamos um cervo que saltou para longe descendo a encosta, e tentei encontrar um presságio nessa fuga súbita.

A névoa, mais densa que qualquer fumaça num salão, nos envolveu, e torcemos para que ela abafasse os nossos sons porque, apesar de termos ordenado que as tropas fizessem silêncio, a luz cinzenta era preenchida por bainhas batendo em escudos, passos, palavrões de homens que tropeçavam e capim e urzes sendo rasgados pelos pés. Ainda assim, naquela manhã, os deuses demonstraram que nos amavam, porque de algum modo não nos perdemos na colina. Eadric, com sua habilidade de caçador, nos guiava, mas demorou muito tempo, tempo demais para a curta jornada colina acima. A princípio seguimos o que restava de uma estrada romana, mas, conforme nos aproximávamos do forte, viramos para a esquerda, seguindo para a encosta mais suave acima das fortificações de Sköll. Como Sigtryggr, eu esperava fazer o ataque na semiescuridão, porém, quando chegamos à posição, o sol brilhava através da neblina ao leste. Formas se moviam na névoa, a própria névoa se mexia, e vislumbrei uma muralha e lanceiros enfileirados nela. Nosso silêncio fora perda de tempo, porque o inimigo estava acordado e nos esperando. Teriam acordado de qualquer forma quando Sigtryggr e Svart começaram a gritar para seus homens formarem uma parede de escudos. E, ao escutar as

A guerra do lobo

ordens, o inimigo começou a berrar insultos. Uma flecha voou da fortaleza e se enterrou no chão, muito antes de alcançar algum homem.

— Bebbanburg! — gritei, não como um desafio, mas para reunir meus homens. Finan e meu filho ecoaram o grito, e lentamente meus guerreiros surgiram da névoa.

— Parede de escudos! — berrou Finan. — Aqui! — Ele estava parado à esquerda dos homens de Sigtryggr, que ainda formavam sua própria parede enquanto os retardatários saíam da neblina agitada pelo vento.

— Andem! Andem! Andem! — gritava meu filho.

Alguns guerreiros de Sigtryggr se juntaram aos meus homens por engano e houve confusão enquanto eles partiam para encontrar suas fileiras. A névoa se dissipava. Eu tinha subido num montículo para enxergar acima da confusão da nossa parede de escudos meio formada, e pude ver homens com elmos nos vigiando da muralha de Heahburh. Eles observavam e zombavam, dizendo que éramos homens condenados.

Rorik trouxe meu estandarte.

— Enfie-o aqui, garoto — falei —, e...

— Fique fora da luta, senhor? — interrompeu-me ele.

— Fique fora da luta — falei enquanto o ajudava a cravar o mastro do estandarte no chão do montículo. — E, se tudo der errado — acrescentei —, corra como o vento.

Por que falei isso? Acho que mesmo naquele momento, enquanto a névoa voltava a se adensar e os homens de Sköll zombavam de nós, eu sabia que tínhamos feito a escolha errada. Devíamos ter lutado com Sköll em qualquer lugar, menos nesse terreno alto em que ele quisera que lutássemos.

— Fim da parede aqui! Aqui! — Era Berg. De algum modo ele tinha conseguido trazer sua preciosa bandeira da águia, além de um escudo e uma lança. Cravou o mastro da bandeira no chão marcando a extremidade norte da nossa parede de escudos. — Enfileirem comigo! — gritou. — Aqui! — Em seguida, abriu seu estandarte para que ficasse mais visível. — Aqui!

Berg estava virado para nós, e uma súbita mudança na neblina revelou os homens de Sköll para além dele, para além dele e perto dele, perto demais, homens que haviam saído do forte para nos atacar antes que nossa parede

A Fortaleza das Águias

estivesse formada, homens com elmo cinzento e um lobo rosnando no escudo, guerreiros que saíam uivando da névoa cinza.

E Berg sequer havia desembainhado a espada.

Então os escudos se chocaram. Os lobos do mar vieram,
Furiosos para a batalha. As lanças com frequência perfuravam
A morada da vida dos condenados... Eles entraram em posição rápido,
Guerreiros em combate, guerreiros caindo
Exauridos com ferimentos. Os mortos caíam na terra.

Li os versos de Selwyn e me encolhi, lembrando-me daquele ataque repentino vindo da névoa da manhã.

— Acho que entramos em posição rápido — falei ao poeta. — Eventualmente.

— Eventualmente, senhor?

— Eles nos pegaram de surpresa. Naquele nevoeiro devíamos surpreendê-los, mas foram eles que nos surpreenderam. Não estávamos preparados. O que nos salvou foi Sköll não ter mandado homens suficientes. Imagino que não tenham sido mais de sessenta. Ele devia ter mandado duzentos.

— E eles eram... Como é mesmo a palavra, senhor? *Úlf...*

— *Úlfhéðnar* — respondi —, mas não, aqueles homens não estavam enlouquecidos. Mas você está certo, eles vieram furiosos para a batalha.

Os homens de Sköll podiam não estar loucos com meimendro-negro, mas ainda assim vieram feito lobos, uivando, vieram matar, e naquele primeiro momento eu perdi oito homens. Eu me culpo. Se você comanda homens e mulheres, seu sucesso é o sucesso deles, mas os fracassos são todos seus. Todos meus.

Eu me lembro dos inimigos pulando, da boca aberta, dos escudos de lado para que pudessem atacar com lança ou espada. Cerdic, grande e leal, mas sempre lento, foi o primeiro dos meus homens a morrer. Ele estava indo se juntar a Berg, e o vi se virar surpreso. Nem teve tempo de reagir. A lança de um norueguês atravessou seu corpo, tamanha a força daquele primeiro golpe. Vi a cota de malha das costas de Cerdic se avolumar, depois a ponta da lança

A guerra do lobo

a atravessou. Um segundo norueguês cortou o rosto de Cerdic com a espada, e o sangue saiu reluzente naquela manhã cinzenta. Os inimigos gritavam, triunfantes. Wulfmaer, outro saxão, estava atrás de Cerdic. Ele fora um guerreiro do meu primo e tinha jurado lealdade a mim. Eu o vi morrer. Ele teve tempo de erguer a lança, de apontá-la, até mesmo de começar a investir contra a massa de homens que se atirava na nossa direção, mas foi empurrado para trás por uma lança que atingiu seu escudo. Deu meia-volta, estocou com sua arma, mas a espada de um norueguês defletiu o ataque, então outro inimigo acertou um machado no elmo de Wulfmaer, rachando seu crânio como se fosse um pedaço de lenha.

Avancei correndo, com Bafo de Serpente desembainhada, e então Finan se chocou com força em mim pela direita, me fazendo parar.

— A mim! A mim! — gritou. Só os deuses sabem a velocidade com que ele deve ter se movido, porque apenas um instante antes estivera a metros de mim. — A mim! Escudos! — E bateu seu escudo no meu. — Levante-o! — vociferou para mim.

Confesso que eu estava atordoado, horrorizado com a investida súbita. Alguém, que depois descobri ser Beornoth, estava à minha esquerda. Os noruegueses de Sköll estavam a vinte passos. Berg havia desaparecido. Kettil, outro dos meus noruegueses, que estivera seguindo Wulfmaer, provavelmente provocando-o, se virou com a espada desembainhada e gritou um desafio. Um norueguês o atacou com a lança. Kettil se esquivou, golpeou uma vez e o inimigo recuou, com sangue escorrendo do rosto.

— Volta! — gritou Finan, e Kettil tentou, mas foi encurralado por dois homens, que o empurraram um passo para trás.

Kettil estocou, sua espada furou a barriga de um homem e ficou presa, e eu gritei numa fúria inútil quando a espada de outro guerreiro passou pela garganta de Kettil. Ele fora um ótimo espadachim, um homem que adorava roupas bordadas, um homem vaidoso, mas suas pilhérias eram capazes de fazer um salão inteiro gargalhar.

Mais homens se juntavam à nossa parede de escudos, eu ouvia o som de tábuas de salgueiro se tocando enquanto formávamos a parede, mas à nossa frente ainda havia homens morrendo. Godric, que fora meu serviçal, estava

A Fortaleza das Águias

preso ao chão por uma lança que atravessava sua barriga. Ele gritava feito uma criança. Eadwold, carrancudo e lento, tentou fugir e tropeçou numa lança. Também gritou. Thurstan, um cristão devoto que costumava me dizer, sério, que minha alma corria perigo, matou um norueguês com um poderoso golpe de lança, e ainda estava golpeando e gritando quando duas espadas mandaram sua alma para o céu. Ele tinha uma esposa em Bebbanburg e um filho em Eoferwic, estudando para ser padre. Então Cenwulf, um homem confiável, honesto e paciente, teve a barriga aberta por um machado. Gemeu enquanto caía, tentando desesperadamente se agarrar à espada conforme as tripas se derramavam e ele caía no chão encharcado de sangue. Também era cristão, mas, como tantos outros, queria morrer empunhando a espada.

O padre poeta estava certo; *wæl feol on eorþan*, os mortos caíam na terra.

Tudo isso aconteceu num instante. Aqueles que morreram estavam tentando se juntar a Berg e foram pegos pelos noruegueses que saíram do canto dos fossos. Assim meus guerreiros tombaram, mas suas mortes retardaram os atacantes por um momento, o suficiente para o restante dos meus homens formar uma parede de escudos precária. O que realmente nos salvou, entretanto, foi Svart atacando pela direita, à frente dos homens de Sigtryggr.

Então os escudos se chocaram.

Svart veio feito um *úlfheðinn*, enlouquecido pela fúria da batalha, um homem enorme, a barba cheia de ossos pendurados, empunhando um grande machado de guerra com as duas mãos. Pelo menos vinte homens o acompanhavam, os escudos bateram nos de Sköll. Eram noruegueses lutando contra noruegueses numa fúria de lâminas.

— Avançar! — gritei, e minha parede de escudos entrou na batalha.

Havia homens ao meu lado, homens atrás de mim, homens gritando, tanto de medo quanto em desafio. Mas éramos uma parede de escudos, assim como os homens de Svart, e os de Sköll tinham atacado num frenesi que os deixou espalhados. A fúria da batalha cantava na cabeça deles, que estavam matando, que não podiam ser derrotados, a não ser por uma parede de escudos, então nós os atingimos com força. Lanças estocaram. Svart matara dois homens antes que minha parede de escudos se chocasse com os noruegueses, mas acrescentamos outros dois mortos, ambos rasgados por lanças. Vi um

A guerra do lobo

sujeito de barba preta gritando para os homens de Sköll formarem uma parede. Mais dos meus guerreiros chegavam, outros de Sigtryggr se juntavam a Svart. Beornoth, ao meu lado, atacou com a lança o sujeito de barba preta, que se defendeu com o escudo. Vi uma nova cicatriz de madeira riscar o lobo que rosnava pintado no escudo do homem. Ele estocou com sua lança, tentando atingir Beornoth que, por sua vez, a aparou com o escudo, então eu avancei, mandei Bafo de Serpente para sua barba grande e senti a ponta cortar a garganta. Ele ia cair para trás, mas foi sustentado pelos homens que vinham na sua retaguarda. Finan derrubou o sujeito ao lado dele, cortando seu ombro coberto por cota de malha com Ladra de Alma. Houve um choque de escudos à minha esquerda e vi que meu filho tinha estendido nossa parede, trazendo novos homens para a batalha, e em seguida não pudemos mais avançar. Os noruegueses tinham formado sua parede, nossos escudos pesados se chocaram, e nos lançamos uns contra os outros.

Bafo de Serpente não era a arma certa para essa luta. Sua lâmina era comprida demais para o abraço mortal das paredes de escudos. Larguei-a e desembainhei Ferrão de Vespa, meu seax curto, e a enfiei entre meu escudo e o de Finan. Ela acertou madeira, fiz pressão no escudo do meu inimigo. Acima da borda de ferro meu inimigo tinha cabelos claros, um rosto sujo com cicatrizes de varíola, dentes trincados, um corte na lateral do nariz e barba curta. Tinha idade para ser meu filho, gritava de ódio para mim. Uma lança veio por trás de mim, acima do meu ombro, e abriu sua bochecha. O sangue escorreu rápido, seu escudo fraquejou e eu enfiei Ferrão de Vespa de novo, desta vez sentindo-a acertar e perfurar a cota de malha. O ódio no rosto do rapaz virou surpresa, depois medo. Alguma coisa atingiu meu elmo, e por um instante fiquei atordoado. Não vi o golpe nem soube se tinha sido desferido por uma lança ou por uma espada, mas me forçou a recuar, então Ferrão de Vespa se soltou. Fiz força para a frente outra vez, com o escudo erguido, e continuei empurrando, continuei estocando. Svart, desdenhando o uso de um escudo, rugia à minha direita, brandindo seu enorme machado para impelir os homens de Sköll para trás. O rapaz à minha frente gritava de novo, e cada berro fazia o sangue da bochecha cortada borbulhar. Nossos escudos rasparam um no outro e eu cuspi um desafio enquanto sentia Ferrão de Vespa morder de novo, e dessa vez ela afundou na carne embaixo da cota de malha e eu a torci, tentando fazer um rasgo para cima, então senti a espada de um inimigo pressionando a minha cintura. A pressão desapareceu de repente. Uma trombeta havia soado na muralha, o que devia ser algum tipo de sinal, porque os homens à nossa frente recuaram, depois deram meia-volta e correram ao longo dos fossos para uma das três entradas restantes do forte. A quarta, diante dos homens de Sigtryggr e depois dos fossos da face oeste, fora bloqueada com troncos grossos.

A névoa havia quase se dissipado, deixando fiapos que se retorciam acima da relva coberta de sangue. Lanças pesadas foram atiradas do alto da muralha e uma delas cravou no meu escudo, fazendo-o pesar. Eu me afastei dos homens que arremessavam as lanças e a soltei da tábua de salgueiro. Peguei Bafo de Serpente. Nem os meus homens nem os de Svart seguiram os noruegueses em retirada. Vi que o rapaz com a bochecha ferida os acompanhara, mas ele mancava e cambaleava. Enxuguei Ferrão de Vespa na bainha da capa e olhei para Finan.

— Me desculpe.

— Pelo quê, senhor?

— Eu fui lento. Você, não. Me desculpe.

— Eles foram rápidos, senhor, eles foram rápidos.

— Talvez Sköll esteja certo. Eu estou ficando velho.

Os noruegueses no forte zombavam de nós.

— Bem-vindos a Sköllholm — gritavam.

Olhei para os nossos mortos.

— Wulfmaer tinha filhos? — perguntei, e eu devia saber a resposta.

— Dois — respondeu Finan. — O mais velho era aquele sacaninha ruivo que empurrou a irmã na fossa.

— Você está sangrando.

Ele olhou para o braço que segurava o escudo. Um dos seus braceletes estava quase totalmente cortado, a manga da cota de malha por baixo estava rasgada e escorria sangue por um corte no forro de couro.

— Acho que eu matei o cretino que fez isso. — Ele flexionou os dedos. — Não foi sério, senhor.

334

A guerra do lobo

É estranho como às vezes ocorre um momento súbito de calma numa batalha. Não que estivesse silencioso, porque os homens de Sköll ainda gritavam e batiam com as espadas nos escudos, mas por um instante nenhum dos lados tentava matar o outro. Havíamos formado uma longa parede de escudos que atravessava o afloramento de terra alto de Heahburh, mas não tentávamos avançar e o inimigo se contentava em esperar atrás dos muros. Contei sete mortos entre os meus homens e quatro dos guerreiros de Svart. Sete noruegueses tinham se juntado a eles na morte, e Berg estava desaparecido.

Berg, que eu amava como um filho. Berg, tão ávido para agradar e tão temível em batalha. Berg, que eu salvara da morte e que havia se mostrado um companheiro leal. Ele estava na extremidade esquerda da nossa linha quando o vi pela última vez, e fui até lá para perguntar se alguém o vira.

— Ele desceu o morro, senhor — respondeu Redbad.

— Ele escapou?

Redbad, um frísio, deu de ombros.

— Eu perdi Berg de vista, senhor. Os desgraçados estavam em cima de nós.

Caminhei mais alguns passos e olhei para baixo, para o vale seguinte, onde outro riacho corria em seu leito pedregoso. O vale estava vazio. Berg e sua preciosa bandeira da águia haviam sumido. Imaginei que os homens de Sköll tivessem levado o estandarte como troféu, mas teriam levado Berg também?

Meu filho estava com o mesmo temor.

— O senhor acha que ele foi feito prisioneiro?

— Espero que não — respondi, depois desejei não ter expressado essa esperança.

Era melhor ser prisioneiro do que estar morto, mas qualquer prisioneiro de Sköll poderia esperar uma morte horrível. Eu vira inimigos retalharem um homem que gritava, numa morte lenta, como provocação para os companheiros dele que assistiam, e Sköll era mais do que capaz de fazer a mesma crueldade.

— Talvez ele tenha se juntado aos homens de Sigtryggr, senhor — sugeriu Redbad.

— Berg não faria isso. Ele é um dos nossos.

— Posso procurar, senhor?

A Fortaleza das Águias

— Se quiser. — Embora eu soubesse que ele não iria encontrá-lo. Se o jovem norueguês tivesse sobrevivido de algum modo ao ataque repentino vindo da névoa, ele teria me procurado. Toquei o martelo pendurado no peito e rezei para que estivesse vivo.

Sigtryggr gritava para seus homens, mandando levantarem os escudos, manter a parede reta, levar as espadas e as lanças até a muralha inimiga. Uns vinte meninos tinham carregado as escadas desajeitadas morro acima, e agora homens da segunda fileira de Sigtryggr as levantavam.

— Nós podemos vencer! — gritou Sigtryggr. — Nós vamos vencer!

Ele parou para deixar seus homens responderem ao grito, mas a reação foi fraca. Gritou mais uma vez, garantindo-lhes a vitória, mas o início da batalha tinha sido favorável a Sköll, e nossos homens estavam inseguros. Nenhum deles queria avançar até as muralhas de onde os confiantes homens de Sköll zombavam de nós.

Raramente as batalhas começam com um derramamento súbito de sangue. Primeiro vêm os insultos. Os homens ficam parados olhando para os inimigos, ouvem as provocações deles, os gritos dos seus líderes, então reúnem a coragem necessária antes de uma luta. Essa batalha, no entanto, começara abruptamente, com o ataque de Sköll vindo da névoa, deixando nossas tropas com frio, molhadas e desanimadas. Será que o feiticeiro havia nos amaldiçoado? Na verdade, nenhum de nós quisera de fato atacar o forte, mas Sigtryggr queria desesperadamente acabar logo com a campanha. Ele queria ver Sköll, que reivindicava o trono da Nortúmbria, morto. Talvez devêssemos ter recuado, indo para o sul, esperado que Sköll nos seguisse e depois travado uma batalha em campo aberto. Em vez disso, estávamos presos num abraço mortal com uma fortaleza nefasta, e era tarde demais para recuar. Se batêssemos em retirada, seríamos perseguidos pelos homens triunfantes e vingativos de Sköll, por guerreiros montados que nos importunariam colina abaixo feito uma matilha de lobos atacando ovelhas ferozmente.

O padre-poeta franziu a testa quando contei isso.

— Por que vocês não tinham cavalos? Achei que os líderes sempre iam montados para a batalha.

— Nem sempre.

336

A guerra do lobo

— Mas vocês poderiam ter levado seus cavalos?

— Seria difícil. O caminho vale acima era íngreme e não havia espaço no afloramento de Heahbuhr para uma massa de cavaleiros, mas sim, poderíamos. Pensamos nisso. Sigtryggr e eu conversamos a respeito na noite anterior e decidimos não levar cavalos.

O padre Selwyn franziu a testa.

— Mas vocês não têm uma visão melhor se estiverem montados?

— Temos, sim — expliquei pacientemente —, mas sabíamos que ia ser uma batalha difícil, talvez desesperada, e, se tivéssemos levado os cavalos, nossos homens pensariam que estávamos prontos para fugir caso o pior acontecesse. Ao ficarmos a pé, como eles, corríamos os mesmos riscos, e eles sabiam disso. Esse foi o motivo.

— Então vocês atacaram o forte?

— Só depois de compartilharmos o resto da cerveja. Tínhamos levado toda ela para o topo do morro. Mas depois? Sim, atacamos.

Sigtryggr e Svart lideraram o ataque. Eles levaram sua parede de escudos. E as lanças começaram a vir assim que eles chegaram ao fosso externo. Pouquíssimas flechas, pensei. A maioria dos projéteis eram as lanças pesadas atiradas dos muros. Eu conseguia ouvir as pontas atingindo os escudos. As fileiras de trás de Sigtryggr estavam atirando lanças de volta, não com a esperança de matar algum defensor, mas tentando forçá-los a se proteger atrás dos escudos.

Cuthwulf, um caçador de Bebbanburg que comandava meus arqueiros, veio se juntar a mim.

— Devemos usar os arcos, senhor?

Ele era um homem magro, queimado de sol, cuja perna manca não o impedia de ser meu caçador mais mortal.

— Quantas flechas você tem?

Cuthwulf cuspiu.

— Não o suficiente, senhor. Umas cinquenta para cada homem.

Eu me retraí.

— Guarde para depois. — Virei a cabeça para o norte. — Está vendo aquele canto lá? — Parecia muito distante. — Use as flechas quando atacarmos lá. Não antes disso. — Ergui os olhos e vi um sol aquoso através da névoa que se dissipava. — Isso vai dar tempo para suas cordas secarem.

A Fortaleza das Águias

— Eu as guardei embaixo do chapéu — avisou Cuthwulf —, de modo que estão bem secas, mas que Deus o proteja, senhor.

Minha parede de escudos ultrapassava o forte, o que nos dava visão para o norte pela extensa lateral, em direção ao vale do Tine. A parte mais baixa da muralha era feita de pedra, mas com o correr dos anos as pessoas haviam retirado as pedras de cima para construir celeiros ou alicerces de salões, e agora ela era feita de troncos grossos e rústicos. Havia muitos defensores naquela muralha comprida, defensores demais, mas eu prometera a Sigtryggr que faria o máximo para afastar homens do topo do muro que ele estava atacando, e era hora de cumprir com essa promessa. Os homens de Sigtryggr estavam atravessando os fossos, importunados por lanças enquanto tentavam se proteger com escudos que ficavam mais difíceis de manusear por causa das lanças cravadas nas tábuas de salgueiro. Eu conseguia ouvir Svart gritando para instigá-los. Era uma dificuldade. Os fossos eram profundos e os barrancos entre cada fosso eram íngremes e escorregadios. Dois homens de Sköll estavam na torre baixa no canto do forte e atiravam lanças que eram entregues por alguém dentro da fortaleza.

— Cuthwulf! — gritei, chamando-o de volta. — Pode matar aqueles dois filhos da mãe.

Cuthwulf escolheu uma flecha, posicionou-a na corda, respirou fundo, retesou o arco curto, prendeu a respiração e disparou. O homem mais próximo na torre estava prestes a atirar uma lança quando a flecha acertou seu elmo. Ele recuou num tranco, se virou, e a segunda flecha furou seu nariz. Ele tombou com a mão no ferimento. O outro homem se abaixou atrás do parapeito e Cuthwulf resmungou:

— Eu queria matar os dois.

— Você fez bem — falei, depois vi que a parede de Sigtryggr tinha atravessado cinco dos sete fossos. Era hora de ir, pensei.

Jamais havia me sentido tão pouco empolgado por uma batalha. Até mesmo o pensamento em vingar a morte de Stiorra me deixou frio. Era a maldição, pensei, e me lembrei da profecia de Snorri, da morte de dois reis. Desembainhei Bafo de Serpente, tentei me esquecer da maldição e gritei para meus homens me seguirem.

E naquela colina da morte fomos para as fortificações.

A guerra do lobo

Agora eles avançam, pássaros guinchando,
O lobo cinzento uiva, a madeira dos escudos se choca,
Escudo reage à lança. Acordem agora, meus guerreiros,
Agarrem os escudos, sejam fortes e valorosos,
Avancem e lutem!

— Eu nunca disse para eles serem fortes e valorosos — falei. — Não faz sentido dizer algo assim. Não dá para fazer um homem ter coragem gritando com ele.

— É um... — começou o jovem poeta.

— ... um poema — completei. — Eu sei. — Sorri. Eu gostava do padre Selwyn. — Coragem é suplantar o medo, e eu não sei como se faz isso. O dever ajuda um pouco. A experiência também, é claro, e não decepcionar os companheiros ajuda muito, mas a coragem verdadeira é uma espécie de loucura.

— Loucura, senhor?

— É como se você estivesse se vendo. Você não consegue acreditar no que está fazendo. Você sabe que pode morrer, mas continua em frente. A loucura da batalha. É o que os *úlfhéðnar* têm, mas eles usam meimendro-negro, cerveja ou cogumelos para se encher de loucura. Porém, todos nós temos um pouco dela. Se não tivéssemos, simplesmente cederíamos ao medo.

O padre franziu a testa.

— O senhor está dizendo... — Ele hesitou, sem saber se deveria falar o que estava pensando. — O senhor está dizendo que sentiu medo?

— É claro que senti medo — admiti. — Eu estava aterrorizado! Nós travávamos a batalha errada no lugar errado. Sköll a havia planejado bem. Ele permitiu que fôssemos até lá. Não interferiu na nossa aproximação. Ele queria que alcançássemos sua muralha e fôssemos trucidados nos fossos, e como idiotas nós fizemos exatamente o que ele queria. Eu sabia que íamos perder.

— O senhor sabia... — começou a perguntar o padre.

— Mas ainda precisávamos lutar — interrompi. — Não podíamos recuar sem sermos perseguidos, atacados e mortos, por isso precisávamos tentar vencer. Isso é destino. Mas sim, eu sabia que íamos perder. Cometemos um erro e estávamos condenados, mas só existe um jeito de sair de uma confusão dessas. É preciso atravessá-la lutando.

A Fortaleza das Águias

Nós avançamos e, como contei ao padre Selwyn, eu me sentia condenado. Avançávamos pela lateral do forte, o que significava que, assim que tivéssemos atravessado o ponto onde os fossos e os barrancos davam a volta na torre, andaríamos ao longo do cume dos morros, não atravessando-os, o que tornava nossa investida mais rápida. Fomos depressa, e me lembro de ficar surpreso porque de repente parecia muito fácil. Lanças vinham da nossa direita, mas resvalavam ou cravavam nos escudos. Depois viramos, atravessamos dois fossos e chegamos perto do muro. Então parou de ser fácil.

— Machados! — gritei.

Eu tinha entregado aos nossos homens maiores e mais fortes os machados de cabo longo com lâminas largas e grandes pontas inferiores. Cada cabo tinha o comprimento de uma lança, o que tornava as armas desajeitadas, mas meus guerreiros aprenderam a usá-las. Minha fileira da frente ficou comigo na base da muralha, e os noruegueses golpeavam nossos escudos erguidos com lanças e machados. O muro não era muito mais alto que um homem, o que significava que os defensores estavam perto e seus golpes eram fortes. Senti meu escudo lascando enquanto as lâminas dos machados se chocavam nas tábuas. Os noruegueses nos viram chegando, viram o ouro no meu pescoço, os braceletes reluzindo e a prata no meu elmo. Eles sabiam que eu era um senhor e queriam a reputação de ter me matado. Eu não podia revidar. Baixar o escudo e estocar com a lâmina comprida de Bafo de Serpente iria me expor aos defensores, o que significava que nossa tarefa, a tarefa da primeira fileira, era ficar na lama escorregadia do fosso e manter aqueles defensores ocupados fazendo de nós mesmos alvos fáceis.

E atrás de nós os homens grandes com os machados estranhamente compridos golpearam. Esses homens, como Gerbruht e Folcbald, ambos frísios, deixavam os machados cair por cima dos defensores e os puxavam, usando a longa ponta inferior da lâmina para fisgar os inimigos como se fossem peixes. Os golpes pesados no meu escudo pararam assim que os primeiros golpes de machado foram desferidos. Ouvi um grito vindo de cima, em seguida espirrou sangue no meu escudo lascado e um pouco dele pingou por uma fresta na madeira. Outro grito soou acima de mim e um norueguês rolou por cima do muro e caiu aos meus pés. Vidarr Leifson, ao

340

A guerra do lobo

meu lado, o golpeou com seu seax curto, o homem se sacudiu feito um peixe fora da água e morreu. Eu me lembro do homem morrendo e de pouco mais que isso. Meus machados estavam funcionando, pelo menos até os homens de Sköll aprenderem que deviam atacar os cabos longos com seus próprios machados, mas cada homem que matamos ou ferimos foi imediatamente substituído por outro, e foi um desses recém-chegados que jogou um grande bloco de pedra que quebrou meu escudo já bastante danificado e acertou a lateral do meu elmo.

Mostrei o elmo amassado ao poeta.

— Está vendo o talho?

O padre Selwyn passou o dedo no metal rachado, onde a pedra acertou.

— Deve ter doído, senhor.

Gargalhei.

— Passei dias com dor de cabeça, mas na hora? Não doeu. Eu fiquei inconsciente.

O padre Selwyn passou o dedo sujo de tinta na cicatriz que desfigurava o lobo de prata na crista do elmo.

— O senhor nunca mandou consertar?

— É uma lembrança da minha estupidez — respondi, fazendo o rapaz sorrir. — E eu tenho outros elmos.

— O senhor estava atacando a torre norte quando isso aconteceu?

— Não tínhamos chegado tão longe. A ideia era atrair os homens para longe daquele canto.

Como quase todo o resto naquele dia, o plano de enfraquecer o canto norte atacando o ângulo sudoeste do forte não funcionou. Sköll havia enfiado um pequeno exército em Heahburh e não precisava desfalcar nenhuma parte das fortificações. Só precisava deixar que fizéssemos ataques inúteis às suas muralhas até, por fim, abandonarmos as investidas, e depois nos perseguir até acabar com todos nós. Esse havia sido seu plano desde quando tinha se retirado de Bebbanburg. E, como idiotas, fizemos o que ele queria.

Meu ataque ao trecho norte da muralha fracassou. Perdemos mais sete homens, e Sköll teve no máximo meia dúzia de feridos. Não vi nossa retirada do muro e dos fossos, eu estava inconsciente. Tinha sido atingido pelo

A Fortaleza das Águias

pedaço de pedra que lascou meu escudo e rachou o elmo. Caí, e mais tarde Finan me contou como Gerbruht e Eadric pegaram meus braços, recolheram Bafo de Serpente e me arrastaram para trás. Uma lança acertou minha coxa esquerda enquanto me arrastavam por cima dos barrancos. A lâmina entrou fundo, mas eu não percebi. Finan tentou manter os homens junto à muralha, tentou fisgar mais um norueguês e puxá-lo para o fosso interno; no entanto, quando meus homens me viram sendo puxado para trás até o terreno seguro para além do fosso, perderam o ânimo. Eles recuaram comigo, perseguidos por zombarias e lanças dos noruegueses.

A princípio, quando me recuperei, a única coisa que percebi foram os gritos de triunfo dos inimigos vitoriosos. Eles berravam insultos, tocavam trombetas e batiam espadas nos escudos, convidando-nos de volta à muralha. O ataque de Sigtryggr, como o meu, também fora repelido, e os homens de Sköll zombavam de nós.

— Nem consegui encostar uma escada — disse-me Sigtryggr mais tarde. — Os desgraçados eram muitos.

A próxima coisa de que me lembro é a dor intensa quando Vidarr tirou meu elmo danificado.

— Meu Deus, tome cuidado! — vociferou Finan para ele enquanto o sangue escorria do meu couro cabeludo. Em seguida, jogou água na minha cabeça. — Senhor? Senhor?

Devo ter murmurado alguma coisa, porque me lembro das palavras de Vidarr, surpreso:

— Ele está vivo!

— É preciso mais que uma porcaria de uma pedra para matá-lo — disse Finan. — Ponham uma bandagem na cabeça dele. Você, garota! Venha cá!

— Garota? — murmurei, mas ninguém escutou.

Elwina, um dos anjos de Ieremias, evidentemente estava no alto do morro.

— Rasgue uma tira do seu vestido — ordenou Finan — e amarre na cabeça dele.

— Eu estou bem — falei, e tentei me sentar.

— Parado! — berrou Finan como se eu fosse um dos seus cachorros. — Aperte com força, garota.

— Ela não devia estar aqui — falei, ou tentei falar. Eu estava olhando para um céu mais claro, mas o lado esquerdo da minha visão estava escurecido. Me encolhi, subitamente ciente da dor no crânio. — Cadê a minha espada? — perguntei em pânico.

— Em segurança na bainha, senhor — respondeu Finan. — Agora deite-se e deixe a garota fazer o curativo.

— Eu quero ver — falei, e me esforcei para me levantar, segurando o braço de Elwina. Ela era surpreendentemente forte e conseguiu me puxar até eu ficar sentado. Minha visão estava turva, ainda escura num dos lados, mas vi que Ieremias tinha vindo com seus anjos.

O bispo louco estava usando seus mantos bordados, ainda carregava o báculo em que tinha amarrado o crânio do carneiro. Ele se agachou à minha frente e me olhou com seus olhos escuros e intensos.

— A pedra, senhor — sibilou. — Precisamos da pedra!

— Saia daí, bispo — vociferou Finan.

— O que está acontecendo? — perguntei.

— O senhor levou uma pancada na cabeça. — Finan empurrou Ieremias para o lado.

— A pedra! — insistiu Ieremias. — Me dê a pedra, caso contrário vamos perder!

— Ele vai dar a pedra quando estiver pronto — retrucou Finan, sem ter ideia do que o louco estava falando. — Aperte com força, garota.

— Preciso de um elmo — falei.

— A pedra! — gritou Ieremias de novo.

— Bispo — disse Finan com raiva —, a não ser que você queira que seus dois anjos passem o próximo mês satisfazendo noruegueses, é melhor sair daqui. Leve-as de volta para os cavalos, depois para casa.

— Eu sou necessário aqui — rebateu Ieremias, ofendido.

Meu filho empurrou o bispo para mais longe e se curvou perto de mim.

— Pai?

— Eu estou bem.

— Não está, não — insistiu Finan.

A Fortaleza das Águias

— Preciso de um elmo.

— Seu dia acabou, senhor — declarou Finan.

— Um elmo!

— Fique parado, senhor — pediu Elwina. Ela terminou de amarrar a bandagem na minha cabeça. — Dói, senhor?

— É claro que essa porcaria dói — respondeu Finan. — Agora faça um curativo na coxa.

— Sigtryggr disse que deveríamos atacar de novo — comentou meu filho. Finan usou uma faca para cortar minhas calças.

— Aperte com força, garota.

— Precisamos ajudar Sigtryggr — falei.

— O senhor não vai fazer mais nada — decretou Finan.

— Eu ainda não fiz nada — falei com amargura e gemi quando a dor atravessou meu crânio.

Não sei quanto tempo passou. Enquanto me sentava, meio atordoado, tentando clarear a visão, parecia que tínhamos acabado de chegar e que a luta havia sido tão breve quanto desastrosa, mas a névoa se dissipara, o céu estava azul e o sol alto. Trombetas soavam nas fileiras de Sigtryggr, homens comemoravam. Svart, enorme e temível, chamava-os de volta à batalha.

— Precisamos ajudá-los — disse meu filho.

— Fique com o seu pai — insistiu Finan. — Eu comando essa.

— Finan — gritei, e o esforço provocou outra dor lancinante na minha cabeça.

— Senhor?

— Tome cuidado!

Ele riu.

— Senhor — ele estava falando com meu filho —, se o seu pai conseguir andar, leve-o para baixo, até os cavalos.

— Não vamos fugir — insisti.

— Eu vou com você... — disse meu filho a Finan.

— Você fica! — ordenou Finan incisivamente. — E leve o seu pai até os cavalos. Você, garota, ajude.

Esperei Finan se afastar, tentei me levantar e caí para trás, tonto.

A guerra do lobo

— Vamos ficar aqui — vociferei, e assim apenas assisti ao segundo ataque à fortaleza de Sköll, que não foi melhor que o primeiro.

Tínhamos transformado essa batalha numa confusão. Havíamos sido impetuosos, não querendo esperar, confiando no destino para atravessar os fossos e passar por cima da muralha, e o destino cuspira na nossa cara. Os defensores estavam atirando mais blocos de alvenaria arrancados das ruínas romanas, e cada um deles era suficientemente pesado para esmagar um crânio. Finan, claramente abandonando nosso plano de atacar o canto norte, tinha ordenado que Cuthwulf e seus arqueiros importunassem os homens que defendiam a muralha que atacáramos antes, mas a maioria das flechas foi perdida cravando-se em escudos. Eu conseguia ver escudos com lobos rosnando, cheios de flechas, e por trás deles os noruegueses jogavam pedras ou estocavam com lanças. Finan até conseguiu encostar uma escada na muralha, mas antes que ele ou qualquer outro pudesse subir, um homem se inclinou e a empurrou para o lado com um machado. Gerbruht agarrou o braço do sujeito e o puxou por cima do muro, e eu vi as lanças dos meus homens subindo e descendo para se vingar, mas essa foi sua única pequena vitória.

Os homens de Sköll obtiveram um triunfo muito maior. Sigtryggr, dominado pela fúria da batalha nascida do desespero, recolhera lanças atiradas dos muros e pôs vinte dos seus homens para arremessá-las de volta nos defensores. Fiquei observando, impressionado com o número de projéteis que seus homens faziam chover sobre a muralha. E, enquanto os defensores se agachavam atrás dos escudos, Sigtryggr comandou uma torrente de homens atravessando os fossos. Eles carregavam duas escadas que encostaram no muro. Um norueguês corajoso se inclinou para empurrar uma escada para o lado e conseguiu, antes que uma lança se cravasse no seu ombro. A escada caiu, mas Sigtryggr já subia pela segunda quando, sem cerimônia, Svart o arrancou dos degraus de baixo e subiu. Ele brandiu seu machado enorme com uma mão, fazendo dois defensores recuarem. Escutei Svart berrando, Sigtryggr gritando para seus homens colocarem a primeira escada de volta, vi as lanças ainda voando para a muralha, e Svart estava quase no topo da escada, brandindo o machado. Era um homem enorme, aterrorizante, e os defensores noruegueses recuavam ao deparar com aquela lâmina enorme

A Fortaleza das Águias

enquanto Svart subia mais um degrau. Ele estava quase passando por cima do muro quando o degrau se partiu. Ele perdeu o equilíbrio, quase caiu e precisou estender o machado para se firmar. Um defensor norueguês avançou e cravou uma lança no pescoço de Svart. O sujeito foi atingido imediatamente por uma lança atirada e caiu, desaparecendo do campo de visão, mas não antes de sua lâmina comprida cortar a garganta de Svart. Vi o sangue repentino. De algum modo, Svart permaneceu de pé, balançando. Tentou erguer o machado, mas outro defensor, gritando em desafio, desferiu um golpe de espada que penetrou no ferimento cheio de sangue, e Svart, um guerreiro de uma centena de vitórias, caiu para trás no fosso.

A morte de Svart injetou nova confiança nos defensores e drenou a determinação dos homens de Sigtryggr. Eu não sabia, mas Sigtryggr também estava ferido. Uma lança havia perfurado seu ombro. Seus homens o puxaram de volta. Vendo a retirada daquele grupo maior, Finan encerrou seu ataque inútil. Os homens de Sköll estavam gargalhando de novo, comemorando, chamando-nos de covardes, convidando-nos a nos rendermos e dizendo que desfrutariam das nossas mulheres e escravizariam nossos filhos. O próprio Sköll foi até a muralha. Era a primeira vez que eu o via naquele dia. Ele se ergueu, enorme em sua capa de pele branca sobre a cota de malha reluzente. Vi que seu elmo tinha um aro de ouro ao redor, sinal de realeza. Ele zombou de nós.

— Já tiveram o bastante? Querem vir de novo à minha muralha? Serão bem-vindos! Caso se esforcem mais, talvez eu precise acordar alguns dos meus outros guerreiros. — Um dos homens de Sigtryggr atirou uma lança e Sköll deu um passo repleto de desprezo para o lado, e a arma passou por ele. — Vocês vão precisar ser melhores do que isso! — gritou. Ele estava examinando as centenas de homens reunidos do outro lado dos fossos. — Sigtryggr Ivarson está aqui? — Ninguém respondeu, e Sköll gargalhou, ainda procurando entre os inimigos. Então me viu, sentado num dos lados. Apontou. — O velho está aqui! Está machucado, velho?

— Me levante — vociferei. Meu filho me deu o braço e eu me forcei a me levantar. Oscilei. A cabeça doía, mas fiquei de pé.

— Não morra, senhor Uhtred! — gritou Sköll. — Eu quero matar você pessoalmente. Vou acrescentar sua cabeça e seu estandarte aos troféus do meu salão.

O alto da muralha estava apinhado. Seus homens riam, gargalhavam. Estávamos derrotados e Sköll sabia disso.

— Mas não vão embora por enquanto! — gritou ele. — Fiquem uma hora, mais ou menos, e eu vou acordar meus *úlfhéðnar*. — Ele gargalhou outra vez, depois se afastou do parapeito.

E eu soube que a situação só poderia ficar pior. Os *úlfhéðnar* seriam soltos para coroar a vitória de Sköll. E reis morreriam.

A Fortaleza das Águias

DOZE

Muitas carcaças eles deixaram como carniça,
Deixaram para a águia de cauda branca bicar, e
Deixaram para os corvos de rostros curvos rasgar, e
Deram-nas para o falcão carniceiro se refestelar, e
Aquela fera cinzenta, o lobo...

TIVE DE SORRIR.

— Corvos de rostros curvos?

— O senhor acha que deveria ser "de bicos curvos", senhor? — perguntou, ansioso, o padre Selwyn.

— Você é o poeta, não eu. — Eu me lembrei dos corvos voando do vale do Tine, bandos de aves pretas numa manhã pavorosa, vindo para o festim que preparávamos para elas. — Mas não vi nenhum lobo — falei ao jovem padre —, exceto, é claro, os *úlfhéðnar*.

— Então Sköll mandou seus *úlf...* — Ele fez uma pausa, inseguro com a palavra outra vez.

— Seus *úlfhéðnar*.

— Mandou seus *úlfhéðnar* lutar com o senhor?

Assenti.

— Não achávamos que ele faria isso, pelo menos enquanto estivéssemos tão perto da muralha.

— Por que não, senhor?

— Ele havia nos derrotado! Nós tínhamos uma escolha. Ou atacávamos de novo e mais homens nossos morreriam ou então fugíamos. Era o momento de Sköll soltar seus selvagens. Quando ele disse que acordaria os *úlfhéðnar*, achamos que só estava tentando nos amedrontar. Nos persuadir a desistir e recuar descendo a colina. — Fechei os olhos, imaginando. — Você consegue entender o que teria acontecido? — perguntei ao poeta. — Homens abalados, homens feridos, homens derrotados, cambaleando por uma colina íngreme perseguidos pelos guerreiros-lobo. Nossos homens entrariam em pânico. Seria um massacre.

Quase demos a Sköll a chance de causar esse massacre. Eu estava de pé sem firmeza, o braço em volta dos ombros do meu filho e ainda atordoado quando Sigtryggr veio me encontrar. Caminhava lentamente, havia sangue em seu ombro esquerdo, onde a cota de malha fora rasgada, e o braço do escudo pendia frouxo. Ele franziu a testa ao me ver.

— Você está ferido — comentou. Eu estava usando o elmo de um morto, com sangue na borda.

— O senhor também, senhor rei.

— Golpe de lança — respondeu ele sem dar importância.

— Ainda consegue segurar um escudo?

Sigtryggr fez que não com a cabeça, depois se virou para olhar para o forte.

— É um lugar desgraçado — comentou em voz baixa, e eu soube que era uma admissão do fracasso.

— É mesmo.

Ele fez uma pausa.

— Svart está morto.

— Eu sei, eu vi.

O olho bom de Sigtryggr brilhou.

— Era um homem bom. O melhor.

— Era mesmo.

— Morreu segurando o machado.

— Então vamos nos encontrar no Valhala.

— Vamos, e talvez mais cedo do que desejamos. — Sigtryggr me ofereceu um odre. — Não tem mais cerveja, é só água. — Ele ficou me olhando enquanto eu bebia. — E o que vamos fazer?

Eu me encolhi quando a dor rasgou meu crânio.

A guerra do lobo

— Tentar de novo?

— O canto norte? Como o seu louco sugeriu?

— Se você fizer os seus homens darem a volta por esse lado — sugeri —, eu consigo levar os meus até o canto norte.

— Não restam muitas flechas — murmurou meu filho.

Sigtryggr olhou para os corpos que tínhamos deixado no fosso. Fez uma careta. Um norueguês, para nos provocar, estava de pé na muralha, mijando nos nossos mortos.

— Desgraçado — disse Sigtryggr em voz baixa.

Atrás de nós, na subida da colina, nossos feridos sofriam deitados. Um menino, um dos que tinham ajudado a carregar as escadas até o forte, chorava junto ao pai morto. Sigtryggr se encolheu, depois voltou a olhar para a muralha.

— Ele tem homens demais e não retirou ninguém daquele canto distante — comentou Sigtryggr, o que significava que nossos esforços para persuadir Sköll a desfalcar o norte com o objetivo de reforçar o oeste fracassaram.

— Não podemos ir embora — falei. — Eles vão nos matar feito ovelhas.

— Vão mesmo. Mas talvez tenhamos de ir.

— Não — reagi com o máximo de ímpeto que pude —, precisamos atacar.

Sigtryggr tentou mover o braço do escudo e se encolheu de dor.

— E se outro ataque fracassar? — perguntou.

— Ele não pode fracassar, caso contrário estamos condenados.

Sigtryggr pareceu não ouvir essas palavras que, admito, eram pouco mais que obrigação. Eu podia parecer determinado, mas naquele momento nós dois sabíamos que estávamos condenados. Ele havia se virado para olhar na direção de onde tínhamos vindo na névoa da manhã, uma névoa que desaparecera por completo.

— Estou pensando que, se fizermos uma parede de escudos atravessando a trilha — disse ele —, podemos mandar embora os homens que queremos salvar. O seu filho, por exemplo.

— Não... — começou meu filho.

— Quieto! — rosnou Sigtryggr para ele, e se virou de novo para mim. — Vamos fazer uma parede comprida, e isso deve segurar a perseguição deles por tempo suficiente.

351

A Fortaleza das Águias

— Você também deveria ir embora — falei.

Sigtryggr zombou dessa sugestão.

— Eu fracassei. Não posso fugir e deixar meus homens para morrer. — E olhou de novo para o forte. — Vou mandar uma dúzia de homens bons levar meus filhos para Bebbanburg. Seu filho pode protegê-los lá.

— Ele fará isso.

Eu me lembro do vento gélido soprando pelo afloramento enquanto percebia que era naquele lugar que o fio da minha vida seria cortado. Dois reis deviam morrer, e eu, o rei sem coroa, era um deles. Toquei o martelo e pensei em como havia decepcionado minha filha. Eu tinha vindo em busca de vingança e estava fracassando. Via meus homens olhando para mim, querendo que eu os conduzisse a uma vitória inesperada. Eles tinham uma fé absurda em mim.

— Nós já estivemos no cu do destino antes — eu ouvira Eadric dizer a Immar Hergildson, o rapaz que eu salvara do enforcamento em Mameceaster —, e ele sempre nos tira dessa situação. Não se preocupe, garoto, nós temos o senhor Uhtred. Vamos vencer!

Só que eu não sabia como vencer. Tínhamos sido idiotas em atacar o forte e agora devíamos sofrer as amargas consequências. Sigtryggr também sabia disso.

— Então, vamos formar a parede de escudos? — perguntou, desanimado

— Se Sköll vir homens indo embora — observei —, ele vai mandar cavaleiros atrás. Eles vão dar a volta na nossa parede de escudos e matar todos que mandarmos embora.

Sigtryggr sabia que eu estava certo. Mas, como eu, também sabia que não podíamos fazer nada a respeito da retirada.

— Precisamos tentar — era tudo o que eu podia dizer.

E então o portão se abriu.

Estávamos de pé no terreno elevado a oeste da muralha de onde tínhamos visão do lado comprido da fortaleza até o canto norte, que Ieremias nos encorajara a atacar. A dois terços daquele muro ficava um dos três outros portões de Heahburh, e ele se abriu.

Por um momento ninguém apareceu. Ficamos apenas olhando, esperando, e em seguida houve um grito fantasmagórico. Snorri, o feiticeiro, surgiu na

A guerra do lobo

trilha de terra que atravessava os fossos. Sigtryggr e eu tocamos nossos martelos. Finan e meu filho apertaram suas cruzes. A colina de Heahburh ficou silenciosa depois do grito, porque o surgimento do cego Snorri tinha acabado com os gritos de zombaria nas muralhas e os defensores apenas observavam o feiticeiro ser guiado através dos fossos pelo seu cachorrinho branco. Depois ele parou voltado para nós. Snorri parecia estar nos encarando enquanto o cachorrinho balançava o rabinho. Disso eu me lembro. Parecia pouquíssimo natural naquele lugar de morte o rabo de um cachorrinho abanando.

— Quem é aquele? — perguntou um dos homens de Sigtryggr.

— O *galdre* dele — respondeu meu filho baixinho.

— O feiticeiro dele — traduzi a palavra saxã.

Sigtryggr tocou o martelo de novo, depois o apertou quando Snorri levantou devagar seu crânio de lobo e apontou o focinho para nós. Eu via sua boca se mexendo, e acho que o feiticeiro nos amaldiçoava, mas ele estava longe demais para ouvirmos a maldição. Um homem gritou da muralha e foi silenciado pelos companheiros. Os homens de Sköll queriam ouvir as maldições que o temível Snorri lançava sobre nós.

— Dizem que ele é capaz de matar com uma maldição. Isso é verdade? — perguntou Sigtryggr.

— Se ele pode matar com uma maldição — perguntei —, por que Sköll precisa de guerreiros?

Sigtryggr não respondeu, só continuou segurando seu martelo enquanto o cachorrinho guiava Snorri para mais perto de nós. O feiticeiro parou à distância de um longo arremesso de lança.

— Sköll está tentando nos amedrontar — falei. E estava conseguindo. Eu o via olhando e sorrindo do alto da longa muralha.

Snorri começou a uivar, e entre berros e uivos lançava mais maldições. Agora podia ser ouvido, e ele nos amaldiçoou pela terra, pelo céu, nos amaldiçoou pelo fogo, pela água, pelo ar, deu nossos corpos ao Estripador de Cadáveres de Niflheim, prometeu uma eternidade de dor provocada por Hel, a deusa dos mortos putrefatos, ergueu o crânio e seus olhos cegos para o céu e invocou Tor para nos golpear e Odin para nos arruinar.

A Fortaleza das Águias

Sköll ria a cada frase da maldição. Ele estava com sua grande capa branca, apontando para nós, falando com os homens ao redor. Pôs as mãos em concha e gritou:

— Vocês todos estão condenados! Snorri vai matá-los com a próxima maldição!

— São só palavras! — gritei, mas via que meus homens, até os cristãos, estavam perturbados por Snorri.

Eles sabiam que os deuses controlavam nosso destino e que um feiticeiro estava mais próximo dos deuses que outros homens e mulheres, e todos ouviram os boatos terríveis de que o feiticeiro de Sköll era capaz de matar a distância, apenas com maldições.

— São só palavras! — gritei outra vez, mais alto ainda. — Absurdos!

Mas vi homens fazendo o sinal da cruz ou tocando os martelos. Alguns começaram a se afastar cautelosamente, e eu sabia que nossos homens tremiam, prestes a fugir em pânico. Eles podiam lutar com homens, mas não com os deuses. Os noruegueses na muralha estavam zombando de novo enquanto Snorri parecia respirar fundo, pronto para lançar seu feitiço mais poderoso.

Então Ieremias saltou à nossa frente. Meu impulso imediato foi puxá-lo de volta, mas Finan pôs a mão no meu braço.

— Deixe-o, senhor. Deixe-o.

Ieremias se virou e sibilou para mim.

— Esteja com a pedra a postos, senhor!

Ele olhou de volta para Snorri, levantou os braços e gritou feito uma alma atormentada.

Depois desse grito houve outro momento de silêncio. Os homens de Sköll obviamente ficaram surpresos ao ver que também tínhamos um feiticeiro e permaneceram quietos. Não por medo, e sim antecipando uma batalha de feiticeiros, ambos velhos, ambos de cabelos brancos e magros e ambos invocando o poder misterioso do seu deus ou dos seus deuses. Snorri, entretanto, que evidentemente não esperara nenhum feiticeiro rival e estava atônito com o grito de Ieremias, ficou sem palavras. Enquanto isso, Ieremias parecia estar dançando. Ele girava e pulava, cantando numa voz aguda, lamentosa. Não

A guerra do lobo

eram palavras, apenas um som agudo enquanto o louco com vestes de bispo dançava, girava e cabriolava se aproximando de Snorri.

— Ele está bêbado! — comentou Sigtryggr.

— Não — respondi. — Ele usou o unguento.

— Unguento?

— O meimendro-negro. Ele acha que está voando.

De repente, Ieremias se agachou e saltou com os braços abertos.

— Cagalhão de Satã! — gritou, apontando para Snorri, depois andou a passos largos na direção do feiticeiro norueguês com o manto sujo de bispo se arrastando no capim. Parou a uns vinte passos de Snorri e levantou o báculo, com o crânio de carneiro ainda preso nele. — Eu amaldiçoo você! — gritou em seu dinamarquês nativo, uma língua muito parecida com o norueguês. — Pelo poder do carneiro de Abraão eu amaldiçoo sua cabeça, eu amaldiçoo seus cabelos, eu amaldiçoo seus olhos.

— Ele não tem olhos, seu idiota — murmurei.

— Eu amaldiçoo seu rosto, eu amaldiçoo seu nariz, eu amaldiçoo sua língua de serpente, eu amaldiçoo seus dentes, eu amaldiçoo suas mãos, eu amaldiçoo sua barriga, eu amaldiçoo seu pau, eu amaldiçoo seu cu! — Ele fez uma pausa para respirar. Suas palavras estavam engroladas, mas eram suficientemente claras para todos os homens dos dois exércitos. — Eu amaldiçoo cada parte do seu ser imundo, dos cabelos na sua cabeça até as solas dos seus pés. Eu amaldiçoo sua alma odiosa e a envio aos poços mais profundos do inferno. Eu o condeno a ser despedaçado pelos cães de Lúcifer, eu o condeno à tortura das chamas infinitas de Satã, às agonias perpétuas da eternidade.

Snorri gritou em resposta, invocando os gigantes de gelo de Niflheim para despedaçar seu rival, desmembrá-lo com seus temíveis machados de gelo.

— Que os deuses ouçam os gritos dele! — berrou Snorri, levantando os olhos vazios para o céu. — Ele é o pus do cu do Estripador de Cadáveres, portanto que ele seja destruído. Eu o invoco, Odin! Invoco-o, pai de todos! Mate-o agora! Mate-o! — Snorri ergueu o crânio de lobo na direção de Ieremias, e por um instante prendi a respiração, achando que veria o bispo louco cair.

Ele não caiu.

A Fortaleza das Águias

— Eu vivo! Eu vivo! Eu vivo! — gritou Ieremias em triunfo. Cabriolava de novo, com o crânio de carneiro cambaleando na parte curva do báculo. Ele chegou mais perto, muito mais perto de Snorri, ainda gritando. — Que os vermes comam as suas tripas e que os porcos se alimentem da sua carne! Que as baratas caguem na sua língua! Eu amaldiçoo você em nome do Pai, condeno você em nome do Filho e expulso você do meio dos vivos com o poder do Espírito Santo!

E com a última palavra ele sacudiu o báculo para a frente, brandindo-o acima da cabeça até que ele apontasse para Snorri. Acho que o gesto só se destinava a apontar o crânio do carneiro para Snorri, mas tamanha foi a força do movimento que o crânio chifrudo voou da ponta do báculo e acertou o peito do feiticeiro pagão. O cego Snorri cambaleou para trás, mais surpreso que ferido, e ao cambalear soltou a guia de couro. O cãozinho, latindo feliz, correu para Ieremias, que pareceu tão atônito quanto o rival.

— Eu venci! — gritou, incapaz de esconder a perplexidade. — Deus vence! O pagão foi derrotado!

E Ieremias tinha mesmo vencido. Snorri fora empurrado para trás, e em vez de reagir com uma maldição estava se curvando e procurando o cachorro, mas o cãozinho tinha abandonado Snorri e corrido para o bispo louco, que gargalhava em triunfo. E foi a traição do cachorro que pareceu enfurecer os noruegueses que acompanhavam tudo. Eles sabiam que foram vitoriosos naquele dia, mas o triunfo de Ieremias sobre Snorri era um insulto ao seu orgulho, e de repente o portão se abriu de novo e uma torrente de guerreiros atravessou a trilha enquanto outros pulavam da muralha. E quase todos esses guerreiros usavam a pele de lobo cinzento dos *úlfhéðnar*.

— Parede de escudos! — gritei, e a dor rasgou minha cabeça. — Parede de escudos, agora!

Ieremias podia estar meio louco com o unguento de meimendro-negro, mas manteve tino suficiente para fugir ao ver os guerreiros inimigos vindo em sua direção. Ele correu para nós com o cachorrinho ao lado.

— A pedra de Davi, senhor — ofegou quando chegou perto. — Jogue a pedra agora! Em nome de Jesus, jogue a pedra!

A guerra do lobo

Chutei o chão e um pedaço de pedra, provavelmente uma lasca de um bloco de alvenaria romana, saltou da ponta do meu pé. Me abaixei, peguei-o, tentei ignorar a dor latejante na cabeça e joguei a pedra na direção do inimigo. Ieremias gritou enquanto eu a arremessava.

— Vamos vencer! Vamos vencer!

Em seguida, abriu caminho entre os escudos da minha primeira fileira para encontrar uma segurança que eu temia ser meramente temporária. Ieremias se curvou, pegou o cachorrinho e abriu um sorriso largo para mim.

— O senhor acreditou em mim! A pedra de Davi foi lançada! Vamos vencer!

Mas os *úlfhéðnar* vinham nos matar.

> Então levem seus escudos de salgueiro
> À frente do corpo, e cotas de malha também,
> E elmos reluzentes para a turba de inimigos.
> Trucidem os líderes com espadas brilhantes,
> Os líderes malfadados. Pois seus inimigos
> Estão condenados a morrer e vocês terão fama,
> Glória na batalha!

— Eu não disse nada assim! — falei ao poeta.

— Bom, senhor...

— É um poema, eu sei.

— Então o que o senhor disse aos seus homens?

— Provavelmente algo como "matem os desgraçados" ou "mantenham os escudos próximos". Discursos como esse — bati no pergaminho — são feitos antes de uma batalha, não durante, mas Sköll não nos deu tempo para discursos.

O padre Selwyn franziu a testa.

— Ieremias — começou, inseguro; ele sabia que o bispo louco era herege e se sentiu desconfortável ao falar dele — tinha usado o meimendro-negro, senhor?

— Ele o roubou do meu serviçal, sim, e passou no peito. Ieremias estava tremendo quando nos alcançou, tremendo e babando. Ele caiu no chão atrás de nós. — Eu sorri, me lembrando do cachorrinho que lambia o rosto do bispo louco. — Não sei se o coitado sequer soube o que tinha feito.

O padre franziu a testa.

— Ele tinha provocado um ataque dos *úlfhéðnar*! — exclamou. desaprovando.

— Tinha, sim.

— Sköll foi com os *úlfhéðnar*?

— Não, ele ficou na muralha, assistindo.

— Quantos guerreiros-lobo havia, senhor?

— Não muitos, sessenta ou setenta. Não houve tempo para contar, só tivemos de lutar com eles.

Mais tarde, muito mais tarde, fiquei sabendo que Sköll estivera guardando seus *úlfhéðnar* para o fim da batalha, poupando a selvageria deles para a perseguição assassina enquanto recuássemos. Entretanto, a derrota de Snorri os enfurecera, e homens sob a influência de uma poção de feiticeiro são incapazes de obedecer às ordens. São como cães de caça sentindo cheiro de sangue, eles simplesmente querem brigar. Assim os *úlfhéðnar* saíram furiosos pelo portão aberto. Ninguém ordenou esse ataque, Sköll provavelmente não o queria, mas sem dúvida ficou satisfeito em deixar seus guerreiros ensandecidos fazer o ataque frontal, sabendo que, mesmo que seus *úlfhéðnar* sofressem uma derrota sangrenta, isso não mudaria o resultado da batalha.

— Mas certamente ele não queria soltá-los, não é? — perguntou o padre Selwyn, intrigado.

— Não é possível controlar os *úlfhéðnar* — tentei explicar. — É como se eles estivessem bêbados. Eles acham que podem voar, acham que são invulneráveis e, acredite em mim, homens assim podem causar um massacre espantoso antes de serem derrubados. Geralmente são os cabeças quentes mais jovens, que desejam reputação, que querem alardear seus feitos nos salões comunais. Sköll provavelmente não queria soltá-los, mas, se eles nos deixassem em pânico, isso só aumentaria sua reputação. Eu me lembro de olhar para Sköll enquanto os *úlfhéðnar* atacavam, e ele estava rindo.

Sköll gargalhava, e seus homens, nas muralhas, comemoravam. Era um espetáculo, um ataque ensandecido feito por guerreiros drogados, uma vingança pela derrota de Snorri. Nem todos os homens que vieram na nossa direção eram *úlfhéðnar*, um rapaz ou outro havia se juntado à loucura. Devia

358

A guerra do lobo

haver uns cem guerreiros no total, a maioria com as capas cinzentas, mas alguns estavam com o peito nu, e muitos vinham sem escudo ou elmo. Eles acreditavam que não poderiam sofrer nada porque o meimendro lhes dera a coragem dos insanos.

E nós formamos a parede de escudos.

O que significava a disciplina contra a loucura.

Rorik havia trazido para mim o escudo de um morto e eu tentei ficar na primeira fila, mas Finan me empurrou sem cerimônia para a terceira.

— O senhor ainda não se recuperou.

E fez o mesmo com Sigtryggr, que não conseguia segurar um escudo. Depois se virou para os homens que se aproximavam.

— Levantar escudos! — gritou. — E usem as lanças!

Os atacantes gritavam. Tive um vislumbre de rostos selvagens, cabelos soltos, bocas abertas, olhos ferozes, espadas longas, e então os primeiros saltaram para cima de nós. Seria porque acreditavam que podiam voar? Saltavam como se fossem passar por cima da primeira fileira e foram recebidos por lanças. Vi um homem de rosto selvagem gritando para nós, pulando para os guerreiros à minha frente, e Beornoth apenas ergueu sua lança e empalou o norueguês. O homem, ainda gritando enquanto sua boca se enchia de sangue, deslizou pelo cabo comprido e foi recebido por um golpe de espada que encerrou o berro abruptamente.

Outro *úlfheðinn*, brandindo um machado, derrubou dois da nossa primeira fila e gritou pelo seu triunfo, então vadeou para a segunda, onde três homens o estraçalharam com espadas e machados. Ele não foi o único a romper a parede, mas aqueles guerreiros loucos que se lançavam nos nossos escudos não tinham quem os apoiasse. A pura impetuosidade rompia nossa parede em alguns pontos, mas ela se fechava implacavelmente e em seguida avançava. Finan gritava a ordem: "Avançar! Avançar!" E os *úlfhéðnar* continuavam chegando, berrando e brandindo as armas. E nós continuamos avançando, um passo de cada vez, escorregando no capim ensopado de sangue.

Um homem de peito nu jogou um machado na nossa parede, e a grande lâmina rachou um escudo ao meio. O homem veio em seguida, de mãos nuas, tentando arranhar Beornoth, cujo escudo estava lascado, e meu filho o matou com um golpe terrível do seu seax, de baixo para cima.

— Cerrar! — gritou Finan. — Cerrar! Continuem avançando!

Homens pisavam nos corpos ensanguentados dos mortos e os guerreiros-lobo continuavam lutando. Em geral eram necessários dois homens para matar cada um deles. Um para receber no escudo o ataque de um machado, espada ou lança e o outro para matar. Alguns dos nossos homens pareciam contagiados pela loucura dos *úlfhéðnar*. Vi Redbad romper a primeira fileira e desferir uma machadada num homem que atacava, rachando seu crânio e fazendo subir uma nuvem de sangue e miolos. Meu filho puxou Redbad de volta, os escudos se tocaram e a parede avançou outra vez. Immar Hergildson, que eu tivera o cuidado de manter na fileira de trás porque ele não era tão bem treinado quanto a maioria dos meus homens, de algum modo chegou à frente e estava gritando desafios. Eu o vi golpear de cima para baixo com a espada, vi quando ele matou um segundo homem e vi o júbilo da batalha em seu rosto jovem. Os homens de Sigtryggr, que antes estavam virados para a face da muralha onde Svart havia morrido, vinham correndo se juntar a nós. Avançávamos ao longo da parede comprida entre as torres oeste e norte, impelindo os sobreviventes do ataque ensandecido e corajoso.

Nem todos os inimigos estavam loucos e alguns perderam a coragem. Eles viram os companheiros morrer, sentiram o cheiro de sangue e bosta dos agonizantes, viram a parede de escudos inflexível chegando, uma parede reluzente de lanças e espadas. A extremidade direita dessa parede estava sendo atacada por lanças atiradas da muralha, e eu gritei para Cuthwulf:

— Use suas flechas neles! — E apontei para os homens que disparavam as lanças.

— Todas as flechas, senhor?

— Todas!

Eu percebera que não tínhamos chance de atravessar a muralha do forte. Havia defensores demais. Mesmo se o canto norte fosse mais fácil, ainda enfrentaríamos um muro apinhado de guerreiros. Precisaríamos nos contentar com essa pequena vitória sobre os famosos *úlfhéðnar* de Sköll, mas assim que eles fossem mortos seria nossa vez de enfrentar os matadores.

Nossa parede de escudos avançava inexorável, lentamente, um passo de cada vez, impelindo os homens de Sköll para trás. Parecia que ele decidira que

A guerra do lobo

bastava, porque uma trombeta soou com urgência no alto da muralha, sinal para chamar de volta os *úlfhéðnar* sobreviventes. A maior parte dos guerreiros--lobo ignorou o toque. Estavam loucos demais para abandonar a batalha e para obedecer a uma ordem, por isso continuaram tentando romper nossa parede, continuaram estocando e berrando, e os berros se transformavam em gritos de agonia conforme eram mortos. Uns poucos, no entanto, se viraram para recuar, e a maioria dos jovens que haviam se juntado ao ataque dos *úlfhéðnar* também obedeceu à convocação. Eles correram de volta ao portão.

E estava fechado.

Homens bateram no portão. Ele não se abriu. Talvez metade dos homens que nos atacaram estava agora amontoada junto à entrada, gritando para que os defensores os deixassem entrar. Meu filho viu a oportunidade antes de qualquer outra pessoa e gritou:

— Matem todos! Matem todos!

Em seguida, ele saiu da parede de escudos e, acompanhado pelos seus companheiros mais próximos, atacou junto ao portão.

A coragem ensandecida dos *úlfhéðnar* pode se transformar em pânico aterrorizado num instante. Homens que um momento antes se consideravam imbatíveis se transformavam em fugitivos que choravam desesperados. Eles batiam no portão e gritavam para que fosse aberto. E gritaram ainda mais quando meus homens enlouquecidos pela batalha começaram seu massacre na trilha que atravessava os fossos. Eu corria atrás deles, íamos todos em direção ao portão, e olhei por cima do arco, para a plataforma de combate onde esperava ver os homens de Sköll atirando lanças nas nossas fileiras.

E em vez disso vi a águia.

E homens lutando.

> Deus Todo-poderoso
> Senhor e governante, lhes deu um auxílio assombroso.
> Os valorosos heróis com suas preciosas espadas
> Abriram um caminho sangrento pela
> Hoste de inimigos; eles racharam os escudos,
> Atravessaram sua parede de escudos.

— Deus Todo-poderoso? — questionei.

— O arcebispo encomendou o poema, senhor — justificou o padre Selwyn com bastante formalidade —, e creio que ele não ficaria satisfeito se eu desse o crédito a Odin.

Grunhi:

— Acho que não. Mas você nem menciona a águia!

— Menciono, senhor! — protestou ele, depois voltou algumas páginas. — Aqui, a águia de cauda branca...

— Não o pássaro — retruquei. — A bandeira! A bandeira com a águia de asas abertas! O estandarte de Berg!

— Isso é importante, senhor?

— Claro que é! Você nem falou com Berg? Ou com os irmãos dele?

— Não, senhor.

— A bandeira estava tremulando acima do portão fechado, e os três irmãos estavam lá. Você devia falar com o mais velho, ele é poeta.

— É, senhor? — O jovem padre pareceu distante, como se não gostasse de ouvir falar de um poeta rival.

— Ele se chama Egil. É skáld e guerreiro, e às vezes meio feiticeiro também. É um homem notável.

— Parece mesmo, senhor — observou o padre, ainda distante. — O senhor disse que a bandeira estava acima do portão?

— Berg a estava balançando.

Os deuses brincam conosco e, como crianças, adoram nos surpreender. Eu quase conseguia ouvir suas risadas deliciadas quando vi Berg balançando desesperadamente sua bandeira preciosa. Eu não fazia ideia do que ela significava naquele momento, e por um instante cheguei a pensar que ele se juntara às forças de Sköll, mas então vi que os homens ao redor dele, na plataforma acima do portão, estavam atirando lanças no interior da muralha. Estavam atirando lanças nos homens de Sköll, não em nós, e nesse momento eu soube que a maldição estava retirada. As dores na minha cabeça e na minha coxa não importavam porque o estandarte de Berg, a águia de asas abertas da família Skallagrimnr, tremulava acima de Heahburh.

362

A guerra do lobo

Depois de Berg sumir no início da batalha, o estandarte desapareceu com ele, e temi que Berg estivesse morto ou tivesse sido feito prisioneiro, mas a verdade era muito mais estranha. Os deuses amavam Berg, o que tornava estranho lembrar que, quando eu o salvara da morte numa praia galesa, prometera ao rei Hywel que deixaria os cristãos tentarem convertê-lo. Eu cumpri com essa promessa, mas Berg jamais sucumbiu à persuasão deles, e desde então os deuses o recompensaram. Berg tinha sorte.

E jamais teve tanta sorte quanto naquele dia em Heahburh. Ele achou que estava morto quando o primeiro ataque surpresa veio da névoa, e quase foi sobrepujado pelos homens de Sköll.

— Eu soube que não conseguiria alcançar o senhor — contou depois da batalha —, por isso desci correndo para o vale. Ia continuar correndo, mas ouvi meu nome sendo chamado.

— Era o seu irmão?

— Os dois irmãos, senhor!

Berg tinha dois irmãos mais velhos, Egil e Thorolf, que, com a morte do pai, mandaram o irmão mais novo navegar com uma tripulação viking para aprender o ofício, um treinamento que havia terminado na praia onde eu o descobrira. Enquanto isso, os irmãos mais velhos estabeleceram fazendas em Snæland, aquela ilha inóspita de gelo e fogo nas águas tempestuosas no norte do oceano, e foi lá que ouviram histórias a respeito de um novo reino norueguês sendo criado à força nas terras litorâneas do oeste da Britânia. E assim, deixando as famílias em Snæland, partiram com dois navios e setenta e dois homens.

— Eles chegaram só tem duas semanas, senhor — disse Berg.

— Eles querem se estabelecer aqui?

— Sköll prometeu riqueza e terras. Por isso, se encontrarem terra boa... Sim, senhor, acho que eles podem trazer as mulheres também.

Não fiquei surpreso. Eu estivera em Snæland, e lá a vida era difícil, os invernos eram cruéis e os inimigos ricos eram poucos, o que significava que o saque era escasso. E assim os irmãos Skallagrimmrson estavam inquietos, entediados, ansiosos pelo mar e por novas terras. Sköll havia chamado, eles tinham vindo, e em Heahburh encontraram o irmão mais novo.

— E você os convenceu de que estavam lutando pelo lado errado?

— Sim, senhor — respondeu Berg. — Mas acho que o que realmente os convenceu foi a derrota de Snorri. Egil disse que isso era um sinal dos deuses. — Ele hesitou, obviamente prestes a acrescentar alguma coisa, depois decidiu que era melhor deixar de lado.

Imaginei o que ele relutava em dizer.

— E você prometeu aos seus irmãos que eu lhes daria terras e riquezas se lutassem por mim?

Ele ficou ruborizado.

— Eu só disse que o senhor era generoso.

Os homens de Egil Skallagrimmrson foram encarregados de defender a seção norte da muralha, do portão até a torre, e soltaram os *úlfhéðnar* ao abrir o portão depois da derrota de Snorri.

— Se os homens-lobo derrotarem o seu senhor Uhtred — dissera Egil a Berg —, saberemos a vontade dos deuses.

E ficou claro que os deuses não queriam a vitória dos *úlfhéðnar*. Assim, Egil fechou o portão e o manteve trancado enquanto os homens do meu filho retalhavam e perfuravam corpos, abrindo caminho entre os sobreviventes do ataque ensandecido. Sköll percebeu tarde demais o que estava acontecendo, mas assim que soube que os homens de Egil tinham se virado contra ele, começou a luta que eu vira no topo da muralha. E, enquanto Egil lutava com os homens de Sköll, Thorolf Skallagrimmrson abriu o portão para os meus.

Estávamos dentro de Heahburh. Meu filho foi o primeiro a entrar. Seus homens puxaram para longe os corpos que bloqueavam o portão e ajudaram a escancará-lo antes de irromper na fortaleza. Fomos atrás deles, passando por cima dos corpos dos *úlfhéðnar* espalhados pela passagem elevada, depois entramos nos becos entre os alojamentos romanos. Eu ouvia mulheres gritando, crianças chorando, cachorros latindo e cavalos relinchando. A maioria dos alojamentos mantinha as paredes de pedra, mas havia muitos pontos reparados com madeira, e agora todos tinham cobertura de palha, não de telhas. Alguns eram usados como estábulos, outros eram áreas de dormir, um era um armazém de grãos e outro tinha pilhas de lingotes de prata. Nós passamos lutando por todas as construções e através de algumas,

364

A guerra do lobo

embora Sigtryggr, com o braço esquerdo inutilizado, e eu, com a visão turva e a perna ferida, não conseguíssemos acompanhar os mais jovens, que se espalhavam pelos becos gritando feito demônios e matando inimigos que jamais esperavam que penetrássemos suas defesas. Encontrei um dos homens de Sköll agonizando junto a uma porta, as tripas esparramadas sobre esterco de cavalo.

— Senhor, senhor — gritou ele, e eu vi que sua espada, uma arma barata, tinha caído da sua mão. Empurrei-a mais para perto com o pé e sua mão se fechou no cabo. — Obrigado, senhor.

Vindo de trás de mim, Oswi passou a espada pela garganta do sujeito.

— Ele estava morrendo — falei.

— Com esse são sete, senhor. — Oswi não havia me escutado e não se importaria se tivesse. Ele passou correndo por mim, ansioso pela oitava vítima.

— Baixem as armas! — gritou Sigtryggr, e alguns dos seus homens obedeceram.

Os irmãos de Berg e seus snælandeses ficaram perto do portão, preocupados com a possibilidade de serem confundidos com homens de Sköll pelos nossos guerreiros vingativos. A disciplina permitira que nossos homens derrotassem os *úlfhéðnar*, mas agora essa ordem havia desaparecido no horror da matança. Nossos homens enchiam os becos com rios de sangue. Eu sentia o fedor. Vi homens retalhando cadáveres, gritando como se também fossem *úlfhéðnar*. Gritei para eles formarem paredes de escudos, para se defenderem de um inimigo desesperado e em pânico, mas antes eles achavam que iam morrer, e agora se vingavam do desespero matando com fúria.

A maioria dos guerreiros de Sköll ainda estava nas plataformas de combate, acima do massacre que ocorria dentro do forte, mas até esses começaram a se render. Berg, que era conhecido dos meus homens, deixara os irmãos e gritava para os inimigos largarem escudos e espadas, e Sigtryggr berrava o mesmo incentivo. Alguns guerreiros saltavam do alto da muralha para os fossos externos, mas Sihtric de Dunholm, cujos homens se encontravam na extremidade esquerda da nossa parede de escudos durante os ataques fracassados, havia permanecido fora do forte, e esses defensores que tentaram escapar foram mortos pelos homens de Dunholm ou largaram as armas humildemente.

A Fortaleza das Águias

Eu me lembro do meu pai dizendo que nada é garantido na batalha, a não ser a morte, o que faz com que a batalha se assemelhe à própria vida. Esteja pronto para as surpresas, pregava o meu pai. Esteja preparado para o golpe de lança que vem por baixo do escudo, esteja preparado para a lâmina de machado que se engancha na borda do escudo, esteja preparado para tudo, ele gostava de dizer, e ainda assim você será surpreendido. Eu fora surpreendido pela sobrevivência de Berg, pela ajuda inesperada dos snælandeses, e agora estava surpreso pela velocidade com que o alardeado exército de Sköll desmoronava. A batalha terminou de repente, como se os homens estivessem exaustos do massacre. A fúria assassina dos meus guerreiros foi repentina e maligna, mas então eles começaram a perceber que tinham vencido e que continuar matando era se arriscar a serem mortos também. Os guerreiros de Sköll largaram os escudos quando sentiram que a fúria havia passado, e homens dos dois lados se cumprimentaram. Muitos dos homens de Sigtryggr e um bom número dos meus eram noruegueses, e, como Berg, estavam encontrando entre os inimigos sujeitos que eles conheceram meses ou anos antes. Vi Vidarr Leifson abraçar um inimigo ensanguentado que, pouco antes, estivera tentando matá-lo.

Restavam apenas Sköll, seu feiticeiro e seus guerreiros domésticos mais próximos, e a maioria desses homens, alguns usando as capas cinzentas dos *úlfhéðnar*, não demonstrava muito interesse em lutar. Eles tinham perdido e sabiam disso. Eu sabia que o próprio Sköll não iria ceder, mas a única coisa que restava pela qual valia lutar era tornar verdadeira a profecia de Snorri; de que dois reis deveriam morrer. Sköll podia ter perdido esse dia, mas ainda poderia recuperar algum orgulho e obter alguma reputação em meio ao desastre.

E assim ele veio nos procurar. Nos procurar e nos matar.

Sigtryggr havia se juntado a mim no centro do forte, onde um espaço aberto formava uma praça ampla diante da maior construção, que presumi ter sido a casa do comandante romano. Ele abriu um sorriso largo para mim.

— Como está a perna?

— Ficando rígida. E o seu braço?

— Dormente.

366

A guerra do lobo

Ele se virou e franziu a testa quando homens começaram a gritar. O som ficou mais alto, e isso só podia significar que Sköll estava vindo. E para os noruegueses isso era mais que uma disputa, era diversão.

Finan levou seus homens até a praça e franziu a testa quando ouviu os gritos.

— Eles estão bêbados — comentou.

— Provavelmente. — Sigtryggr olhou para o beco à nossa frente. Mais e mais homens vinham das sombras para se alinhar nas bordas do espaço aberto. — Ele está vindo para uma luta, não é?

— Sim — respondi.

— E os senhores vão deixar que eu lute com ele — insistiu Finan.

— Não — disse Sigtryggr.

— O seu braço do escudo, senhor rei...

— Eu luto com uma espada — interrompeu Sigtryggr —, não com um escudo.

— Stiorra! — falei, e os dois olharam para mim. — Em nome da minha filha, ele é meu.

— Não, senhor! — disse Finan.

Nesse momento os homens abriram caminho do outro lado da praça e Sköll apareceu com Snorri. O feiticeiro cego estava puxando o braço de Sköll, falando baixo e com insistência. Sköll parecia ouvi-lo, mas então nos viu, parou e pôs a mão na boca de Snorri para silenciá-lo. Ele nos encarou por um momento. E então, muito devagar e muito deliberadamente, desembainhou sua grande espada, Presa Cinzenta.

Os gritos empolgados morreram. Percebendo que todos os homens o observavam, Sköll foi para o centro da praça. Usava sua grande capa de pele branca por cima da cota de malha impecável. Seu elmo reluzia, com o aro de ouro do reinado que ele reivindicava e encimado por uma cauda de lobo. Empunhou Presa Cinzenta com a mão direita e, com a esquerda, guiou Snorri, de modo que os dois estivessem no centro do círculo de homens. Ele olhou para Sigtryggr, depois para mim.

— A quem eu entrego a espada? — perguntou.

A Fortaleza das Águias

Todos ficamos tão surpresos com a oferta de rendição que, por um instante, ninguém respondeu. Então consegui falar:

— Ao rei Sigtryggr, é claro.

— Senhor rei — disse Snorri, batendo no braço de Sköll. — Senhor rei! — As órbitas dos olhos de Snorri eram sombras.

— Quieto, amigo. — Sköll deu um tapinha no ombro de Snorri.

O feiticeiro tremia ligeiramente. Usava um manto branco, imundo e comprido. Tinha perdido o crânio de lobo e parecia abandonado sem o cachorrinho.

— Vai ficar tudo bem — disse Sköll a ele, depois olhou para Sigtryggr. — Eu preciso fazer uma coisa antes de lhe dar a espada.

— Uma coisa? — perguntou Sigtryggr, intrigado.

— Só uma — reforçou Sköll, e com isso se afastou um passo de Snorri, se virou rapidamente e golpeou com Presa Cinzenta.

Snorri foi pego totalmente desprevenido. Num momento estava de pé, amedrontado, e então a espada de Sköll cortou sua garganta com uma violência repentina. Sköll manteve a espada em movimento, impelindo-a e puxando-a para serrar a goela de Snorri, e abriu o pescoço dele até a espinha. O longo cabelo branco e a barba de Snorri ficaram vermelhos. Ele não emitiu nenhum barulho, apenas caiu numa confusão de sangue, cabelo e mantos. Os homens que olhavam ofegaram, atônitos. Por um momento o corpo de Snorri estremeceu enquanto seu sangue encharcava a terra, e então ele ficou imóvel.

— Ele falhou — explicou Sköll. — De que adianta um feiticeiro que falha?

— Entregue sua espada — pediu Sigtryggr com frieza.

Sköll, que parecia o homem mais calmo em Heahburh, assentiu e disse:

— Claro.

Em seguida, passou Presa Cinzenta para a mão esquerda, segurando-a pela lâmina logo abaixo do punho, e foi na direção de Sigtryggr. E eu pude ver a traição. Ele era destro, mas segurava a espada com a mão esquerda, deixando o cabo livre e a mão direita vazia. Uma gota de sangue caiu da ponta de Presa Cinzenta enquanto ele vinha na nossa direção. Sköll sorria.

— Você venceu — disse a Sigtryggr, que deu um passo à frente para aceitar a espada do inimigo.

368

A guerra do lobo

E Sköll agarrou o cabo com a mão direita, dando um golpe poderoso com Presa Cinzenta num movimento com as costas da mão que teria cortado o braço bom de Sigtryggr. Entretanto, assim que vi a mão de Sköll pegar o cabo de Presa Cinzenta, dei um passo à frente e empurrei Sigtryggr com força, derrubando-o para a esquerda, e continuei em movimento, fazendo meu escudo emprestado se chocar em Sköll, impelindo-o para trás com tanta força que ele tropeçou. E de repente ele e Sigtryggr estavam no chão.

Então desembainhei Bafo de Serpente, a lâmina comprida sibilando ao sair da boca da bainha.

— Ele é meu! — gritei, porque meu filho e Finan tinham avançado. E Sigtryggr, recuperando-se da surpresa, estava se levantando. Dei um passo à frente, ignorando a dor na perna esquerda, e chutei a bota de Sköll. — Você é meu!

— Velho idiota! — Ele ainda estava no chão, mas tentou me acertar com Presa Cinzenta, porém apenas atingiu a borda de ferro do meu escudo. — Quer morrer aqui?

— É você que vai morrer aqui — falei, e me afastei dele, deixando-o se levantar.

E me lembro de ter pensado que talvez Sköll estivesse certo; que aquilo fosse idiotice. Eu tinha dezenas de guerreiros jovens e hábeis com a espada que eram mais rápidos e talvez mais fortes. Finan também era velho, mas ainda era um dos combatentes mais temidos da Britânia. No entanto, eu era Uhtred de Bebbanburg, tinha uma reputação, e a vaidade dessa reputação fez com que eu quisesse matar Sköll. E eu iria matá-lo em nome de Stiorra. Pela minha filha, e a lembrança do seu rosto me deu uma raiva que suplantou a idiotice. Era uma raiva gélida, sublinhada pelo medo. Sköll era formidável e parecia confiante enquanto se levantava com a espada ensanguentada na mão.

— Fique com o escudo, velho — zombou ele.

Sköll não tinha escudo. Deixei o meu pender ao lado, expondo o corpo, dei um passo atrás, para longe dele, como se o temesse. Exagerei a coxeadura. Minha cota de malha estava rasgada, a bandagem sangrenta na coxa esquerda ficou exposta, e eu queria que Sköll a visse. Mantive Bafo de Serpente abaixada.

— Sua filha gritou quando morreu. — Sköll estava circulando para sua direita, a minha esquerda.

369

A Fortaleza das Águias

— Ouvi dizer que seu filho baba.

Eu não tinha ouvido nada sobre o filho cujo crânio eu quebrara, mas pelo jeito toquei num ponto sensível de Sköll, porque ele ficou furioso por um instante e deu três passos rápidos na minha direção. Não me mexi, calculando que seus passos eram uma finta, e ele recuou de novo, mas ainda avançando para a minha esquerda. Me virei, franzindo o rosto deliberadamente ao apoiar meu peso na perna esquerda. Minha visão desse lado ainda estava turva, mas já começava a clarear.

— Seu filho consegue falar? — perguntei. — Ou só faz barulhos feito um porco peidando?

Sköll não disse nada, mas pude ver que minhas palavras o feriam. Também conseguia vê-lo tentando se acalmar, tentando planejar um ataque devastador.

— Seu filho consegue controlar as tripas? — perguntei. — Ou ele espalha bosta feito um bode bêbado?

— Desgraçado — foi tudo o que ele disse, e saltou para mim, a espada vindo num arco pela minha esquerda.

Eu simplesmente fiquei parado e deixei o escudo pendurado na mão esquerda e Bafo de Serpente na direita. Como o ataque de Sköll era direcionado à minha perna esquerda e o escudo a protegia, o golpe foi desperdiçado. Presa Cinzenta bateu com força na bossa de ferro dele, mas não causou nenhum dano. O golpe fora dado com raiva, o que o tornou inútil, e Sköll percebeu isso. Ele tentou soltar a espada do meu escudo dando um passo para trás, mas eu me movi junto com ele, depois fiz uma finta, erguendo Bafo de Serpente. Ele se torceu para longe da ameaça, recuando depressa, e eu ri.

— Quando você vai começar a lutar? — provoquei.

Homens nas bordas da praça ecoaram minha risada, e essa zombaria irritou Sköll, que veio rápido e com raiva, de novo tentando me cortar pela esquerda. Então os anos de treino com espada assumiram o controle sobre mim, de modo que não precisei pensar, apenas aparava os golpes com o escudo ou com Bafo de Serpente enquanto ele atacava de novo e de novo. Não tentei contra-atacar, apenas me defendi, buscando avaliar sua habilidade. Eu lutava com a espada diariamente, testando minha própria habilidade com meus melhores guerreiros. E Sköll, apesar de ser rápido e forte, não era um

370

A guerra do lobo

espadachim tão bom quanto Finan ou Berg. Ele deu um passo atrás depois de seis ou sete golpes fortíssimos.

— Isso foi o seu melhor? — questionei.

— Você é um covarde que luta com um escudo contra um homem que não tem escudo nenhum.

— Você disse para eu ficar com ele! Mas não preciso disso. — Soltei a alça, deixando o escudo pesado cair no chão. — Assim está melhor?

Em vez de responder, ele atacou de novo, e de novo pela minha esquerda, mas os dois golpes foram fáceis de aparar. Depois tentou uma estocada rápida e baixa, que eu apenas evitei dando um passo à direita. A lâmina de Presa Cinzenta passou perto da minha cintura, eu a ouvi raspar nos aros da cota de malha, então ele levantou a lâmina como se quisesse cortar meu braço esquerdo. Mas não havia força suficiente em seu braço estendido e minha malha interrompeu o movimento da espada. Me virei na direção oposta ao golpe e dei um passo para trás.

— Se quiser o escudo — falei —, pegue. Ele é seu.

Sköll deu dois passos para trás. Ele ofegava, olhando para mim por baixo da borda do elmo com o aro de ouro. Eu estivera avaliando sua capacidade e ele estivera fazendo o mesmo, mas deve ter percebido que eu ainda não tinha desferido nenhum golpe. Os homens que acompanhavam o combate começaram a torcer, e eles torciam por mim, até mesmo alguns que lutaram por Sköll. Ele era temido, não amado, e seu feiticeiro aterrorizante estava morto, assim como o próprio Sköll estaria em breve. Ele sabia disso. Mesmo se me matasse, sua vida não seria poupada. O melhor que poderia esperar era uma morte rápida e a reputação do homem que derrotou Uhtred de Bebbanburg.

Estávamos separados por quatro ou cinco passos quando Sköll voltou a respirar normalmente. Seus ataques me levaram para perto do lado sul do espaço aberto, por isso voltei ao centro da praça, mais uma vez exagerando a coxeadura. Ele me acompanhou com os olhos semicerrados, as duas mãos no cabo de Presa Cinzenta, e o vi olhar para minha perna. A multidão havia ficado em silêncio, mas um homem, um *úlfheðinn*, a julgar pela capa cinza, gritou para Sköll me matar.

— Trucida o velho desgraçado, senhor! — gritou ele.

— Senhor rei! — corrigiu Sköll, e meus homens começaram a escarnecer dele.

— Senhor rei! — gritavam, zombando. — Senhor rei!

Dei um passo adiante, erguendo Bafo de Serpente, e Sköll veio para cima de mim. Uivou como um lobo em desafio e pôs toda a sua força num golpe que deveria acertar meu flanco esquerdo. Observei seus olhos, percebi que ele olhou para minha cintura e imaginei que o golpe poderoso era uma finta. E, de repente, com uma rapidez que eu não vira antes, ele virou a espada nas mãos de modo que não desferia mais um corte violento, e sim uma estocada apontada para o meu flanco direito, que, se eu quisesse evitar, seria obrigado a me apoiar na enfraquecida perna esquerda. E o golpe realmente fez com que eu me apoiasse na perna esquerda, mas eu tinha percebido a finta, minha perna não estava tão fraca quanto Sköll acreditava, e eu estoquei em resposta.

Sköll errou o golpe. O meu perfurou sua cota de malha na altura da última costela. Senti Bafo de Serpente romper os elos da armadura, atravessar o couro embaixo dela, raspar e depois quebrar o osso, e em seguida a torci enquanto ela afundava ainda mais. E o rosto de Sköll já exibia uma careta, ele estava tentando afastar o corpo da dor, e eu continuei torcendo e girando Bafo de Serpente, rasgando carne e osso, então o acertei com o ombro esquerdo e ele caiu. Larguei Bafo de Serpente e a deixei cair cravada nele. Sköll tentou desferir um ataque com Presa Cinzenta, mas eu pisei no seu braço direito, depois bati no seu rosto com o pé esquerdo. Ele estava estremecendo, e Bafo de Serpente, ainda enterrada em seu corpo, se sacudiu.

— Cumprimente as nornas — falei — e agradeça a elas por mim.

Depois puxei Bafo de Serpente e Sköll gemeu de dor, estremeceu, e o sangue brotou do rasgo na cota de malha. Levei a ponta sangrenta da espada até a garganta dele.

— Senhor rei! — gritei para Sigtryggr.

— Senhor Uhtred?

— Quer matar o desgraçado que matou a sua esposa?

Ouvi Sigtryggr desembainhar sua espada. Sköll me encarava, perdendo as forças. Seus olhos se arregalaram quando Sigtryggr ergueu a lâmina.

— Espere — pedi a Sigtryggr, depois me inclinei e arranquei Presa Cinzenta da mão de Sköll. — Isso é pela minha filha.

372

A guerra do lobo

— Não! — gritou Sköll. — Por favor, não! Me dá a minha espada!

E Sigtryggr golpeou.

E assim Sköll foi para o Niflheim, onde virou um festim para o Estripador de Cadáveres.

Stiorra foi vingada.

Penso na minha filha todos os dias. Vi seus filhos crescerem e chorei porque ela não pôde vê-los se tornando um homem e uma mulher. Conto a eles sobre a mãe e às vezes as lágrimas ainda brilham nos meus olhos quando falo dela. As ondas quebram na longa praia de Bebbanburg, o vento atravessa as águas agitadas, e eu sei que ela está em algum lugar da outra vida. Não no Niflheim nem no céu cristão, mas em algum lugar. Ieremias diz que existe um lugar abençoado para os bons pagãos, um vale de grama macia e riachos límpidos.

— Ela está feliz lá, senhor — diz Ieremias, e eu tento dizer a mim mesmo que ele não é louco e fala a verdade.

Ieremias não vai a lugar nenhum sem seu cachorrinho, que ele chama de Scarioðe.

— Como Judas, senhor, que traiu seu mestre.

Acrescentei o crânio esfolado de Sköll e o do lobo de Snorri aos nichos da alvenaria no Portão dos Crânios de Bebbanburg. Os crânios olham cegos para o sul, onde os inimigos da Nortúmbria vão se reunir. Os noruegueses ainda vivem em Cumbraland, mas fizeram juramento a Sigtryggr. Ele é rei de toda a Nortúmbria, mas Egil Skallagrimmrson, que eu passei a valorizar como companheiro, me diz que os noruegueses não são confiáveis.

— Posso confiar em você, então? — perguntei.

— Claro que não!

— Mas eu confio.

— Isso porque o senhor é um tolo. Mas eu sou poeta, e poetas amam os tolos.

Dei boas terras a Egil e ao seu irmão ao norte de Bebbanburg. Eles me ofereceram seus juramentos porque, segundo Egil, eu havia salvado a vida do seu irmão mais novo.

A Fortaleza das Águias

— Vamos cumprir com nossos juramentos, senhor — prometeu enquanto íamos de Heahburh para casa. — Não que eu goste de Berg, é claro. Ele é feio demais!

Eu ri. Berg era um rapaz bonito, ao passo que Egil era extraordinariamente feio, mas as mulheres pareciam atraídas por ele como moscas pelo sangue, e em Bebbanburg logo haverá bebês com orelhas que parecem asas de morcego e queixos como proas de navio.

E as ondas continuam quebrando e o vento sopra, e um dia, eu sei, um cavaleiro virá pela estrada litorânea e me trará notícias de longe, da morte de um rei e de um juramento a ser cumprido.

Wyrd bi∂ ful aræd.

NOTA HISTÓRICA

Ouve inquietação na Mércia depois da morte de Æthelflaed, mas o cerco de Chester (Ceaster) é fictício. Æthelflaed quisera que sua filha, Ælfwynn, a sucedesse, mas o irmão de Æthelflaed, o rei Eduardo de Wessex, colocou Ælfwynn rapidamente num convento de Wessex e tomou o trono mércio. Nesse ponto ele havia posto de lado sua segunda esposa (se acreditarmos que ele teve um breve primeiro casamento com a mãe de Æthelstan) e se casou com Eadgifu, que lhe deu mais filhos ainda e, portanto, eventualmente, mais possíveis aspirantes ao seu trono.

Æthelstan tinha mesmo uma irmã gêmea, Eadgyth, e ela se casou mesmo com Sigtryggr. Confesso que lamento um pouco pela morte da fictícia Stiorra, mas sua morte era necessária para colocar Eadgyth no lugar de direito como rainha da Nortúmbria. Esse reino, ainda independente, foi perturbado por noruegueses que se assentavam no litoral oeste. Sköll é fictício, Ingilmundr e os irmãos Egil e Thorulf Skallagrimmrson não. "Heahburh" é o Castelo Whitley, em Northumberland, e a batalha que descrevo lá é totalmente fictícia. O Castelo Whitley (às vezes conhecido como Epiacum) é o forte construído no lugar mais alto pelos romanos na Britânia, e fica ao norte de Alston, perto da estrada A689, nas proximidades de Kirkhaugh (ou você pode chegar lá seguindo pela trilha que tem o nome maravilhoso de Trilha do Chá de Isaac). Tudo que resta do forte são os muros de terra e a extraordinária quantidade de fossos que os romanos cavaram para proteger as fortificações. Todos os fortes romanos eram construídos seguindo um padrão, às vezes chamado de projeto "carta de baralho" porque a forma comum das fortificações romanas era a de uma carta de baralho, mas para encaixar o Castelo Whitley em seu alto afloramento os romanos espremeram a carta de baralho numa forma de losango, outra característica que, junto com os fossos ao redor, o torna único. Sem dúvida o forte foi construído para proteger as minas de chumbo e prata nas colinas adjacentes.

Os trechos de poemas no capítulo 10 são meus, mas tento imitar a forma dos versos ingleses antigos, ao passo que os dos capítulos 11 e 12 são traduções muito livres de poemas existentes. O primeiro do capítulo 11 ("Os gritos de guerra eram altos") e o segundo ("Então os escudos se chocaram") são de "The Battle of Maldon", um poema que descreve uma derrota saxã nas mãos dos vikings em 991 d.C., cerca de setenta anos depois da batalha fictícia do romance. O terceiro ("Agora eles avançam") é provavelmente mais antigo e é uma conjunção de duas passagens do fragmento de Finnsburh, que, como o nome sugere, é tudo que resta de um poema muito mais longo. O fragmento que sobreviveu só é conhecido atualmente por meio de cópias de uma cópia feita no século XVII, agora também perdida, que descreve uma luta num salão sitiado. O primeiro do capítulo 12 ("Muitas carcaças eles deixaram como carniça") é de um poema bem curto sobre a Batalha de Brunanburh, citada na *Crônica anglo-saxônica* para o ano de 937 d.C. Em vez de tentar uma tradução, adaptei a versão de Alfred Lord Tennyson, que ele publicou em 1880 em *Ballads and Other Poems*. O segundo ("Então levem seus escudos de salgueiro") e o terceiro ("Deus Todo-poderoso, Senhor e governante") são de um poema chamado "Judith", que conta a história antiga encontrada no deuterocanônico *Livro de Judite*, que descreve como a heroína do mesmo nome decapita o general assírio Holofernes. O poema é provavelmente do século IX e, ainda que o cenário possa ser Israel, as descrições da batalha (e muito mais) são totalmente anglo-saxãs.

A profecia de Snorri, sobre os dinamarqueses e os saxões juntando forças, vai eventualmente se realizar, mas só no ano de 1016 d.C., muito depois do tempo de vida de Uhtred. A história de como a família perdeu Bebbanburg é contada maravilhosamente no livro de Richard Fletcher *Bloodfeud*: Murder and Revenge in Anglo-Saxon England (Oxford University Press, 2004). No capítulo 6, eu menciono o padre Oda, um sacerdote dinamarquês, e digo que ele se tornou bispo. Não é um capricho de romancista. Os pais de Oda

376

A guerra do lobo

eram dinamarqueses que, segundo se imagina, chegaram à Britânia a serviço de Ubba e depois se estabeleceram na Ânglia Oriental. Oda se converteu ao cristianismo, tornou-se padre e foi nomeado bispo de Ramsbury na década de 920. Sua história não termina aí, e ele foi consagrado arcebispo de Cantuária em 941 d.C., o primeiro dinamarquês a comandar a igreja na Inglaterra.

O jovem Oda provavelmente foi sacerdote na casa de Æthelhelm, o Velho, mas com o tempo passou a apoiar Æthelstan, cujo principal rival na luta pelo trono de Eduardo era mesmo Ælfweard, cuja mãe era filha de Æthelhelm, o Velho. A rivalidade entre Ælfweard e Æthelstan precisa esperar outro romance. O rei Eduardo de Wessex, que reivindicou o título de *Anglorum Saxonum Rex* e que geralmente é conhecido como Eduardo, o Velho, fica às sombras do pai e de seu sucessor, mas vale observar que Eduardo fez muito para unir os territórios que iriam se tornar a Inglaterra. Ele herdou Wessex do pai, conquistou a Ânglia Oriental governada pelos dinamarqueses e depois anexou a Mércia com a morte de sua irmã Æthelflaed. Com isso restava apenas a Nortúmbria. Também vale apontar que a unificação da Inglaterra era um projeto saxão ocidental, que foi do sul para o norte, e quem herdasse o trono de Wessex inevitavelmente herdaria a ambição pela unificação que ardera com tanta intensidade no rei Alfredo.

A guerra do lobo se passa na década de 920. Uhtred, ainda que nascido saxão (sua mãe era saxã, seu pai era anglo, mas para objetivos ficcionais eu geralmente junto os dois), pensa em si mesmo como nortumbriano. Ele fica surpreso com a palavra ænglisc, inglês, mas essa palavra terá um significado verdadeiro durante sua longa vida. A Inglaterra ainda não existe, mas seu nascimento, com sangue, matança e horror, está próximo. Mas isso também é história para outro romance.

Este livro foi composto na tipografia ITC Stone
Serif Std, em corpo 9,5/16, e impresso em
papel off-white no Sistema Cameron da
Divisão Gráfica da Distribuidora Record.